창랑지수 2
滄浪之水

창랑지수 2
滄浪之水

옌 쩐(閻眞) 지음
박혜원 · 공빛내리 옮김

滄浪之水淸兮, 可以濯吾纓;
창 랑 지 수 청 혜, 가 이 탁 오 영.

滄浪之水濁兮, 可以濯吾足.
창 랑 지 수 탁 혜, 가 이 탁 오 족.

(창랑의 물 맑으면 내 갓끈 씻으면 되고,
창랑의 물 흐리면 내 발 씻으면 되지.)

비봉출판사

창랑지수 2

초판인쇄 | 2003년 7월 25일
초판발행 | 2003년 7월 31일

저　자 | 옌전(閻眞)
역　자 | 박혜원 · 공빛내리
펴낸곳 | **비봉출판사**
주　소 | 서울 마포구 합정동 419-13 합정하이빌 102호
전　화 | (02)3142-6551~5
팩　스 | (02)3142-6556
E-mail | beebooks@hitel.net / bbongbooks@hanmail.net
등록번호 | 2-301(1980년 5월 23일)
ISBN | 89-376-0310-1　03820

값 9,500원

ⓒ 이 책의 한국어판 판권은 본사에 있습니다.
　본사의 허락없이 이 책의 복사, 일부 무단전제, 전자책 제작·유통 등 저작권 침해 행위는
　금지됩니다. (파본이나 결함 있는 책은 우송해 주시면 교환해 드립니다.)

창랑지수 2
滄浪之水 2

차례

제 2 편 이어서...

34. 닭이 먼저인가, 달걀이 먼저인가 / 7
35. 권력과 돈 / 16
36. 자존심을 버릴 때 기회가 온다 / 25
37. 동창회 / 35
38. 대학 동창생들 / 46
39. 첫사랑의 유혹 / 57
40. 조작주의 / 67
41. 약국 개업 / 78
42. 대엽산大葉山에 올라 / 86
43. 흡혈충병 조사 / 95
44. 관리들의 생명줄 : 숫자 / 104
45. 양심의 논리와 생존의 논리 / 116
46. 침묵은 금이다 / 125
47. 창랑지수滄浪之水 / 138

제 3 편

48. 블랙홀 / 152
49. 굽히기도 하고屈 뻗기도 해야伸: 생활의 변증법 / 160
50. 크리스마스이브 / 174
51. 환골탈태換骨脫胎 / 185

滄浪之水 2

차례

52. 인생에서 중요한 것은 과정이다 / 196
53. 묘책妙策을 찾아서 / 208
54. 궁여지책 / 215
55. 로마는 모든 길로 통한다 / 226
56. 청장 사모님 / 240
57. 마 청장의 일곱 가지 죄 / 254
58. 다시 울타리 안으로 / 265
59. 홍곡지지鴻鵠之志 / 275
60. 암실조작暗室操作 / 287
61. 몸의 크기를 재서 옷을 만든다 / 298
62. 대면식對面式 / 308
63. 차 기름茶油 두 주전자 / 322
64. 물을 마실 때는 근원을 생각해야 / 336
65. 국가 프로젝트 / 347

(이상 2권)

제2편 이어서_

 34. 닭이 먼저인가, 달걀이 먼저인가

우리 애는 정말 착한 아들이다. 그렇지만 아들 생각만 하면 나는 마음이 놓이지 않았다. 아무리 생각해도 나는 일파가 가진 기회가 정소괴의 아들 강강보다 못하다는 사실을 받아들일 수가 없었다. 그러나 사실은 사실이고 아무리 쓴 열매라도 삼킬 수밖에 없었다. 정말 입맛이 씁쓸했다.

애가 이해력이 좋은 것 같았다. 겨우 한 살 남짓할 때부터 이미 당시 唐詩를 외울 수 있었다. 비록 그 의미는 이해하지 못했지만 시를 외울 때 한 발을 내딛고 고개를 끄덕이면서 몸을 숙였다 폈다 하는 폼이 꼭 그 뜻을 다 이해하고 있는 것 같았다. 데리고 놀러 나갈 때면 아이가 두 손으로 나와 동류를 동시에 잡고 외쳤다.

"엄마 아빠 둘이서 나 잡아당겨 봐요!"

그리고는 동류의 몸에 바짝 기대면서 말했다.

"엄마가 이겼다! 엄마가 힘이 세네."

또 텔레비전에 나오는 여자 중에 누가 제일 예쁘냐고 물으면 이렇게 대답했다.

"엄마가 제일 예쁘지. 엄마는 새 신부잖아. 난 커서 엄마랑 결혼할 거야."

한번은 만화를 보는데, 늑대가 토끼를 쫓고 있는 대목에서 아이는 얼굴을 찌푸리고 급한 마음에 거의 울먹이면서 말했다.

"늑대 나빠! 늑대 나빠!"

동류가 말했다.

"늑대가 나쁜 게 아니란다. 늑대가 토끼를 안 잡아먹으면 늑대는 배고파서 굶어죽을지도 몰라."

"아직 어린 애한테 그런 잔인한 건 왜 가르쳐?"

"당신이 늑대라면 어쩔 건데요? 하느님이 토끼는 착하고 늑대는 나쁘다고 정해 놓은 건 아니잖아요. 좋고 나쁘다는 것은 시인들이 만들어 놓은 거라고요. 늑대가 토끼를 잡아먹는 것은 신의 뜻, 불변의 진리이고, 늑대가 토끼를 안 잡아먹는다면 그게 더 잘못된 거예요. 그래서 나는 만약 나더러 선택하라면 절대로 토끼는 되지 않을 거예요. 다 그런 거지 뭐…."

동류는 일파에게 백설공주 이야기를 해주었다. 전에 한 번 듣고 두 번째 들을 때였다. 이야기를 반쯤 듣더니 일파가 두 손으로 귀를 막았다. 동류가 물었다.

"왕비의 바구니 안에는 뭐가 있었지?"

아이는 재빨리 외쳤다.

"사과 없어! 사과 없어."

"사과 안에는 뭐가 있지?"

"독 없어!"

"있는 건 있는 거야. 네가 없다고 말한다고 해서 없어지는 게 아니란다."

아이가 두 살이 되었을 때는 기상천외한 말들로 어른들을 깜짝깜짝 놀라게 하기도 했다. 한번은 일파가 장난을 치자 동류가 말했다.

"이렇게 말 안 듣는 걸 보니, 네 아빠가 병원에서 잘못 데리고 왔나보다. 아무래도 남의 애를 데리고 왔나봐."

일파가 얼른 말했다.

"동류 아주머니! 지대위 아저씨!"

내가 말했다.

"우리 아들 말하는 것 좀 봐. 나날이 재치를 더하는 걸. 한 마디 한 마디가 진리이고, 만 마디 할 것을 한 마디로 끝내기도 하고 말이야."

한번은 공원에서 호수에 떠 있는 배를 가리키면서 일파가 말했다.

"화륜선火輪船엔 화륜도 없는데 왜 화륜선이라고 해요?"

어떻게 대답해야 하나, 하고 생각하고 있는데 아이가 또 물었다.

"내 눈은 이렇게 작고 배는 저렇게 큰데 어떻게 내 눈 안에 다 들어오지?"

그리고 공원을 나와서 일파는 요구르트를 마시고 싶어했다. 동류가 말했다.

"요구르트는 두 개뿐인데 셋이서 어떻게 마시지?"

일파가 말했다.

"세 개! 엄마하고 나하고 아빠하고."

"두 개밖에 없는데?"

아이는 고집스레 말했다.

"세 개! 엄마하고 나하고 아빠하고."

동류가 웃으면서 말했다.

"고놈 하고는…. 그 아버지에 그 아들이라더니(有其父, 必有其子). 우리 식구는 앞으로 어쩌면 좋아?"

또 한번은 하도 까불어서 동류가 한 마디 했더니 일파가 이렇게 말했다.

"자꾸 야단치면 나 창문에서 뛰어내릴 거야."

너무 웃겨서 내가 말했다.

"아니 우리 겁쟁이가 창문에서 뛰어내린다고? 어디 침대에서 한번 뛰어내려봐!"
　일파가 얼른 대꾸했다.
　"나는 높은 데서만 뛰어내려. 낮은 데서는 안 뛰어 내려."

　자기 자식을 바라보면서 느끼는 그 감정은 정말 특별했다. 정말 어쩔 수 없었다. 가끔은 아들의 머리를 쓰다듬으면서 이유도 없이 괜히 콧날이 시큰해지면서 울고 싶어졌다. 나는 동류에게 말했다.
　"이 세상은 정말이지 편견으로 가득 찬 세상 같아. 모든 사람들이 다 자기 자식을 이렇게 귀하게 생각하니, 이 세상은 가망이 없겠어."
　동류가 말했다.
　"만약 사람들이 자기 자식 귀하게 여길 줄 모른다면, 그거야말로 절망적인 거죠."
　그 말도 맞는 말이었다. 편견은 신의 뜻이며, 누가 없애고 싶다고 없앨 수 있는 것이 아니었다.
　"당신 말대로라면 편견도 나쁜 게 아니네?"
　편견에는 맹점이 따르게 마련이다. 그렇다면 그 맹점조차도 나쁜 게 아니군. 이렇게 생각하자 모든 것의 경계가 모호해졌다. 착하게 사는 것도 무의미하다는 것은 이제 삼척동자도 다 알고 있다. 생각하면 할수록 헷갈렸다. 닭이 먼저인지 계란이 먼저인지(先有鷄呢, 還是鷄蛋) 정말 알 수가 없었다.

　어제 저녁부터 동류는 한 마디도 하지 않았다. 내가 말을 걸었지만 그녀는 거들떠 보지도 않았다. 아침 출근 전에 그녀가 말했다.
　"오늘 당신이 일파를 인민로人民路까지 데려다줘요. 인정하든 안 하든 팔자가 그것밖에 안 되는 걸. 난 안 가요. 갔다가는 틀림없이 그 자리에서 대성통곡할 거야."
　"임지강이 세상물정 모르고 큰소리 떵떵 친 거지. 그나마 우리가 큰 기대 걸지 않아서 다행이야. 어차피 어려운 일이었어."

그때 아래에서 빵빵 하는 크랙슨 소리가 나더니 임지강이 올라왔다. 동류는 일종의 두려움이 섞인 눈빛으로 그를 바라보았다. 보아하니 임지강도 무언가 성사시키고 온 사람의 모습은 아니었다. 내가 먼저 입을 열었다.

"어렵지? 그게 원래 그렇게 어려운 일이었어."

"정말 이렇게까지 어려울 줄은 몰랐어요. 기껏해야 유치원 들어가는 건데…. 이틀만 더 주세요. 제가 친구를 통해서 회계재정처의 관關 처장과 끈이 닿아서, 관 처장이 사무국의 맹孟 국장을 찾아가기로, 그리고 그 맹 국장이 진陳 원장을 찾아가 말해보기로 했어요. 관 처장조차도 자신 할 수 없다는 거예요. 원래 다른 사람한테 일을 부탁할 땐 급하게 서두르면 안 되는 법이거든요. 그래서 두 분 초조해 하실까봐 제가 먼저 말씀드리러 온 거예요."

"관 처장이 기꺼이 돕겠다니 정말 대단하군. 게다가 맹 국장도 팔 걷고 나선다면 그건 더욱 대단한 일이야. 그리고 그 친구라는 사람도 정말 대단한 사람이네."

동류가 임지강에게 말했다.

"자네도 정말 대단해, 정말 대단해!"

임지강이 말했다.

"다 성사된 다음에 얘기하죠. 성사된 다음에."

동류가 물었다.

"돈은 얼마나 들었어? 말만 해. 우리 때문에 이렇게 애쓴 것만도 미안한데 어떻게 돈까지 내라고 하겠어?"

말하는 품이 허리춤에 만 냥이라도 차고 있는 듯 호방했다. 그가 말했다.

"친구와 관 처장이 무슨 관계인지는 저도 잘 몰라요. 관 처장 다음의 일들은 더더욱 모르고요. 어쨌거나 건너고 건너서 아는 관계여서요. 그 친구 집에 전화 놓아주기로 했죠. 이 친구도 다른 친구가 소개시켜준 친구인데, 알게 된 지 얼마 안 됐어요."

전화를 놔 주다니! 나는 깜짝 놀랐다. 사천 위안도 넘을 텐데, 동류가 그 많은 돈을 부담할 수 있을까? 이 말을 듣고 동류가 말했다.

"그래야지! 그럼 그래야지. 이렇게 많은 사람들을 거치는데 어느 한 곳에서 문제나 생기지 않을지 몰라. 진 원장한테 먹혀들까? 만약 관 처장이 절대적인 파워를 갖고 있다거나 하면 좋겠네."

이틀 후 일파가 성 정부 유치원에 들어가기로 결정이 났다. 동류가임지강에게 말했다.

"전화 놓는 데 돈 얼마 썼어? 그리고 이래저래 또 돈 썼을 것 아냐? 솔직히 말해줘. 이렇게 많은 사람들 끌어들이는 데 기름칠도 적잖이 했을 거 아냐?"

임지강이 말했다.

"처형 일 돕는 데 돈이라뇨? 사람 너무 우습게 보지 마세요."

내가 말했다.

"그렇게 한 사람 한 사람 뚫는 것만으로도 대단한 일인데 자네 돈까지 보태게 할 수는 없지. 당연히 돈은 우리가 내야지."

임지강이 말했다.

"돈이야 뭐 문제가 되나요. 누구든 내면 되는 거죠. 문제는 전신국 용량이 한정되어 있어서 전화번호를 따오는 게 문제예요. 요즘은 예전과는 달라져서 말로는 절대 아무 일도 안 돼요. 받아먹은 만큼 일도 해주죠."

나는 동류가 걱정스러웠다. 저렇게 많은 돈을 무슨 수로 부담한단 말인가! 그런데 웬걸, 동류가 말했다.

"그러니까 간단하게 말해서, 얼마가 들었는지 말하라니까. 일은 일대로 시켜먹고 돈은 돈대로 손해 보게 하는 그런 일은 안 해."

임지강이 한참 딴청을 피우더니 드디어 입을 열었다.
"돈은 다 회사 돈이에요. 고객 관리, 업무상 필요로…."
내가 물었다.
"자네 회사는 그런 돈도 청구할 수 있나?"
"아무나 다 이런 식으로 청구할 수 있으면 아무리 잘 나가는 회사라도 사흘을 못 버티고 망하죠. 그게 다 누가 청구하느냐에 따라 다른 거죠."
 말하면서 오른손으로 자연스럽게 자기 가슴을 치고는 엄지손가락을 들어올려 보였다. 그의 이런 행동이 거슬렸지만 겉으로는 내색하지 않았다. 지금으로서는 그가 뭐라고 하건, 무슨 짓을 하건, 다 받아주는 수밖에 없었다. 어쨌거나 이렇게 어려운 일을 해결해준 그에게 내가 무슨 자격으로 딴지를 걸 수 있겠는가. 그가 어떤 수단을 써서 문제를 해결했건 그것도 그의 실력이다. 나는 그것을 인정하지 않을 수 없었다. 그가 아무리 잘난 척 해도 나는 그저 고개를 숙이고 그것을 인정해야 했다. 인정하지 않을 수 없었다.

 일파를 데리고 성 정부 유치원에 가던 날, 동류는 유치원의 뛰어난 교육환경을 보고는 기뻐서 어쩔 줄 몰랐다. 문을 나서서까지 웃음을 참지 못하던 동류는 계속 웃다가 결국 울음을 터뜨리고 말았다. 손등으로 계속해서 눈물을 훔쳐대며 그렇게 울더니 또 갑자기 다시 고개를 위로 쳐들고는 웃음을 터뜨렸다. 내가 말했다.
"행길 가야. 남들이 보면 돈 가방이라도 주운 줄 알겠어!"
그녀는 눈물을 닦아내면서 말했다.
"이제야 우리 일파를 볼 면목이 서네요. 이제야 면목이 서요."
길을 건너자 그녀가 말했다.
"우리 일파가 울고 있는 건 아닌지 모르겠네. 내가 가서 창문 너머로 봐야겠어."

"며칠 울다 말 거야."

그녀는 결국 나를 끌고 다시 돌아가서 창밖에 숨어 안을 들여다보았다.

"안 우네!"

한 발자국 내딛고는 세 번씩 돌아보면서 가까스로 자리를 떴다. 오후에 아들을 데리러 가자 일파가 우리를 향해 달려와 안기면서 말했다.

"아빠 찾았다. 엄마도 찾았다. 이게 아빠! 이게 엄마!"

동류는 애를 안고 유치원 대문을 나설 때까지 내내 입을 맞췄다. 동류가 말했다.

"이렇게 착한 아들이 또 어디 있겠어? 아들을 위해서라도 우리 어른들이 노력해야 되요."

동류의 말이 맞을지도 모른다. 아들을 위해서라도, 아들 녀석이 잘 살도록 하기 위해서라도 노력해야 하지 않을까? '잘 산다'는 것이야말로 무엇보다도 중요한 가치다.

내가 위생청에서 일한 지도 벌써 육년이 되었다. 그렇지만 지금 상황은 내가 첫 출근하던 그날보다 나아진 것이 하나 없었다. 오히려 퇴보했다고나 할까? 하루하루를 그냥 이렇게 꿈속을 노닐듯 마치 방향을 잃은 것 같다. 일년이 지나고, 또 일년이 지나고, 고개 돌려 생각해 보면 그냥 그렇게 한 해가 지났을 뿐이다. 그렇지만 인생에 '육년'이란 세월이 몇 번이나 있을 수 있는가! 더군다나 인생의 황금기에…. 스스로가 밉기도 하고, 가엽기도 하고, 도무지 알 수가 없었다.

나는 내가 무언가를 굳게 지키고 있다고 생각했었다. 그렇지만 이렇게 오랜 시간이 흐르고 나니 뚜렷했던 모습은 희미해지고, 명확했던 의미도 애매해지고 있었다. 자기 가정에도 책임을 다하지 못하는 인간이 어떻게 세계를 꿈꾸랴. 그렇지만 코앞의 몇 가지만 보고 산다면 나는 또 무엇인가? 여러 해를 기다렸지만 아직 그 기다림에 대해 어떤 결과가 나올지 전혀 예측할 수 없다. 어떤 각도에서 나의 생활을 돌이켜보아도 그저 희미한 손 하나가 형용하기 힘든 우아한 자태로 방향을 지시할 뿐이다.

　생존은 진리이고, 귀결점이며, 전부이다. 이것이 본질이고, 이것이 깨달은 자의 깨달음이고, 아는 자의 앎이다. 예전에는 이것이 못 배운 사람들의 생활태도라고 생각했는데, 지금은 나까지 거부할 수 없게 그 방향으로 가게 되었다. 선택의 여지도 없이…. 정소괴와 임지강의 엄청난 억압 속에서도 나는 선택의 여지가 없다. 나는 더 나은 생활을 해야 하고, 아내 역시 그렇다. 그래서 나는 선택의 여지가 없다. 그러기 위해서 나는 내 자신을 변화시켜야 한다. 나는 벼랑 끝에 서 있는 나를 상상해 본다. 하늘과 땅이 끝 모르게 펼쳐져 있는…. 여기서 한 발만 내디뎌도 현실을 깨닫게 될 것이다.

 35. 권력과 돈

그날 나는 사무실에서 신문을 보고 있었다. 밖에서 윤옥아가 말끝마다 공孔 과장님, 공 과장님, 하면서 누군가와 다정하게 이야기를 나누고 있었다. 윤옥아가 말했다.
"앞으로도 자주 와서 지도해 주세요, 공 과장님! 공 과장님은 앞길이 창창하시니까 앞으로 무슨 일 생기면 부탁 좀 해요. 설마 모르는 척하지는 않겠죠?"
그 말을 듣는 내가 다 거북할 정도였다. 과장이면 과장이지, 화장실에서 일을 보다가도 마주치는 게 과장인데 저렇게 간드러지게 부를 것까지야…. 윤옥아는 그 사람을 엘리베이터 앞까지 배웅해주고 돌아왔다. 나는 위생청 내에 공 씨가 없는 걸로 알고 있던 터라 그녀에게 물었다.
"그 공 과장이라는 사람, 위생청 소속인가요?"
"공상능孔尙能이에요. 알지요? 퇴휴직과 과장이 되었데요."
"공상능이 위생청에 온 지 얼마나 됐다고 벌써 과장이 돼요?"
"요즘 젊은 사람들은 동작이 얼마나 빠른데."
"어쩐지 며칠 전에 우연히 만났는데, 인사하는 말투가 달라졌다 했더니…."

정소괴가 이사하던 날 그가 와서 이사를 도와주는 것을 봤다. 그런데 그 며칠 후에 나는 정소괴가 공상능에게 이것저것 따지면서 엄하게 훈계하는데, 공상능은 그저 고개를 숙이고 묵묵히 듣고 있는 장면을 목격했다. 그때 나는 생각했다. 자기네 이사하는 것까지 와서 도와줄 정도면 어쨌거나 서로 친한 사이일 텐데, 정소괴 저 인간은 어떻게 저리도 인정머리 없이 사람을 대할 수 있지? 속으로 공상능을 동정하기까지 했었다.

그런데 또 며칠 후였다. 도서실에서 공상능이 조䵻 씨와 나누는 대화를 우연히 듣게 되었다. 공상능은 말끝마다 '정 주임님, 정 주임님' 하면서 정소괴를 입에 침이 마르도록 칭찬하고 있었다. 나는 정말 이상한 일이라고 생각했다. 도대체 생각이 있는 거야 없는 거야? 저자는 인격 수양부터 해야겠군! 정소괴가 어떤 인간인지 아직도 모른다는 거야? 나는 그의 어리석음을 믿을 수가 없었다. 이 이야기를 윤옥아에게 해주었더니, 그녀가 말했다.

"위생청에 이상한 일이 어디 한두 가지인가? 이상한 사람도 적지 않고…. 이제는 웬만한 것은 이상하지도 않아요."

내가 말했다.

"달리 생각하면 이상해 보여도 사실은 이상할 것 하나 없고, 또 바보 같아 보여도 사실은 바보가 아닌 거지요. 그 사람이 정말 바보라면 몇 년 만에 바로 과장이 됐겠어요?"

그렇다. 모든 규범이 뒤집혀버렸다. 그런 일을 이상하다고 생각하는 것 자체가 이상한 것이고, 그 인간을 바보 같다고 생각한 내가 바보다. 이런 생각을 하자 갑자기 심적인 압박감이 느껴졌다. 몇 년만 지나면 공상능마저도 나한테 이래라 저래라 할 텐데, 그땐 어떻게 하지? 쥐구멍에라도 들어가야 하나? 이 바닥에 몸담고 있는 사람들은 하나 같이 위를 향해 달려야 한다. 그렇지 않으면 살아남을 수 없고, 살아남더라도 얼굴 들고 다닐 수가 없다. 나는 내 장래를 생각해 보았다. 절망적이었다. 벌써 서른도 넘었는데 아직도 이렇게 하루 종일 멍청히 자리만 지키고 있다. 몇 년만 지나면 만년사원으로 늙겠지. 이백은 일찍이 말했었다. "청천 같은 큰 길 두고 나만 홀로 못 가네"(大道如靑天, 我獨不得出)라고.

   그의 고통을 나 자신도 느낄 수 있었다. 그도 이런 식으로 견뎌왔겠지. 그 기상이 하늘에 닿고 비상한 재주를 가졌던 그도 이런 식으로 견뎌왔겠지. 그 속에 담긴 피와 눈물의 의미는 우리가 그의 생명의 주름 속에 새겨진 미묘한 의미를 찾아내지 못하는 한 느끼기 힘들 것이다.

   나는 살 길을 찾아내야만 했다. 위생청 안에서 방법을 찾자니 유일한 돌파구는 남들의 인정을 받는 것이었다. 그렇지만 그 방법은 포기한 지 이미 오래다. 이제 와서 다시 시작한다는 건 지난 시절을 허비했다는 것을 뜻한다. 그런데 이것만큼은 정말이지 인정하고 싶지 않았다. 정말 나한테는 아무 잘못이 없었다. 그리고 그런 식으로 나를 납득시킬 수도 없다. 더군다나 윗사람들도 이런 나를 원하지 않을 것이다. 서른도 더 넘어서 환골탈태하겠다고? 그것이 가능할까? 나 자신마저도 대답을 할 수가 없었다. 후회스러웠다. 애초에 위생청에 남는 게 아니었는데… 중의연구소에 가서 전공이나 살릴 걸…, 그놈의 '천하天下 콤플렉스' 때문에, 더 큰 물에서 놀고 싶은 마음에, 결국은 지금 이 지경에까지 이르게 되었다. 정말이지 동류나 일파를 볼 면목이 없다.

   육년 전 대학원을 졸업할 때만 해도 석사 출신이라고 하면 봉황의 깃털 같고 기린의 발톱 같은 귀하고 뛰어난 인재 취급을 받았지만, 요즘은 무더기로 쏟아져 나오고 있다. 그나마 다행인 점은 지난 몇 년 동안 발표한 열여 편의 보고서를 가지고 있다는 것이었다. 이에 자신감을 얻어 중의연구소로의 전근을 시도해보기로 했다. 세상일까지 생각할 겨를은 없어도 내 앞가림은 해야 하지 않겠는가! 나는 이런 생각을 동류에게 이야기했다.
"정말 옮기게요? 옮겨봤자 위생청 관할인데, 어디로 옮기든 마찬가지에요. 문제 일으키는 사람은 어딜 가나 문제를 일으켜요."
"최소한 다시 시작할 수 있는 기회는 생기잖아."
"다시 시작하는 건 어디서든 할 수 있어요. 그리고 누가 뭐라고 해도 위생청은 위생청이에요. 위생청에선 일년 내내 이런저런 물품들을 지급해 주잖아요. 당신도 그 덕 보고 있고요. 우리 병원에는 그런 것 없어요."
"나는 그저 새로운 곳으로 가서 보기 싫은 사람들 좀 안 보고 살고 싶은 거지. 정소괴, 정 주임, 어쨌든 눈에 좀 안 띄었으면 좋겠어."
"지금 당신은 현실을 도피하려는 거예요. 사실 어딜 가나 눈엣가시 같은 사람들은 있게 마련이에요. 우리 병원에는 없는 줄 알아요?"
"어쨌든 나는 옮길 생각이야. 여자들은 코앞의 고만큼만 볼 줄 알았지 여기는 도무지 보지를 않는군."
말하면서 손가락으로 관자놀이를 가리켰다.
"여기, 여기."
"나는 도대체 당신이 말하는 그놈의 '여기'가 어디인지 알 수가 없어요. 하지만 꼭 옮겨야겠다면 나도 당신 다리를 밧줄로 붙들어 맬 생각은 없어요. 그저 조건이 있어요. 어디를 가건 우리 방 두 칸짜리 집에는 손을 대지 말라는 거예요. 그래요, 나는 여자예요. 여자라서 코앞의 고만큼만 본다고요. 난 우주니 별이니 달이니 하는 거 신경 안 써요."

나는 정철군程鐵軍의 집을 찾아갔다. 그는 내가 중의연구소에 있을 때의 친구였다. 그에게 내 생각을 이야기하자, 그가 말했다.
"자네 뭐 잘못 먹었어? 위에서 아래로 옮기겠다는 게? 그게 말이 돼?"
"내가 워낙 외골수라서 기관 쪽 일은 잘 맞지 않아. 그저 전공을 살리고 싶어서 말이야."

"내가 진료부에서 의사로 있지만, 매일 같은 자리에 앉아서 그렇고 그런 환자들이나 보는 게 무슨 재미가 있겠어? 그만둘 수만 있다면 내일이라도 당장 그만두고 싶네. 나더러 중의학회에 가서 월급 받으면서 매일 신문이나 읽고 차나 마시면서 하루하루 보내라고 하면 감지덕지 하늘을 향해 향이라도 피우겠네."

내가 말했다.

"환자를 접해야 연구도 하지. 나도 논문을 열여 편 발표했지만 말이야."

"오자마자 연구 쪽으로 가고 싶다고? 몇 년 더 다녀보고 얘기하세. 나는 자네와 바꿀 수만 있으면 좋겠네. 나와 바꿀까?"

"위생청에 있으면 얻는 것이 좀 있기는 하지. 그런데 사람들 안색이 별로 안 좋아. 나보다 한 급도 아니고, 딱 반 급 높은 인간이면 그 차이로 사람을 얼마나 눌러대는지…."

그가 웃으면서 말했다.

"여기 연구소는 무슨 외국인 줄 아나? 다 같은 배에서 나온 형제야. 그리고 자네가 육년 전에 여기 안 오는 바람에 같은 해 졸업한 친구들은 벌써 다 부副주임 의사며 부副연구원이 되었는데, 자네는 지금 주치의 자격도 없잖아. 마음이 편하겠어?"

나는 일단 부딪쳐봐야겠다고 생각했고, 정철군은 나를 인사과 정鄭 과장에게 데려다주었다. 정 과장은 우리더러 앉으라고 하고는 전화를 걸기 시작했다. 통화가 끝났는가 싶더니 또 한 통 걸기 시작했다. 정철 군은 앉아 있는 내내 몸을 꽈대더니 결국 못 참고 핑계를 대고 먼저 나가버렸다. 한참 후에 정 과장이 통화를 마치고 내게 말했다.

"지대위 씨! 여기도 나름대로 부副청급 기관이라 오려는 사람도 많고 쉽지가 않아요. 자리도 모자라고, 주택도 모자라고, 위생청과는 비교도 안 되죠. 전공 쪽 경력은 어떻소?"

나는 바로 논문 복사본을 꺼내놓았다. 그는 손으로는 논문을 넘겼지만 눈은 벽에 붙은 표를 바라보고 있었다.

"위생청에서 우리 쪽으로 내려오겠다는 사람은 처음입니다. 혹시 누구의 눈밖에라도 나서 그래서 오겠다고 하는 건 아닌지? 사실대로 말해줘요. 우리도 아무것도 모른 채 위생청과의 관계만 나빠질 수는 없는 것 아닙니까!"

"누구의 눈밖에도 난 적 없습니다. 그저 전공을 살리고 싶어서 그러는 겁니다. 어쨌든 팔 년이나 공부했지 않습니까."

그는 다시 내 논문을 뒤적이면서 말했다.

"괜찮네, 괜찮아요. 졸업하자마자 바로 왔으면 훌륭한 재목이 되었을 것 같습니다. 전 인재를 존중하거든요."

그는 연구소에 얼마 전에 중급中級 직함을 갖게 되었다는 서舒 씨 성을 가진 젊은이의 이야기를 해주었다. <중의연구>에 논문을 발표하고, 그 논문으로 성省에서 내리는 우수 논문 이등상까지 받아 그 다음 해에 바로 부 연구원이 되었다고 했다.

"그게 다 내가 처리한 겁니다. 인재에 대해서는 아주 파격적으로 길을 열어주는 거죠."

그의 말을 들으면서 나는 내가 두부찌꺼기 신세, 아니 구걸을 하러 온 거지신세라도 된 것 같았다. 그는 자기가 얼마나 인재를 아끼는지에 관한 실례들을 장황하게 늘어놓기 시작했다. 나는 그의 말이 끊긴 틈을 타서 인사를 하고 빠져나왔다.

나중에 정철군이 내게 얘기해 주었다.

"자네 그 상 받은 사람 누군지 아나? 바로 서 소장 아들이야! 아니면 어떻게 그 사람 논문이 일급 간행물에 게재되고, 또 그 논문으로 상까지 받고, 게다가 인사 승진까지? 그 논문이 어떻게 나왔는지는 나도 다 알아. 그렇지만 누가 그걸 감히 까발리겠어? 그 사람한테 아부하는 사람은 있어도 자네나 나한테 아부하려는 사람은 없지. 논문 쓰고, 발표하고, 상 받고, 진급하는 것까지가 풀 서비스—條龍服務라니까.

　원칙은 죽었지만 사람은 살아 있어(原則是死的, 人是活的). 산 사람이 못하는 게 뭐 있겠나? 원칙이라는 건 우리 같은 사람들에게나 덮어씌우는 거지. 오늘날 도장을 손에 넣는 것은 재주 좋은 인간들이야. 도장을 손에 넣지 못하면 억울하단 소리도 하지 말아야 해. 안 그랬다간 다른 사람들에게 비웃음거리나 제공하고 말아. 누가 잡지 말래? 그런데도 자네는 이런 곳으로 옮겨오겠다는 거야? 열 받아서 죽지 않을 자신 있으면 옮겨오게나."

　연구소에서까지 물 먹을 줄이야. 나는 자신감에 엄청난 상처를 입었다. 나, 인간 지대위가 이 정도로까지 몰락하다니, 정말 믿을 수 없는 노릇이다. 세상이 낯설게 느껴졌다. 마치 어떤 알 수 없는 신비한 힘이 보이지 않게 존재하면서 나를 가로막고 있는 듯했다. 착하게 살면 다 그 보답을 받는다고? 웃기고 있네! 나는 착하게 살지 않을 용기가 솟는 것 같았다. 내겐 그럴 권리도 있다. 이놈의 세상은 힘으로 사람을 평가하지 선악으로 사람을 평가하지 않는다.

　나는 내가 나름대로 근성도 있고, 사람 사는 원칙을 지키려는 강인함도 갖추었다고 생각했었다. 그런데 이 모든 것이 다른 사람들의 눈에는 그저 웃음거리, 무능함의 표현에 지나지 않았던 것이다. 나는 또 하나의 추상적인 자아가 내 육체에서 빠져나와 의심스러운 눈빛으로 나를 바라보며 스스로를 냉정하게 심사하는 모습을 상상해 보았다. 그렇게 생각하자 다른 사람들이 나를 바라보는 조소 섞인 눈빛도 다 이유가 있는 것처럼 생각되었다. 너 별 것 아니잖아. 무슨 근거로 다른 사람들이 너를 대단한 인물로 봐 주길 바라는 거야?

　세상은 바뀌었다. 모든 것이 뒤집어졌다. 낯설고 환멸스럽다. 권력과 돈權和錢, 이것은 세상의 주재자로서, 어떻게도 피해갈 수 없는 진리가 되어버렸다. 그런데 이런 진리 앞에 고개를 숙인 너는? 내가 그러고도 지식인이라고, 착한 사람이라고 할 수 있을까? 착하게 살기 위해서는 다른 사람의 이해를 바라서도, 시간의 인정을 기대해서도 안 된다. 세속과의 타협은 더더욱 불가능하다.

결국 끝으로 남는 유일한 이유는 바로 정신적인 이유이다. 나는 그렇게 하길 원한다. 정소괴를 따르는 데에서 행복을 느낄 수 없다. 하지만, 오늘날 그런 정신적 이유가 과연 충분한 이유가 될 수 있을까? 어떤 선재先在하는 역량이 나를 규정지은 것도 아닌데, 나는 왜 굳이 나 스스로를 규정지으려 하는 걸까? 나는 내 자신에게 대답할 수가 없었다.

그날 나는 수염을 깎다가 전기면도기에 달린 작은 거울에 우연히 내 얼굴을 비춰보게 되었다. 이마, 눈썹, 눈 그리고 아래로 내려와서 코, 입, 들여다보고 있으려니 진짜 같기도 하고 가짜 같이 보이기도 했다. 이게 바로 나로구나. 이 순간에 존재하는, 이런 거로구나. 그때 문득 턱 언저리에 그을린 듯한 갈색 수염이 눈에 들어왔다. 이게 진짠가? 벌써 갈색 수염이 다 생겼단 말인가? 시간은 정말로 예외 없이 찾아드는구나. 마치 창 밖의 은행나무처럼 말이야. 내가 저 나무를 관찰한 지도 벌써 몇 년이 되었다. 매년 저 나무의 잎사귀들이 정말로 충만하고 부드러운 신록을 자랑하는 것은 며칠 뿐, 그 아름다움을 미처 다 펼쳐내지도 못한 채 금세 짙은 녹색으로 변해 버린다. 가슴을 도려내는 듯한 아픔을 느꼈다. 내 인생도 이렇게 끝나버리는 건가?

어쨌든 나는 뭔가 탈출구를 찾아야만 한다. 한참 고민 끝에 두 가지 방법이 떠올랐다. 첫째는 그냥 정소괴의 뒤를 따르는 것, 그리고 둘째는 제대로 된 논문을 몇 편 써서 <중의연구>에 발표하는 것이었다. 세상은 넓디넓건만 내 코앞에 놓인 것은 '고작 이 정도'였다. 우주를 아무리 넓고 깊이 사고해도 결국은 '고작 이 정도'로 돌아와야 한다는 것, 이것이 바로 유일한 진실이다. 세숫대야 안의 폭풍도 역시 폭풍이고, 어쨌든 아무 것도 없는 빈털터리보다는 낫지 않은가. 하물며 이 정도, 깨알 하나라도 나한테는 매우 유용할 수도 있으니 말이다.

생각해보면 머뭇머뭇, 우물쭈물하면서 보내버린 지난 육년이라는 세월이 너무나 아쉬울 뿐이었다. 정소괴를 따르는 것이 가장 효과적인 방법일 것이다. 모든 사람이 깨닫고 있듯이, 이윤의 극대화야말로 핵심적인 시장 원리지만, 그러나 나의 감정적 본능은 이에 강렬하게 저항하고 있었다. 다른 이유는 없었다. 그저 심리적인 이유에서였다. 그랬다. 내 피 속에 흐르는 어떤 힘이 나를 막고 있었던 것이다. 내게 이윤극대화의 원칙으로 인생을 운영할 권리가 있을까? 나는 대답할 수 없었다.

내가 나의 이런 생각을 동류에게 이야기하자, 그녀가 말했다.
"당신 뜻대로 해요."
그녀의 관대함이 너무나 고마웠다. 그녀는 지금까지도 몇 년이나 그렇게 참아주었고, 또 앞으로도 참을 준비가 되어 있었다. 나는 도서실에서 빌려온 책들을 출근해서도 보고, 저녁에도 바둑 두는 일을 최대한 삼갔다. 그렇게 나는 금세 감각을 회복했고, 종종 창조적 불꽃들이 자동적으로 떠오르기도 했다. 그리고 오래지 않아 나는 나 스스로도 만족스러운 좋은 논문을 한 편 완성할 수 있었다.

36. 자존심을 버릴 때 기회가 온다

임지강이 전화를 해서 내게 도움을 청할 일이 있다고 했다. 나는 생각할 것도 없이 바로 응낙했다. 내가 무슨 수로 그의 부탁을 거절해? 내가 무슨 일이냐고 묻자, 그가 말했다.

"일요일 아침에 성세 박람회장 앞으로 오세요. 제가 입구에서 여덟 시에 기다리고 있겠습니다."

전화를 끊고 나니 좀 씁쓸했다. 이젠 아주 큰소리 빵빵 치면서 나를 부리려드는군! 무슨 일인지 얘기도 안 하고 다짜고짜 나오라고 하다니, 내가 뭐 자기네 집에서 기르는 개라도 되는 줄 아나? 그래도 가는 수밖에 없었다. 내가 무슨 수로 안 갈 수 있어?

집에 와서 동류에게 얘기하자, 동류가 말했다.

"드디어 우리도 도움을 줄 수 있는 기회가 왔네요. 정말이지 그 동안 너무 신세를 많이 졌어요."

"무슨 일인지도 얘기 안 하고…. 분명히 별로 좋은 일도 아닐 거야. 내가 자기 집에서 기르는 개라도 되냐?"

그녀가 깜짝 놀라며 말했다.

"그럼 당신 안 갈 거예요? 그럴 염치 있으면 가지 마세요."

일요일 아침 일찍 동류가 나를 흔들어 깨웠다. 아무 말도 하지 않았지만 나는 자리에서 벌떡 일어나 비스켓 몇 개를 집어들고 집을 나섰다. 임지강은 입구에서 나를 기다리고 있었다.

"오늘 여기서 첨단기술제품 전시회가 있습니다. 우리 회사에서 신제품을 내놓았는데 판촉 좀 해 달라고요. 요새 해외사업이 얼어붙어서 우선 국내사업부터 불을 지펴보려고요."

나는 오늘 내가 할 일이 임지강 회사 전시 부스에서 기공마장氣功魔掌이란 건강보조 제품을 파는 것임을 알았다. 임지강이 말했다.

"기공마장은 중의의 경락經絡 원리에 따라 만들어진 상품입니다. 온몸의 병을 다 고칠 수 있죠. 손님들에게 그 원리만 이야기해 주시면 되요."

그는 가방에서 상품을 하나 꺼내더니 내게 그 기능에 대해 설명을 해주었다. 임지강이 나한테 경락 원리를 강의하다니…, 정말이지 세상은 블랙 코미디로 가득 차 있다. 제품을 받아 살펴보니 사람 손바닥 모양을 한 납과 동 합금의 물건으로, 중간에는 태극도가 그려져 있고, 팔괘八卦가 그 태극도를 둘러싸고 있는데, 그 옆에는 두 줄로 "그림에 따라 방위, 시간과 공간의 정보를 찾아 맞추시오"라고 쓰여 있었다. 뒤집어보니 손바닥 위에 손바닥의 각 부위에 상응하는 신체의 각 부위, 즉 머리, 등, 허리, 항문, 뇌, 코, 가슴 등등이 적혀 있었고, 그 옆엔 또 두 줄로 "여섯 개의 칸은 구궁九宮을 나타내며, 태극에는 모든 정보가 들어 있습니다."라고 쓰여 있었다. 그럴듯한 포장 하며, 정말 웃기지도 않았다. 아마 안에는 자석이 몇 개, 구리선이 몇 가닥 들어 있겠지. 이걸 갖고 치료라니, 정말이지 무지한 사람들 등쳐먹자는 수작이었다.

"이 첨단기술 제품으로 정말 이렇게 많은 병을 고칠 수 있어?"

"인체의 모든 부위가 다 여기 있잖아요. 병도 못 고치면서 판촉을 하겠어요?"

말하고는 나더러 설명서를 자세히 읽어보라고 했다.

"설명서대로 하시면 대충 될 거예요."

매우 정교하게 만들어진 설명서는, 그러나 온통 잡소리뿐이었다. 다른 사람들 돈 등쳐먹자고 나를 불러서 이런 잡소리나 하게 하다니, 정말 나의 존엄을 짓밟는 처사였다. 그렇지만 입 꾹 다물고 있을 수는 없는 노릇이었다. 하나에 얼마씩이냐고 물어보았다.

"이백구십구 위안밖에 안 해요. 열 개 이상 사면 도매가격으로 삼십퍼센트 할인되고요. 한달 월급으로 이렇게 고급 건강보조 제품을 살 수 있다면 무지 싼 거죠."

말하지는 않았지만, 이 물건 만드는 데 든 비용은 기껏해야 십 위안 미만이겠지.

전시대로 갔더니 아가씨들 몇 명이 휘장을 두르고 서 있었다. 중의대학 학생들을 데리고 온 것이다.

임지강이 말했다.

"여러분 모두 설명서에 있는 대로 입을 맞춰 주세요."

그리고는 한 아가씨더러 내 가슴에 이름표를 달아주라고 했다. 이름표에는 내 이름과 함께 '북경 중의대학 석사' 라고 쓰여 있었다. 오늘 하루 꼼짝없이 사기꾼 노릇을 해야 한다는 사실에 그 자리에 있기가 매우 불편했다. 아홉시가 거의 다 되어서 임지강이 말했다.

"이제 곧 개장입니다. 설명서는 다 잘 읽으셨죠?"

"읽기는 다 잘 읽었는데, 그게…."

그가 내 말을 자르면서 말했다.

"조금 있다가는 절대로 그런 식으로 말하시면 안 됩니다. 그냥 다 고칠 수 있다고, 특히 신장, 간, 위에 효과가 있다고 해주세요."

그러면서 내 손을 잡고 말했다.

"제발 부탁입니다. 세상에 돈 안 드는 일이 어디 있겠습니까? 그 돈들이 어디서 나겠어요? 다 이런 사업에서 나오는 거 아니겠습니까?"

그가 전화설치비 얘기를 꺼내지 않은 것은 내 체면을 생각해서였을 것이다. 이런 상황에서 내가 무슨 말을 할 수 있겠는가? 그나마 다행인 것은, 이런 물건은 사람에게 해를 끼치지는 않는다 점이었다. 돈은 등쳐먹어도 남의 목숨까지 등쳐먹지는 않는다는 거였다. 그리고 가난한 사람이 이런 데에 돈을 쓰겠어? 한 사람이 다가왔다. 나는 한 쪽에 서 있었다. 임지강이 아가씨에게 말했다.

"옆쪽으로 서요."

나는 무의식중에 가장 눈에 잘 띄는 곳으로 옮겨 섰다. 침을 한 번 삼켜 목을 가다듬었다. 아가씨가 얼른 내 이름표를 가운데로 옮겨 달아주었다. 또 한 명 다가와서 전시대 앞에 서자 아가씨가 얼른 말을 시작했다.

"선생님, 저희 신제품 한번 써보세요. 생각지도 못한 효과를 보시게 될 겁니다."

"이것이야말로 첨단기술의 결정체죠."

임지강이 덧붙였다. 그 사람은 제품을 집어보고는 그 위의 도형을 자세히 살펴보기 시작했다. 임지강이 나를 바라보았다. 나도 거들었다.

"이 제품의 기본원리는 '황제내경'皇帝內經의 경락학설로, 현대 중의와 결합하여 만든 최신 연구결과의 산물이라 할 수 있습니다."

그는 내 가슴에 달려 있는 이름표를 눈여겨보았다. 나는 손짓을 섞어가면서 말했다.

"중의에서는 사람의 몸을 하나의 전체로 보지요. 그리고 신체의 각 부위의 상태가 손바닥에 다 나타난다고 보는 겁니다. 경락은 서로 통합니다. 그러므로 손바닥에서 받아들이는 정보가 거꾸로 온 몸으로 전해지는 거죠."

그 사람이 말했다.

"그런데 이 제품이 나한테 맞을지 모르겠네요."

나는 그에게 자리에 앉으라고 하고는 맥을 짚어보았다.

"선생님 맥박이 약하시네요. 신장이 약해서 나타나는 현상입니다."
그가 얼른 믿음이 간다는 듯이 대답했다.
"맞아요! 맞아요."
"신장이 강해야 근본 체질이 강해지는 겁니다. 한 가지가 통하면 백 가지가 다 통하게 되지요."
그리고 또 도형을 가리키면서 그에게 원리를 자세히 설명해 주자, 그가 말했다.
"다 맞는 말씀입니다요. 제가 앓은 지 오래 되어서 이젠 반# 의사가 되었습니다."
"여기 지 주임은 북경 중의대학원을 졸업하신 석사님이십니다. 이 분이 핵심을 짚어내지 못하면 누가 핵심을 짚어내겠습니까?"
임지강이 덧붙였다. 그 사람은 망설이지도 않고 제품을 사면서 말했다.
"삼백 위안도 안 되는 물건이 병을 고칠 수 있다는데, 그것도 아까워서 못 산다면 정말 자신에게 미안한 일이죠. 사람 나고 돈 났지 돈 나고 사람 났습니까?"

그가 자리를 뜨자마자 다른 사람이 와 앉더니 맥을 짚어달라고 했다. 나는 맥을 짚으면서 눈을 슬며시 감고 생각했다. 사람 속이는 게 이렇게 간단하구나. 분위기를 몰아가는 것이 관건이로군. 저 아가씨들도 괜히 저렇게 휘장까지 두르고 서 있는 건 아니었군.

예전에 길거리에서 어떤 두 사람이 내게 시계를 팔았던 일이 생각났다. 두 사람이 바람을 잡는데, 한 사람이 말하면 다른 한 사람이 응수하고, 얼마나 그럴듯하던지 나는 판단력을 잃고 그만 하나를 사버렸다. 집에 돌아와서야 속았다는 것을 알았다. 결국 그 시계는 한달 만에 고장이 났다.

나는 설명을 하면서 한편으로는 주위를 몰래몰래 둘러보았다. 혹시라도 아는 사람을 만나지 않을까, 동창생이라도 만나면 정말 큰일인데…. 학교 이름에 먹칠하고 다닌다고 욕하지 않을까 두려웠다. 어떤 산두(山頭, 광동성에 있는 개항장) 사람은 내가 하는 말에 완전히 넘어갔다. 아마 내가 기공 마장을 쓰면 불로장생할 수 있다고 말해도 믿었을 것이다. 그는 이 친구 저 친구에게 선물하겠다면서 네 개나 샀다.

"다른 것은 선물하기에 너무 흔해서요. 요즘 사람들이 없는 게 뭐가 있습니까?"

내가 얼른 맞장구쳤다.

"건강 선물이 최고지요. 마음에 근심이 없으면 그야말로 유유자적 부처님 팔자이고, 몸까지 건강하면 사는 게 다 신선놀음이지요."

그는 가다 말고 다시 돌아왔다. 몇 십 개를 도매로 사 갖고 가서 장사를 하고 싶다고 했다. 임지강은 그와 흥정을 하면서 말했다.

"삼십 퍼센트 깎아드리면 저희도 남는 게 정말로 하나도 없어요. 이게 보기엔 손바닥만하지만 내부 구조가 얼마나 복잡한지 아십니까? 칠십오 퍼센트에 드리지요. 더 이상은 안 됩니다."

거의 거래가 성사되지 않는 것 같았다. 그 산두 사람도 엄청난 끈기의 소유자 같았다. 끝까지 굽히지 않고 계속 물고 늘어졌다.

"나도 뭐 남는 게 있어야 하지 않겠습니까? 한두 개 사는 것도 아니고."

옆에 있던 아가씨가 거들었다.

"아저씨, 서른 네 개 사시겠다고 하면서 그런 말씀 마세요. 어제 이쪽 제약회사에서 이백오십二百五十+ 개를 샀는데도 삼십 퍼센트밖에 할인 안 해줬어요."

그 말을 듣고 나는 속으로 정말 우스웠다. 정말로 '바보 멍청이군.' (二百五十(얼바이우스)는 중국말로 바보멍청이란 뜻이다—역자). 결국 삼십 퍼센트 할인으로 합의가 이루어졌다. 임지강이 말했다.

"정말 장사 잘 하십니다. 댁과 흥정하다가는 피까지 토하겠어요. 그나마 여기가 전시회장이라 이 가격에 살 수 있었던 거예요. 밖에서는 이 가격에 절대 못 구합니다."

그 산두 사람이 떠나가고 나서 내가 말했다.
"광동 사람들은 정말이지 돈을 돈으로 안 본다니까."
임지강이 말했다.
"어쨌든 저 사람도 누구 등쳐먹은 돈일 텐데요 뭐…."
"그래 저 인간 역시 등쳐먹은 걸 거야."
나는 말하면서 '역시'에 은근히 힘을 주었다.
"그러니 우리도 남의 눈치 볼 필요 없다고요."
정신없이 하루가 지나갔다. 속으로 세어보니 오늘 하루 동안 197개를 팔았다. 폐장 때 임지강이 말했다.
"오늘 성적이 좋은데요. 141개나 팔았으니."
말하면서 배가 불룩한 가죽 가방을 탁탁 쳐댔다. 내가 말했다.
"하루 종일 떠들었더니 나까지도 정말이라고 믿을 것 같아."
그가 말했다.
"원래 정말 그렇다니까요."
나는 웃으면서 말했다.
"그렇지. 그렇고 말고. 141개란 말이지…."

그는 차로 나를 데려다 주었다. 내가 말했다.
"장사가 그 정도로 남는 것인 줄 몰랐네."
"선전이 주 목적이지 이 정도 돈이야 별거 아닙니다."
"자넨 큰 돈을 버는 데 익숙해서 그래."
위생청에 거의 다 도착해서 그가 말했다.
"저는 안 올라갈게요."
말하면서 봉투 하나를 건네주었다.
"팔십팔 위안이에요. 넣어 두세요."

36. 자존심을 버릴 때 기회가 온다

나는 잠시 망설이다가 봉투를 받아 넣었다. 임지강이 말했다.

"아까 그 학생들한텐 십오 위안씩 줬는데도 좋아서 입이 찢어지더라고요. 형님은 선전 쪽에 아주 천재적인 재능이 있으신 것 같아요. 몇 마디 안 해도 사람들이 홀딱 넘어가던 걸요. 공부 많이 한 사람은 뭐가 달라도 다르다니까. 다음에 또 부탁드리겠습니다. 원래 유능한 사람이 일도 많이 하게 되어 있잖아요. 괜찮죠?"

"나보고 천재라고 하는 사람도 다 있네? 사실 가끔은 숫자도 제대로 못 셀 때도 있다네."

그는 잠시 어리둥절해 하더니 큰 소리로 웃었다.

나는 봉투를 동류에게 주면서 말했다.
"팔십팔 위안이야."
"임지강이 그렇게 인색하지는 않네요."
"이까짓 거 얼마나 된다고. 임지강은 얼마나 벌어갔는지 알아?"
"그게 무슨 상관이에요? 당신이 언제 하루에 팔십팔 위안 벌어다 준 적 있어요? 이 돈이면 우리 이번 달은 숨 좀 돌릴 수 있겠어요. 다음 주에도 당신 부른데요?"
"당신이 보기에 내가 사기꾼 같아, 아니면 천재 같아?"
"둘 다 아닌 것 같은데."
"자세히 봐, 봐!"
그녀는 쳐다보지도 않고 말했다.
"당신과 내가 얼굴 맞대고 산 게 몇 년인데 더 볼 게 어디 있어요? 당신이 어두컴컴한 데서 움직여도 난 당신 동작 다 알 수 있어요."
"당신이 나를 그렇게 뼛속까지 이해하고 있는 줄은 몰랐네. 그런데 사실은 당신은 나를 이해 못해. 나는 아주 천재적인 사기꾼이라고."
그녀는 어이없다는 듯이 웃으며 말했다.
"잘난 척하긴 너무 이르네요. 당신이 사기꾼 절반만 되었거나, 아니면 천재 절반만 되었어도 나와 일파가 이렇게 어두컴컴한 낡은 집에 살고 있진 않을 거예요."

"이렇게 큰 소리로 외치고 구슬려가면서 사람들 등쳐먹은 것은 오늘이 처음이야. 내 자존심을 소똥에다 갖다 처박고 발로 밟은 끝이야."

"권력도 없고 돈도 없고 무슨 일이든 남한테 부탁하는 주제에 자존심만 높으면 무슨 소용 있어요? 내가 당신을 이해 못한다면 바로 그런 점을 이해 못하는 거겠죠. 사람의 존엄은 권력과 금전 위에 쌓아가는 거예요. 당신은 아무것도 없으면서 뭘 쌓겠다는 거예요?"

"그게 바로 허황된 것이라는 게야. 사람들이 그를 존중하는 것은 그 사람의 돈이나 권력이지 그 사람 자신의 인격이나 사상이 아니거든. 그 사람의 인격이나 사상을 존중해야 그게 바로 진짜인 게야."

"당신 말대로라면 높은 자리에 앉아 있는 그런 사람들한테는 존엄이 없다는 말인가요?"

"그 사람들이 그 자리에서 물러나는 순간 진상이 드러난다니까. 당신 시施 청장 봤잖아."

"세상이 거짓 천지에요. 거짓이다 못해 너무나도 사실적이지요. 남들이 속으로 어떻게 생각하든 무슨 상관이에요."

나는 그 일을 통해 깨달은 게 있었다. 사람이 자존심을 조금 버리고 머리를 조금만 숙이면 기회는 얼마든지 있다. 별볼 일 없는 나 같은 인간이 자존심이 너무 센 것 자체가 우습다. 배부른 소리, 정말이지 너무 사치스러운 소리다. 임지강의 그 불룩한 가방을 보면서 나도 심장이 뛰지 않았던가? 나도 풀만 먹고 살 수 있는 사람은 아니다. 그저 스스로를 이기지 못하는 것일 뿐. 신문에서는 매일같이 자신과의 싸움에서 이겨야 한다고 했다. '자신과 싸워 이겨야 한다' 戰勝自我. 오늘에야 비로소 그 오묘한 뜻을 알게 되었다. 사람에게 있어서 가장 큰 적은 자기 자신이라는 그 말은 결코 그냥 생겨난 게 아니었다. 바로 성공한 모든 사람들이 몸소 체험을 통해 얻은 진리인 것이다. 그러나 그들은 그 말 속에 숨어 있는 진의를 사람들에게 공개하지는 않았다. 스스로 알아서 깨달으라는 것이겠지. 그리고 사람들은 입으로만 읽을 줄 알았지 그 말의 참뜻을 정말로 이해하지는 못하고 있다.

37. 동창회

　대학 동창인 광개평匡開平이 출장 차 이 지역을 지나가게 되었다. 나를 만나자마자 그가 말했다.
　"생각해 보니 졸업한 지 벌써 팔구년이네. 팔구년! 일부러 자네를 보러 왔어. 내일 바로 다시 떠나. 비행기표도 이미 예약해 놓았어."
　옛 동창을 만나자 그 오랜 시간 동안 이루어 놓은 것 하나 없는 내가 부끄러웠다. 나는 그를 집으로 데려가기 싫어서 그냥 좀 멀리 산다고 핑계를 댔다. 그가 말했다.
　"제수씨 얼굴도 못 보여주겠다는 건가?"
　"그런 게 아니고…. 그냥 입 하나, 코 하나, 눈 두 개 있는 여자라서."
　나와 허소만의 일을 다 알고 있는 그가 동류를 보면 속으로 비웃을 것 같았다. 그는 내 책상에 널려 있는 책들을 보고 말했다.
　"직장에서 전공서적을 다 보다니…. 이런 것 좀 덜 보고 정치 방면의 책을 더 읽어야지."
　그는 처장이 되어 있었고, 허소만도 처장이 되었다고 했다. 나는 그와 밖에서 식사할 요량으로 그에겐 잠시 일이 있다고 하고는 얼른 집으로 가서 동류에게 돈을 좀 달라고 했다. 동류가 말했다.
　"있는 척 하기는…. 그냥 집에 와서 먹으면 되지."

"있는 척이라도 해야겠어."
나는 그녀에게서 돈을 받아들고 말했다.
"오늘 밤 집에 안 들어오면 그 친구와 같이 자는 줄로 알고 있어."
그녀가 언짢은 듯이 말했다.
"집이 먼 것도 아닌데…."
"당신이 낭군님과 함께 자고 싶어한다는 건 잘 알지."
"내가 당신 몸 한 구석에 꽃을 수놓았거든."
사무실로 돌아오자 윤옥아가 광개평과 뭔가를 이야기하고 있었다. 내가 들어가자 마치 칼로 벤 듯 그녀의 목소리가 끊어졌다. 무언가를 감추는 듯한 표정으로 나를 보면서 실실 웃었다.
"왔어요?"
이 수다쟁이가 또 무슨 말을 했을까?

나는 광개평을 데리고 밥을 먹으러 갔다. 식사 중에 많은 동창들의 근황 이야기가 나왔다. 식사가 끝나자 그는 기어코 나를 밀치고 자기가 계산했다.
"이래서야 주인 체면이 뭐가 되나?"
"걱정 말게. 어차피 접대비인데 뭐."
이렇게 말하고는 종업원 아가씨에게 영수증을 끊어달라고 했다. 숙소에 도착해서도 그는 기어코 숙박비까지 자기가 계산했다. 내가 물었다.
"자네 무슨 생각으로 이러는가?"
"선공후사先公後私라고 했어. 공公 돈 먼저 쓰라는 소리지."
그는 제일 좋은 방을 달라고 했다. 왕년엔 다 같은 친구였는데 이제는 이런 사소한 것에서까지 다 차이가 나는구나. 사람이 어떤 자리에 오르면 돈도 자연히 따라오게 마련이다. 이것 역시 게임의 규칙이다. 이런 식으로 자기가 돈을 다 내다니. 저 친구가 나를 어떻게 생각하는지

대강 알 것 같았다. 우습게 보이겠지. 내일은 서徐 형한테 부탁해서 무슨 일이 있어도 이 친구를 공항까지 차로 데려다 주도록 해야겠다. 그 정도 체면치레는 해야 할 것 아닌가. 그가 자리에 기대어 담배를 권해왔다. 한 모금 빨고 나서 내가 말했다.

"어떨 때는 담배가 친구 같아."

"나는 담배 없으면 안 돼. 쓸쓸할 때 담배에 불을 붙이면 금세 분위기가 잡히지."

그는 내년이 우리가 대학 졸업한 지 십년 째 되는 해라면서 북경에 있는 친구들이 동창회를 하려고 하는데 올 수 있냐고 물었다.

"안 가면 내가 공공公共의 적이 되는 것 아냐? 나중에 동창들 얼굴 어떻게 보려고 안 가겠어?"

"그럼 꼭 와야 해. 내가 나중에 연락해 줄게."

그는 나더러 요즘 무슨 일을 하냐고 물었다. 나는 그가 혹시 비웃지나 않을까 걱정을 하면서 내 연구계획과 방향들에 대해 이야기해 주었다. 그는 자못 관심이 있는지 나와 토론하기 시작했다. 현대적 분석방법으로 중약을 분류하는 부분에 대해서는 제법 자세한 부분까지 물어왔다. 그가 말했다.

"사실 정부기관에 몇 년 몸담고 있으면서 이런 생각은 거의 못했어. 매일 생각하는 거라곤 누가 누구와 어떤 관계냐, 뭐 이런 것들뿐이지. 그런 관계를 제대로 몰랐다가는 말 한 마디 실수로 일을 망칠 수도 있고 심지어 아주 끝장나는 수도 있거든. 나중에 아마 우리 동창 중에 자네가 제일 성공할 거야. 우리야 그저 굴러먹는 거지."

그는 지금의 내 처지에 대해서는 한 마디도 언급하지 않았다. 그것이 나를 더 비참하고 부끄럽게 만들었다. 어쩌다 나는 남들이 화제에 올리기조차 기피하는 사람이 되고 말았을까? 이런 부끄러운 감정은 나로 하여금 나도 사실은 남들처럼 세속적인 시선으로 세상을, 그리고 또 나를 보고 있다는 사실을 깨닫게 했다. 지위가 없으면 떳떳해질 수도 없다.

아무리 강인한 정신을 갖고 있는 사람이라도 조류에 저항할 일련의 가치체계를 만들 수는 없고 그저 부평초처럼 물결에 쓸려 다니는 수밖에 없다. 나는 내가 꿋꿋하고 강직하게 세속적인 것들을 경시한다고 생각해 왔지만, 막상 나 자신의 인격의 뿌리는 그리 깊지 못하여 자기도 모르는 새 늘 세속적인 기준으로 남들과 교류하고 있었던 것이다.

우리는 늦게까지 이야기를 나누었다. 그는 관직에 있었지만 우리 위생청의 관료들처럼 철저한 관료적 풍모나 사고방식을 갖고 있지는 않았다. 나는 그런 느낌을 그에게 말했다. 그는 이렇게 대답했다.

"누구든 자기 직장에 있을 때는 잠재의식 속에 있는 연기자적 본능이 드러나게 마련이지."

이튿날 서 형에게 부탁해서 그를 공항까지 바래다주도록 했다. 헤어지면서 내가 말했다.

"내년에 동창회 할 때 꼭 연락 주게나."

"사실 동창회라고 해봤자 별거 있겠어? 그냥 얼굴 한 번 보는 거지. 다 그런 거지 뭐."

이후에 동창회 소식을 알려온 것은 광개평이 아닌 허소만이었다. 그녀는 내 사무실로 직접 전화를 했다. 그녀의 목소리를 듣는 것이 몇 년 만인지, 심장이 격하게 뛰기 시작했다. 그녀는 일본에서 두 친구가 오기 때문에 동창회가 앞당겨졌다면서, 나더러 금요일에 와 주었으면 좋겠다고 했다. 그리고 내가 어떤 기차편을 타고 올 것인지도 물었다. 나에게 생각할 겨를도 주지 않고 그녀가 말했다.

"48호 기차를 타고 오면 되겠네."

전화를 끊고 생각했다. 역시 높은 자리에 있는 사람이라 그런지 결정도 시원스럽게 내리는군. 그런데 연락이 끊긴 지 벌써 몇 년 만인데 전화를 하면서 어떻게 내 안부도 안 물어보는지 이 점이 마음에 걸렸다. 그렇지만 내 상황에 대해 대충 들은 바가 있어서 날 배려하느라 묻지 않은 것일 수도 있다는 생각이 들었다. 나는 북경에 다녀오는 데 드는 비용을 계산해 보았다. 최소한 몇 백 위안이 필요했다. 동류에게 손을 내밀자니 자기 살점이라도 베듯이 아까워할 테고, 할 수 없이 감찰실의 막寞 여사한테 오백 위안을 빌려달라고 했다. 그녀는 바로 빌려주었다. 저녁에 나는 동류에게 북경으로 출장을 가게 되었다고 했다. 동류가 말했다.

"다른 사람들은 하도 많이 다녀와서 이젠 질렸나 보죠? 그러니까 당신한테 차례가 돌아왔겠지. 내 말이 맞죠?"

"맞지, 그럼. 당신이 언제 틀리는 거 봤어? 당신이 정답이지."

"당신이 가게 된 걸 보니 좋은 일은 아닌가 봐. 높은 분 뵈러 가는 건 분명 아닐 테고, 맞죠?"

"맞아, 딱 맞췄어. 이렇게 정확할 수가. 당신 아니면 누가 이렇게 똑소리 나게 맞출 수 있겠어?"

기차에서 내려 출구 쪽으로 나가려는데 누군가가 내 이름을 부르는 소리가 들렸다.

"대위! 대위!"

허소만이었다. 그녀가 마중을 나올 줄이야! 마음이 따뜻해지고 감동되었다. 내가 마중 나올 만한 가치가 있는 사람이었던가. 그녀가 사람들의 무리를 헤치고 다가와서 말했다.

"나는 저쪽 끝에서 찾았잖아…."

저쪽 끝은 침대칸이었다. 너무 부끄러웠다. 나는 북경까지 그 먼 길을 딱딱한 의자에 앉아서 왔던 것이다. 그때 갑자기 영감이 떠올라서 말했다.

"네가 너무 급하게 오라고 하는 바람에 침대칸 표를 살 수가 없었어. 여기까지 앉아 오느라 다리가 다 부었다."

"대위, 너는 예전 그대로네. 하나도 안 변했어. 시간이 너를 깜박 잊고 내버려뒀나 봐."
"뇌막염 후유증이야. 일에도 얽매이지 않고, 서두르지도 않고, 신경 쓸 일이 없으니까."
그녀는 확실히 변해 있었다. 더 이상 예전의 젊고 활기찬 모습이 아니었다. 중년 부인의 티가 제법 났다. "너도 하나도 안 변했네"라고 말해야 했지만, 입이 떨어지지 않았다. 그건 너무 가식적이었기 때문이다. 그래서 이렇게 말했다.
"너도 별로 많이 변하지 않았어. 하긴 허소만이 어디 가겠어?"
아니나 다를까, 그녀는 아주 기뻐하면서 말했다.
"정말? 살도 찌고, 애가 벌써 여섯 살인걸."
역을 나오니 차가 기다리고 있었다. 내가 말했다.
"역시 잘 나가는 사람은 다르군."

차 안에서 나는 그녀가 나의 최근 근황을 물어오기를 기다렸다. 언젠가는 답해야 할 문제라고 생각했다. 그런데 그녀는 묻지 않았다. 기사 앞에서 나도 그녀 상황을 묻기가 좀 불편해서 그녀와 이런저런 동창들의 소식들을 이야기했다. 그러나 정작 우리에 관한 이야기는 하지 않았다. 우리는 위생부衛生部 내의 숙소에 묵기로 되어 있었다. 숙소 입구를 들어서면서 내가 말했다.
"위생 계통에서 몇 년을 일했지만 위생부에는 처음으로 와보는데 신성한 장소 같은 느낌이야. 너는 매일 여기 있으면 꿀통 속에 빠져 있는 것 같겠다."
"위생청 사람들도 자주 와서 일을 보고 그래."
그녀의 말을 듣고 나는 그녀가 현재 내 상황을 자세히 알고 있다는 것을 알 수 있었다. 내가 덧붙였다.
"높은 자리에 있는 사람들이 오겠지."
이렇게 말하고 나자 나도 모르게 마음이 한결 가벼워지고, 이야기하는 데 있어 장애가 사라져버린 느낌이었다. 그녀는 놓치지 않고 물었다.

"아직 중의학회에 있어?"

"벌써 사오년이나 됐어."

차에서 내려 나를 방까지 데려다주고 나서 그녀가 말했다.

"일부러 하루 일찍 오라고 한 거야. 가끔은 머리를 써야 할 때도 있어. 무슨 물건이든 일단 갖고 싶은 마음이 있어야 가질 수 있어. 또 갖고 싶다고 생각하면 결국은 가질 수 있는 거고. 너도 그렇게 해봐."

"그쪽으론 재능이 없어. 그냥 논문이나 몇 편 쓰면 됐지."

"논문도 물론 써야지. 그렇지만 다른 것들도 없이 지낼 수는 없잖아. 이렇게 무기력하게 있으면 안 되지. 빈궁은 사회주의가 아니라고 했잖아."

이런 이야기까지 나오고 보니 너무 부끄러웠다. 그렇다고 여기서 이야기를 끊을 수도 없는 노릇이었다. 그녀가 말했다.

"세상에는 두 종류의 사람이 있어. 하나는 다른 사람의 운명을 결정하는 사람이고, 다른 하나는 다른 사람에 의해 자신의 운명이 결정되는 사람."

나는 웃으면서 대꾸했다.

"이 방 안에 세상 모든 부류의 사람이 다 있네."

그녀는 걱정스럽게 나를 바라보면서 말했다.

"나와 말장난이나 하자는 거야?"

나는 일부러 명랑한 척 나의 상황을 숨기고 싶었지만, 그녀의 말대로라면, 나는 그녀를 멀리 밀쳐내고 있었다. 내가 말했다.

"그래, 그럼 우리 진지하게 얘기해 보자. 왕년의 허소만이 언젠가 처장이 될 줄은, 그것도 서른이 갓 넘어서 처장이 될 줄은 생각도 못했네."

"사실, 처장도 다 그렇고 그런거야. 그렇지만 세상에 그렇고 그렇지 않은 일도 있니? 사는 게 다 그렇고 그런 거고, 그 그렇고 그런 일이라도 있는 게 그나마도 없는 것보단 나아. 사람은 있잖아, 어느 한 사람의 마음먹기에 달려 있어. 그 한 사람이 생각을 왼쪽으로 돌리면 흥하게 되고, 왼쪽으로 돌리면 망하게 되는 거지. 흥하고 망하는 것, 천당과 지옥, 자기는 지금 천당에 올라가고 있는지 지옥으로 떨어지고 있는지 한 번 생각해 봐. 우리 같은 사람들 대다수의 마음은 그 한 사람의 마음에 쏠리게 마련이야. 모든 노력을 다해서 그 한 사람의 마음을 왼쪽으로 돌리도록 해야지. 만약에 오른 쪽으로 돌아가는 날에는 모든 게 끝장이거든. 가끔은 그 한 사람의 눈빛만 심상치 않아도 우리 같은 사람들은 끝장이야. 끝장나고도 자기가 어떻게 끝장났는 줄도 몰라."

"딱 내 얘기군. 지난 몇 년간, 정말이지 되는 일 하나 없더라니."

나는 그녀에게 내 이야기를 해주었다. 그녀는 내 이야기를 듣고는 아무 말도 하지 않았다. 한참 후에 그녀가 입을 열었다.

"대위야!"

내가 말했다.

"사실 나도 바보는 아니잖아. 나도 어떻게 해야 좋을지는 알아. 그런데 뭔가가 계속 나를 막고 있어. 알아도 소용이 없어."

"나는 너를 알지. 나는 널 알아."

그녀는 갑자기 웃음을 터뜨리면서 말했다.

"너한테는 말 빙빙 돌려서 하지 않을게. 너 마음 아파도 난 상관없어. 예전에 한 농부가 나귀를 몰고 절벽 옆을 지날 때였어. 아래는 천길 낭떠러지였지. 농부는 나귀더러 안쪽으로 걸어 가라고 채찍질을 했지만, 나귀는 끝까지 가장자리 쪽으로 걷는 거야. 아무리 잡아끌어도 소용이 없더래. 결국에는 나귀가 낭떠러지 아래로 떨어졌지. 농부가 탄식을 하면서 뭐라고 했을 줄 아니? 그래 네가 이겼다, 네가 이겼어! 사람이 고집 부리는 것도 이와 마찬가지야."

만약 다른 사람이 했으면 내가 벌써 발로 걷어차고도 남을 이야기였지만, 허소만이 하니까 별다른 반감이 느껴지지 않았다. 나는 자조적으로 웃으면서 말했다.

"언제 풀이라도 뜯어서 날 좀 먹여줘."

"너는 자기 자신을 막고서 뭘 하려는 거야? 손을 뻗을 때는 손을 뻗어야지."

그녀는 허공을 향해 뭔가를 잡아채려는 듯 재빠르게 손을 뻗었다가 끌어들이는 동작을 해보였다. 나는 속으로 깜짝 놀랐다. 허소만한테서 이런 동작이 나올 줄이야…. 내가 말했다.

"허소만, 너도 현실주의자가 되었구나."

"누구는 뭐 구름 속에 살다가 갑자기 인간세계로 떨어진 줄 아니? 처음에는 누구든지 그런 심리적 장애가 있기 마련이야. 너나 나나, 누구는 뭐 자존심이 없니? 그렇지만 그 알량한 자존심 때문에 자기를 굽히지 않는다면, 그럼 어떻게 하니? 세상더러 바뀌라고 할까? 그건 불가능해."

허소만과 나는 식사를 하기 위해 밖으로 나갔다.

밥을 먹으면서 그녀가 말했다.

"이번 모임을 위해서 돈 번 동창 몇몇의 도움을 받았어. 다른 사람들은 그냥 성의만 표시하고, 숙비와 식비는 따로 걷지 않기로 했어. 그런 것까지 걷으면 너무 속돼 보이잖아."

"그럼 나도 성의를 보여야지."

성의를 보여 봤자 한 백 위안 정도겠지. 그런데 그녀가 말하기를 능국강凌國强이 오천팔백 위안, 오외伍巍가 사천칠백 위안씩을 냈다고 했다. 하나는 사업을 하는 놈이고, 하나는 관리인데, 서로 일등을 차지하려고 경쟁을 하다가 결국은 능국강이 더 큰 금액을 내게 됐다고 했다. 그 액수를 듣고 나는 머리카락까지 쭈뼛 서는 것 같았다.

"우리 같은 서민은 성의만 보이는 게 어느 정도야?"

"나는 팔백 위안 냈어."

"그럼 나도…."

그녀가 손짓으로 내 말을 막았다.

"넌 됐어. 내가 네 이름 써서 올릴게."

나는 내겠다고 하고 싶었지만 지갑에 겨우 사백 위안밖에 없었다. 형편없이 빈약한 주머니 사정으로 무슨 큰소릴 치겠는가. 부끄럽기 짝이 없었다. 아무 말도 않고 있자니 방금 전에 서민이라는 단어를 쓴 것이 정말 추하게 여겨졌다. 못 보일 꼴 다 보였군.

오후에 우리는 모교를 방문했다. 나는 차를 교문 앞에 세워두고 가자고 했지만, 그녀는 끝까지 차를 몰고 들어가자고 고집했다. 나는 그녀가 그런 금의환향 식의 감상에 젖는 것을 이해할 수 있었다. 그런 느낌을 가지려면 먼저 어느 정도 자리에 오른 후여야겠지. 나는 그녀와 같이 옛날에 그녀가 살던 기숙사로 갔다. 학생들은 모두 수업을 가고 없었다. 그녀는 한참 동안 문틈 사이로 안을 들여다보았다. 아무 말 없이 계단을 내려오는데 금방이라도 눈물이 떨어질 것 같았다. 내가 살던 기숙사에도 갔다. 예전에는 미색이었던 문 색깔이 지금은 갈색으로 바뀐 것만 빼고는 모든 것이 그대로였다. 문을 열고 들어가자 내가 오년 내내 사용했던 침대가 눈에 들어왔다. 한 남학생이 모기장에서 얼굴을 내밀고 퉁명스럽게 말했다.

"누굴 찾으세요? 기척도 없이 들어오시면 어떻게 해요?"

"잘못 들어왔네."

얼떨결에 이렇게 말하고 그냥 나와 버렸다. 우리는 학교를 한 바퀴 돌았다. 그해 3월 20일 밤에 횃불을 들고 손에 손을 잡고 큰 소리로 구호를 외치면서 교문을 향해 나아가던 장면이 머릿속에 생생하게 되살아났다. 귓가에 격정적인 구호 소리들이 들려왔다. "일어나라, 노예 되기를 거부하는 자들이여. 우리의 살과 피로 다시 만리장성을 쌓자!", "단결! 중화 부흥!"과 같은 구호들이 밤하늘을 가르며 울려 퍼졌었다. 십년 전의 일들이 아득히 먼 옛날 같이 느껴졌다. 감정이 복받쳐 올라 눈물이 흘러나왔다. 그녀가 의아한 눈빛으로 나를 바라보았다. 나는 옷소매로 눈물을 닦으면서 말했다.
"그날 밤이 생각나서."
그녀는 바로 알아들었다. 그녀의 눈에도 눈물이 고이기 시작했다.

38. 대학 동창생들

저녁 무렵 친구들이 하나둘 도착했다. 광주에서 비행기를 타고 온 친구도 있었다. 졸업한 후로 한 번도 못 본 친구들이 대부분이라 서로 치고 두드리면서 반가워했다. 어떤 여자 동기들은 소녀마냥 소리를 지르면서 껴안고 난리였다. 나는 수많은 명함들을 받았다. 보아하니 거의 모든 친구들이 다들 그럴듯한 직함들을 갖고 있는 것 같았다. 한 친구가 나더러 명함을 달라고 했다.

"나는 명함 갖고 다닐 주제가 못 되는데…."

상대방은 믿을 수 없다는 눈길로 말했다.

"농담하는 거지, 대위? 너무 겸손 떠는 거 아냐? 겸손 떨기는."

이렇게 말하면서 더 이상 묻지는 않았다. 허소만이 집행위원이었기 때문에 온 사람들은 모두 그녀 방으로 가서 이름을 등록했다. 명단을 살짝 보니 오천 위안 넘게 낸 사람도 있었고, 사천삼백 위안 낸 사람도 있었다. 허소만은 팔백 위안을 냈고, 내 이름 옆에도 팔백 위안이라고 적혀 있었다. 사오백 위안을 낸 친구도 몇 있었다.

허소만이 말했다.

"사만 위안 이상은 모이겠어! 이걸 사흘 내에 다 쓰려면 아주 열심히 놀아야겠어."

한 친구가 능글맞은 목소리로 말했다.

"다른 건 다 재미없어. 남의 가정을 파괴하는 게 제일 재미있지. 사흘이면 족하지. 소만씨, 내 당신 한 사람만을 가슴에 담고 산 지 십년이 넘었다오!"

"또 말 같지도 않은 소리 하고 있네. 십년이나 지났어도 똑 같애."

시간이 좀 지나자 스무 명 남짓한 동창들은 자연스럽게 세 그룹으로 나뉘었다. 나는 어느 그룹에 끼어야 할지 갈피를 잡을 수가 없었다. 여자 동창생들은 다 허소만의 방 안에 모여 있었다. 내가 문을 열고 들어서자 한 여자 친구가 말했다.

"지대위, 너 너무 눈치 없는 거 아냐? 여자들 얘기하는 데 끼려고? 내년에 성 전환 수술하고 다시 와라."

"너희 여자들끼리 무슨 얘기가 그렇게 재미있냐? 혹시 남편 휘어잡는 기술 주고받는 거 아냐?"

"요즘 남자들은 다 꽃 흐드러지게 피고 곳곳에 새소리 들리는, 제비 춤추고 봄빛 화사한 그런 곳으로만 돌아다니는데, 그 인간들 고삐를 풀어 주라고? 하늘 끝까지 도망가라고?"

그렇게 말하면서 나를 문 밖으로 밀어냈다.

다른 방으로 가자 거기는 능국강凌國强을 중심으로 모여서 사업 얘기들을 하고 있었다. 하나같이 야심만만해서 국제무대로 진출할 계획들이었다. 능국강이 말했다.

"내 일생의 꿈은 중국 의학을 전 세계에 알리는 거야. 시장에는 한계가 없다고. 나는 앞으로의 전망만 생각하면 흥분이 돼서 잠도 안 와. 백만, 천만이 대수인가?"

한 친구가 바로 그의 회사에 가보고 싶다고 했더니, 그는 멋지게 손가락 하나를 세워 보이며 말했다.

"두 말하면 잔소리지."

그리고는 나를 보면서 말했다.

"대위, 자네는 어떤가? 자네도 우리 회사에 기술주技術株를 좀 투자하지 그래. 십년만 지나면 상상도 못할 만큼 큰 돈을 벌 수 있는데."

학교 다닐 때는 별 볼 일 없던 녀석인데 이렇게까지 클 줄이야. 내가 말했다.

"생각해 보지."

그는 계속해서 말했다.

"막 졸업하고 내 위에 있던 상사들도 지금은 나 한 번 만나기가 얼마나 어려운데. 개인적인 친분관계를 이용하는 걸 좋아하지 않거든. 우정이라고 하면 학교 다닐 때 우정이 우정이지. 다 동기간으로 별 다른 생각 없잖아. 그런데 사람이 잘 되고 나면 새롭게 우정을 쌓을 수 없게 돼. 뒤에서 무슨 생각을 하는지 알 게 뭔가?"

얘기를 듣고 있자니 나와는 동떨어진 이야기 같아서 오외伍巍가 있는 방으로 갔다.

그 방은 더욱 시끄러웠다. 다들 관계에 몸담고 있는 친구들이었다. 오외는 성省 수석 비서로 있어서 자연히 화제의 중심이 되었다. 내가 들어서자 광개평이 말했다.

"대위, 너도 하나 하지."

그제야 나는 그들이 음담패설을 하고 있음을 알았다.

"나는 별로 말 주변이 없어서…"

오외가 말했다.

"국가 기관에서 일하는 사람이 음담패설을 못하면 술자리에서 무슨 얘기를 하나? 진실을 이야기하면 윗사람이 기분상할 거고, 거짓을 이야기하면 군중이 기분상해 하지. 만인을 기쁘게 하는 건 음담패설밖에 없다니까."

그때 다른 한 친구가 이야기를 시작했다.

"내가 하나 하지. 성이 교交 씨인 현장縣長이 있었어. 한 번은 병원에 입원을 했는데 퇴원할 때 의사가 부인이랑 한 방을 쓰지 말라는 거야. 교 현장이 물었지. '한 방에서 자지 말라면, 저더러 여관에서라도 자라는 말인가요?' 의사는 다시 한번 완곡하게, '그러니까 부인이랑 한 침대를 쓰시지 말란 소립니다' 고 했더니, '아니, 그럼 저더러 바닥에서 자라는 겁니까?' 하고 또 묻는 거야. 의사가 할 수 없이, '그러니까 성性 교交는 안 된다는 겁니다' 하고 말했어. 그랬더니 교 현장이 다급해져서 뭐라고 그랬는지 알아? '아니, 우리 할아버지도 성姓 교交고, 우리 아버지도 성 교, 내 아들도 성 교인데, 나만 성 교는 안 된다니 그게 말이 됩니까?' 그러더래."

다들 웃음을 터뜨렸다. 누구는 문화적인 의미가 담겨 있는 농담이라 했고, 누구는 이미 케케묵은 옛날 농담이라고 했다. 오외가 말했다.

"내가 하나 할게. 방금 그 교 현장 이야기랑 어느 게 더 재미있는지 비교해봐. 마누라, 처제, 처남, 이 셋으로부터 연상되는 북방의 유명한 자연경관은?"

모두들 한참 동안 알아 맞춰보려고 했지만 아무도 대답을 못했다. 오외가 힌트를 제시했다.

"산동山東에 있는 것."

금세 누가 말했다.

"무이산武夷山 천유봉天遊峰의 봉래선경(蓬萊仙境: 산동성 무이산 천유봉에 오르면 도교의 이상세계인 봉래선경을 접할 수 있다는 전설이 전함—역자)?"

모두들 아니라고 했다. 또 누구는 동해 바다의 해시신루海市蜃樓가 아니냐고 했다. 하지만 모두들 말하면 말할수록 정답과 멀어지는 것 같았다. 갑자기 광개평이 무릎을 치면서 말했다.

"알겠다. 태산일출泰山日出이지?"

오외가 참지 못하고 웃음을 터뜨렸다.

내가 물었다.

"태산일출 하고 처남 하고 무슨 상관이야?"

오외가 말했다.

"마누라, 처제, 처남 다들 태산일출 아닌가!"

(泰山에는 중국어로 '장인'이란 뜻도 있다. 따라서 泰山日出은 泰山一出, 즉 한 장인에게서 나왔다는 뜻도 된다.─역자)

모두들 말했다.

"절묘하다, 절묘해. 상 줘야겠다."

그러자 광개평이 말했다.

"더 기가 막힌 게 있지. 비장의 무기! 함부로 밖에 나가서 이야기하면 안 되는 건데. 첫날밤 신방의 모습을 수호지에 나오는 여섯 사나이의 이름을 써서 표현해 보게."

모두들 한참 동안 추측하다가 결국 누군가 말했다.

"첫번째는 양웅楊雄일 거고…"

광개평이 말했다.

"그렇지!"

대강 방향이 정해지자 모두들 너 한 마디, 나 한 마디 해가면서 여섯 명을 맞춰가기 시작했다. 순서대로 맞추자 양웅楊雄, 시진柴進, 사진史進, 송강宋江, 완소이阮小二, 오용吳用이 되었다.

(중국 발음으로는 yangxiong揚雄, chaijin才進, shijin使勁, songjiang松勁, ruanxiaoer軟小而, wuyong無用이 되는데, 그 뜻은, 남성을 일으켜, 가까스로 들어가서, 죽을힘을 다했으나, 흐물흐물해지고, 부드럽고 작아져서, 쓸모가 없다─역자).

모두들 이 몇 인물들의 이름을 반복해서 몇 번 읽고는 웃음을 터뜨렸다.

"절묘하다. 절묘해! 완소이(阮小二: ruanxiaoer 부드럽고 작아져서), 한 글자 한 글자가 와 닿는군. 야, 너 그거 어떻게 생각해 낸 거야?"

모두들 맥주를 마시고, 조금 있다가 다시 관계의 처세에 대한 이야기를 했다. 내가 말했다.
"음담패설 다들 좋아하지. 그것도 하나의 방법이야. 무슨 얘기를 해야 할지 모를 때 시끌벅적한 분위기를 이어가는 데는 제일이지."
생각해보니 지난 몇 년 이런 야한 얘기들이 전국적으로 풍미하기 시작했다. 특히 관계에서 성행했는데, 이것은 어쩌면 필연적인 것이었다. 다른 어떤 것도 대신할 수 없는 그런 용도가 있었던 것이다. 사천에서 온 왕귀발汪貴發이 자기는 예전에는 술을 전혀 하지 못했는데, 지금은 아주 술고래가 되었다고 했다. 윗사람과의 거리감을 줄여주는 데 술이 중요한 역할을 하기 때문이라고 했다.
그가 말했다.
"높은 자리에 있는 사람들은 대부분 술을 잘 마시잖아. 다 그렇게 올라가서 그런 거야. 한 번은 하루 저녁에 삼 차까지 간 적도 있어. 아주 간이 다 타버리는 것 같더라. 내가 그냥 처장이 된게 아니라고."
오외가 말했다.
"내 자리도 상당히 안정된 편인데, 그게 우리 우두머리가 나 없으면 안 되거든. 사람들이 권하는 술을 내가 다 대신 마셔주잖아."
한 친구가 말했다.
"뭐니 뭐니 해도 칼자루를 쥐고 있는 그 누구를 찾아 확실하게 받들어 모시는 게 제일 중요해. 한 명이면 충분해. 그렇지만 그 사람 마음을 읽는 정도로는 부족해. 왜냐하면 다른 사람들도 그 정도는 파고들거든. 아주 그 사람의 잠재의식까지 파고들어야 하는 거야."
듣기가 좀 거북스러웠다. 이게 뭐냐? 배웠다는 사람들이 안색 하나 안 바꾸고 할 말들은 아닌 것 같은데, 그것도 사람들 앞에서 저렇게 자연스럽게 저런 이야기를 꺼내다니…. 세상이 변하긴 정말 많이 변했다.

내가 말했다.

"윗사람들이 그렇게 천박할까? 자네가 아부 한 번 한다고 자네를 총애할 리 없지 않아?"

오외가 대꾸했다.

"아부 한 번 한다고 자네를 싫어할 리야 더 만무하지."

내가 말했다.

"그러니까 그 사람의 잠재의식 중에서 자기도 깨닫지 못하는 수요를 캐내고, 시장을 개발하듯이 그 잠재수요까지 개발한다는 소리야?"

다들 심오하다고 난리였다. 오외가 덧붙였다.

"대위, 자네는 이론은 빠삭한데 어떻게 아직도 제자리걸음인가?"

"내가 직접 실행으로 옮기지를 못해서 그렇지, 바보가 아닌 이상 이론이야 빠삭하지. 다 보이잖아."

오외가 말했다.

"사실 윗사람들도 좀 빠릿빠릿한 사람이 필요할 거야. 그 사람들도 사람이니까 뭔가 해결해야 할 문제들이 있는데, 그 중에는 자기 힘으로 해결하기 힘들거나 말을 꺼내기 어려운 문제들이 있잖아. 그런 문제들을 누군가가 간파하고 자기 대신 처리해주기를 바랄 거라고. 생각해 봐. 그런 사람이 옆에 있으면 미워할 수 있겠어? 그런 사람이라면 잘못을 저질렀을 때 끝까지 물고 늘어지면서 추궁하고 싶을까? 사람은 로봇이 아닌데 말이야, 원칙만 지키기를 바란다는 건 불가능하지. 비인간적이라고."

모두들 점차 흥분하기 시작했다. 나더러 세상을 좀 더 넓게 보라고 했다. 모두들 동창인데다가, 평상시 직장에서는 아무래도 한 꺼풀 가면을 덮어쓰고 자신을 은폐하려 들지만, 어차피 각기 자기 직장에 몸담고 있기 때문에 이때만큼은 다들 가면을 벗어던질 수 있었다. 그리고 가식이 사라지자 이런 모습들이 나타났다. 나는 그곳에 모인 사람들이 지극히 정상적이라고 여겨졌다. 승진하고 싶고, 돈 많이 벌고 싶다고 솔직히 이야기하고 있었다. 나는 그들을 이해할 수 있었다. 사람은 다 똑같은 것이다.

그렇지만 한편으로는 실망감을 지울 수 없었다. 이 사회의 소위 엘리트라는 사람들도 그저 이 정도밖에 안 되는구나. 그때 깨달았다. 오랫동안 나는 환상 속에서 살고 있었다. 나는 언제나 거대한 권력과 공공의 자원을 장악하고 있는 사람은 반드시 공평公平과 정의正義를 대표해야 한다고 생각했었다. 그렇지 않으면 너무나도 슬픈 일이라고 말이다. 그렇지만 그들에게 남보다 더 자제하라고, 남보다 더 억제하라고 요구하는 것이 과연 현실적으로 가능한 일일까?

지난 수천 년 동안 사람들은 그것이 불가능한 것임을 알면서도 그러한 환상을 추구해 왔고, 결국 한 사람의 포청천包公, 한 사람의 해서海瑞와 같은 인물이 나오기는 했었다. 그러나 지금 내 눈앞에 있는 이 사람들, 평소에 말을 제일 많이 하는 사람들, 그들이 이런저런 회의석상에서 떠들고 반복해서 강조하는 소리들은 하나같이 마음에도 없는 소리들뿐이다. 어차피 안 할 수는 없는 말, 모두들 천 조각으로 눈을 꽁꽁 동여매고 떠들어댄다. 실제로는 자기 필요에 따라 조작을 하건 무엇을 하건 간에 입으로는 원리 원칙을 떠들어댄다. 그리고 그런 일에 이젠 익숙하다. 얼굴 붉힐 것도, 가슴 뛸 것도, 숨차할 것도 없다. 다 똑같다. 심지어 이런 것들이 이제는 게임의 규칙으로 되어버렸다. 이 규칙을 모르는 사람은 입으로 떠드는 말들이 전부인 줄 알고, 그리고 자기의 신념을 따르려 한다. 그런 사람은, 게임 끝이다.

이전에 내가 피를 본 것도 바로 이 때문이다. 게임의 규칙을 어긴 탓에 형편없이 곤두박질쳤고, 아직까지도 일어나지 못하고 있다. 잘하면 한 평생 일어나지 못할지도 모른다. 이미 그런 가식이 규칙이 된 사회에서 사람들은 더 이상 그것이 가식적이라고 생각지도 않고, 또 그로 인해 양심의 가책을 느끼는 일도 없다. 그저 규칙대로 할 뿐이다. 그래서 어떤 일들에 대해서는 사회적인 묵과가 가능해지는 것이다. 누구도 다른 사람에게 예외가 될 것을 요구할 수는 없다. 모두들 흥분한 모습으로 적나라하게 돈과 권력을 향한 욕망을 고백하는 모습에서 나는 일종의 친근감마저 느꼈다. 어찌 되었든 가면을 쓴 것보다는 나았다.

허소만과 다른 여자 동창생들이 때마침 들어오자 다들 더더욱 신이 났다. 왕귀발이 말했다.

"허소만! 너는 나와 똑같은 '처장處長'이라도 급이 다르더라. 네 아래 청장들이 다들 너를 무서워하더군. 나는 우습게 보면서 말이야."

말하면서 제 엉덩이를 탁 치고는 허소만도 건드리려다 다시 손을 거두고는 말했다.

"북경에 남아 있는 동창 중에 허소만 네가 제일 잘나가."

"내가 아무리 잘나가 봤자 사천 사람들하곤 비교도 안 되지. 등소평이나 왕귀발 같은 사람들하곤 말이야."

왕귀발이 두 팔을 번쩍 들고 말했다.

"항복, 항복, 졌다! 졌어!"

한 친구가 말했다.

"허소만! 넌 그런 자리에 있으니까 우리가 밑에서 얼마나 고생하는지도 모르지? 종종 선심 쓴다고 생각하고 사람들 앞에서 불쌍한 동기들 칭찬도 좀 해주고 그래라."

"돈이 남아도니? 나더러 너 추켜세워 주려고 산 넘고 물 건너 광주까지 가라고?"

허소만이 대꾸하자, 그 친구가 다시 말했다.

"국가 프로젝트 따낼 방법 없겠냐? 그 프로젝트만 딸 수 있다면 내가 한 오만 위안까진 쓸 용의 있다. 국가 프로젝트 보조금이야 기껏 이삼만 위안이지만 그 명예를 얻기가 보통 어려운 일이 아니거든."

오외가 말했다.

"국가 프로젝트만 하나 따내면 일단 자네 자리는 견고해지는 거지. 위로 올라갈 조건도 더 좋아지고."

"그야 그렇지. 그런데 다른 사람한테 밀릴까봐 걱정하는 거지. 내년에 박사과정 들어가고 싶은데 우선 하드웨어부터 정비해야 하지 않겠어? 그래야 나중에 누가 추천해주려고 할 때 추천하기도 수월하지."

얘기를 마친 그 친구는 맥주를 한 모금 마시고 환한 얼굴로 말했다.

"내년에 내가 국가 프로젝트 신청할 테니 허소만 네가 좀 봐줘야 한다."

허소만이 말했다.

"그건 따로 담당조가 있어."

"오만 위안 쓴다니까. 네가 책임지고 좀 뚫어줘. 그 사람들은 뭐 사람 아니냐? 프로젝트 따내려면 그 정도 출혈은 감수해야지."

"그 사람들은 뭐 돈 처음 보니?"

"못 도와주겠다 이거지? 여기서 예술적인 리더십이 드러나는군. 우리 입을 막는 걸로 부족해서 방귀도 못 뀌게 하겠다 그거지."

말하고 나서 자기 입을 때리기 시작했다.

"이 놈의 주둥이! 문명 수도의 고상한 여성분 앞에서 말하는 거 하고는."

잠시 후 다시 화제는 어떻게 하면 합법적으로 자기의 수입을 늘릴 수 있는가로 돌아갔다. 다들 월급에 맞춰 생활하는 것은 불가능하기 때문에 다른 수입을 찾는 것이 도덕적으로 거리낄 필요가 없다는 데에는 동의했다. 문제는 어떻게 법망을 피하느냐는 것이었다. 한 친구가 말했다.

"상어라면 한 입을 물든 몇 입을 물든 합법이지."

말하면서 몸을 휙 하고 날려 허공을 물어뜯는 시늉을 해서 보는 사람들의 마음을 싸늘하게 했다.

"우리 같은 조무래기들은 이런 것 저런 것 다 따지고, 확실하다 싶은 것만 입에 대야 하는데 말이야."

　이야기는 계속되었고, 나는 나도 모르는 사이에 또 다시 아웃사이더가 됐다.

 ## 39. 첫사랑의 유혹

　내일이면 북경을 떠난다. 밤이 깊어서 허소만은 나를 농업전시관 근처에 있는 홍응紅鷹이란 찻집으로 데리고 갔다. 우리는 룸으로 자리를 잡았다. 그 앉은 자태에서 그녀 어머니로부터 물려받은 우아함이 엿보였다.
　"룸으로 들어올 것까진 없는데…."
　그녀는 그저 웃기만 하고 아무 말도 하지 않았다. 이런 사소한 부분에서 나는, 어차피 따라잡을 능력도 안 되었지만, 내가 시대에 많이 뒤쳐지고 있다는 것을 느꼈다. 종업원 아가씨가 무슨 차를 마시겠냐고 물었다. 나는 알아서 시키라고 했다.
　"여기서 제일 좋은 걸로 주세요."
　허소만이 얘기했다. 차가 나오고 둘만 남자 허소만이 입을 열었다.
　"이틀 내내 다른 친구들 대하느라 얘기할 시간도 없었네."
　"주인공이던데 뭐."
　"이렇게 넓고 아는 사람도 많은 북경인데 막상 마음 맞는 사람은 찾기 어려워."
　"지위가 있으니까 불편한 거야. 나 같은 서민은 걸리적거리는 것 없이 자유롭지."

나는 두 팔을 벌려 하늘을 나는 시늉을 하면서 말했다.

"나를 누가 뭐라고 하겠어?"

그녀가 웃으면서 말했다.

"자유라고 하니까 거기서부터 얘기하자. 솔직히 얘기해 봐. 이번에 출장 명목으로 온 거야, 아니면 네 돈 써서 온 거야?"

나는 그저 웃기만 하고 아무 말도 하지 않았다.

"내 그럴 줄 알았어. 침대칸에도 빈 자리가 있던데 앉아서 왔잖아. 다른 사람이면 나도 모르는 척하겠지만 지대위 너니까 말해야겠어. 야, 너희 청장이 와도 자기 돈 내고 왔을까? 온갖 출장에 이유야 갖다 붙이기 나름이고. 비행기를 타든 뭘 타든 다 지원이 되겠지. 외국에도 자기네 집 화장실 드나들 듯할 텐데. 자, 말해봐. 그런 사람이 자유롭니, 네가 자유롭니?"

"넌 그 자리에 오래 있었으니 어떤 점이 좋은지 잘 알겠네."

"지난 이년 동안 나는 어딜 가든 다 비행기만 타고 다녔어. 거의 마음 가는 동시에 몸이 따라오는 수준이었지. 내가 네 앞에서 뭘 뻐기려고 이러는 게 아니야. 너란 인간은 그런 게 먹혀들 인간도 아니잖아. 내 말은, 세상에는 사회적 지위가 밑바탕이 되어야 소유할 수 있는 것들이 있다는 거야. 사회적 지위가 따라주지 않으면 빈털터리나 마찬가지고 심지어 인간으로서의 존엄마저 유지하기 힘들어져. 내가 경험해보니까 존엄이라는 게 텅빈 교만 위에 세워질 수 있는 게 아니더라. 세상은 냉담하고, 심지어 파렴치하기까지 해. 북경만 그렇겠니? 다른 곳도 다 마찬가지야. 詩를 위한 공간이란 존재하지 않아. 결국 인간이란 너무나도 파렴치한 동물이야. 어제 한참 생각했어. 너한테 자극을 좀 줘야겠다고. 다른 친구들은 아무 말 안 하는데 왜 나만 이러나 싶지? 이런다고 나를 미워하는 건 네 맘이야. 그렇지만 계속 이런 식으로 살다가는 네 인생 정말 불쌍해질지도 몰라."

"허소만 너도 내가 바보가 아니라는 건 알잖아. 나는 그저 마음 어느 구석이 가로 막혀서 그 방향으로 발을 내디딜 수가 없을 뿐이야."
"시대가 어떤 시대니? 개체 생존의 시대야. 생존이야말로 이 시대 최고의 원칙이자 절대적인 명령이고, 우리 앞엔 생존을 제외하면 아무 것도 없다는 말이야. 모든 것이 현실의 배경 위에 펼쳐지는 지금 그깟 허황된 것들, 무슨 무슨 정신이니 뭐니 하는 것들은 다 빛이 바랬지. 매력적으로 들릴지는 모르지만, 아무래도 창백하고 현실과 유효하게 연계되지 못하고 있어. 나도 이런 생각 갖게 되기까지 삼년을 망설였어. 그래서 오늘에 이른 거지. 그런데, 세상에, 네가 이렇게 오랫동안 버티고 있었을 줄이야. 소위 탐관오리들은 일찌감치 이런 사실을 간파한 거지. 어떤 가치도 믿지 않게 된 거야. 손만 뻗으면 손에 넣을 수 있는 돈을 그 인간더러 가져가지 말라고 하는 것 자체가 비현실적이지. 그치들은 뭐가 진짜인지 아는 거야. 그치들에겐 이런 식의 방향전환 과정도 필요 없을 거고, 애써 옳고 그름을 따진다는 것도 우스운 일이지. 너는 너무 예민해. 스스로를 너무 옭아매는 경향이 있어. 안 그랬으면 십 년 전에도 우리 그런 식으로 끝나지 않았을 거야. 가끔 나도 그 당시 내가 너무 교만하게 굴었던 점, 조금도 양보하지 않으려고 했던 점들이 후회스러워."
"당시에 네가 양보했다면 아마 지금쯤 기차, 그것도 딱딱한 좌석에 앉아서 출장 다니고 있을 걸? 비행기는 언감생심 바랄 수도 없고 말이야."

그때 누군가가 밖에서 노크를 했다. 종업원 아가씨가 스낵을 들고 온 모양이었다. 내가 대답을 하려고 하자 그녀가 나를 말렸다.
"잠깐! 그냥 놔둬."
노크 소리가 잠시 멈추었다가는 다시 나기 시작했다. 내가 말했다.
"들어오라고 하지. 물건 들고 밖에 계속 세워 두려고?"
"아무튼 너는 마음이 너무 약해."

그렇게 말하고는 그제야 종업원을 들어오게 했다. 아가씨는 미소 띤 얼굴로 스낵을 테이블 위에 내려놓고 룸에서 나갔다.
 허소만이 말했다.
 "저 여자인들 열 안 받겠니? 그래도 웃잖아. 그러게 누가 찻집 종업원이나 하래? 조무래기들의 운명은 다 저런 거야. 저 여자한테 무슨 자유가 있니? 자유는 일부 사람들의 특권인 거야. 너 마음 편하자고 그 사람들도 이런저런 형식으로 자신을 구속할 거라고 생각하진 마. 지난 몇 해 동안 나도 뭐가 뭔지를 알게 됐고, 많이 독해지기도 했어. 연약했던 부분도 담금질하듯이 단련됐지. 넌 아직도 연한 것 같아. 네 아래 사람들과의 거리를 더 벌려놓지 않으면 그 인간들이 네 머리 위로 치고 나가서 나중엔 네 위에 올라타게 되는 거야."
 "이런 얘기가 허소만의 입에서 나올 줄은 상상도 못했네."
 "현실이 이렇게 현실적인데, 사계절 풍경만 읊고 있으라고? 아무리 번지르르해도 그 화려한 포장을 뜯어내고 핵심으로 파고 들어가면 다 똑같은 거야."
 "그러게, 정말 그렇더라. 나도 바보는 아니잖아."
 "너도 동의한다니까, 그럼 우리 실험 하나 해볼까? 1 더하기 1은 3이라고 말해 봐."
 나는 그냥 피식 웃고 아무 말도 안 했다.
 "3이라니까."
 그래서 나도 말했다.
 "1 더하기 1은 3이야."
 "여기 두 종류의 만두가 있네. 하나 잘라서 속을 봐."
 만두를 하나 가르자 단팥이 들어 있었다. 그녀가 말했다.
 "이 고기만두 진짜 맛있다. 자, 너도 말해 봐."
 "이건 팥 만두야."
 그녀가 다시 손가락으로 내 손에 들려 있는 팥 만두를 가리키면서 말했다.

"이 고기만두 진짜 맛있어."

"못하겠다. 얼굴 뜨거워서."

"집에 가서 연습해. 네 마음속에 가로막고 있는 그 무언가를 치워 버리라고. 1 더하기 1이 뭐든지, 그게 말이든 사슴이든 너랑 무슨 상관이냐? 다 익숙해지면 되는 거야."

"아무래도 난 전공 쪽으로나 파고들래."

"대위, 전공 쪽을 열심히 하는 것도 좋지. 내년에 네가 프로젝트만 신청하면 내가 대신 로비해서 네가 뽑히도록 힘 써볼게."

나는 깜짝 놀라서 말했다.

"전문가들이 네 말을 들어? 그 사람들 하나같이 제 잘난 맛에 사는 사람들인데?"

그녀는 한참 동안 나를 쳐다보더니 입을 열었다.

"너 정말 책벌레니 아니면 그런 척 하는 거니? 도저히 이 바닥에서 구른 사람 같지가 않아."

"나한테는 국가 프로젝트라고 하면 아주 멀고도 신성한 것처럼 느껴진단 말이야."

"그 잘난 맛에 사는 사람들도 아무한테나 다 거만하게 굴 수는 없지. 그 사람들이라고 남의 도움 받은 적 없겠어?"

나는 숨을 한 번 들이켜 쉬고는 말했다.

"허소만, 내가 널 과소평가했구나!"

"이제 자유가 누구한테 있는지 알겠지?"

그래서 나는 바로 중약의 현대적 분류방법에 관한 이야기를 꺼냈다. 그녀가 내 이야기를 다 듣고 나더니 말했다.

"우연치곤 신기하군. 광개평이 신청한 것과 거의 비슷하네."

나는 깜짝 놀라서 물었다.

"걔가 언제 널 찾아왔었어?"

그녀는 내 표정을 보고 자기도 긴장하기 시작했다.

"왜 그래? 지난달에 계획서를 들고 우리 집에 왔었어. 초보적인 논증은 이미 완성되어 있었어."

나는 탁자를 내려치면서 말했다.

"세상에 뭐 이런 인간이 다 있냐!"

찻잔에 들어 있던 차가 다 쏟아졌다.

나는 두 달 전에 있었던 일을 얘기해주었다. 허소만이 말했다.

"세상에 뒤통수 칠 사람이 없어서 동기를 뒤통수 치냐? 하긴 이상할 것도 없지. 다른 사람이면 뒤통수 칠 수나 있겠어? 누군들 자기 영역을 넓히고 싶지 않겠어?"

"그거야 절대원칙이지."

"아무리 옛 친구라도 만나자마자 사실대로 다 말한 건 너무 순진했다. 일단 내년에 신청하기만 해. 너한텐 이미 광개평에겐 없는 전반부의 성과가 있잖아. 그건 개가 귀신이라고 해도 널 따라잡지 못할 거야. 절대 안 될 걸?"

"내일도 만찬이 있을 텐데 그 친구를 어떻게 대해야 할지 모르겠다."

"그게 바로 네가 고쳐야 할 점이야. 그 자식도 겁내지 않는데 네가 왜 겁이 나니? 잘못은 누가 했는데? 그 정도 심리적인 수용능력도 없어서야 이 바닥에서 어떻게 살아남을 수 있겠니?"

내가 쓴 웃음을 지으면서 말했다.

"내가 이렇게 못났어. 다행히 옛날에…. 안 그랬으면 너까지 고생시킬 뻔했다."

그녀는 나를 빤히 들여다보았다. 한참 후에 그녀가 나지막한 목소리로 천천히 말했다.

"그건 모르는 일이지."

어두침침한 불빛 아래에서 그녀의 눈빛이 변하고 있었다. 나는 모르는 척했지만 속으로는 난처했다.

"그건 모르는 일이지. 넌 내가 지금 행복해 보이니?"

"보기엔 괜찮아 보이는데… 있어야 할 건 다 갖추고 살잖아. 이 세상에 그 정도 사는 사람이 몇이나 되겠냐?"

"그건 모르는 거야. 남편이랑 나는 양쪽 집안의 조건이 서로 맞아 결혼했지. 그것 하나로 지금까지 같이 살아온 거야. 그 사람 배경 아니었으면 나도 오늘 이 자리에 오르는 데 몇 년은 더 걸렸겠지. 그 사람들은 말이야, 없는 것이 없는데, 딱 하나, 도덕관념은 눈 씻고 찾으려야 찾을 수가 없어. 어릴 때 이미 세상이 돌아가는 원리를 다 알아버린 거지. 세상은 그런 인간들을 위해 설계되어 있잖아. 돈만으론 성이 안 차서 권력에다가, 그래도 부족해서 여자까지. 아무튼 욕망을 채울 수 있는 것은 모두 다 가져야 해. 회사 여비서랑 그렇고 그런 관계라는 것을 알면서도 모른 척 한 지가 벌써 일년이 넘었어. 이번이 벌써 두 번째야. 내가 딸 낳고 얼마 후부터 그러고 돌아다니더라. 내가 이렇게 참고 산다는 게 믿어지니? 참았지. 내 딸에게 완벽한 가정을 마련해주기 위해서 말이야. 저렇게 유능한 남자가 평생 한 여자한테 만족하고 산다는 것도 불가능한 이야기라고, 다른 남자였어도 마찬가지였을 거라고 생각하면서 말이야. 이 세상은 여자에게 너무나 잔혹하더라. 나도 인정해야 했어. 내가 인정 않으면, 모른 척하지 않으면, 행여 들춰내서 싸우기라도 하면, 그년한테 기회 주는 것밖에 더 되니? 나하고 경쟁하려고 들겠지. 나 아방羅雅芳이 그런 경쟁에서 져서, 그래서 이번 모임에 참석 못한 거잖아. 막 대학을 졸업한 아가씨랑 여섯 살짜리 딸이 있는 아줌마랑 싸움이 되겠어? 옛날 황후들은 삼궁육원三宮六院도 참고 살았는데, 내 처지는 그 정도는 아니야. 또 생각해 보면 논다, 논다, 해도 저 이상 다른 짓은 안 하니까 나도 그냥 참고 사는 거지. 남자란 다 그런 거지. 나로 인해 바뀔 수는 없는 거잖아."

그녀는 소파에 몸을 기대면서 말했다.

"내가 행복하지 않다고 하면 믿겠니?"
나는 고개를 끄덕이며 말했다.
"네가 이미 알고 있다는 걸 네 남편도 알아?"
"똑똑한 사람이야."
"네가 모른 척하고, 네가 모른 척한다는 걸 또 네 남편이 모른 척하고. 두 사람이 매일같이 연극하는 거나 다름없겠다. 그런 식으로 언제까지 속이면서 살아?"
"못할 거 뭐 있어? 너도 내일 광개평을 만나면 여전히 옛 친구처럼 친하게 굴 거잖아."
나는 한숨을 쉬면서 말했다.
"다른 사람이면 몰라도 네가 어떻게 이런 일을 겪는지 난 정말 이해가 안 간다. 왕년의 허소만이 어떤 사람이었는데!"
"내가 어땠는데?"
그녀는 자조하듯 웃으며 말했다.
"한창 때 이야기는 뭣 하러 하니?"

그녀는 머리를 쓸어 넘기고는 손을 자연스레 테이블 위에 내려놓았다. 내 손에 닿은 그녀 손이 천천히 내 손을 부여잡았다. 그녀 손에는 점점 힘이 들어갔다. 두 사람 다 아무 말도 하지 않았다. 그녀 손바닥 가운데 작은 심장의 움직임이 느껴졌다. 쿵, 쿵, 또렷이 느껴졌다. 나는 그 조그만 심장이 전해오는 감정이 무엇인지 가만히 느껴보았다. 마음속에 한 줄기 부드러운 정감이 스쳤다. 어떻게 하지? 나는 남자다. 하나의 방향을 선택해야 했다. 나는 긴장된 마음으로 생각했다. 내 앞에 있는 사람은 왕년의 허소만이 아니라 허 처장이다. 마음의 평정을 되찾은 나는 재빨리 손목시계를 힐끗 쳐다보았다. 그녀가 얼른 손을 풀면서 말했다.
"가자."
밖으로 나와서 그녀는 손을 들어 밤길을 달리던 택시를 불러 세웠다.

나를 쳐다보지도 않고 말했다.
"네 부인은 참 행복하겠다. 정말 행복할 거야."

이튿날 모두들 만찬에 참석했다. 허소만은 나를 광개평이 앉아 있는 테이블로 끌고 갔다. 술이 얼큰하게 취할 무렵 허소만이 다른 친구의 말에 대꾸하다가 갑자기 생각나기라도 한 듯 말을 꺼냈다.
"지대위, 너 내년에 프로젝트 신청한다면서, 무슨 내용이야?"
그녀가 그런 식으로 말을 꺼낼 줄은 상상도 못하고 있었다. 나는 고개도 똑바로 못 들고 음식을 먹는 척하면서 말했다.
"생각 좀 해보고, 잠깐만. 그게, 중약의 현대적 분류방법에 관한 건데…."
나는 눈을 굴려 힐끗 광개평을 보았다. 그는 안색이 다 변해서는 맥주잔으로 얼굴을 가리더니 고개를 들고 맥주를 들이키기 시작했다. 그녀가 말했다.
"듣기엔 괜찮은 것 같은데?"
그리고는 화제를 바꿨다.
오후에 허소만이 나를 역까지 바래다 주겠다는 걸 내가 말렸다. 그녀가 내게 봉투를 건네주면서 말했다.
"안에 표 들어 있어."
"그 팔백 위안은 내가 돌아가는 대로 부쳐줄게."
"나한테 돈 먹이려고? 이 책벌레야! 사만 위안도 넘는 돈에서 그깟 팔백 위안 정도 떼어먹는 건 일도 아니야."
그리고는 다시 광개평 얘기를 꺼내면서 말했다.
"내년에 신청만 해. 그럼 나머지는 내가 알아서 할 테니까."
"허소만, 정말 대단해. 아까 어떻게 그 자리에서 그런 말을 꺼낼 수 있냐?"
"그 인간도 하는데 넌 왜 못하니? 그 인간이 네 등 위에 올라탈 때까

39. 첫사랑의 유혹

지 기다리려고?"

역에 도착해서 나는 봉투를 뜯어보았다. 침대칸 표와 함께 표 값 이백 위안이 들어 있었다. 나는 처음엔 거스름돈인 줄 알았다.

40. 조작주의

　북경에서 돌아온 지 며칠이 지났는데도 나는 마치 꿈을 꾸고 있는 듯한 느낌을 떨쳐버릴 수 없었다. 머리는 맑았지만 마음 속 깊은 곳에 한 겹 구름이 낀 것 같았다. 어떻게 해도 떨쳐버릴 수 없는 꿈이 나를 현실과 갈라놓고 있었다. 북경에서의 며칠은 내게 많은 것을 일깨워 주었지만, 또 동시에 나를 더 큰 혼란에 빠뜨렸다. 어떤 냄새, 묘한 육감적인 냄새가 공기 중에 맴돌고 있었다. 일종의 호소하는 듯한, 끌어들이고 유혹하려는 듯한 냄새였다. 확실한 이유 없이는 거부할 수 없는, 그저 따를 수밖에 없는 냄새, 유혹.
　나는 갑자기 "마음 내키는 대로" 라는 말이 얼마나 영악하고 또 얼마나 뻔뻔스러운 소리인가를 생각하게 되었다. 사실 몇 가지 민감한 문제를 제외하고 '마음'이며 '감각'이 사람을 정말로 좌지우지할 수 있는 일이 얼마나 되겠는가? 그렇지만 세상에 이 '마음'이며 '감각' 만큼 현실적인 것도 없다. 시대가 바뀌는데 나라고 안 바뀌고 배겨? 다른 사람들은 자기 행복의 돛을 달고 앞으로 재빠르게 나아가는데 나는 아직도 제자리에서 배회하고 있다. 거대한 물결이 밀려와서 내 발 밑의 땅을 흔드는데, 아니 온 천하가 다 들썩거리는데, 나는 꿈쩍도 하지 않고 이렇게 서 있기만 해도 되는 것인가? 그 흐름을 따라야만 살아남을 수 있다면 말이다.

나는 내 핏속에 이상한 것이 흐르고 있음을 느꼈다. 내 안의 어떤 감정적 본능이 나를 그 흐름에 합류하지 못하게 하고 있는 듯했다. 이전에는 나는 그것이 바로 나의 프라이드라고 생각했었다. 그런데 점점 그것이 무너지고 있다. 점점 의심스러워지고 있다. 동류도 그렇고, 허소만도 그렇고, 아무도 나를 이해해 주려 하지 않았다. 오직 깊고 고요한 밤, 상상 속에서 이 세상을 뜬 성인들의 망령亡靈들과 마주할 때, 텅 빈 공간에 가득히 존재하는 망령들과 마주할 때에만 나는 이해받고 있다고 느꼈다. 나는 스스로를 그들의 추종자라고 생각하고, 그들을 따르기 위해 애쓸 때 비로소 내가 있어야 할 곳을 찾은 듯한 느낌을 받았다.

나는 개나 돼지와 같은 인간들을 경멸했었다.

한번은 마 청장이 계단을 올라가고 있을 때였다. 마침 계단을 내려오던 원진해는 마 청장을 보더니 얼른 계단 한편으로 비켜서면서 깍듯한 목례目禮를 하는 것이었다. 후에 나는 그것이 위생청의 관례라는 것을 알게 되었다. 내가 어이없다는 듯이 동류에게 이 이야기를 했다. 그녀가 말했다.

"당신은 또 뭐가 그렇게 잘 났어요? 당신 지금 좋은 집 살면서 돈도 많고 차도 있는 사람들을 깔보려는 거예요?"

동류가 사물을 보는 방식은 참으로 세속적이었지만, 또 참으로 현실적이었다.

자세히 생각해 보면 세속적인 것에도 그 나름의 논리가 있다. 아무것도 없는 놈이 뭐든 다 가진 놈을 무슨 근거로 무시한단 말인가? 내가 그 사람을 개라 부르고 돼지라 부른들, 그거야 다 내 생각일 뿐, 남들 눈엔 다 똑똑하고 유능한 사람, 생존에 적합한 사람으로 비칠 수도 있는 것이다. 원칙을 지키고 인격을 중시하는 사람들이야말로 어떻게 보면 무능한 사람, 시대에 뒤떨어진 사람이라고 할 수 있을지도 모른다. 변증법은 정말로 오묘하기 짝이 없는 것 같다. 사람들에게 표현의 선택에 대한 자유를 주었으니 말이다. 모든 도리나 이치, 원칙 등은 다 뒤집어 말할 수 있는 것이다. 모두가 상대적이다.

생각이 여기에 미치자 나는 극도로 당혹스러워졌다. 가치론의 진리란 그저 환상에 지나지 않는 것인가? 내가 귀중하다고 생각하는 것도 그저 그렇고 그런 입장들 중의 하나에 불과한 것인가? 어떻게 한 순간에 그 모든 것이 뒤집어질 수 있고, 또 나의 옛 친구들, 한때 애국가를 부르며 눈에 눈물이 글썽글썽했던 그 친구들은 또 어떻게 그 모든 것을 버릴 수 있었을까?

희생과 절개가 그저 그렇고 그런 입장들 중의 하나로 몰락해버린 순간, 희생의 의미 또한 퇴색하고 있었다. 나는 이미 여러 번 마지막 결론을 내려놓았던 것 같다. 모든 걸 포기하고, 그냥 가벼운 차림으로 그들과 한 패가 되어 생존경쟁에 뛰어드는 것이다. 그러나 생각이 이에 미칠 때마다 나는 놀라면서 그런 생각을 떨쳐내곤 했다. 마음의 문이 또다시 '꽝!' 하고 닫혔다.

"내가 어찌 그럴 수 있어? 그래도 난 배운 사람인데…."

「중의연구中醫研究」에 내가 발표한 논문이 실렸다는 데에 나는 엄청난 희망을 걸었다. 나는 내 노력이 내 처지와 심지어 내 운명까지도 바꿀 수 있기를 바랐던 것이다. 그러나 웬걸, 그것에 대해 신경 써주는 사람이 주위에 아무도 없었고, 논문에 대해 언급하는 사람도 하나 없었다. 나는 내 논문이 성省의 논문심사에서 제대로 평가받지도 못하고 그냥 버려질 것 같은 불길한 예감이 들었다. 그렇게 생각하니 며칠은 잠도 이룰 수 없었다. 특별히 마음이 아프다기보다 그저 잠이 오지 않았다.

오늘날, 배후 조작操作이 팽배한 이런 시대에 공정함을 바라는 것이 우스운 일이라는 것 정도는 최소한 나도 알고 있었다. 세상은 변하는데, 나는 어쩌면 좋지? 나는 노력해야 할 명분을, 방향을 상실했다. 내가 논문 몇 편 더 쓴들 누가 신경이나 써주겠는가?
그런데 윤옥아만 한 마디 했다.
"지대위 씨, 역시 대단해요. 여기 일하면서도 그렇게 전공에 신경을 쓰는 사람은 위생청에 지대위 씨 하나밖에 없을 거야."
나는 갑자기 그녀와의 거리가 좁혀지는 느낌을 받았다. 오랫동안 나는 아무 일도 하지 않았다. 출근해서는 신문 보고, 퇴근해서는 텔레비전 보고. 유럽의 축구 리그라는 리그의 경기는 다 찾아서 보았다. 이태리의 세리에 A, 영국의 프리미어 리그는 이제 나의 정신적 지주가 되었고, 프랑스의 지단 등 몇몇 선수와는 감정까지 서로 통하는 것처럼 느껴졌다. 축구를 신앙 삼고, 축구에 미쳐 있는 인간들을 이해할 수 있을 것 같았다.

호일병에게서 수원호텔에서 차나 한 잔 하자고 전화가 왔다. 저녁때 우리는 만났다. 그가 얼굴을 보자마자 말했다.
"나 방송국 그만두려고…"
내가 말했다.
"농담도 잘 하는구먼. 방송국에 들어가기가 얼마나 어려운데, 아주 자기 복을 차버리려고 하네. 너는 대학 들어갈 때도 꿈이 기자였잖아. 꿈을 이뤘는데도 분에 안 차?"
"지대위, 너도 알다시피, 어릴 때는 나한테 오늘 같은 날이 오게 될 줄은 꿈도 못 꿨지. 중학교 때 내 꿈이 뭐였는지 알아? 하루는 우리 부모님이 땡볕 아래 밭에서 밥 한 술 뜨고 계시는데 공급판매 합작사(협동조합) 직원들은 나무 그늘에 앉아서 희희덕 거리고 있더라고. 그때부터 내 꿈이 바로 공급판매 합작사에서 물건 파는 거였어. 햇볕에 그을리면서 밭일 할 필요도 없고 얼마나 좋아! 나중에 대학 가고 나서야 그 꿈이 얼마나 우스운 거였는지 알게 됐지. 어쨌든 어렵사리 오늘까지 왔으니 이 기회를 소중하게 생각해야 한다는 건 나도 잘 알고 있어. 그래서 내가 고른 주제를 상사한테 몇 번씩이나 퇴짜 맞으면서도, 이게 어떻게 주어진 기회인데, 참아야지, 하면서 숨이 막혀 죽을 것 같아도 다 참았지. 그런데 이제는 더 이상 참을 수가 없어. 더 이상 그 기회에 연연한다면 그건 내가 아니야."

사정인즉슨 이러했다. 얼마 전 그가 만드는 프로그램 팀 앞으로 맹포구孟甫區에서 구 시가지 개발 명목으로 주민을 이주시키는 것에 대해 제보가 들어왔다. 그는 영상기자를 데리고 현장을 찾아갔고, 그곳에서 열 명을 취재했다. 그 중 한 명은 만족한다는 입장을 표명했고, 또 한 명은 아무래도 상관없다는 입장, 나머지 여덟 명은 불만이 대단했다. 우선 주택의 수용가격이 너무 낮고, 이사 가야 할 곳이 시내에서 너무 먼 데다 조건도 형편없고, 애들 학교 다니기도 불편하다는 것이었다. 결국 당초의 약속을 하나도 이행한 게 없다고 했다. 그는 돌아와서 그것을 뉴스에 내보냈고, 주임도 심의할 때에는 아무 말도 하지 않았었다.

그런데 그날 밤 구청에서 황黃 국장에게 전화를 해서, 방송국은 여론에 주의해 달라는 부탁을 해 왔다고 한다. 황 국장이 얼렁뚱땅 받아넘기자, 다음날 시청에서 또 전화가 왔다. 선전부에서까지 사람이 직접 찾아와서 구청에서 하는 일을 지지해달라고 했다. 결국 국장은 호일병을 비평하면서 이튿날 무슨 일이 있어도 그 만족한다는 사람의 화면을 내보내라고 했다. 마치 그것이 민심을 대표하는 것처럼 말이다. 내가 말했다.

"무관의 제왕한테도 가끔 성질 죽여야 할 때가 있다네. 성질 좀 죽인다고 어떻게 되지 않으니까 안심해! 날 봐, 매일같이 죽어지내도 아직 멀쩡하잖아?"

"권력만 있으면, 내가 어떻게 되었으면 좋겠다고 생각만 하면 일이 다 그렇게 저절로 굴러가더라. 성질 같아서는 다 까발리고 싶다고…."

이번 개발은 금엽부동산金葉置業 회사와 구청이 같이 하는 일이라고 했다. 낡은 주택을 헐고 빌딩을 올려서 금엽부동산 회사는 그냥 돈을 끌어 모을 거라고 했다. 그 공사는 또 어떻게 땄을까? 왜 모든 기관들은 금엽만 편드는 걸까? 그 안의 비리는 얼마나 될까?

그가 말했다.

"무관의 제왕? 홍, 날 너무 높게 보는군. 홍콩의 주식회사 하나도 못 이기는데 무슨⋯. 금엽의 여슈 사장이라던가⋯, 정말 대단한 인간이야. 그 인간의 사람 쓰는 능력은 정말 상상 이상이더라고. 지랄 같은 돈과 지랄 같은 권력이 아주 잘 어우러졌다고 할 수 있지. 그 많은 빌딩들을 짓는데, 그 건물 한 동 한 동이 다 엄청난 비리들을 깔고 앉아 있다는 거 아냐. 권력이 있으니 돈 잃는 거 걱정할 필요 없고, 돈이 있으니 권력 잃는 거 걱정할 필요 없고⋯. 성질 같아서는 확 다 까발렸으면 좋겠는데, 그런데, 난⋯."

그가 말하면서 한숨을 쉬었다.

"나도 그냥 넘어가야지 뭐. 내 까짓게 어떻게 한다고 뭐가 바뀌겠어?"

"그 정도를 갖고 숨 막혀서 그만 두겠다고? 그만 두면 밥 먹고 살기는 쉬운 줄 알아? 왕년의 명 기자였다고 성깔 부리고 다니면 사람들이 무서워서 아무도 못 건드릴 줄 알아?"

그가 말했다.

"그만 두면 눈 딱 감고 이 지랄 같은 꼴 안 봐도 되잖아. 적어도 당당하게 사람을 사람이라고 이야기하고, 귀신을 귀신이라고 이야기할 수는 있겠지. 돈 못 벌까 걱정인가?"

내가 말했다.

"북경을 가겠다는 인간도 살기 위해서 간다고 그러고, 성솔에 돌아오겠다는 인간도 살기 위해서라고 하니, 도대체 사람한테는 밥통이 몇 개나 되는 걸까? 아등바등 거리다가 젠장 귀신 되어버리겠어."

그가 말했다.

"닭이 뭘 쪼아 먹냐? 기껏해야 쌀알 몇 개지. 사람은 어떨 것 같애? 마

찬가지야. 사람도 그 쌀알 몇 개 쪼아 먹고 사는 거라고. 그 몇 알 안 되는 쌀알이 오히려 제일 진실에 가깝지. 아무리 생각해도 소용없어. 세상에 모든 충돌은 정의定義나 개념이 엇갈리는 데서 비롯하는 것이 아니야. 시간의 조류 속에 흐르고 있는 일종의 신비로운 파괴력, 그리고 강제적 동화력, 그 두 힘의 조화야말로 현대와 전통의 어우러짐이지. 자네 정신력이 아무리 대단해봤자 별수 없어. 아무리 심오한 진리도 가장 간단한 사실을 바꾸지 못한다네. 과거에도 그랬고 오늘도 그렇지. 생각해봐. 몇 십 년 후면 세계의 석유가 다 고갈된다. 남극 하늘의 오존층에 뚫린 구멍은 점점 커지고 있어. 온실효과로 빙산이 녹고, 상해가 물 아래로 잠기게 생겼다고. 복제인간이 무더기로 이 세상에 나올 수 있게 되었는데 너 혼자 무슨 의미를 추구하고 꿈을 꾸겠다는 거야 도대체! 거짓 명제命題야! 그러니까 생각 접고 그냥 그 쌀알 몇 개나 챙기는 게 훨씬 현실적인 거야. 생각하면 정말 불쌍하지 않아, 인간의 한 평생이라는 게? 그렇지만 비극은 이미 정해져 있는 거야."

  호일병은 종업원을 불러 맥주 몇 병을 가져오라고 했다. 종업원이 쟁반에 받쳐서 맥주를 가져오더니 허리를 굽히면서 물었다.
  "사장님, 아가씨 불러드릴까요?"
  "아직도 술 따르는 아가씨들이 있나? 나는 구 사회를 비판하는 소설에서나 봤는데."
  종업원이 말했다.
  "사장님은 사상개혁 좀 하셔야겠습니다. 개혁개방을 한 지가 벌써 십 년도 넘었습니다."
  "경찰이 단속하지 않나?"
  "경찰들도 가끔 와서 같이 술 한 잔 하고 그런답니다. 아가씨들한테도 기회를 주는 거죠. 불쌍하잖아요."
  호일병이 말을 잘랐다.

"다음에."

종업원은 그냥 가버렸다. 내가 말했다.

"요즘은 이런 일도 아주 떳떳하구먼. 아니면 내가 고지식한 건지…."

호일병이 말했다.

"봤지? 세상이 변하고 있다고. 어느 한 부분이 바뀌는 게 아니라 시스템 전체가 다 바뀌고 있어. 그러니까 저항해도 소용이 없는 거야. 우리 방송국에 있는 두운杜蕓이라고 알지? 누구나 다 아는 그 유명한 사회자 말이야. 그 여자가 사회를 보는 '오늘 밤의 진심'이 우리 방송국 간판프로잖아."

"말도 잘 하고, 외모도 청순하고, 보기 좋더라. 그런데 들리는 말에 그 여자 사생활이 좀 그렇다면서?"

"요즘엔 그걸 능력이라고 하더라. 그 여자가 뭔데, 소문난 '버스'잖아. 그 여자가 무슨 진심을 논해? 다 쇼야. 다른 사람들이 그 프로를 보고 어떤 느낌을 받는지는 모르겠지만, 내가 볼 때는 손님들 불러놓고 원숭이처럼 갖고 노는 거라고. 그 여자 제법 그럴듯하게 다른 사람 감정을 분석하지? 블랙 코미디도 그런 블랙 코미디는 없어. 사람들은 매일같이 이런 거짓말 같은 세상을 마주하고 사는 거지. 두운 같은 사람이 나와서 수많은 시청자들을 앞에 두고 감정을 논하고 진심을 논해? 세상이 이렇게까지 되었다고. 무슨 진실을 우리가 더 바랄 수 있겠어? 나는 나조차 이 블랙 코미디의 마지막 대상이라고 생각한다네."

"그 '버스', 너도 한 번 타 봤냐?"

"요즘 그 여자 몸값이 얼만데…. 백만장자도 벌린 입 못 다물어."

"너희 방송국에서는 사회자 안 바꾼데?"

"시청률도 높고 그러니까 사람도 함부로 못 바꾸지. 시청률만 높으면 장땡이지 누가 연기를 하건 무슨 상관이야? 윗사람들은 실질적인 것만 따져."

"사람은 말이야, 체면을 차리려고 하면 어려운 일이 많아."

"요즘 장자莊子를 읽고 있는데, 장자가 두 마리 거북이에 관한 얘기를 하더라. 한 마리는 더러운 진흙 속에 묻혀서 온몸에 퀴퀴한 냄새를 풍기면서 살아 있고, 다른 한 마리는 죽어서 사당에 놓인 채 제왕이 점 볼 때 쓰는 거야. 너 같으면 살아서 진흙 속에 묻혀 있을래? 아니면 죽어서 사당에 보내질래? 진흙 속에서는 체면이고 뭐고 필요 없는 거야. 온몸에서 퀴퀴한 냄새를 풍기면서 체면은 무슨 얼어 죽을 놈의 체면!"

밤이 깊었다. 다른 손님들은 하나둘 돌아가고 있었다. 어두컴컴한 구석에서 수상쩍은 남녀 한 쌍이 바짝 붙어 앉아서 입술로 애정표시를 하고 있었다. 호일병이 말했다.

"너한테 할 얘기가 있어. 너 위생청에서 그렇게 빌빌대고 있지 말고 그만두고 나와서 나와 같이 한 탕 하지 않을래?"

"너도 알듯이 나 별볼일 없잖아. 마음이 독한 것도 아니고, 거짓말도 할 줄 모르고…. 내가 그만두고 무슨 일을 할 수 있겠어?"

"금엽부동산의 여余 사장 얘기를 들으니 힘이 나더라. 팔년 전만 해도 그저 보통 시멘트공이었데. 친척인가 누군가만 믿고 홍콩으로 이민을 갔다가 아주 큰 기업가로 변신을 했지. 지금은 어느 수준인지 알아? 그 사람이 마시는 술 한 병이 천 위안은 거뜬히 넘고, 하고 다니는 벨트도 만 위안이 넘는다면 믿겠어? 그 많은 돈이 자기 거라고 생각해 봐."

그는 또 두 손을 들어 자기 가슴에 갖다 대고 말했다.

"아마 숨도 제대로 못 쉴 거야. 그 많은 돈을 생각해 봐. 그만한 돈을 위해서라면 뭔들 못하겠어? 물 위를 걸으라면 걷는 거고, 땅 위를 걸으라면 걷는 거지. 어차피 다들 조작하면서 사는 거야. 큰 인물들도 그렇고 도덕군자도 그렇고. 돈도 많이 벌고 양심도 지키려면 시작도 하기 전에 이미 여 사장한테 지는 거라고. 시장의 원칙은 이윤극대화야! 청렴하고 선한 것은 비겁하고 무능하다는 말의 또 다른 표현에 지나지 않아. 정말로 자네 나와 같이 한 탕 해보자고…."

"나는 사업이란 바다에 뛰어드는 순간 빠져 죽을지도 몰라. 난 그저 몇 푼짜리 술만 마시고 살아도 괜찮아. 허리 띠? 팔 위안짜리도 이렇게 잘 차고 다니는데 뭐. 장사꾼은 가죽이라고 했지만 사실은 가죽도 아니거든."

"그렇게 너를 너무 낮추지 마. 일단 그만두고 나면 너도 생각이 바뀔 거야. 네 잠재능력이 표출되어 나올 거라고. 네가 여 사장보다 못한 게 뭐가 있어?"

"여 사장을 너무 우습게 보지마. 그 사람한텐 다른 사람에겐 없는 특별한 뭔가가 있을 거야. 지금 네 손 안에 들어온 복을 걸어찼다가 나중에 너는 다른 사람의 적수가 못 된다는 걸 깨닫게 되면, 그땐 이미 늦는 거야."

"다른 사람들의 그런 특별한 점은 배우면 돼. 인생은 한 번뿐이라고! 이생에서 지은 죄 다음 생애까지 갖고 가는 것도 아닌데 뭐가 겁나?"

그의 말을 들으니 도덕과 양심에 관한 원칙에 의문이 가기 시작했다. 시장에서든 관계官界에서든, 또 하나의 법칙이 행해지고 있다. 조작주의操作主義의 법칙. 자기가 올라서기 위해서는 남을 끌어내려야 한다는 게 그것이다. 정말이지 세상은 사람을 슬프고 무기력하게 만든다.

호일병은 맨손으로 늑대 때려잡는 방법을 계획했다. 우선은 공상국工商局을 뚫고, 그리고 은행을 뚫은 후에, 마지막으로 정부 부문을 뚫기로 했다는 것이다. 뚫어야만 살고, 그러려면 원칙대로만 해서는 불가능하다고 했다. 그의 이야기는 아주 그럴 듯하게 들렸다. 단계마다 다 아는 사람 혹은 친구들이 분포해 있어서 모든 일이 확실하게 진행될 것 같았다. 그의 계획대로라면 3년 안에 서쪽 시가지에 주택지를 개발할 수 있을 것이다. 내가 말했다.

"조심하게나. 발 한 번 잘못 디디면 그냥 끝이겠어."

"열 번 찍어 안 넘어가는 처녀 없고(沒有追不到的姑娘), 열 번 공격해서

함락 안 되는 성 없다(沒有攻不下的關)고 했어. 내가 벌써 그 친구들을 도와준 게 몇 년인데, 그 친구들이 날 돕는 것도 당연하지 않겠나. 아니면 자네도 은행돈이 내 손에 들어오는 거 확인하고 참여하든가. 듣기 안 좋겠지만, 천에 하나 만에 하나 내가 파산하더라도 누가 날 잡아먹기라도 하겠어? 사람 고기는 시큼하거든. 먹을 사람도 없을 거야."

"자네도 그런 식으로 생각하는 거야? 나는 사회에서 찔러도 피 한 방울 안 나올 것 같은 인간들이나 그런 식으로 생각하는 줄 알았는데…."

그는 하하 웃으면서 말했다.

"아이고, 형님, 아직도 그 타령이요? 그럼 내가 하나 물어보자. 넌 네 인생 어떻게 할 거야? 만약 사람이 두 번 산다면야, 나도 이번 생애에서 덕 쌓고 다음 생애에 보답 받겠다. 그게 그렇지 않다는 걸 자네도 언젠가는 깨달아야 할 텐데 말이야. 깨닫고 나야 툭툭 털고 씩씩하게 나갈 것 아냐! 그런데도 영 납득이 안 가나? 그렇게 답답하게 굴면 자네 인생 살아봐야 앞으로 별로 재미있는 일 없을 거야. 신나는 일 없을 거라고!"

그 말을 들으니 전기가 통한 것 같이 속이 찌릿하면서 머릿속의 모든 환상이 무너져 내리는 듯했다. 내가 말했다.

"생각해 볼게, 생각해 볼게."

41. 약국 개업

나는 집에 와서 동류에게 호일병이 한 얘기를 했다. 그녀가 말했다.
"당신이 한번 도전해 보겠다면, 그것도 괜찮겠죠. 여기에선 별볼일 없잖아요. 그런데 내가 볼 때 당신은 그럴 만한 재목은 아닌 것 같은데 호일병이 당신을 좋게 봤네요."
"최소한 나를 믿어주는 거겠지."
"어딜 가나 다 똑같아요. 안 되는 사람은 어떻게 해도 안 돼요. 그나마 위생청에서 일하니까 밥이라도 얻어먹지, 다른 데 가면 죽 한 그릇도 못 얻어먹을지 몰라요."
이 말이 내 머리를 쾅! 하고 내리쳤다. 나는 일파도 있고, 방 두 칸짜리 집에, 가정도 있는 몸이다. 그런 모험을 할 수는 없었다. 호일병이 다시 나를 찾아오길 기다렸다. 은행에서 대출을 받았을까? 한달이 지나도 소식이 없었다. 아마 예상치 못했던 일이 생겼으리라.

어느 날 나는 길을 가다가 한 상점 문에 "가게 임대"라는 종이가 붙어 있는 것을 보았다. 평소에도 흔하게 볼 수 있는 거였지만 오늘은 그걸 보고 심장이 두근거렸다. 왜 진작 약국을 차릴 생각을 못했지? 동류더러 그만두고 약국 일 보게 하면 되잖아. 그러다가 잘 되면 나도 그만

둬 버리지 뭐. 몇 년 있다가 더 큰 일을 벌이더라도 말이야. 내가 내 생각을 동류에게 말했더니, 그녀 역시 관심을 보이며 말했다.
 "다른 건 우리가 안 해봐서 모르지만, 그쪽 일이라면 우리 전공분야 잖아요."
 그 후 며칠을 우리는 퇴근 후에 가게 하나를 찾아보려고 시내를 다 뒤졌다. 또 친구를 통해서 제약회사로부터 약을 받는 주문서도 받고, 정말이지 언제든지 시작할 수 있을 것 같았다. 임지강을 찾아가서 의논하자, 그도 초기 자본금으로 몇 만 위안을 투자하고 싶다고 했다. 우리는 모든 계획을 다 잘 세우고 제2병원 앞에 있는 열 평 정도 되는 가게를 봐두었다. 월세는 1,750위안으로 네 달에 한 번씩 내기로 얘기도 끝냈다. 나는 긴장이 되었다. 동류가 말했다.
 "뭐가 걱정이에요? 닥치면 다 하게 되어 있어요."
 "무심코 한 말이었는데 그게 이렇게 현실이 되었잖아."
 임지강도 별 문제 없을 거라고 했고, 그 말이 내 마음을 가볍게 해주었다. 우리는 주인에게 금요일에 돈을 가져와서 계약하겠다고 약속을 했다. 임지강이 동류에게 5만5천 위안을 갖다 주었다.

 목요일 오후, 전화가 한 통 걸려왔다. 한 남자의 탁한 목소리가 들렸다.
 "요즘 돈 많이 번다고 하던데 우리한테 좀 쓰시지. 방금 감옥에서 나와서 배가 무지 고프거든…."
 나는 깜짝 놀라서 물었다.
 "누구시죠?"
 "어이, 친구! 이 위대한 쌍칼 형님 목소리도 잊었나? 싹둑 하는 소리에 귀 반 쪽이 바로 날아간다는 국보급 쌍칼일세."
 그때 옆에서 다른 목소리가 들렸다.
 "나도 얘기 좀 하자. 여보세요, 지대위? 나 몽둥이야! 한 대에 그냥 핑

돌지. 자네 아들이랑 나랑은 아주 친하다네. 오늘 아마 노란 옷을 입었지? 아들이 참 착하고 똑똑하더라고. 내 몽둥이로도 쉽지 않겠던데…."
"여보세요. 제가 당신들한테 뭘 잘못했습니까? 원수진 일도 없는데."
그 쌍칼이란 자가 말했다.
"오늘 원수 안 졌다고 내일 원수지지 말라는 법은 없지. 약국을 왜 하필이면 제2병원 앞에 내겠다는 거야? 댁들이 차라리 단란주점을 내겠다면 우리 형제들이 이렇게 안 하지. 오히려 개점 축하 화환이라도 보내고 앞으로도 잘 봐주지."

그때 갑자기 우리가 약국을 차리려고 하는 곳 대각선 맞은편으로 약국 하나가 있었던 것이 떠올랐다. 크지 않은 규모였는데, 내가 장사가 잘 되는지 한 번 보러 갔을 때에는 안에서 한 젊은 여자가 아이에게 우유를 먹이면서 가게를 보고 있었다. 이 몽둥이라는 작자가 그 여자 남편인지도 모른다. 아니면 어디서 찾아온 깡패이거나…. 내가 말했다.
"다 먹고 살자고 하는 건데, 우리 페어플레이 합시다."
그쪽에서는 황당하다는 듯이 웃으면서 말했다.
"어디 자네 아들 귀와 내가 페어플레이 해볼까? 한 쪽은 좀 어리고 한 쪽은 좀 나이가 있지만, 뭐 그렇다고 딱히 불공평하다고 할 것까진 없을 것 같으니까…."
또 몽둥이라는 작자가 말했다.
"아니면 이렇게 하지. 가게를 열면 우리 형제들이 매달 일만 위안씩 수고비를 받는 거야. 우리가 보호해줄 테니까. 할 말 있으면 해봐! 우리 솔직하게 의논해 보자고."
쌍칼 형님이라는 자도 말했다.
"방금 이놈이 한 말은 개 방귀뀌는 소리라고 생각하게. 만 위안. 그걸 누구 코에 붙이라고! 한 사람 당 만 위안, 어떤가, 친구?"
내가 말했다.

"정말 세상에 법도 없고 하늘도 없다고 생각하시오? 당신들 머리 위에도 법이라는 게 있소!"

저쪽에서 쌍칼 형님이라는 자가 크게 웃더니 말했다.

"내가 감옥에 안 가 본 것도 아니고 말이야, 귀 하나에 길어야 삼 년이지 아마? 내가 출소하는 날이 당신 아들 나머지 귀 하나 잘려나가는 날인 줄 알게. 나도 사나인데 말이야…. 여기 팡팡 내 가슴 치는 소리 들리지?"

몽둥이라는 자가 말했다.

"우리 형제들은 이것밖에 할 줄 몰라. 같은 말 두 번 하지도 않고. 두 번째 얘기할 땐 수고비 따로 받아야지. 지금 우리 노동이 가치가 없다는 소리야, 왜 이래? 내 침 한 방울에 삼백 위안이야! 쌍칼 형님은 어떠신가?"

쌍칼 형님이라는 자가 말했다.

"내가 그래도 너하고 같을 순 없지 않겠냐? 싸게 쳐서 사백 위안에 해주지. 들었나, 형씨? 형씨니까 내가 싸게 해주는 거라고."

내가 말했다.

"어디서 만나서 얘기하면 안 될까요? 제가 차 한 잔 살 테니."

쌍칼 형님이라는 자가 말했다.

"그래, 그래. 오늘 저녁 여덟시에 유풍裕豊 찻집에서 보지. 차를 사겠다는데 그 정도 체면은 세워줘야지. 안 그러면 우리가 너무 매정한 거지. 그리고 올 때 돈 가져오는 것 잊지 말고. 우리 형제도 아무 대가 없이 헛걸음 할 수는 없잖아. 그게 도리지, 안 그런가, 형씨?"

그리고는 전화를 끊었다.

전화를 끊고 나서도 한참 동안 나는 정신이 돌아오지 않았다. 벌건 대낮에 이런 강도들이 있단 말인가? 창 밖을 보니 훤한 대낮이었고 모든 것이 정상이었다. 방금 걸려온 그 전화가 오히려 거짓말 같았다. 나는 자리에 앉아서 이쑤시개 하나를 입에 물고 깡패나 강도의 모습을 생각하고 그 표정까지 지어보았다. 입을 삐딱하게 하고 째려보는 눈에 코웃음을 치면서 잔인한 눈빛을 지어보았다. 강도들도 이런 모습일 거야.

몇 달 전에 일파를 데리고 동물원에 가서 늑대를 보여줬던 일이 생각났다. 사육사가 먹이를 주자 수놈은 암놈도 먹이를 먹고 있는 것을 보더니 가서 암놈을 물기 시작했다. 사육사는 어쩔 수 없이 한 손으로는 수놈을 먹이고 다른 한 손으로는 암놈을 먹여야 했다. 그때 늑대의 눈빛이 생각나서 나도 눈을 지그시 뜨고 한번 따라 해보았다. 늑대보다 더 흉악한 인간이 있을 줄이야.

나는 어떻게 해야 할지 생각했다. 경찰에 신고할까? 아직 일이 터진 것도 아닌데, 아니 나중에 진짜로 일이 벌어지면 일파는 어찌하고? 나중에 몇 년 형을 살고 나서 그냥 끝나는 게 아닐 텐데. 그냥 무시할까? 그냥 겁주려고 하는 소리인지도 모르지. 그러다가 진짜이면? 나와 달리 저쪽은 어둠의 세계를 사는 인간들인 것이다. 나는 귀를 어쩐다는 것은 물론이고, 내 아들한테 손 하나 까딱하는 것도 상상할 수가 없었다. 그 작자들은 이미 작업에 착수했는지 우리 집 사정을 다 꿰뚫고 있었다. '이에는 이' 以黑制黑라고 했는데, 나도 어디 가서 깡패 두 명을 데려올까? 그냥 이렇게 당할 수만은 없지 않은가?

저녁에 나는 전화 통화한 일을 동류에게 이야기했다. 물론 일파에 관한 그 말은 빼고 했다. 그녀가 말했다.

"뭐가 겁나요? 그렇다고 정말 우리를 패겠어요? 세상에 쉬운 일이란 없는 거예요. 어딜 가나 발목 잡는 사람이 있다고요. 그 사람들이 짖는다고 그만두면 아무것도 못해요. 그런 식으로 짖어대는 사람은 다른 데 어딜 가도 있게 마련이에요. 내가 발전하려면 다른 사람 영역을 침범할 수밖에 없다고요. 그러니 그쪽에서도 텃새 안 부리겠어요? 그저 방법이

다를 뿐이라고요. 어떤 인간들은 웃으면서 하는 말들이 그 짖는 것보다 더 무섭다고요."
그때 일파는 의자에 앉아 만화를 보고 있었다. 장모님이 말씀하셨다.
"우리 일파가 다리를 다 꼬고 앉았네. 어른 같네."
일파는 다리를 꼬고 두 손도 같이 꼬고 말했다.
"엄마 나 봐라. 나는 꽈배기야."
우리는 다같이 웃었다. 동류가 말했다.
"우리 일파는 어쩜 이렇게 똑똑하냐. 어른도 생각 못하는 말들을 다 하고."
세 살짜리 아이가 그런 말을 하는 것에 나 역시 놀라워서 감탄했다.
"물건이야, 하여간."
장모님도 동의하셨다.
"우리 일파 말을 얼마나 잘하는지 몰라."
정말이지 눈에 넣어도 아프지 않을 아들이다. 혹시라도 우리 일파한테 무슨 일이라도 생기면 우리 식구는 어떻게 살아가지? 아무래도 그 사람들이 한 말을 동류에게 다 말해야 할 것 같았다.

아내는 잠시 멍하니 있더니 물었다.
"진짜로?"
무척이나 놀란 모양이었다. 내가 말했다.
"진짜지 그럼. 우리도 조심하자고. 그 작자들 겁낼 것까진 없고."
그러자 그녀가 고개를 들면서 말했다.
"사람의 탈을 쓰고 어떻게 그럴 수가 있어? 그자들 강도 아냐?"
나는 그녀의 기운을 북돋워주기 위해 말했다.
"아예 상대를 하지 말자. 설마 무슨 일이야 있겠어?"
동류는 얼이 빠진 듯이 나를 쳐다보고는 오른쪽으로 천천히 머리를 돌렸다가 다시 천천히 왼쪽으로 돌렸다가를 반복했다. 무표정한 얼굴이며 암담한 눈빛이 꼭 로봇 같았다. 장모는 일파를 끌어안고 말했다.
"다른 건 몰라도 일파는 안 된다. 얘는 내 목숨이야. 애도 제대로 못 돌보면 돈은 벌어서 뭣하나? 며칠 있다 내가 애 데리고 동훼네로 갈란다. 어떻게 마음을 놓겠어?"
어렵사리 희망이 보이는 듯했는데 이렇게 포기하고 싶진 않았다. 그래서 말했다.
"어르신은 잘 모르세요. 신경 쓰지 마세요."
그러나 동류가 말했다.
"엄마 말이 맞아요. 사람이 중요하죠. 돈이라는 건 사람의 몸에서 내뿜는 폐기 가스나 마찬가지예요."
나는 기분이 나빠져서 말했다.
"어렵사리 계획한 일이 그 인간들 말 몇 마디에 이렇게 되다니!"
"우리 같은 사람은 그럴 재목이 아닌가 봐요. 어찌 되든 조직에 의지해서 사는 수밖에 없겠어요. 자기 자신만 믿고 살 수는 없을 것 같아요."
나는 한참을 멍하게 있다가 말했다.
"그러게…."
동류도 말했다.
"그래요, 앞으로 좀 잘해요. 이왕 조직에 의지해야 한다면 확실하게 기대라고요. 안 그러면, 그게 뭐예요?"
나는 의기소침해졌다.
"다 생각해 놨는데, 시작하기만 하면 되는데, 이런 식으로 끝나버리는군."
"마음속에 탑을 쌓았어요. 그런데 다 쌓고 나서야 그것이 얼음으로 만들어진 것임을 알았죠. 태양이 그 빛을 비추자 그냥 녹아버렸고요."
나는 주먹으로 이마를 마구 치면서 소리쳤다.
"강도, 강도, 나도 나가서 강도짓이나 할까 보다."

강도, 강도라는 말은 무의식중에 그냥 나온 말이었지만, 머리 속에서 한참동안 메아리쳤다. 강도로 사는 것도 세상을 살아가는 방법 중 하나가 아닐까. 몽둥이라는 작자도 쌍칼 형님이라는 작자도 강도. 광개평匡開平도? 임지강은? 정소괴는? 심지어 호일병까지 이젠 강도짓으로 먹고 살겠다고 하지 않는가! 그 사람들은 잘나가는데 나는 되는 일도 없이 이게 뭔가. 나는 어깨를 으쓱하면서 나 자신을 비웃었다. 예전에 다른 인간들을 개, 돼지라 비웃던 때와 같은 표정으로 지금은 나 자신을 비웃고 있었다. 개 같은 인간들, 돼지 같은 인간들.

그러나 사실 내가 비웃었던 그 인간들도 괜히 그러는 것이 아니었다. 다 그럴 만하니까 그러는 것이었다. 사실 나는 그 사람들을 비웃을 자격도 없다. 강도짓도 방식은 여러 가지겠지만 다 같은 논리이다. 일단 마음이 시꺼멓고, 얼굴은 두꺼워야 한다. 무엇보다 마음이 모질어야 한다. 좋은 걸 내 손에 넣기 위해서 절대 우유부단하거나 모질지 못하면 안 된다. 순간 나는 크게 무언가를 깨달은 듯했다. 아버지의 일생은 별 가치가 없었고, 그 희생 또한 아무 의미가 없었다는 생각이 들었던 것이다. 마음속에 아버지의 모습이 떠올랐다. 아득한 그 당시, 밤이면 등잔불 아래에서 몇 시간이고 움직이지 않고 앉아 계시던 아버지와 울퉁불퉁한 벽을 따라 패여 들어간 아버지의 그림자가 눈에 선했다. 이런 생각을 하고 있는데 갑자기 온 몸이 떨렸다.

 ## 42. 대엽산大葉山에 올라

　그해 초겨울 나는 마음이 별로 좋지 않았다. 허무감에 쌓여 빠져나올 힘도 없었다. 사람은 언제나 의미 있는 일을 해야 한다. 그렇지 않으면 자기 자신과 마주할 수도 없다. 그런데 나는 바로 그 의미를 찾을 수 없었다. 그래서 뭘 해도 의욕이 없었고 재미가 없었다. 나는 깨어 있었지만 내 영혼은 꿈속을 떠다니는 것 같았다.
　그 주말은 아주 맑고 화창했다. 나는 아침을 먹고 아래로 내려갔다. 내려와서는 내가 왜 내려왔는지도 몰랐고 갈 곳도 없었다. 나는 나도 모르게 사택 단지를 나서서 사람들이 오가는 길을 걷기 시작했다. 길에는 사람들이 많고 북적거렸다. 오가는 사람들을 보니 모두 즐거워 보였다. 도대체 뭐가 저렇게 즐거울까?
　어느 버스 정거장엘 가니 사람들이 차를 기다리고 있기에 나도 멈춰섰다. 버스가 오고 사람들이 밀치며 타기 시작했다. 나는 꿈쩍도 하지 않고 그대로 서 있었다. 버스 차장이 머리를 내밀고 "빨리 타세요" 하는데 나를 보고 소리를 지르는 것 같아서 나도 그냥 올라탔다. 중간에 사람이 내려서 나는 그 자리에 앉아 창밖을 내다봤다. 얼마나 지났는지 모르겠는데 차장의 "내려요" 하는 말이 들렸다. 그때서야 나는 버스에 남은 사람이 나 하나뿐이라는 걸 알았다.

차를 내려서 보니 대엽산大葉山 입구에 와 있었다. 나는 산을 오르기 시작했다. 내가 뭣 하러 산을 오르려는 것인지 몰랐지만, 왠지 올라가야 할 것 같았다. 놀러 나온 사람들이 많이 있었다. 나는 이 위안 하는 입장표를 끊어 산 입구에 들어섰다. 다른 사람들을 따라 올라가니 운봉사雲峰寺에 다다랐다. 절 앞에는 이런 글귀가 붙어 있었다.

장부의 회포 격렬하나
청사에 몇 명이나 이름을 날렸던가
큰 새 발톱 흔적인가
북망산엔 버려진 무덤 무수하다네
(壯懷激烈, 靑史幾行名姓
鴻爪一痕, 北邙無數荒丘)

큰문 옆으로는 판매대가 두 줄로 늘어서 있었다. 몇 군데서 향을 팔고 있었다. 아주머니 한 명이 나를 보고 하나 팔아 달라고 했다. 내가 물었다.
"향 하나에 얼마예요?"
"한 세트에 30위안이오."
"그렇게 비싸요?"
"부처님께 드리는 걸 또 깎으려고요? 정성이 부족해요, 정성이!"
내가 그냥 안으로 들어가는데 그녀가 뒤에서 소리쳤다.
"5위안에 줄게요. 5위안."

사당 안에는 석가여래상이 있었고, 그 양 옆으로 이름은 모르겠지만 석가여래의 제자들의 상이 늘어서 있었다. 사람들은 끊임없이 공덕 상자 안에 돈을 넣고 무릎을 꿇어 점괘와 가는 막대를 뽑은 다음, 그걸 갖고 점괘를 풀어주는 스님에게 오 위안을 드리면서 결과가 적힌 종이를 받고 있었다. 그때 갑자기 사당의 바닥이 타일로 되어 있는 게 나의 눈에 거슬렸다. 타일이 경관을 망치고 있었다. 석판으로 깔았어야 어울릴 텐데. 게다가 기둥도 큰 원목이 아닌 시멘트였다.

옆방에서는 머리를 깎지 않고 수행을 하는, 스무 명 남짓한 속가의 제자들이 검은 옷을 입고 한 사람이 도에 대해 얘기하는 것을 듣고 있었다. 한 서른 정도 된 안경을 쓴 여자 하나가 경청하면서 염주를 돌리고 있는 것이 눈에 들어왔다. 저 여자는 왜 인생의 모든 욕망과 생각을 버리고 여기에 와 있는 걸까? 아이와 남편은 있겠지? 배울 만큼 배운 사람 같은데 무엇이 저 여자를 저렇게 절망적이게 만들었을까?

나는 저 사람들을 이해할 수 있다. 그들은 결코 바보들이 아니다. 그들은 허구의 정신세계를 진실로 삼고, 그로부터 영혼의 귀착점을 찾으려 하는 것이다. 인간은 궁극을 필요로 한다. 궁극이 없는 인간의 마음은 끝없이 떠돌며 안정을 얻지 못한다. 그리고 많은 사람들에게 그 궁극은 바로 '자기 자신'이다. 그들을 보면서 나는 내 영혼에도 한때는 궁극이 있었음을 떠올렸다. 바로 천하天下와 천추千秋가 나의 궁극이었다. 내 모든 정신의 구조물들은 바로 천하와 천추 위에 세워졌었다. 그 천하와 천추는 공자의 가르침이자 모든 중국 지식인의 본능이며 종교였다. 최소한 내게는 그랬다. 나는 천하와 천추를 바탕으로 내 정신세계를 세우려고 했었다. 그것이야말로 사람의 삶이 의미를 갖는 이유, 희생이 가치를 갖는 이유라고 생각했기 때문이다. 인간은 단순히 한 개인, 순간을 머무는 생존자에 그치지 않는다. 만약 그렇다면 인생이 너무 가련하고 불쌍하지 않은가? 사는 게 그저 숨쉰다는 뜻이라면, 사람은 왜 '사람답게' 살아야 하고, 또 지식인이라는 인간은 도대체 무엇이고 무슨 특별한 가치를 지닌다는 것인가?

그러나 나의 정신세계는 이미 무너지고 있었다. 나의 사고도 이미 파괴되고 있었다. 시대가 변하는데 사람이 안 변할 수가 있나. 언제까지나 환상에 빠져 있을 수는 없는 것이다. 아직까지도 나는 본능적으로 내가 개인적인 틀을 깨고 무엇을 해야 하고 또 무엇을 할 수 있을지를 생각하는 경향이 있다. 그러나 이제는 그럴 때마다 그런 생각이 얼마나 허망한 것인지를 이성적으로, 그리고 잔인하게 느끼고 있다. 시대가 변했다. 세계는 거대한 괴물이 되었다. 사회가 얼마나 분업화되었는지 내가 상상할 수 없을 정도이다. 나는 그저 아주 작은 한 부분을 차지할 뿐이다. 이렇게 작은 한 구석에서 천하의 큰 의미를 찾을 수 있을까? 희생이 두려운 것이 아니다. 단지 그 희생이 아무런 의미가 없을까봐 그것이 두려운 것이다. 만약 나의 희생이 바다 깊은 곳에 가라앉은 작은 배처럼 암흑의 시간에 영원히 잠겨 있어야 한다고 생각하면 얼마나 끔찍한 일인가?

나는 스스로를 속일 수 없다. 그리고 시장은 눈앞에 있는 것만을 인정하고, 시간 뒤에 어떤 신비한 무언가가 있을 가능성을 인정하지 않는다. 시장은 정확하다. 그렇지만 그런 정확함은 또한 너무나 많은 인간의 상상을 파괴해버렸다. 모든 것이 소비욕망의 평면 위에서 펼쳐지며, 사람들은 더 이상 천하와 천추 같은 것들을 상상하지 못한다. 하물며 그런 희생의 의미와 성스러운 광휘光輝들이 이젠 시간에 떠밀려 범속하다 못해 쇠락한 진상을 드러내고 있다. 결코 달갑지 않지만 다른 선택의 여지가 없다. 그래서 모든 것을 처음부터 다시 시작하기로 했다. 새로운 인생을 살기로 했다.

모든 것은 과정이고 한 순간이다. 아무리 대단한 인물이라도 이런 비극적인 운명을 피할 수는 없다. 그래서 이 순간을 잡으면 본질이 잡히고 영원이 잡힌다. 인생에서 문제가 되는 것은 하나, 자기 자신밖에 없다. 어쩔 수 없는 사실이다. 세계는 하나의 장기판이고, 내가 바로 장기판 위의 장군이다. 슬프고 절망적인 생각이다.

세계를 내려놓고 나서 나는 홀가분해짐을 느꼈다. 그러나 그 홀가분함은 어떤 의미에서 더더욱 무겁게 나를 짓눌렀다. 지식인이 가장 감당하기 힘들어 하는 것은 바로 자기가 감당해야 할 일이 아무것도 없다는 것이다. 그래서 그들은 천하와 천추를 가슴에 담고 살 필요가 있는 것이다. 그러나 오늘날 그들의 정신세계가 파괴되어 가고, 그런 정신에 기반을 두었던 그들의 신분 또한 상실되고 있다. 더 이상 아무런 희망을 가져서는 안 된다. 또 다시 희망을 품었다가는 이 한 평생 정말 아무런 희망도 없어지기 때문이다.

사실 나더러 마음에서 세계를 내려놓으라고, 세계에 대한 어떠한 신념도 포기하라고 하는 것은 나더러 자살하라고 하는 것과 같았다. 어떻게 스스로를 그렇게 잔인하게 대할 수가 있어? 난 못해! 그렇지만, 그렇지만, 이렇게 포기할 수는 없다. 지금 포기하면 이젠 정말 끝장인 것이다. 한숨이 나왔다. 오늘부터 사는 데에 용기가 필요할 것이다. 뒤의 일은 생각할 필요가 없다. 먼 곳의 일도 생각할 필요가 없다. 생각한다고 할 수 있는 일도 없기 때문에, 생각하더라도 아무런 의미도 없다. 사람은 자신을 속일 수도 또 속이지 않을 수도 없다. 자신을 속이는 것이 너무 잔인하지만, 그러나 자신을 속이지 않는 것도 마찬가지로 잔인하다. 생명의 진상은 꾸밈없이 내 눈 앞에 놓여 있는데, 난 정말 그를 똑바로 쳐다볼 여력이 없다.

석가여래의 상을 한참 동안 쳐다보았다. 그 신비한 미소의 그 특별한 의미가 알고 싶었다. 그 미소가 결국은 어느 조각가의 손에 의해서 만들어졌다는 것은 알지만, 그래도 그 신비감은 떨쳐버릴 수가 없었다. 스님이 말했다.

"점 한 번 보시죠. 여기 부처님이 무척 영험하십니다."

보아하니, 시장은 사찰 안까지 파고들어와 있었다. 내가 물었다.

"정말 그렇게 효과가 있습니까?"

"믿으면 있고 안 믿으면 없고(信則有, 不信則無), 뭐 시주하시는 분의 성의에 달린 거죠."

성의라 함은 돈을 내라는 건데, 절 앞에서 향을 팔던 아낙과 다를 게 하나 없었다. 이상한 마음에 이끌려 나도 다른 사람들과 마찬가지로 세 번 절하고는 대나무 통을 수십 번 흔들다가 그 안에서 얇은 대나무 쪽 하나를 집어 스님에게 건넸다. 그가 물었다.
"뭘 비시겠습니까?"
"특별히 빌 게 뭐가 있나요?"
"재물, 결혼, 사업, 평안, 사람 일이면 아무거나 다 됩니다."
부처님은 참 여러 가지에도 신경 쓴다고 생각하면서 말했다.
"사업을 봐주십시오."
그는 나무 상자 안을 한참 뒤지더니 종이쪽지 하나를 나에게 건네주면서 말했다.
"좋은 일이 있습니다. 상상上上."
나는 오 위안을 주었다. 그가 말했다.
"상상上上은 십 위안입니다. 잘 안 나오거든요."
할 수 없이 나는 오 위안짜리를 다시 받고 십 위안을 주었다.
쪽지에는 이렇게 쓰여 있었다.

"말없이 일심으로 믿으면 하늘로 날아올라
태산의 보배를 배에 가득 싣고 돌아온다.
길을 물으면 좋은 일이 이루어지나니
앞에서 귀인이 끌어줄 것이다."
(勿言一信向天飛, 泰山寶貝滿船歸.
若問路途成好事, 前面仍有貴人推.)

다 거짓말인 줄은 알지만 그래도 기분이 좋았다. 갑자기 전에 들은 얘기가 생각났다. 운봉사의 몇몇 법사가 서로 주지가 되겠다고 싸움을 벌였다가 결국은 돌아가면서 주지를 하기로 했다는 것 같았다. 아까 그

스님에게 정말 그런 일이 있었느냐고 물어보자, 그는 고개도 안 들고 말했다.

"출가한 사람에겐 속세의 일을 묻지 않습니다."

나도 그냥 관심을 접었다. 사당의 뒷문을 나와 나는 좁은 계곡을 따라 산꼭대기 쪽으로 갔다. 사람들이 점점 안 보였고, 나중에는 길도 없어지고 정상이 나타났다. 산바람이 불어와서 내 옷 속으로도 바람이 들어왔다. 나는 무릎을 감싸고 자리에 앉았다. 저 멀리로 강물이 산을 돌아 흐르는 것이 보였다. 모래를 나르는 배들이 강 위를 움직이고 있었다. 여행객을 태운 좀 빠른 배들도 있었다. 좀 있으니 여객선이 항구에 도착하고 무겁고 둔탁한 뱃고동 소리가 은은하게 들려왔다. 강변의 집들은 그저 희뿌옇게 보이고, 높게 솟은 빌딩만이 한 눈에 탁 들어왔다. 그 외에도 많은 고층건물들이 건설 중이었다. 크레인의 쇠 팔이 움직이는 것을 희미하게나마 구별할 수 있었다. 다리 위로 차들이 왔다 갔다 하는 모습이 보였다. 나는 빨간 소형승용차가 천천히 강 저쪽으로 가는 것을 바라보았다. 그 차가 내 시야에서 없어질 때쯤 나는 그 안에 어떤 사람이 타고 있는지 또 어디를 가려고 하는지 궁금해졌다.

생명의 참 뜻은 이렇게 평범한 순간에 있는 것이지 다른 데 있는 것이 아니다. 오랜 세월 동안 나의 '정신의 빌딩'을 지탱해 주던 천하와 천추의 정서 역시 그저 영혼의 한때 상황에 불과했다. 그 의미래야 기껏 나 혼자의 주관적 의미였던 것이다. 믿으면 있고 안 믿으면 없고…. 그런데 나는 왜 그것이 있다고 믿고 나를 구속해 왔을까? 나는 나 자신을 위해서 삶의 본원적 의미를 포기했고 그로 인해 괴로워하고 있지만, 그러나 나는 또한 본원적 의미를 찾으려는 어떠한 노력도 경계한다. 결국 나는 이상주의자이고 무신론자다. 나는 진상을 제대로 보고 있다. 의미는 사라지고 가치는 떨어졌지만, 사람은 살아야 한다. 세상을 너무 정확하게 보기에, 너무 정확하게 이해하기에, 이렇게 슬픈 것이다. 마치 벼랑 끝에 서서 더 이상 앞에 갈 길이 없는 것과 같다. 빠르게 쇠퇴하는 시대이다. 모든 것은 생성과 동시에 소멸하고, 번영과 동시에 시들고 있다. 기존의 정신적 세계는 이미 무너졌다. 나는 이제 보다 짧은 시간과 보다 좁은 장소, 새로운 시공時空의 관념 위에 개인의 현실적 생존을 기초로 하는 새로운 정신세계를 다시 구축해야 한다. 비참하게 들리지만 그것이 현실이다.

그 순간 나는 뭔가 확 뚫리는 듯한 느낌을 받았다. 너무 많은 생각은 하지 말자. 지나친 생각은 나만을 옭아맬 뿐이다. 세상에는 다른 사람이 더 오랫동안 생각에 잠기거나 망설이고 배회하기를 바라면서 자기는 그 틈에 현실에서 그 팔과 다리를 힘껏 펼치려는 인간들이 있다. 나도 그들과 같아지고 싶다. 현실로 돌아오고 싶다. 자아의 생존이 제일 중요한 현실이고, 이는 어떤 논리로도 무너뜨릴 수 없는 사실이다. 그리고 그렇다면 살아가는 방식이 완전히 달라져야 한다. 내가 전부이고, 그 목표를 위해서라면 어떤 식의 조작에도 유연하게 대처해야 하고, 구속은 사라져야 한다. 생각하면 무서운 일이지만 한편으론 마음이 끌리고 가슴이 쿵쿵 떨려왔다. 새로운 가능성이 펼쳐지고 있었다. 더 이상 무엇을 고집할 필요도 없다.

나는 나를 해방시켰다. 타락의 쾌감과 공포가 동시에 느껴졌다. 나 지대위가 이렇게 오랜 시간 방황한 끝에 이런 결론에 다다를 줄이야…. 내가 개, 돼지라고 욕하던 사람들과 다를 게 없다. 나는 그들을 완전히 이해할 수 있다. 정소괴, 임지강 그리고 광개평까지도 다 이해할 수 있다. 그들은 좋은 사람들은 아니었지만, 그렇다고 나쁜 사람들이라고 할 수도 없다. 그저 생존에 적합한 사람들일 뿐이다.

나는 바람을 맞으며 한참 동안 앉아 있었다. 왼쪽 볼은 바람을 맞아 아무것도 느껴지지 않았다. 엄청난 허탈감을 느끼고 산을 내려왔다. 그 허탈감은 너무나 현실적인 것이었다. 나는 더 이상 현실 이면의 것은 아무 것도 믿지 않을 것이다. 나는 살아야 한다. 나에겐 일파와 동류가 있다.

43. 흡혈충병 조사

위생부衛生部의 계획에 따라 전 성 규모의 흡혈충 표본 조사단을 조직했다. 나는 일도 없이 쉬고 있던 차라 그 조사단에 참여하기로 했다.

조사단은 전부 열 명으로 다섯 개의 작은 조組로 나뉘었다. 나는 흡혈충 조사반의 강江주임과 같은 조를 이루어 화원현華源縣과 풍원현豊源縣으로 내려갔다. 이번 일은 정소괴가 깊이 관여하고 있었다. 출발 하루 전에 강 주임이 사람들을 소집해서 최종 회의를 열었다. 회의가 거의 끝날 즈음에 마 청장이 들어왔다. 정소괴가 그 뒤를 따라 들어왔다. 모두들 의외라고 생각하는 듯했다. 한편으로는 위생청이 얼마나 이번 일을 중요시하는지 알 수 있었다. 마 청장이 들어오자 강 주임이 얼른 자리에서 일어났다. 다른 사람들도 자리에서 일어났고, 나도 얼떨결에 따라 일어났다. 강 주임은 피고 있던 담배를 얼른 끄고 말했다.

"마 청장님께서 직접 여기까지 오셔서 격려해 주시다니 몸 둘 바를 모르겠습니다. 앞으로 일하는 데에 가장 큰 지지가 될 것이며, 또한 가장 큰 정신적 동력이 될 겁니다."

마 청장이 말했다.

"다들 어떤지 그냥 보러 왔어요. 다들 수고들 하시오."

정소괴가 얼른 덧붙였다.

"청장님, 이 분들을 위해 몇 마디 해 주시죠."

말하면서 먼저 힘껏 손뼉을 치자 다른 몇몇 사람들도 따라서 손뼉을 쳤다. 마 청장이 말했다.

"이번 조사는 매우 엄중한 임무입니다. 모두들 인민을 위해서, 자기가 하는 일을 위해서, 그리고 우리 위생청을 위해서 책임을 다한다는 자세로 임해 주길 바랍니다. 절대로 대충하면 안 됩니다. 우리가 필요로 하는 것은 정확한 데이터입니다. 그 데이터가 있어야만 다음 단계로 넘어갈 수 있으니까요. 이미 각 현의 흡혈충 감염예방 부서에 공문을 내려 보냈습니다. 다들 아시겠지만, 이 사업은 지난 몇 년간 우리 성省 차원에서 많은 정력을 쏟고 있는 일입니다. 훌륭한 성과를 거두었고 그에 대한 평가도 긍정적이었습니다. 우리는 그 업적과 더불어 우리의 명예를 지켜야 합니다. 혹시 무슨 문제가 있으면 강 주임이나 여기 정 처장을 찾으세요. 이 사람들이 지도자급 소조小組의 부 조장입니다. 물론 직접 나를 찾아도 좋습니다. 내가 그래도 조장 아닙니까. 그럼 이만 마치겠습니다."

정소괴와 강 주임은 말이 끝나기가 무섭게 박수를 치기 시작했고, 우리도 따라서 박수를 쳤다. 정소괴가 말했다.

"방금 마 청장님께서 아주 중요한 지시를 하셨습니다. 한 마디 한 마디가 다 중요한 뜻을 담고 있습니다. 이번에 여러분은 호숫가 지역으로 조사를 나가게 되는데요, 작업이 제법 위험합니다. 그래서 마 청장님께서 이번에 중대한 결정을 내리셨습니다. 바로 여러분에게 정상적으로 나가는 보조금 외에 한 사람당 이십오 위안의 보조금을 더 드리겠다는 겁니다."

어쭈, 돈도 못 받고 하는 고생인 줄 알았더니 제법 배부른 출장이군! 다른 사람들도 얼굴에 기쁜 기색을 보였다. 마 청장이 말했다.

"다들 너무 기뻐하지 마십시오. 권리와 의무는 대등한 것입니다. 우리도 여러분이 처한 상황을 고려해서 내린 결정이니, 여러분도 위생청의 입장에서 생각하고 일해 주십시오."

강 주임이 당부했다.

"여러분, 좀 더 전체적인 각도에서 문제를 생각해 주세요. 개인행동 하지 마시고요."

마 청장이 일어나자 정소괴도 용수철처럼 자리에서 튀어 올랐다. 문 옆에서 마 청장이 먼저 나가도록 몸을 비켜섰다가 밖까지 모셔다 드렸다. 그리고 얼른 다시 돌아와서는 헛기침하는 소리를 내기 시작했다. 방금 전과는 완전히 다른 태도였다. 그는 천천히 자리에 앉더니 사람들을 천천히 한 번 둘러보고 우아하게 머리를 끄덕이면서 천천히 손에 들고 있던 노트를 들척거렸다. 그리고는 다시 목청을 가다듬더니 말했다.

"다들 무슨 의견들이 있는지…"

잠시 멈췄다.

"이야기들 해보세요. 어려운 점들도 이야기하구요."

강 주임이 곁들었다.

"정 처장님이 얘기하라고 하십니다, 여러분."

나는 아무 말도 하지 않았다. 정말이지 그 꼴을 봐줄 수가 없었다. 이제 겨우 입사한 대학생 하나가 말했다.

"위생청의 뜻은, 그러니까, 혹시…"

그는 공중에 손을 휘두르면서 말했다.

"혹시…"

다시 손을 흔들면서 말했다.

"예를 들면 무슨 정해진 기준 같은 것이라도 있습니까?"

정소괴가 말했다.

"무슨 기준?"

나는 가볍게 웃었고 다른 사람들도 희미한 웃음을 지었다. 정소괴가 말했다.

"미리 정해진 기준 같은 건 없습니다. 그런 기준이 있으면 조사는 뭣 하러 하겠어요? 결론은 조사 전이 아니라 조사 후에 나오는 겁니다. 우리의 일관된 원칙은 실사구시實事求是입니다. 안 그렇습니까?"

내가 바로 말했다.

"정 처장님이 아주 중요한 지적을 하셨습니다. 실사구시, 그게 우리 위생청의 일관된 원칙이죠."

그 젊은이는 의심스러운 얼굴로 강 주임을 쳐다보고, 또 정소괴를 쳐다보더니 말했다.

"그러면 그렇게 알고 저도 따르겠습니다."

정소괴가 난처한 표정을 짓고 앉아 있자, 강 주임이 말했다.

"정 처장님이 말씀하신 실사구시의 정신을 실천하는 것은 매우 중요한 일입니다. 그러나 긍정적인 성적 또한 중요합니다. 양자간 상호 조화를 이뤄야겠죠."

정소괴가 말했다.

"그러니까 모순의 대립對立과 지양止揚을 통해서 말입니다."

나는 속으로 생각했다.

"생활이 길러낸 변증법의 대가들이군. 미꾸라지보다 더 잘 빠져나가는군. 메치나 업어치나지. 언제 나도 변증법을 제대로 배워서 출세 한번 해봐야 할 텐데…. 하긴 우선 얼굴에 철판부터 깔고 양심부터 없애야겠다, 제기랄."

내가 말했다.

"아무려면 어떻습니까. 그때 가서 강 주임께서 구체적으로 지시하시면, 저희야 따르면 그만이지요. 좋은 게 좋은 것 아닙니까."

다음날 화원현으로 가는 기차에서 나는 어제 내가 자연스럽게 썼던 "아무려면 어떻습니까", "좋은 게 좋은 것" 같은 말을 되새겨 보았다. 그냥 우연히 튀어나왔던 건 아니다. 그게 바로 이 시대의 행동수칙이자 생존전략 아닌가. 그것은 일종의 기지機智, 일종의 총명함이며, 또 일종

제 2 편

의 원만함이자 일종의 뻔뻔스러움이다. 사람들이 다 그러한데 누가 곧이곧대로만 살 수 있겠는가? 망할 놈의 원칙이지만 어쩔 수 없다. 나 역시 별볼일 없는 인물인데 내 어깨로 얼마만큼이나 감당할 수 있단 말인가? 내가 잘나가는 대단한 인물이라면 얼마나 좋을까. 뒤집힌 상황들도 다시 되돌릴 수 있고, 누가 감히 나한테 수작을 부리겠어? 제기랄, 확, 개같이 네 발로 기게 만들어버려?

화원현에 도착하자 위생국에서 나와 강 주임을 점심 식사에 초대했다. 위衛 국장도 그 자리에 나왔다. 식사 전에 작년에 화원에 왔을 때 알게 된 오吳 군이 숙소까지 나를 찾아왔다. 그는 삼하향三河鄕에서 위생원장으로 있는데, 오늘 식사 모임에 자기도 좀 낄 수 있도록 말 좀 해달라고 했다. 위 국장과 가까워질 수 있는 좋은 기회라고 생각했던 모양이다. 그래서 내가 국장에게 이야기를 했다. 식전에 흡혈충 관련 질병 예방과 소蘇 주임의 환영사가 있었다. 첫 번째로 상에 올라온 음식은 담백하게 찐 민물생선이었다. 마오타이茅台도 한 병 땄다. 강 주임이 말했다.
"음식은 간단하게 시키세요. 하루 이틀 얼굴 본 사이도 아니고…"
위 국장이 말했다.
"성省 분들은 평소에 대접하고 싶어도 기회가 없었는데, 오셨을 때 잘해 드려야죠."
내가 말했다.
"생선도 그냥 평소 먹는 것이면 되고, 술도 진지秦池 정도면 충분합니다. 경비도 넉넉지 않을 텐데. 게다가 저나 강 주임 둘 다 술을 잘 못합니다."
소 주임이 말했다.
"재정상태가 넉넉하진 않아도 이 밥 한 끼 정도는 문제없습니다. 이렇게 사람이 오간다는 것 자체가 발전의 징조 아닙니까. 아무도 오지 않으면 그게 정말 죽어가는 거죠."

모두들 건배를 했고, 강 주임과 나도 한 잔씩 마셨다. 내가 오군에게 말했다.

"오 군! 승진이라도 하고 싶으면 국장님한테 잘 보여야 될 거 아냐. 가서 위 국장님께 술 한 잔 권해야지."

오 군은 술잔을 들고 위 국장 있는 곳으로 돌아가서 말했다.

"위 국장님, 제 잔 받으세요. 저희 같은 아랫사람들은 그저 국장님께서 관심을 가져 주셔야 무슨 일을 해도 합니다."

위 국장이 말했다.

"거 참, 그 말 한 번 듣기 좋네."

그리고 술잔을 부딪치면서 잔을 깨끗이 비웠다. 술이 얼큰하게 취해서 말했다.

"한 병 더!"

내가 황급히 말렸다.

"저희는 술이 별로 안 셉니다. 그냥 진지秦池로 시키죠."

소 주임이 종업원 아가씨를 부르면서 말했다.

"어떻게 술을 섞어 마십니까?"

한 시간도 넘는 식사를 하고 위 국장은 회의에 참석하기 위해 자리를 떴다. 소 주임은 계산을 하고는 비틀비틀 걸어왔다. 그를 부축해서 소파에 앉히면서 말했다.

"밥 한 끼에 몇 백 위안이 날아갔습니다. 술값만도 5백 위안입니다."

그가 말했다.

"이 밥 한 끼 먹는다고 거지가 되는 것도 아니고, 안 먹는다고 부자 되는 것도 아닙니다."

내가 말했다.

"이렇게 사람 올 때마다 접대하려면 감당할 수 있습니까?"

그가 말했다.

"양털이 양에 붙어 있어야지 개에 붙어 살 수는 없잖습니까? 어렵게 오신 손님들인데 대접 소홀히 하면 안 되죠. 당연한 거예요. 그리고 달리 도리가 없지 않습니까? 그저 성省 차원에서 앞으로 저희의 실제 상황을 좀 더 감안해서 예산이나 좀더 넉넉하게 마련해 주시면 고맙지요."

내가 말했다.

"예산도 다 용도가 정해져서 거기에만 써야 되는 것 아닙니까?"

그가 말했다.

"지 동지! 당신 무슨 외국에서 온 사람도 아니면서 중국의 실정을 모른단 말이오? 중국 특색이라고들 하지 않습니까? 우리 위생국 안에서 그나마 형편이 제일 나은 게 우리 사무실이다 보니, 손님 오시면 접대비는 자연히 우리가 내게 되어 있답니다. 저희가 아깝다고 접대 안 하겠다고 할 수 있나요? 아무 상관도 없는 사람들 접대한 게 몇 번인지 아십니까? 그래도 두 분은 저희를 도와 정말로 일을 하러 오신 분들 아닙니까!"

내가 물었다.

"그런 식으로 쓰면 몇 십만 위안 예산은 금세 없어지겠군요?"

"위 국장님도 어쩔 수 없습니다. 온 손님을 접대 안 할 수도 없지 않습니까? 이 바닥에서 일 계속 안 할 것도 아니고. 이게 수준 조금만 낮춰도 양 쪽 다 체면이 안 서거든요. 손님은 또 자기를 우습게 본다고 불쾌해 하죠. 무슨 일이 있어도 돈을 써야 됩니다. 안 쓸 수 없습니다. 중국 실정 잘 아시지 않습니까. 누구 하나가 막을 수 있는 게 아니지 않습니까. 생각해 보세요. 어느 한 쪽 사람들만 잘 접대했다고 해서 마음 놓을 수 있는 게 아니죠. 모든 분야의 인간관계가 다 필요한 것 아닙니까? 성省에 얘기 좀 잘 해서 우리 예산 좀 늘리도록 도와주십시오. 환자들에게도 기회를 줘야죠. 두 분의 입김이 중요합니다."

그는 말을 마치면서 한숨을 쉬었다. 자리가 끝나자 사무원 하나가 나와 강 주임에게 봉투 하나씩을 주었다 안에는 홍탑산紅塔山 담배가 두 보루씩 들어 있었다. 강 주임이 그냥 받는 것을 보고 나도 그냥 받았다. 오 군이 우리를 숙소까지 데려다 주면서 말했다.

"오늘 어렵게 윗사람한테 잘 보일 수 있는 기회를 잡았는데 제대로 활용하지 못한 것 같습니다. 너무 절박한 티를 낸 것 같아서 말이에요. 관심 안 가져 주셔도 일 열심히 하겠다고, 술 권하겠다고 했어야 하는 건데…, 다음에 만회할 수 있도록 한 번 더 도와주십쇼."

이런 코딱지만한 향鄕 위생원장조차 이런 일에 이 정도로 세심하게 신경을 쓸 줄은 생각도 못했던 일이었다. 숙소로 돌아와서 나는 소 주임이 한 이야기를 강 주임에게 하자, 그가 말했다.

"사실 어디나 다 마찬가지지 뭐, 여기라고 다르겠어?"

"다음부터는 편하게 대하라고 하세요. 제가 소 주임에게 말하지요."

"별다른 소리 하지 말고 그냥 내버려두게. 우리가 나서서 주동적으로 우리 수준을 낮출 필요가 어디 있나? 누가 뭐래도 우리는 성省에서 내려온 사람들인데. 먹고 마시는 거야 사실 상관없지만, 체면은 깎일 수 없지. 체면 문제라고! 일단 체면 한 번 깎이면 그 사람들이 자네를 우습게 생각하기 시작할 텐데, 앞으로 일은 또 어떻게 하려고 그러나? 결코 우리 자신을 비하시켜서는 안 되네. 우리의 몸값은 말 한 마디로 결정되는 게 아니라 사실 밥상 위에서 술의 등급으로 드러나는 게 제일 중요한 거야. 우리가 아무리 입에 대지도 않는다고 해도, 오늘 만약 정말로 진지秦池를 올렸다면, 그건 우리 따귀를 한 대 올리는 것과 다를 게 없어. 아니 따귀 맞는 것보다 더 심각한 일이지. 그 사람들이 자네를 그 정도로 본다는 것이니까. 보아하니 위 국장은 역시 국장 정도는 오를 사람이야. 술, 그거 우습게 보지 말게. 이게 다 업무상 필요에 의한 거야, 업무상 필요!"

강 주임은 역시 '주임'인지라 생각하는 것도 다르다. 그가 하는 말이 사실이 아니라고는 할 수 없었지만, 그러나 흡혈충에 물려 병에 걸린 환자들만 불쌍하게 되었다. 어떤 사람들의 체면은 다른 사람들의 생명보다 더 중요하다. 세상이 그렇다.

 ## 44. 관리들의 생명줄: 숫자

오후에 소 주임이 사람 둘을 숙소로 데리고 와서 말했다.
"지금 보고 드릴까요?"
강 주임은 아무 말도 하지 않고 천천히 자리에 앉더니 사람들을 천천히 한 번 둘러보고, 우아하게 머리를 끄덕이면서 천천히 손에 들고 있던 노트를 들척거렸다. 그리고는 다시 목청을 가다듬더니 말했다.
"말씀들 하시지요."
그리고 나를 향해 말했다.
"지대위 씨는 기록을 하십시오."
소 주임은 기본적인 상황을 소개한 다음 말했다.
"지난 이년 동안 이 지역에 홍수가 나서 호수 물이 제방을 넘는 바람에 다슬기가 밀려 들어왔습니다. 그래서 발병률이 더 높아졌고요. 대부분이 만성이라 아직 심각한 정도는 아니지만 장기적으로 그 수치가 떨어지지 않는다면 그땐 문제가 심각해집니다. 발병률을 떨어뜨리기 위해서 성쏱의 지원이 필요합니다."
강 주임이 웃으면서 말했다.
"매번 일 이야기를 하다 보면 그 흥정이 빠지지 않는군요. 저희 성쏱이니까 이렇게 아직도 여러 모로 지원해주지, 다른 성에선 벌써 흡혈충 관련 질병 약물을 이젠 시중에서 각자 구입하도록 했습니다. 어떻게 그 것보다 더 많이 지원합니까? 돈은 매년 꼬박꼬박 받아먹으면서 발병률은 계속 올라간다는 게 말이나 됩니까? 도대체 일들을 어떻게 하는 겁니까?"

소 주임은 아무 말도 하지 않고 나만 살짝 쳐다보았다.

강 주임이 말했다.

"지대위 씨, 좀 있다가 다시 기록하세요."

나는 기록하던 손을 멈췄다.

소 주임이 말했다.

"발병률은 확실히 높아졌습니다. 저희가 전체 집단을 조사해본 것은 아니지만 느낌이라는 게 있지 않습니까. 그런데 그건 저희가 일을 소홀히 해서가 아닙니다. 그저 제가 오랜 시간 이 사람들을 데리고 농촌들로만 뛰어다니다 보니…."

그가 옆에 있는 두 사람을 향해 고개를 돌리자, 그들이 바로 말했다.

"소 주임님은 매일 농촌으로 돌아다닙니다. 오죽하면 사모님께서 다 불평을 하시겠습니까."

소 주임이 말했다.

"발병률이 상승한 건 정말 불가피한 상황이었습니다. 저희 몇몇이 홍수를 막을 수는 없잖습니까?"

강 주임이 톡 쏘았다.

"외적인 요소를 너무 강조하는 건 듣기 좀 그렇군요."

소 주임이 말했다.

"그럼 위생청에 어떻게 보고하실 생각이신지…."

강 주임이 말했다.

"기본적으로 지난번과 같은 수준이라고 해두지요. 홍수까지 고려해서 말입니다. 사실 홍수만 아니면 수치가 내려갔어야 정상 아닙니까? 도대체 그 예산들은 다 어디로 갔단 말입니까?"

소 주임이 말했다.

"하지만 실제로 발병률은 높아졌습니다. 원래의 수치는 위생청의 지시에 따라 지난 몇 해 동안 억눌러왔던 것입니다. 위 국장님께서는 올해에는 사실대로 조사해서 내부적으로 정확한 데이터를 작성한 후 그 데이터를 기초로 더 많은 지원을 받을 생각이십니다."

강 주임이 말했다.

"'내부적으로' 라니요? 그럼 공개적으로는 없는 걸 갖고 거짓말을 한단 말입니까? 말도 안 되는 소리 하지 마세요!"

내가 물었다.

"현재 발병률을 추정한다면?"

소 주임이 말했다.

"6 퍼센트 정도."

나는 깜짝 놀랐다. 지난 번 통계결과보다 거의 배나 뛴 것 아닌가? 강 주임은 바로 얼굴색을 바꾸면서 말했다.

"자세하게 조사나 하고 그런 소리를 하는 겁니까? 그 수치를 발표하는 건 원자폭탄을 터뜨리는 거나 마찬가지입니다. 성 위생청은 말할 것도 없고 위생부까지 흔들릴 겁니다. 소 주임님, 그 말에 책임질 수 있어요? 예산만 생각하고 이야기 함부로 하시면 곤란합니다. 위생청에서는 매년 예산을 올리는데 오히려 발병률이 상승했다니…. 당신들 일을 어떻게 하는 겁니까?"

소 주임이 말했다.

"입이 열 개라도 할 말이 없습니다. 그렇지만 중요한 건 작년 홍수로 호수가 다 범람해서 한 달도 넘게 물이 안 빠지고 있었다는 점입니다. 그 통에 온갖 종류의 다슬기가 다 밀려 들어왔고요."

강 주임이 말했다.

"만일 방금 말씀하신 수치가 사실이라면 위생청에서도 간과할 수 없습니다. 회계처에서 감사단을 파견해서 예산 사용 내역에 대한 조사에

즉시 착수하게 될 겁니다."

　나는 정말 우습다는 생각이 들었다. 예산을 어디다 어떻게 썼냐고? 아까 받은 고급담배가 쇼핑백에 그대로 들어 있는데 어떻게 저런 말을 할 수 있지? 뛰어난 연기력, 중요하지, 중요해!

　소 주임은 당황해서 말했다.

　"전체 집단을 조사한 결과는 아닙니다. 과장된 것일 수도 있습니다. 과대평가된 것일 수도 있단 말입니다."

　강 주임이 말했다.

　"예전에 약이 없을 때도 발병률이 4퍼센트 미만이었습니다. 그런데 지금은 약도 있고, 약 가격도 내리고, 약효도 개선되었는데 발병률이 올랐다고요? 도대체 일을 어떻게 하는 겁니까?"

　소 주임이 말했다.

　"위생청의 뜻에 따르겠습니다. 지난번과 같은 수준, 그 수준으로 하지요. 사실 위 국장님도 위생청과 같은 생각입니다. 그저 발병률은 작년 수준으로 하더라도 예산은 좀 늘려 주십사 하는…."

　강 주임이 말했다.

　"그 문제는 조사 끝나고 다시 이야기합시다."

　최후에는 샘플 조사할 대상지역을 확정했다. 소 주임은 호수 부근의 장항향長港鄕으로 하자고 했지만, 강주임이 말했다.

　"아무래도 풍택향豊澤鄕으로 하는 게 좋겠습니다."

　풍택향에서 길 하나만 건너면 구릉지대가 나왔다. 나는 참지 못하고 불쑥 말해버렸다.

　"풍택향이라면 거의 산자락 아닙니까?"

　강 주임이 나를 바라보면서 말했다.

　"장항향의 발병률이 더 높을 것은 불 보듯 뻔한 일 아닙니까? 대표성이 없어요. 하긴 풍택향도 대표성이 좀 떨어지긴 하지만…."

　강 주임은 두 향 중간의 오화향五華鄕으로 결정하고 싶어 했다. 소 주임이 말했다.

"오화향은 호수에서 어느 정도 떨어져 있기 때문에 물이 거기까지 흘러들지는 않았습니다."

말하면서 그는 지원을 요청하는 듯한 눈빛으로 나를 바라보았다. 내가 말했다.

"강 주임께서 하신 말씀에도 일리는 있습니다. 하지만…"

강 주임은 나를 바라보지도 않고 눈만 몇 번 깜빡였다. 나도 더 이상 아무 말도 하지 않았다.

강 주임이 말했다.

"만약 발병률에 눈에 띌 만한 변화가 발생하면 위생청만 놀라고 감사단 파견하는 데 그치는 게 아니라, 자칫하면 위생부에서까지 감사가 내려올지도 모릅니다."

소 주임도 더 이상 아무 말도 하지 않았다. 계속해서 업무순서를 상의했다. 자리를 뜨면서 소 주임이 또 말을 꺼냈다.

"사실은 저희 위 국장님께서 이번 샘플 조사 대상지를 가능하면 호수 주위의 몇 개 향鄕으로 해달라고 신신당부 하셨습니다. 아무래도 흡혈충 조사 아닙니까."

강 주임이 말했다.

"무슨 이야기하시는 줄은 알겠습니다. 저희도 최대한 신경 쓰겠지만, 예산 문제라면 전 성에서 일괄적으로 정합니다."

소 주임이 말했다.

"그러면 제가 위 국장님께 위생청의 입장을 보고드리겠습니다. 그런데 아마 현 차원에서 위생청으로 따로 연락이 갈지도 모르겠습니다. 상황을 좀 봐가면서 일을 진행시키는 것이 어떨지…"

강 주임은 무표정하고 냉담한 얼굴로 말했다.

"그 말은 우리더러 며칠 더 기다렸다가 조사를 시작하라는 말입니까? 시간 맞춰 업무를 수행하지 못하면 그 잘못은 저희가 뒤집어쓰게 됩니다. 물론 다른 사람들도 책임을 면치 못할 겁니다."
 소 주임이 연신 고개를 끄덕이면서 말했다.
"지당하신 말씀입니다. 지당하신 말씀입니다."
 그리고는 자리를 떴다.

 강 주임은 소 주임 들으라는 듯 그의 등에 대고 코를 높이 쳐들면서 말했다.
"일개 계장 정도가 말이야, 위생청 안에 책상도 하나 못 들이미는 주제에 내가 예의 갖춰서 주임, 주임 하고 불러주니까 이젠 아주 나와 흥정을 하려고 들어!"
 듣는 내가 다 기분이 나빴다. 아직 계장도 못 달고 있는 내 앞에서 저런 소리를 하다니…. 강 주임의 얼굴을 보아하니 그는 아직 자기가 방금 실수했다는 것을 알아차리지 못한 것 같았다. 이런 인간들은 어떨 때는 무지 민감하면서 또 어떨 때는 무지 둔하단 말이야. 주로 누구를 상대하느냐에 따라 달라지는 것이겠지. 그들의 감각기관은 어떤 특수한 상황에서만, 예를 들어 대단한 어르신이 자리를 함께 했다거나 하는 상황에서만 제 기능을 발휘하나 보다. 나는 그의 말에 아무런 대꾸도 하지 않았고, 그도 아무런 눈치를 채지 못했다.
"지대위, 당신 위생청 사람 아냐? 위생청의 입장에서 얘기를 해야지."
 내가 말했다.
"요 몇 년 동안 홍수가 많아서 발병률이 높아졌다는 건 사실일 수도 있습니다. 수치를 보고하면 위에서 놀라기야 하겠지만, 그렇다고 보고 안 하면 피해를 입는 것은 서민들이죠."
 강 주임이야 위생청에서 기껏해야 겨우 일개 과장에 불과하고 또 직접 나와 관련되어 있지도 않았기 때문에 별 거리낌 없이 말했다. 그러자 그가 화를 내며 말했다.
"내가 그래도 흡혈충 질병예방과 주임일세. 코딱지만한 감투지만 난

44. 관리들의 생명줄: 숫자

들 좋은 일 한 번 해보고 싶은 마음 왜 없겠나. 나도 아직 그렇게 속까지 시꺼멓지는 않아. 그렇지만 일단 위생청에 몸담고 있는 바에야 어쩔 수 없지 않나. 누가 행여 뒤에서 의자라도 잡아 빼면, 톡 건드리기만 해도 나는 그냥 넘어질 텐데 말이야. 이 문제 정도면 날 쓰러뜨리기에 충분하지. 그때 가서 누가 내 고통을 알아주겠어? 한 번 넘어지면 다시 일어나는 것은 생각도 못하지. 마흔도 넘은 내가 그렇게 쓰러져서 새파랗게 젊은 과장이나 처장한테 이래라 저래라 하는 소리나 들으면 창피해서 어떻게 얼굴 들고 사나, 죽어야지! 다른 말 할 것 없이 집사람은 무슨 면목으로 보나."

내가 말했다.

"듣고 보니 선택의 여지가 없군요. 하지만 저나 소 주임도 마찬가지입니다. 사람마다 맡은 역할이 다 다른 거죠."

그가 이어서 이야기했다.

"그러게 말이야! 자네는 아직 마흔 전이라 모를 거야. 사람이 나이 마흔이 되면 사실은 이십년 전 막 그 대문을 들어서던 순간에 이미 모든 각본이 이미 다 짜여져 있었다는 걸 알게 된다네. 내 생각, 내 꿈대로 무슨 일이든 한번 해보고 싶지. 하지만 그건 불가능한 일이거든. 다 별 수 없어. 나이 사십에 어디 엉덩이 붙일 곳도 없이 사타구니에 머리 박고 있으면 그 기분이 어떻겠어?"

강 주임은 위생청에 전화하기 위해 전화국으로 갔다. 나는 침대에 기대고 생각했다. 과연 인간들은 자기 역할을 맡기 전부터 어떤 신비한 힘에 의해 앞날이 결정되는구나. 그 사람이 어떤 사람이었는가는 중요하지 않다. 일단 그 바닥에 들어선 이상 저렇게 정해진 각본대로 가게 되는 것이다. 주어진 무대 위에서 정해진 역할의 연기만 허락될 뿐, 저항할 수 없다. 어떤 특정한 상대에게 저항해서 될 문제가 아니기 때문이다. 누구든 마찬가지다. 정해진 단계에 따라 정해진 궤도에 진입해야 한다. 아무리 똑똑하고, 아무리 고집 센 사람도 마찬가지다. 손오공이 덜 똑똑해서, 고집이 덜 세서 석가여래의 손바닥을 못 벗어난 건 아니다. 그래서 무릇 인간은 적자생존의 원칙에 따라 짜여진 각본대로 살아야 한다. 그 누구도 자기는 특수한 인물인 양 떠벌려서는 안 된다. 세상 그만 살고 싶다면 모를까.

위생청과 현縣 사람들 사이에 이야기가 어떻게 되었는지 모르지만, 결국 오화향에서 조사하기로 했다. 숙소에서 이틀간 기다리면서 강 주임이 몇 번이나 위생청에 전화를 걸어댄 끝에 모든 것이 정해졌고, 우리는 조사에 착수했다. 일행은 모두 다섯 명이었다. 매일 주로 하는 일은 대변검사와 동네 사람들에게 부탁해서 정해진 구역 내의 다슬기 밀도를 측정하는 일이었다. 나는 가슴이 아팠다. 그곳 농민들은 정말 찢어지게 가난했다. 비싼 약도 아니건만 환자들은 그 약조차 살 형편이 못 되었고, 또 그 약을 먹는 사람들도 그 약이 간장에 해롭다는 사실을 알면서도 간 보호제를 함께 복용하는 사람이 단 한 명도 없었다. 나는 그 사람들에게 말했다.

"돈은 아껴도 약값은 아끼면 안 되죠. 간 보호제 안 드시면 위험합니다. 목숨을 걸고 도박하는 것과 마찬가지에요."

그러자 한 노인이 말했다.

"의사 선생! 당신 같이 나라에서 일하는 사람이 우리의 고충을 어떻게 알겠소. 살충제 살 돈도 없는데 무슨 간 보호제를 사요. 내 이 병에 걸린 게 벌써 몇 년째인데, 좋아질 만하면 또 발작하고…. 내 여기 집만 없었으면 일찌감치 어디 다른 데로 유랑을 떠났을 거요."

그 옆에 있던 중년의 사람이 말했다.

"예전에는 다 나라에서 고쳐주더니 이제는 우리더러 돈 내고 고치랍디다. 우리가 그 흡혈충을 기르는 것도 아니고 호수 때문에 걸린 건데, 그 호수는 정부 것 아닙니까?"

그 노인이 말했다.

"정부에서 자네보고 병 걸리라고 그런 건 아니잖아. 자기가 걸려놓고선…."
내가 말했다.
"정부에 편지를 써 보지 그러세요, 북경으로."
그러자 그들이 앞 다투어 말했다.
"그런 것 쓸 줄도 모르고, 써도 소용없어요."
"당신도 정부에서 나온 사람이라 역시 똑같은 얘기를 하는군."
사지에 힘이 없고 머리가 어지러워서 밥도 제대로 못 먹는다는 환자들을 보자 나는 그저 한숨만 나올 뿐이었다.

일주일이 지나 강 주임 집에서 전화가 왔다. 딸이 병이 났다는 소식을 듣고 강 주임은 황급히 돌아갔다. 그가 가자 소 주임이 말했다.
"저와 장항향에 가보지 않으시겠습니까?"
나는 그를 따라 가기로 했다. 장항향은 갈대로 둘러싸여 있었는데, 마침 갈수기渴水期라서 갈대를 다 걷은 상태였다. 다슬기만 여기저기 보였다. 다리가 다 후들후들 떨릴 지경이었다. 배가 크게 부어오른 환자가 열 서너 살 정도 된 딸을 데리고 호수에서 오는 길에 우리와 마주쳤다. 내가 말을 걸었다.
"흡혈충 병에 걸리신 것 같은데, 검사 한 번 받아보시죠."
그는 씁쓸하게 웃으면서 대답했다.
"병 걸린 지 벌써 십 년도 넘었는데 새삼 검사는 무슨 검사를 받습니까? 내 딸도 걸렸는데 속수무책입니다. 치료받을 돈이 있어야죠. 몇 년에 한 번씩 나눠주는 약 가지곤 어림도 없어요. 이 마을에 저와 같은 병 걸린 사람이 열 명도 넘습니다. 그런데 그 사람들 다 일하러 갔습니다. 다들 소 팔자를 타고 태어났는지…. 몸 무겁다고 일 안 하고 그러면 밥 먹여줄 사람이 있는 것도 아니잖아요, 휴!"
그가 한숨을 쉬면서 가버렸다.

소 주임이 말했다.

"저런 사람이 한둘이 아닙니다. 그래서 제가 성省 차원에서 실제 상황을 고려해 예산을 더 늘려달라고 그러는 겁니다."

"얼마 더 준다고 그 얼마가 이 사람들한테 돌아온다는 보장도 없지 않습니까?"

"그야 그렇지요. 이래저래 돈 쓸 일이 또 생길 테니 말입니다. 어쨌든 위생청에 돌아가면 말 좀 잘해 주십시오. 상황이 어떤지 다 보셨잖아요."

"마오타이 마시는 것도 봤죠."

그가 한숨을 쉬면서 고개를 숙이고 가로저으면서 말했다.

"그건 내가 잘못했습니다. 내가 잘못했는데, 근데 전들 어떻게 할 수 있겠습니까? 요즘이 어떤 시대입니까? 숫자가 관리를 만들고(數字出官), 관리가 숫자를 만들어내는(官出數字) 시대잖아요! 숫자는 곧 관리들의 생명입니다(數字就是他們的命). 위에서 내려다보면 사람은 안 보이고 숫자만 보이는 거죠. 요즘 같은 세상에 남한테 그 숫자를 바꾸라는 건 상대방더러 목숨을 내 놓으라는 것과 같은 소리입니다. 상대방 목숨이야 우리가 어떻게 하고 싶다고 어떻게 되는 건 아니지만, 그쪽에서 나를 물먹이고 싶다면 그건 아주 간단한 일이지요. 숨통을 끊어놓는 정도까지는 아니더라도 물먹이는 정도야 누워서 떡먹기라니까요."

"그래서 사람들이 보신保身 철학만 느는 거예요."

그가 그 동네에서 밤을 보내고 싶지 않다고 해서 우리는 밤차를 타고 돌아왔다. 며칠 후 강 주임이 돌아왔을 때, 나는 장항항에 다녀온 일을 이야기했다. 그가 말했다.

"나도 가 봤네. 호숫가라서 매년 수해가 나는데 상황이 좋아질 수가 없지. 그 동네 사람들 갈대 탕을 먹고 사는데, 그것 때문에 피해를 많이 보고 있지."

나는 그곳에 보건소를 하나 설치하자고 건의했다. 그는 이렇게 답했다.
"위생청의 의견부터 먼저 알아보고."
위생청의 의견이 무엇일지는 나도 알고, 그도 알았다. 아무 의견도 없다는 게 그 의견이었다. 화원현에서 열흘도 넘게 머문 끝에 겨우 조사를 마쳤다. 발병률 3.62 퍼센트라는 결과가 나왔다. 물론 내 생각에는 소 주임이 말한 6 퍼센트라는 수치가 더 믿을 만한 것 같았다.
내가 말했다.
"진작 이런 수치를 원하는 거였으면 여기까지 굳이 조사하러 올 필요도 없지 않았습니까? 시간 버리고, 돈 버리고……"
강 주임이 말했다.
"위에서 주어진 임무는 완성해야지."
"이 고장 사람들 정말 찢어지게 가난합디다."
"세상이 다 그런 거지 뭐. 하느님도 이 많은 인간들을 하나하나 다 돌보지 못하는데, 하물며 우리는 신도 아니고 말이야. 우리는 그저 하라는 조사만 하면 되는 거야."
그의 말을 듣고 조금은 안심이 되었다.
"하여튼 수가 있는 사람은 다 수가 있던데, 별 수 없는 인간들은 눈앞에 해결책이 주어져도 어쩔 수가 없나 봅니다. 머리가 깨져서 피가 흘러도 어쩔 수 없나 봐요."

우리가 떠나는 날 위 국장은 환송 파티를 열어주었다. 나는 밥만 한 그릇 뚝딱 해치운 다음 머리가 아프다고 말하고 숙소로 돌아왔다. 그리고 전에 받은 담배를 종업원에게 주면서, 담배도 안 피우는 나한테 주는 것은 낭비이니 소 주임에게 돌려주라고 부탁했다. 내가 할 수 있는 일은 고작 이 정도뿐이었다. 이 정도가 바로 나라는 인간이 이 세상에 대해 갖는 의미이며, 짜여진 각본대로 따라야 하는 내게 하늘이 주는 선택의 공간 전부였다. 이게 나다. 나는 내가 얼마나 하찮고 무능한가를 깨달았다. 나는 겁이 나기 시작했다.

 **45. 양심의 논리와 생존의 논리**

우리 열 명은 수원호텔에 합숙하면서 정소괴의 사회로 모아온 자료들에 대해 이틀간 토론을 계속하고, 또 조사보고에 관한 개요를 작성했다. 정소괴가 그 개요를 가지고 위생청에 간 사이 우리는 하루를 쉴 수 있었다. 그가 그 개요대로 보고서를 작성하라는 위생청의 지시를 가지고 돌아왔다. 우리는 보고서를 나누어 작성하면서 서로 의미심장한 농담을 주고받았다. 한 사람이 말했다.

"이처럼 정확한 보고서는 세상에 몇 안 될 거야. 봐, 소수점 이하 두 자리까지 다 계산했잖아."

또 다른 사람이 말했다.

"이런 정확성은 정 처장의 지휘 하에서만 가능하지. 물론 강 주임의 지도편달도 빼놓을 수 없고."

강 주임은 그 말의 의미를 알아듣지 못하는 척했다. 이렇게 심각한 일도 이런 식으로 조작이 가능하다니, 정말 믿기 힘든 일이었다. 윗사람이 바라는 일이면 어떤 식으로든 상황을 왜곡시키고 왜곡시켜서 결국은 그분의 뜻대로 결론을 몰아가는 사람들을 보면서, 나는 그제야 윗사람의 생각이 얼마나 큰 힘을 갖는지를 알 수 있었다. 세상엔 얼마나 많은 일들이 실제로는 우리 눈에 보이는 것과 다른 걸까 하는 데 생각이

미치자 갑자기 겁이 나기 시작했다. 우리 눈에 보이는 세상은 사실 다른 사람이 우리가 보기를 원하는 그런 모습으로 드러나고 있는 것이다.

발병률은 지난 번 통계보다는 약간 오른 수치였다. 그 원인은 몇 년 동안 계속된 큰 홍수였다. 삼년 내로 발병률을 3.2 퍼센트 이하로 낮춘다는 것을 다음 단계의 목표로 설정했다. 나는 삼년 후의 통계수치까지도 벌써 알 수 있다. 보고서를 최종 검토할 때까지도 나는 발버둥치고 싶었다. 내가 말했다.

"계속된 큰 홍수로 발병률이 더 올라갔을 겁니다. 큰 홍수가 났단 말입니다."

아무도 내 말을 받지 않았다. 한참 후에 누군가가 말했다.

"됐어요, 지대위 씨! 됐어요."

"그러면 이렇게 끝인가요?"

강 주임을 쳐다보았다. 그가 말했다.

"처음부터 다시 할 수는 없는 거잖소? 아니면 대위 씨가 정 처장과 마 청장님께 직접 보고를 올리든가. 나더러 다시 하라면 나는 가서 짐 싸겠소."

다른 사람들이 웃음을 터뜨렸다. 나도 따라서 억지웃음을 지었다. 나는 다른 사람들을 쳐다보면서 생각했다.

"그러니까 너희가 다 인간이고, 또 지식인들이란 말이지. 다들 너무 지나치게 똑똑한 놈들이라서 세상이 어떻게 돌아가는지 뻔하다 이거지? 그래서 누구 하나 입도 뻥긋하기 싫다 이거지?"

내가 문제를 제기할 때 누구 하나라도 동조해 주면 상황이 좀 바뀔지도 모르련만, 아무도 내 말을 거드는 사람이 없었다. "됐어요." 그 한 마디로 고통받고 있는 아이들을 팔아넘겼다. 양심이나 책임의식까지 들먹일 것도 없다. 다들 의학을 공부한 사람들이라면 최소한 사람 목숨 소중히 여기는 것은 기본 아닌가! 보고서는 백 페이지 남짓한 분량으로

45. 양심의 논리와 생존의 논리

통계수치와 그래프들을 넣어서 책으로 제본했다. 그로써 위생부에 보고할 준비가 끝났다. 마지막 정리 모임은 정소괴가 사회를 보았다. 모두들 이번 표본조사의 수치가 건국 이래 가장 정확한 수치일 거라고 이야기하고 있었다. 누구 한 사람이 나서서 말했다.

"이게 다 정 처장님 지도 덕분이죠. 정 처장님이 아니었다면 이렇게 정확한 수치가 어떻게 나오겠습니까?"

나는 긴장해서 땀이 다 흘러내렸다. 정소괴가 그 말 안에 담긴 의미를 알아듣고 안색이 바뀌지나 않을까 걱정이 되었던 것이다. 정소괴가 바보가 아닌 이상 저 말의 진의를 못 알아차릴까? 그런데, 웬걸. 정소괴는 화 난 기색 하나 없이 오히려 의기양양한 표정을 지었다. 나는 여기서 인성人性의 맹점을 다시 한번 절실하게 느낄 수 있었다. 저런 입에 발린 소리에 어떻게 한 사람의 판단력이 저렇게 확실하게 무너질 수 있지? 내 참! 앞으로 나도 입에 발린 말이라도 해야겠다고 생각했다. 그러기 위해선 우선 나 자신부터 얼굴이 두꺼워져야 할 것 같았다. 닭살 돋는 것도 참아야 한다. 내 말을 듣고 상대방이 거부감이라도 일으키면 어쩌나 하는 따위의 걱정은 할 필요가 없다. 일을 성사시키려면 인성의 약점을 최대한 이용해야 한다.

보고서는 이미 올라갔고, 나는 그 무력한 병자들의 모습이 떠올라 한참 동안 마음이 편치 않았다. 옛날 나와 아버지가 그 산골 벽지에서 버둥거리면서 살 때에도 저렇게 무력했었다. 공정함이 과연 시간의 길목에서 저 무력한 사람들을 기다리고 있을까? 더 이상 나 자신을 속일 수가 없었다. 그러나 나는 침묵을 지켰다. 침묵할 수밖에 없었다. 침묵은 곧 동의同意이고 공조共助였다. 그렇다, 나는 공조한다. 몇 번이나 나는 갑자기 뜨거운 피가 머리로 솟구치는 것을 느꼈다. 소리쳐 외치자! 외치자! 내게는 소리 내어 외칠 책임이 있다. 이렇게 외칠 수 있는 기회가 인생에 몇 번이나 있을까? 그러나 내가 거의 결심을 내리려 하는 순간 나는 또 뒤집어 생각해 보았다. 도대체 왜? 나로 하여금 소리 내어 외치게 하는 이유를 생각하면 그것도 별로 확고한 것이 아니었다. 나는 그만두기로 했다.

주말에 성省에서 일하는 중학교 동창 열 명 정도가 호일병네 집에 모였다. 다들 이 사회에서 벌어지고 있는 기이한 현상들에 대해 이런저런 얘기들을 하기 시작했다. 나도 이번 조사 나갔던 일에 대해 이야기했다. 나는 그들이 깜짝 놀랄 줄 알았는데, 웬 걸, 아무도 내 말에 별다른 반응을 보이지 않았다. 그저 그렇고 그런 이야기들 중의 하나라고 생각하는 것 같았다.
내가 말했다.
"이번 일은 내가 위에다 찌르지 않으면 아무도 안 나설 거야. 그냥 이렇게 치울 순 없잖아?"
호일병이 말했다.
"그냥 그렇게 치워지는 일이 얼마나 많은데 넌 왜 그냥 못 넘어가겠다는 거야? 네가 뭐라고? 자네 일이나 신경 써. 그런 일은 하느님이 알아서 하실 거야. 사회정의 실현하려면 끝도 없어. 그렇지만 자네 인생은 한 번뿐이라고."
유약진이 말했다.
"우리 명 기자 양반까지 말을 저런 식으로 하니, 세상에 무슨 희망이 있겠나?"
호일병이 말했다.
"나는 더 이상 기자가 아니야. 그 지위에 있지 않으면 그 일에 대해 논하지 말랬어(不在其位, 不謀其政). 나도 이젠 양심의 부담이 없어졌어. 사실 그 부담을 견딜 수 없어서 직업을 바꾼 거야."
당시 그는 대출금 때문에 골머리를 앓고 있었다. 그의 신경은 온통 어떻게 하면 건설은행의 신용대출 담당 은행원을 일에 끌어들일까 하는 데 쏠려 있었다. 내가 말했다.

"하지만 나는 내가 맡은 일이잖아? 나도 내가 조사하러 안 갔으면 입 다물고 있겠어."

모두들 한숨을 쉬면서, 인생에는 두 가지 논리가 있다고 했다. 하나는 양심良心의 논리이고 다른 하나는 생존生存의 논리이다. 이론상으로는 두 논리는 일치해야 한다. 양심의 책임을 다함으로써 자기의 생존공간을 넓힐 수 있게 된다는 것이다. 예를 들어 미국의 두 기자가 워터게이트 사건을 폭로하고는 명 기자가 된 것처럼 말이다. 유약진이 말했다.

"호일병, 너도 이젠 장사꾼이잖아. 돈으로 된 안경을 끼고 세상을 보면 뭐든 다 돈으로 보이지. 완벽한 하나의 경제동물이 되는 거야."

호일병이 말했다.

"유약진! 너 지금 연설하냐? 무슨 '정신'이며 '도리' 같은 걸 고추마냥 줄줄이 엮어 매달려고? 보기야 좋지만, 정말 현실에 부딪쳐서도 그렇게 할 수 있어? 그러는 너는 뭐 매사에 그렇게 공정하냐? 난 네가 나서서 옳은 소리 하는 거 한 번도 못 봤다."

그 말에 유약진이 발끈해서 공허한 목소리로 소리쳤다.

"그건 모르는 거지. 모르는 거야."

내가 나섰다.

"어이, 다른 길로 빠지지 말고, 얘기를 너무 확대하지 말라고. 그럼 자네들 뜻은 내가 가만히 있어야 한다는 거야? 눈앞에 놓여 있는 명백한 사실을 보고도 가만히 있어야 된다고 하다니, 정말 믿기지가 않는다."

다들 웃으면서 얘기했다.

"대위가 역시 우리보다 가방 끈 몇 년 더 길잖아. 먹물 티가 좀 많이 나지?"

호일병이 말했다.

"몇 천 년 동안 밝혀지지 않은 비밀을 네가 밝혀내겠다고? 그게 그렇게 쉽게 밝혀지는 거라면 굴원屈原은 왜 강물에 뛰어들었고, 악비岳飛는 또 왜 죽임을 당했으며, 유소기劉少奇는 또 왜 그런 의문의 죽음을 당했겠어? 그리고 자네 아버님은 또 왜? 자넨 지금 계란으로 바위를 치겠다는 것이 아니라 계란으로 지구를 치겠다는 격이야!"

이 말은 나로 하여금 용기를 잃게 했다. 내가 말했다.

"여기 앉아서 이야기 하기야 쉽지. 그 환자들이 얼마나 불쌍한지 못 봐서 그래. 세상에는 두 종류의 사람이 있지. 하나는 목숨조차 아무 가치가 없는 사람과, 또 하나는 체면과 정치적 업적이 태산보다 무거운 사람이지. 후자를 위해 전자는 끊임없이 대가를 치루고 있지."

이에 유약진은 1959년의 여산廬山 회의 얘기를 꺼냈다. 원래는 반우反右로 시작했던 회의였는데, 팽덕회가 모택동의 대약진 운동을 반대하는 편지 한 통을 썼다가 갑자기 반혁명 분자로 분류되어서 결과적으로 삼 년 동안 모진 고생 다 하다가 굶어죽었다고 했다.

그때 누군가가 배가 고프다며 호일병에게 음식 좀 해오라고 했다. 호일병이 말했다.

"벌써 유일唯一호텔에 전화해서 식사를 갖고 오라고 했어. 이미 예약해 놓았다고."

내가 말했다.

"대출 때문에 걱정하면서 술자리까지 다 준비했다고?"

그가 말했다.

"돈 쓰는 게 습관이 되었는지 고칠 수가 없네. 하루에 백 위안도 안 쓰면 그날은 내가 내가 아닌 것 같아."

유약진이 대꾸했다.

"시장은 이렇게 사람을 동화시키고 있어."

한 여자 동창이 말했다.

"호일병, 여자를 다시 만나지 그래? 그러면 최소한 우리한테 밥해 줄 사람은 생기잖아. 결혼 한 번에 겁먹을 것까지야. 여자가 잡아먹는 것도 아닌데."
"혼자가 자유롭고 좋아."
그 여자 동창이 말했다.
"남자들은 정말 너무 이기적이야."

밥을 먹으면서 내가 말했다.
"내 문제는 아직 결론이 나지 않았어. 어떻게 해야 할지 얘기들 좀 해 봐."
호일병은 한 쪽 눈은 뜨고 한 쪽 눈은 감은 이상한 모습을 하고 말했다.
"이렇게 하면 되는 거야."
유약진이 말했다.
"자식, 너무 독해."
호일병이 말했다.
"임마, 내가 무슨 뱀 소굴에서 기어 나왔냐? 독하긴…."
내가 말했다.
"이런 비인도적인 일에 난 침묵할 수 없어. 침묵한다는 건 나도 공조한다는 거잖아. 그 환자들에게 너무 미안해."
유약진이 말했다.
"우리 모두 자기 코가 석 자인데 누가 거기까지 마음 쓸 수 있겠어?"
호일병이 말했다.
"야, 그렇게 마음 쓰이면 조금만 기다려. 이번 일만 잘되면 내가 한 이삼만 위안 기부할 테니 그걸로 약을 사서 보내는 거야. 그리고 나는 방송국에 있는 친구한테 내 얘기를 보도하게 해야지. 나도 손해 볼 수는 없잖아."
"이삼만 위안으로 몇 명이나 구할 수 있겠어?"
"너는 네가 무슨 하느님이라도 되는 줄 아나 본데, 그럼 나도 방법이 없다."

또 다른 친구가 말했다.

"호일병 너는 방송국에 아는 사람들 많으니까 기자 한 두 명 그 동네로 보내서 뉴스 보도를 내보내도록 하지 그래. 좋은 일 한다고 생각하고."

호일병이 바로 대꾸했다.

"기자가 무슨 신神이라도 되는 줄 아냐? 그런 식으로 대책 없는 일을 했다가 무슨 화라도 입으면 그때는 어떻게 빠져나오려고? 다시 말해서, 누구 하나 정확한 데이터 갖고 있는 사람도 없는데 대위 말만 듣고 보도를 하라고? 별볼일 없는 사람은 아무리 발버둥쳐도 세상의 터럭 하나 변화시킬 수 없는 거야. 귀머거리에 벙어리로 사는 건 지식인으로서 할 일은 아니지만, 그래도 그런 척하지 않으면 사람 구실도 못할걸?"

이 말은 나를 소스라치게 했다. 또 그것이 바로 포기해야 하는 이유라고 생각했다. 희생을 하려면 충분한 이유가 있어야 한다. 아무것도 변화시킬 수 없다면 희생은 아무런 의미가 없다.

내가 말했다.

"이 일은 정말 가슴 아프지만 어쩔 수 없네. 길이 보이지 않으니."

유약진이 말했다.

"길은 네 발 아래 있어. 단지 갈 용기가 없는 거지. 가야 할 길이 어디인 줄 알지만 못 본 척하는 거라고."

"내가 감히 그 길을 갈 수 있겠어? 마누라도 있고 아이도 있는 몸인데…."

나는 젓가락으로 음식을 집으면서 말했다.

"동물을 잡아먹는 것은 사람이지만, 사실은 사람이 동물보다 더 불쌍해. 더 불쌍해."

말하면서 고기 한 점을 입에 넣었다. 한 친구가 말했다.

"그렇게 마음에 걸리면 이렇게 해보지 그래. 장항향에서 공부하는 대학생인 척 가장해서 익명으로 위생부에 편지를 쓰는 거야. 신문사에도 한 통 보내고 말이야. 아무런 흔적도 남기지 않으면 그게 너라고 누가 알겠어?"

모두들 그 방법이 괜찮다고 했다. 호일병이 말했다.

"정말 흔적을 조금도 남기지 않는다면 모를까, 그 사람들도 바보가 아닌데 말이야…. 자기가 몸담은 곳에서 생활을 유지하려고 하면서 또 한편으로는 그 직장을 의심하고 비판하는 건 논리에 안 맞는 것 같아. 그래서 너희들이 불쌍하다는 거지."

그날 호일병의 집을 나서면서 나는 마음속에 납덩이가 누르고 있는 듯했다. 계단을 내려오면서 호일병이 말했다.

"대위, 그만 둬. 네가 신도 아니면서 그런 데까지 마음 쓸 것 뭐 있어. 다른 사람들은 몰라도 나는 자넬 알아. 평범한 무위無爲의 생활을 거부하는 거지. 자기 자신한테 증명해 보이고 싶은 거라고. 지대위라는 사람도 뭔가를 할 수 있다는 것을. 난 너를 알아. 그러나 난 말이야, 더 이상 그런 유치한 사명감을 갖고 세상을 대하지는 않아. 세상을 변화시키려는 환상은 버렸지. 내가 나한테 뭔가를 증명해 보이려고 해도 우선은 나 자신을 지켜야 해. 내가 너보다 좀 나은 점이 있다면 바로 이런 거지."

내가 말했다.

"그건 나보다 나은 게 아니고 못한 거야."

나는 그를 이해한다. 신념을 상실한 자는 책임과 희생의 명분을 상실한다.

 **46. 침묵은 금이다**

 호일병의 말이 맞다. 나는 이 기회를 통해 나 자신에게 내가 이 세상에 있으나마나 한 사람이 아니라는 걸 증명해 보이고 싶었던 것이다. 저항할 수 없는 순간에 저항할 수 있고, 거절할 수 없는 순간에 거절할 수 있어야 진정한 지식인이다. 그는 내가 미처 깨닫지 못하고 있었던 사실을 일깨워 주었다. 나는 책임이 필요했다. 무책임의 무게가 책임의 무게보다 더 힘겨웠다. 책임질 일이 있다는 것은 세상이 나를 필요로 한다는 것이고, 또 내가 세상을 필요로 한다는 뜻이다. 만일 내가 어떤 세속적인 이유로 그 연결고리를 끊어버린다면 나의 세계는 나락으로 떨어질 것이다. 의미도 없는 진공상태로 빨려 들어가게 될 것이다. 사람에게 가장 큰 고통은 바로 이런 진공상태에 빠져서 헤어나지 못하는 것이다. 그래서 아무리 고통스러운 책임이라도 책임질 일이 있다는 것이 가장 큰 행복인 것이다.
 지금 나에게도 기회가 왔다. 나는 이 기회를 놓칠 수가 없다. 나에게서 행복을 추구할 권리를 박탈할 수는 없다. 나는 아직 세상에 절망하지 않았다. 왜냐하면, 나는 절망하고 싶지 않으니까. 소리 내어 외치고 싶은 충동은 너무 강렬해서 절제하기가 힘든다. 이것도 하나의 원인이겠지. 그 농민들을 위해서든 나 자신을 위해서든, 나는 말해야겠다. 외

쳐야겠다.

　결정을 내리고 나는 곧바로 그것을 실행할 방법을 생각했다. 아무리 생각해도 친구들이 말한 방법이 제일 좋을 것 같았다. 저녁에 나는 동류에게 논문을 쓰러 간다고 하고서는 편지를 쓰기 위해 사무실로 갔다. 삼일 밤을 심사숙고해서 고치고 또 고쳤다. 다 쓴 편지는 감히 서랍에 넣어두지 못하고 조심스럽게 잘 접어서 호주머니에 넣었다. 내려와서 시계를 보니 벌써 한 시가 넘었다. 차가운 바람이 달아오른 내 얼굴에 부딪쳤다. 마음이 놓이는 듯했다. 사람이라면 이렇게 해야 한다. 지식인이라면 더더욱 이렇게 해야 한다. 머리를 들어 별이 걸린 하늘을 쳐다보았다. 십년도 넘는 세월을 뛰어넘어 과거로 돌아온 듯했다.

　다음날 자세히 편지를 살펴보니 뭔가 문제가 있는 것 같았다. 거기에 언급한 데이터나 상황, 쓰인 용어들이 일개 대학생이 쓰기에는 너무 전문적이고 상세한 내용까지 포함되어 있었다. 나는 편지를 쓰는 사람을 의대 학생으로 설정하고 조사 상황을 약간 추상적으로 고쳤다. 그러나 바꾸고 나니 설득력이 떨어지는 것 같았다. 나는 다시 이전 것처럼 수정했다. 편지를 다 쓴 다음 위생청에서 한참 떨어져 있는 복사 가게까지 가서 몇 부 복사를 했다. 타자를 치는 아가씨가 컴퓨터에서 편지를 삭제하는 것을 확인하고, 혹시 누가 와서 물으면 아무 말도 하지 말라고 당부하는 것도 잊지 않았다. 집에 돌아와서야 봉투에 아무 것도 쓰지 않은 것을 발견했다. 내 글씨체는 남길 수가 없었기 때문에 다시 돌아가서 주소를 인쇄해서는 봉투에 붙였다. 주소를 붙이는 중에 갑자기 내가 이 일을 하면서 장갑을 안 꼈었다는 사실이 생각났다. 누가 지문 감정이라도 하면 어쩌지? 집에 돌아와서는 면장갑을 끼고 마른 걸레로 편지지와 봉투를 싹싹 문질렀다. 지문도 남지 않았을 것이다.

　편지는 모두 세 통이었다. 하나는 진陳 위생부장에게, 하나는 국가 흡혈충병 예방과, 하나는 위생부 지방병 연구소로 보낼 것이었다. 그러나 막상 편지를 보내려고 하니 긴장되고 망설여졌다. 다시 서랍 속 책갈피에 끼워놓은 채 며칠이 지났다. 나는 모든 상황을 다 종합해 보고 다시 한번 복사한 편지를 꺼내 읽어보았다. 아무 일도 없을 거라는 확신이 들었다. 아무런 빈틈도 없었다.

다음날 편지를 부치기로 했다. 우표를 붙일 때 쓸 장갑도 준비해 놓았다. 그날 오후 나는 퇴근 시간에 감찰실의 막莫 여사한테 가는 길에 계단에서 마 청장과 마주쳤다. 나는 나도 모르게 멈춰 서서 그가 지나가도록 옆으로 몸을 비켜섰다.
"마 청장님!"
"지 군!"
그는 나를 보며 웃음을 짓고 지나갔다. 그가 왜 나를 보고 의미심장하게 웃는 거지? 혹시 내가 벌이려는 일을 알고 있는 건가? 나를 꿰뚫어 보고 있는 건 아닐까? 그럴 리가 없다는 것을 알고는 있었지만 그래도 마음이 놓이지 않았다. 아무래도 그 웃음 속에는 일종의 신비한 의미가 담겨 있는 것만 같았다. 순간적으로 받은 인상에 불과했지만, 나는 그 웃음에 담긴 뜻을 곱씹고 있었다. 생각하면 할수록 신비로웠다. 나는 용기를 북돋우기 위해 말했다.
"지레 겁먹기는…."
그러나 나 자신을 달래면 달랠수록 마음이 더 긴장되고, 심지어 용기가 사라지는 듯했다. 나는 반복해서 스스로에게 말했다.
"과학을 믿어, 과학을!"
어쨌든, 마 청장은 내가 무슨 일을 벌이는지 알 수가 없을 것이다. 그렇게 생각하자 마음이 좀 놓이면서 계획한 대로 일을 진행하기로 했다.
그날 저녁 안 선생 댁에서 바둑을 두고 집에 돌아올 때였다. 문을 들어서는데 동류의 표정이 영 심상치 않았다. 나는 웃으면서 말했다.

"오늘, 그렇게 늦은 건 아니지?"

그녀는 아무 말도 하지 않았다. 그러나 내가 그녀의 어깨를 건드리자 그녀가 나의 손을 홱 뿌리쳤다. 성깔 하고는….

"왜 그래?"

"당신 자신한테 물어봐요."

"내가 뭘 어쨌는데?"

언제부터인지 모르겠으나, 아니, 아마 일파가 태어나고 얼마 안 되어서부터였던 것 같다, 그때부터 나는 동류 앞에서 매우 피동적으로 되었다. 원망 듣고 비난받는 팔자를 벗어날 수가 없었다. 몇 번 반항을 해보았지만 소용 없었다. 오히려 전보다 더 피동적으로 되었다. 나는 비애를 느꼈다. 남자가 돼서 말이야! 그러나 나는 차츰 이러한 상황을 받아들이기 시작했다. 부인과 아들에게 면목이 없었던 것이다. 나는 웃으면서 말했다.

"도대체 내가 무슨 잘못을 했는데?"

그녀는 화를 내면서 말했다.

"당신 아주 훌륭한 일을 하고 있습디다!"

나는 깜짝 놀랐다. 그 편지 생각이 났다.

"내가 무슨 나쁜 일이라도 했나?"

"당신이 무슨 나쁜 일을 한 적이 있겠어요? 다 착하고 좋은 일만 하지! 당신은 나와 일파는 안중에도 없죠?"

나는 웃으면서 말했다.

"무슨 말을 그렇게 심하게 하나?"

그때 그녀가 베게 아래에서 종이 한 장을 꺼내면서 말했다.

"이거 다른 사람이 우리 집에 숨겨놓은 건가요?"

오전에 꺼내본 다음 담요 아래에 숨겨놓았던 편지를 아내가 발견할 줄은 생각도 못했다.

"내가 쓴 거야."

"지금 위에다 이런 걸 보고하겠다는 거예요? 당신, 뭐 잘못 먹은 거 아니에요? 조사 들어가면 당장 당신이라는 게 들통 날 텐데…. 다른 사람들이 당신처럼 바보 같은 줄 알아요?"

"이름도 안 쓰고 내 신분도 드러내지 않고, 지문까지 다 문질러 지웠는데 어떻게 알겠어?"

그녀는 들은 척 만 척 콧방귀만 뀌었다. 마음이 싸늘해졌다. 그녀가 말했다.

"누가 알겠냐고? 나도 알아요! 위생청에서 지대위 빼면 이렇게 바보 같은 짓 할 사람이 누가 또 있겠어요?"

"잘못될 리가 만무하다니까!"

나는 앞뒤 정황을 다 아내에게 설명했다. 그녀가 말했다.

"여보, 내 말 들어요. 다른 일은 몰라도 이번 일만은 내가 당신한테 이렇게 부탁할게요.

"다른 일은 다 몰라도 이번 일만은 내가 당신한테 이렇게 부탁할게. 사람이 양심이 있어야지. 내가 말했잖아. 그 환자들이 얼마나 고통받고 있는지. 평소에 이런저런 문제들은 그냥 참고 넘어가도 상관없지만, 이렇게 정말 중요한 순간에는 진지하게 임해야 하는 거야!"

"이번 일에 진지하게 임한다고요? 당신 바보에요? 양심 이야기하기 전에 우선 집안부터 먼저 살펴요. 집안 식구들한테 대해서는 양심의 가책도 안 받아요? 난 당신한테 무슨 양심이 있다는 건지 알 수가 없네요."

나는 손을 가로저으면서 말했다.

"그냥 이번 일은 모른 척 해!"

그녀가 나를 쳐다보았다. 나도 그녀를 쳐다보았다. 우리 둘은 마치 오늘 처음 보는 사람들 같았다. 한참 후에 동류가 외쳤다.

"대위 씨!"

두 손으로 침대 가장자리를 붙잡으면서 천천히 무릎을 꿇었다. 두 무릎이 바다 위에 닿자 그녀는 고개를 쳐들고 나를 바라보았다. 내 가슴이 갑자기 쿵쾅거리고, 누군가가 손으로 힘껏 내 목을 조르고 있는 것 같았다. 나는 얼른 그녀를 안아 일으켜 침대 위에 앉혔다. 그녀는 몸부림을 치면서 또 바닥에 무릎을 꿇었다. 두 손으로 침대 가장자리를 잡았다. 손톱에 힘을 준 나머지 나무 속으로 손톱이 파고들었다.

"당신이 오늘 대답 안 해주면, 나 그냥 이러고 내일 아침까지 있을 거예요."

"알겠어, 알겠어, 알겠다고! 편지 찢어버리면 되잖아!"

나는 그녀를 안아 일으키려고 했지만, 그녀는 침대 가장자리를 꼭 잡고 손을 놓지 않았다.

"또 있죠! 이 편지 복사본이잖아요."

나는 서랍을 열어 몇 통의 편지를 꺼내 그녀 손에 쥐어주었다. 침대 가장자리에 몇 군데 옻칠이 벗겨져 손톱자국이 선명하게 난 것이 눈에 들어왔다. 그녀는 일어나서 침대 위에 앉더니 첫 번째 편지를 들고 천천히 찢어버렸다. 갈가리 찢어버렸다. 그리고 두 번째 편지를 들었다. 마지막에는 침대 앞에 종이 쪼가리가 수북하게 쌓였다. 작은 무덤 같았다. 아버지의 무덤이 순간 내 마음 속에 떠올랐다. 눈물이 솟았다. 눈물 속에서 몽롱하게 두 개의 무덤, 하나의 허상과 실재하는 하나가 겹쳐져 구별할 수 없었다.

동류는 여름에 모기향 피울 때 받치는 사기접시를 가져와서 종이 조각들을 그 위에 놓고 불을 붙였다. 살살 타오르는 불빛이 동류의 얼굴을 얼룩얼룩 비추었다. 불꽃은 가운데서부터 빠른 속도로 사방으로 번졌다. 가운데 검은 구멍이 점점 커지면서 하얀 연기가 피어올라 퍼지기 시작했다. 잠시 후 전부 다 태우고 나서 불길은 꺼지고 재만 남았다. 방안에는 연기가 가득했다. 나에게 익숙한 그런 연기가 아니었다. 바로 눈앞에 가까이 있지만, 또 아주 생경하게 느껴졌다. 예전에 아버지가 한

대 한 대 담배를 말아 피우시던 그 적막한 저녁에도 방 안에는 연기가 가득했었지. 내게 그 연기는 익숙하고 친근했었다. 동류가 일을 끝내는 것을 보고 나는 코웃음 소리를 몇 번 내고는 밖으로 나왔다.

대문 입구까지 오자 길을 걷고 싶어졌다. 그러나 막상 문 밖으로 나와 보니 갑자기 세상이 온통 텅 빈 것 같았다. 다시 몸을 돌려 마당을 몇 바퀴 돌았다. 마당은 고요했다. 달빛이 내 그림자를 땅 위에 드리우고 있었다. 지금은 저 달만이 나를 이해해 주는구나. 내가 몸을 움직이자 그림자도 따라 움직였다. 나는 조용히 탄식했다. "깜짝 놀라 뒤돌아 봐도, 인기척 하나 없구나. 인기척 하나 없어. "시계를 보니 벌써 열한 시가 넘었다. 나는 잠시 망설이다가 안 선생 댁으로 걸어갔다.

안 선생은 옷을 걸치면서 조금은 긴장된 얼굴로 나에게 무슨 일로 이렇게 늦은 시간에 왔냐고 물었다.
"아내와 싸웠어요."
그는 뭔가 묻는 듯한 눈빛으로 나에게 되물었다.
"싸워?"
그런 일로 이 밤중에 찾아왔다는 건 믿을 수 없다는 말투였다. 나는 일의 자초지종을 이야기했다.
"대위, 자네 너무 순진한 거 아니야?"
"안 선생님도 그렇게 생각하세요?"
"그게 뭐 어제 오늘의 일도 아니고, 다 아는 사실 아닌가? 새로울 것도 없잖아?"
"안다면 누군가는 나서서 뭐라고 해야 하는 거 아닙니까? 그렇게 나서서 밀고 나가는 사람이 있어야 정부에서도 예산을 좀더 넉넉하게 짜서 환자들을 도울 수, 아니 사람들을 살릴 수 있을 것 아닙니까?"
"그건 지도자들이 알아서 할 일이야. 왜 그 사람들의 신경을 건드리려고 해? 먼저 자네 그 편지의 운명에 관해서 생각해 보자고. 위생부에서 그런 편지를 받게 된다면, 그것도 흡혈충 질병 감염 지역의 대학생이 보내온 편지라면, 그건 이만저만 심각한 문제가 아니지. 만일 그 편지가 책임자의 손에 들어갔다고 치세. 그 사람이 어떻게 할 것 같은가? 다른 일 다 제쳐두고 먼저 장항향으로 달려가서 진상을 알아보려 할까? 천만에! 그냥 성省에다 얘기하고, 다시 청廳에다 얘기하고, 그러면서 그 편지는 자기네 손에 그냥 들고 있는 거야. 그리고는 그 편지의 비밀을 캐보겠지. 대학생이 자기 이름을 숨길 필요가 뭐가 있겠나? 뭔가 켕기는 게 있는 사람이 쓴 것이 분명하지. 누가, 뭐가 켕겨서? 주변 사람일 게 뻔하고 이 일에 대해 잘 아는 사람이겠지. 여기까지 분석해보면 틀이 대강 잡히겠지. 이번에 조사하러 갔던 사람들을 하나씩 조사해서 그들의 평소 인격이며 한 말과 행동들을 알아보고, 게다가 강 주임이 자네 혼자 장항향에 다녀왔다고 보고하게 되면 그걸로 모든 게 끝나는 거지. 도망갈 구멍 있어?"

"화원현의 위생국 사람이 쓴 것일 수도 있잖습니까?"

"남한테 화를 뒤집어씌우겠다고? 그리고 편지를 보낸 곳이 성省으로 나올 텐데, 화원현 사람이 쓴 것일 리가 있나?"

이어서 또 말했다.

"가명으로 서명을 한다고 치세. 조사해 보면 그 동네에서 의과대학 다니는 사람이 있는지 없는지 금방 알 수 있잖아. 그럼 또 다시 자네한테로 화살이 돌아오는 거야. 그 사람들이 이런 일에는 얼마나 신경을 곤두세우는지 자네는 상상도 못할 거야. 물론 가장 좋은 방법은 자네가 이번 일을 확대시켜서 위생부 차원에서 새로 조사를 하게 하는 것이지만, 그것은 근본적으로 불가능한 일이야. 만일, 정말로 만일, 그렇게 된다고 하더라도, 만분의 일의 가능성이 실현된다고 하더라도, 위에 있는 사람의 얼굴에 먹칠을 하는 건데, 그런다고 그 윗사람이 쓰러지겠어? 또, 그 사람이 자리보전할 경우, 그 사람이 자네를 어떻게 생각하겠어?

자네 처지가 어떻게 되겠느냐고! 동류는 직감적으로 이건 말도 안 되는 일이라는 걸 알았던 걸세. 그녀 생각이 맞아. 윗사람들의 의지는 굳건하기가 반석 같다네. 자네가 뭐라고 한다고 움직일 그런 성질의 것이 아니라고. 세상에 양심만큼 못 미더운 것도 없다네."

"침묵은 금이라는 말이 이렇게 좋은 말인 줄 몰랐습니다. 선생님의 분석은 다 맞습니다. 그렇지만 아무래도 저는 책임을 느낍니다. 누군가는 그 사람들에게 책임을 져야 합니다. 저는 그 일에 참여했고, 그래서 그냥 침묵할 수가 없었어요. 제가 그 사람들에게 책임을 져야 한다고 생각해요."

"자네가 그들을 책임지겠다고? 그럼 자네는 누가 책임지나? 그 사람들이 자넬 책임지겠다고 할까? 다시 자네라는 것이 알려지고 나면 그 다음은? 딱히 자네 이름을 직접적으로 거론하지는 않겠지만 끊임없이 이야기할 걸세. 누구가 우리 위생청의 명예를 끌어내리려고 했다고. 윗사람도 얘기하고 아랫사람들도 얘기하겠지. 사람들은 자네가 좋은 사람이라는 것은 알지만, 자네와 가까이 하려고 하지는 않을 거야. 그들에게 있어 사람 좋고 나쁜 건 중요하지 않아. 이해관계가 중요하지. 자네는 갑자기 자네 주위의 공기가 냉랭해지는 걸 느끼게 되겠지. 당장은 자네를 어떻게 하지는 못하겠지만 사실상 자네는 끝난 거나 마찬가지야. 울고 싶어도 울지도 못해. 자네는 억울하다고 하겠지만, 사실 누구 하나 딱히 자네를 손본다거나 자네를 비판하는 사람도 없을 거야. 속이 시커멓게 타 들어가면 자네도 아, 나는 이제 끝이로구나, 하고 알게 되겠지."

나는 힘주어 말했다.

"끝이면 끝인 거죠. 산에 들어가 나무 벗 삼고 넝쿨 벗 삼아 살면 되죠!"

그는 웃으면서 말했다.

"사람이 그렇게 팩 하는 마음으로 한평생을 살아서야 쓰나? 자네 한

46. 침묵은 금이다

평생이 걸린 문제인데 그렇게 성질내고 돌아서서야 쓰겠냐고. 아직 이 세상의 터럭 하나 건드리지 못했는데, 그러고 돌아설 수 있겠어?"

안 선생님은 대학시절 한 여학생의 이야기를 꺼냈다. 그녀는 같은 반 남학생과 사귀었는데 졸업 후에 각기 다른 지방으로 발령이 나고, 남학생이 갑자기 그녀에게 냉담해지기 시작했단다. 그녀는 팩 하는 마음에 더 좋은 남자를 찾아서 그 남학생을 분하게 해주려고 마음을 먹었다. 한 번 부린 성질이 몇 년 갔다. 더 좋은 남자는 만나지 못하고, 나이는 점점 들고, 마음은 더 독해지는데 밑천은 점점 떨어지고…. 조금 있으면 퇴직할 나이인데 아직도 혼자라고 했다. 안 선생이 말했다.

"생활은 자네가 돌아설까봐 두려워하지 않는다네. 어쨌든 지는 쪽은 자네니까. 내 그 친구도 제때에 마음을 돌렸더라면 아마 오늘처럼 저런 처지에 놓이진 않았을 거야. '때를 알고 노력하는 사람이 뛰어난 인물이다'(識時務者爲俊傑)는 옛 어른들의 피와 눈물이 담긴 말도 있지 않나! 아무나 준걸俊傑이 될 수 있는 줄 알았나?"

나는 고개를 가로저으면서 한숨을 쉬었다.

"이렇게 명백한 일인데도 전혀 손을 쓸 수 없다니…. 정말 이 정도일 줄이야!"

"손 쓸 수야 있지."

나는 정신이 번쩍 들어서 몸을 일으키면서 말했다.

"말씀해 주십시오. 무슨 방법입니까?"

"방법은 바로 그 자리에 자네가 앉는 걸세. 그렇게 되면 모든 것이 자네 뜻대로 되는 거야."

나는 금세 힘이 빠졌다. 쓴 웃음을 지으면서 말했다.

"그게 가능한 일입니까?"

"안 될 것은 또 뭐 있나? 어쨌든 사람 앉으라고 있는 자리인데."

나는 마음이 움직여서 말했다.

"좋은 일을 하고 싶으면 그 도장을 손에 쥐지 않으면 안 되겠어요."
안 선생이 말했다.

"세상일이란 사실 간단해. 자네를 책임지는 사람을 자네가 또 책임지는 거야. 생각해 보게. 누가 자네에게 더 높은 월급과 지위, 집, 자존심, 그 모든 것을 책임져 주나? 그 한 사람에 대해서만 책임지면 되는 거야. 일만 명, 백만 명 서민들을 생각해서 뭐 하겠나. 옆의 화공청의 임林 청장, 자네 알지? 그 사람이 임 서기가 되었다네. 재작년 성 위원회 조직부에서 청장 연임을 건의했다가 성 인민대표회의에서 협조해주지 않아서 통과 안 된 적이 있었지. 통과 안 시켜줘? 좋다, 두고 보자. 그 후 임 청장이 임 서기가 되어서 계속 업무를 주도하고, 청장 자리는 그렇게 빈 채로 몇 년이고 가는 거야. 어떻게 하겠나? 이제는 진급까지 해서 성 경제위원회 부주임까지 겸임한다네. 생각해 보게. 일이 어떻게 이렇게까지 될 수 있을까 싶지? 실제로 현실이 그렇다네. 자네 생각엔, 임 서기가 누구에 대해 책임을 질 것 같은가? 대위, 자네도 돌아가서 잘 생각해 보게."

마음이 복잡한 채로 문을 나섰다. 안 선생의 말은 나에게 큰 충격을 주었다. 나는 이제야 현실세계의 추잡한 가장자리를 모호하게나마 느끼게 된 것 같았다. 이 현실은 전혀 시적詩的이지 않았다. 나를 슬프게 하고, 마음속 깊숙한 곳까지 썰렁하게 한다. 나는 차가운 바람을 맞으며 부르르 떨었다. 또 한번 부르르 떨었다. 마음이 차가워진 것인지 몸이 차가워진 것인지 알 수가 없었다. 집 앞에 도착해서 나는 발을 멈추었다. 시계를 보니 벌써 열두 시가 넘었다. 나는 몸을 돌려 사무실로 갔다. 그래, 다시 한번 생각해 보자.

사무실 책상 앞에 앉아 있었으나 나는 뭐가 뭔지 도무지 알 수가 없었다. 고독이 구석구석 빈틈없이 채워져 왔다. 책상을 바라보면서 나는 생각했다. 내가 이 책상에 앉아 일한 지도 벌써 사 년도 더 되었군. 나이를 네 살이나 먹었는데 책상은 하나도 변한 게 없다. 잉크가 묻어 있는 것도 그대로다. 이렇게 몇 년 더 앉아 있으면 내 인생도 완전히 끝이 나겠지. 기다림에 몸도 마음도 다 지쳤지만, 나는 계속 기다리고 있다. 자신도 상상할 수 없는 미래를 기다린다.

어쩌면 어느 불가사의한 날부터 갑자기 불가사의한 일들이 정말로 생길지도 모른다. 그날이 오면 허무로부터 완전히 벗어나 세상은 순수하고 밝게 변할 것이다. 하늘은 푸르고, 물도 푸르고, 풀도 푸르고, 봉황새가 날개 춤을 추고, 노루가 뛰어 놀고……나는 미쳤다. 내가 미친 게 분명하다. 미쳤다. 미쳤어.

그런 생각을 하고 있는데 아래층에서 동류가 부르는 소리가 났다. 잠시 후 그 소리가 복도에서 나기 시작했다. 동류가 내게 말을 시켰다. 내가 말했다.

"그냥 조용히 있고 싶어."

그때 일파의 목소리가 들렸다.

"아빠, 아빠!"

"일파야! 시간이 늦었으니 엄마랑 먼저 돌아가."

그때 갑자기 아들이 밖에서 노래를 부르기 시작했다.

"바람이 불어도 무섭지 않아요. 눈이 와도 무섭지 않아요. 나는 우리 아빠를 찾을 거예요. 우리 아빠. 아빠를 찾아서 같이 집에 갈 거예요."

나는 시큰거리는 코를 움켜잡았다. 눈을 꼭 감았다. 나오는 눈물을 참고 참았다. 그 오랜 시간 나는 내가 무슨 인자忍者라도 되는 양 생각하고 살았다. 그렇지만 나는 도대체 무엇을 참았던 것일까? 수많은 억울한 일, 수많은 수치를 참았다. 마음이 아플 때까지 참았다. 그리고 앞으로도 영원히, 끝도 없이 참아야 한다. 나는 문을 열고 일파를 안아 들었다.

"우리 아들!"

밖으로 나오자 뭔가 차가운 것이 내 손에, 얼굴에, 목에 떨어져 내렸다. 눈이 오고 있었다.

 ## 47. 창랑지수滄浪之水

그때 또 한 가지 일이 터졌다. 나로 하여금 최후의 용기를 내어 행동으로 옮기게 한 일이.

동훼의 딸이 태어난 지 한 달이 되어 점심에 우리를 왕부王府 호텔로 초대했다. 동류는 다른 사람과 근무시간을 바꾸고, 일파도 유치원을 빠졌다. 정오에 임지강이 차를 가지고 우리를 데리러 왔다. 보아하니 서른 테이블도 넘게 준비한 것 같았다. 임지강의 친구들도 적지 않게 왔다. 모두 밖에 놓인 방명록에 이름을 쓰고 축의금을 냈다. 그것을 전담하는 아가씨까지 있었다. 저렇게 사람들이 찾아와서 자리를 채워주는 것도 다 실력이다. 만약 나였으면 몇 명이나 왔을까. 식사를 하고 동류는 병원으로, 장모는 일파를 데리고 집으로 가시고, 나는 출근을 했다.

퇴근할 시간이 다 되어서 누군가가 건물 아래에서 "지대위 씨! 지대위 씨!" 하고 내 이름을 부르는 소리가 들렸다. 직장에서 누가 저렇게 큰 소리로 남의 이름을 부르는지, 나는 화가 나서 그냥 무시해버렸다. 그러자 그 사람이 또 외쳤다.

"집에 큰일 났어요."

나는 놀라서 머리카락을 손으로 쓸어 넘기면서 일어났다. 창밖으로 머리를 빼고 보니 이웃집 사람이었다. 두 손을 막 흔들면서 외쳤다.

"댁의 아들, 아들이 뜨거운 물에 데었어요."

나는 온 몸에 힘이 빠지는 것 같았다. 손을 막 떨면서 뛰어나갔다. 계단을 뛰어 내려가다가 넘어지는 바람에 구르다가 시멘트 바닥에 쾅, 하고 소리를 내면서 머리를 박았다. 두 손으로 땅을 짚고 일어나서 집으로 냅다 달렸다. 일파가 문 앞에 앉아서 울고 있었다. 자기 발을 가리키면서 "아빠! 아빠!" 하고 울었다. 장모는 정신이 나가서 멍한 눈으로 나를 보았다. 내가 일파 발뒤꿈치를 살짝 만지자 살갗이 떨어져 나왔다. 일파는 아파서 "아빠! 아빠!" 하고 소리를 질렀다. 나는 아들을 안고 뛰었다. 입구에서 택시를 잡으려는데 빈 택시가 보이질 않았다. 나는 경비실에 일파를 앉혀 놓고 섭燮 씨에게 아들을 좀 봐달라고 했다. 그가 말했다.

"지 씨, 얼굴에서 피나."

그제야 나는 눈가가 따끔따끔 거리는 것을 느꼈다. 만져보니 역시 피가 나고 있었다. 나는 기사실로 달려갔다. 차가 한 대밖에 남아 있지 않았다. 한 젊은 기사가 차를 닦고 있는 것이 보였다. 모르는 사람이었다. 나는 달려가서 그의 소매를 잡고 말했다.

"저 여기 위생청에서 일하는 사람입니다. 중의학회 사람입니다. 제 아들이 화상을 입었는데 병원에 좀 데려다 주십시오."

"중의학회요?"

나는 손가락으로 나를 가리키면서 다시 한 번 말했다.

"중의학회 지대위요, 지대위, 중의학회!"

그는 나를 쳐다보더니 느릿느릿 말했다.

"모르겠는데요. 이 차는 손孫 청장님을 공항까지 모셔다드릴 차입니다. 그러면 먼저 손 청장님께 가서 부탁을 좀 드려 보시죠 손 청장님, 아시죠?"

"제발 부탁 좀 합시다. 저 좀 살려주세요. 다른 것도 아니고 사람 목숨이 걸린 문젭니다. 제 아들이요."

나는 두 손을 모으고 땅에 무릎을 꿇고 부탁했다. 그가 말했다.
"정말 어쩔 수 없습니다. 손 청장님이 금방 내려오실 겁니다."
그때 마침 서徐 형이 차를 몰고 들어왔고, 마 청장이 그 차에서 내렸다. 나는 얼른 달려가서 사정 이야기를 하고 무릎을 굽히면서 부탁했다. 마 청장은 바로 말했다.
"서 씨! 다녀오지. 얼른 갔다가 얼른 와!
나는 죽어라 절을 해대면서 말했다.
"감사합니다, 마 청장님. 감사합니다, 감사합니다."
일파를 성省인민병원까지 데려다 주고는 서 형이 말했다.
"난 먼저 가봐야겠네. 청장님 퇴근시켜 드려야 하거든."

나는 일파를 안고 피부과로 갔다. 일파는 하도 울어서 목소리가 다 잠겼다. 나는 기다리는 사람들 사이로 끼어들어 먼저 진료를 받으려고 했다. 한편으로는 줄을 서서 기다리는 사람들에게 몸을 숙여서 "감사합니다. 모두 감사합니다." 하고 굽실거렸다.
의사가 일파의 상태를 보더니 말했다.
"입원해야겠습니다."
"해야죠, 입원. 네, 입원해야죠."
"우선 바지를 좀 잘라 주세요. 벗기지 마시고요."
나는 일파를 의자에 앉히고는 가위로 바지를 위에서 아래로 잘라나갔다. 일파는 더 이상 울 힘도 없는지 그저 아파서 "아빠! 아빠!" 하고 불러댔다. 나는 손이 떨리고 가슴은 찢어지는 것 같았다. 차라리 내 몸이 갈기갈기 찢기는 게 낫겠다는 생각이 들었다. 나는 돌아가서 의사에게 말했다.
"선생님, 제가 손이 너무 떨려서 가위질을 못하겠습니다. 선생님께서 좀 도와주십시오."
말하면서 나는 두 손을 모아 굽실거리고, 또 두 무릎을 연신 굽혔다

폈다 했다. 의사가 말했다.
"그냥 가서 입원수속부터 밟으세요."
나는 입원수속 서류를 가지고 접수처로 갔다. 줄 맨 앞으로 끼어들다가 막 돈을 내려고 준비하던 여자와 쾅, 하고 부딪치고 말았다. 여자가 뒤에서 말했다.
"세상에 뭐 저렇게 몰상식한 사람이 다 있어."
나는 몸을 돌려 두 무릎을 연신 굽실거리면서 말했다.
"제 아들이 크게 다쳤습니다. 죄송합니다. 감사합니다. 감사합니다. 데었습니다. 감사합니다."
접수처 사람이 말했다.
"이천 위안입니다."
나는 마치 못 알아들은 것처럼 그를 똑바로 쳐다보았다.
"이천 위안입니다."
그제야 무슨 말인지 알아차렸다.
"저는 위생청 사람입니다. 지금 당장 그렇게 큰 돈을 갖고 있지 않아서 그러는데, 일단 접수부터 하고 조금 있다가 나머지를 내도록 하지요. 보충해서…"
그는 나를 무시하고 말했다.
"다음 사람!"
나는 내가 갖고 있던 이백 위안을 탈탈 털어서 앞으로 내밀었다. 그러나 그의 손이 내 손을 밀어냈다.
내가 말했다.
"저 위생청 사람입니다. 중의학회! 지대위, 지대위."
그가 말했다.
"들어본 적 없어요. 다음 사람!"
나는 창구를 막고 서서 말했다.
"중의학회! 지대위!"

"왜 소리를 지르고 야단이에요? 공공장소에서 왜 소리를 지르냐고요!"

나는 내 손에 총이라도 들려 있었으면, 하고 생각했다. 분명히 방아쇠를 당겼을 것이다. 저 상판때기를 향해 마구 갈겨댔을 것이다.

나는 다시 의사를 찾아갔다. 의사가 말했다.

"선불이 원칙입니다. 저도 규칙을 위반하고 싶지는 않습니다. 사무실로 곽郭 주임을 찾아가 보세요. 뭐라고 하는지…."

"우선 사람부터 살려주세요. 우리 아들…. 사람 목숨이 걸린 문제입니다. 사람 목숨이요."

"전에도 일단 병부터 봐줬더니 치료만 받고 그냥 도망가는 사람이 있더라고요. 우리가 어디 가서 그 사람을 찾겠습니까? 그래서 이런 원칙이 생긴 겁니다. 아무도 위반할 수 없습니다."

"저 위생청에 있는 사람입니다. 중의학회, 지대위, 지대위라고요!"

"들어본 적 없습니다. 별 수 없습니다."

"의사 선생님, 당신은 의삽니다. 의사라고요. 인도주의를 펼쳐야 하는, 인도주의요. 우리 아들이 여기 병원에 온 지가 벌써 언젠데…."

그가 두 손으로 나를 밀면서 말했다.

"방법이 없다고 말씀드렸는데, 중국말 못 알아들으세요?"

나는 닥치는 대로 아무 방이나 들어가 보았지만 곽 주임을 찾을 수가 없었다. 그래서 밖에 서서 크게 소리를 질러댔다.

"곽 주임님, 피부과의 곽 주임님!"

그러자 곽 주임이 나왔다. 그는 굳은 얼굴로 말했다.

"누가 여기서 소리를 지르는 겁니까?"

나는 몸을 깊숙이 숙여 인사하고 두 손을 모았다. 또 무릎을 거의 땅에 닿을 정도로 구부리면서 몇 번이나 반복해서 사정을 이야기했다. 그가 물었다.

"위생청의 누구 아는 사람 있습니까?"

"마 청장님, 손 부청장님요."

그는 나를 데리고 가서 전화를 걸었지만 두 분 다 자리에 없었다.

"또 아는 사람 없습니까?"

"중의학회로 전화 하면 안 될까요?"

그러나 그의 책상에 있던 조직도에는 중의학회는 나와 있지도 않았다. 그는 조직도를 보여주면서 말했다.

"여기서 또 아는 사람이 있나요?"

"원진해와 정소괴요."

"원 처장이나 정 처장 정도만 되어도…."

약정처藥政處로 전화하자 다행히도 정소괴가 사무실에 남아 있었다. 사정을 얘기하고 곽 주임을 바꿔주었다. 전화를 받자 곽 주임이 말했다.

"정 처장님, 얼굴 뵙기 힘듭니다. 언제 술이나 한 잔 합시다."

내가 옆에서 안달하고 다그치자, 그가 말했다.

"정 처장님 말씀인데 제가 무슨 할 말이 있겠습니까. 바로 수속해 드리겠습니다."

그리고 전화를 끊고 다시 접수처로 가서는 입원증에 사인을 해주었다. 수속이 바로 끝났다.

일파는 환자 침대에 누워 있었다. 곧 의사가 왔다.

"가벼운 화상은 아니군요."

내가 말했다.

"흉터 남지 않게 제일 좋은 약을 써주십시오. 저한텐 얘가 다입니다."

간호사는 바지를 자르고 천천히 벗겨냈다. 일파는 아파서 "엄마! 살려줘! 살려줘!" 하고 소리를 질렀다. 나는 이빨을 덜덜 떨면서 말했다.

"살살 좀 하세요, 살살."

간호사가 손을 멈추더니 말했다.

"그럼 아버지가 직접 하세요!"

나는 힘껏 두 손을 흔들면서 말했다.

"손이 말을 안 들어서요."

나도 모르게 손이 모아지고, 무릎이 땅에 닿을 정도로 굽혀졌다. 일파의 바지를 다 뜯어내자 살가죽이 떨어져 바지에 붙어 있었다. 가녀린 다리에 분홍색 살이 다 드러났다. 나는 몸이 휘청거리면서 눈앞이 캄캄해져서 벽에 기대어 미끄러져 내렸다. 얼굴이 낮은 궤짝에 부딪쳤다. 나는 그 궤짝을 짚고 일어섰다. 눈앞에 아무것도 보이지 않았다. 마음속에서는 마치 칼로 심장과 폐를 피투성이 조각조각으로 찢어내는 것만 같았다. 눈을 뜨자 의사가 나를 멸시하는 눈빛으로 바라보면서 밖으로 나가라는 표시를 했다. 내가 로봇처럼 문 밖으로 나오는데 간호사가 뒤를 따라왔다. 밖으로 나오자 뒤에서 문을 잠그는 소리가 났다. 일파가 안에서 살려달라고 소리치는 것이 들렸다. 나는 잠시 밖에서 미친 듯이 뛰다가 병실 복도 끝 창문 앞에 섰다.

나는 밖을 보면서 손가락으로 한 곳을 가리켰다. 마치 보이지 않는 먼 곳에 무슨 원수라도 있는 듯이. 그리고는 주먹을 꽉 쥐었다. 뭔가를 때리고 싶었다. 이렇게 미운데, 미워 죽겠는데, 그러나 내가 누구를 미워해야 할지 누구를 때려야 할지 알 수가 없었다. 앞에 있는 유리라도 내리쳐서 내 주먹에서 피가 줄줄 난다면 마음이 편하겠다. 갑자기 나는 아무 생각 않고 내 얼굴을 주먹으로 세게 쳤다. 힘껏 몇 대 쳤다. 아팠지만 한편으론 시원했다. 나는 속으로 중얼거렸다.

"아, 시원하다! 시원해."

몇 대를 더 치고 나서 나는 두 손으로 벽을 짚고 몸을 구부려 머리를 박기 시작했다. 머리에서 쿵쿵 소리가 울렸다. 나는 중얼거렸다.

"네가 이래도 안 죽나 보자! 이래도 안 죽나 보자!"

동류에게 전화를 하기 위해 전화기가 있는 곳으로 뛰어갔다가 다시 몸을 돌려 돌아왔다. 수화기를 들 용기가 나지 않았다. 저녁이 다 되어서야 넋이 다 나간 동류가 귀신같은 걸음으로 입원실에 들어섰다. 내가 말했다.

"여보, 일파 잠들었어."

그녀는 아무 소리도 하지 않고 이불을 걷어서 일파의 다리를 보더니 침대 머리에 주저앉았다. 정신이 나간 것 같았다. 그녀의 그런 모습이 나를 겁나게 했다. 차라리 울기라도 하면 나을 텐데…. 잠시 후에 임지강과 동훼, 장모님이 오셨다. 장모님은 갈피를 잡지 못하고 두서없이 말했는데, 한참이 지나서야 제대로 설명을 했다. 결론은 주전자에 물을 끓여 도마 위에 올려놓았는데, 어떻게 떨어졌는지 모르겠다는 거였다.

내가 말했다.

"일파가 워낙 어수선해서 아무거나 다 건드리잖아요."

동류가 말했다.

"그럼 당신 얘기는 이게 다 애 잘못이라는 거예요?"

동훼가 말했다.

"불행 중 다행이야. 겨울이라 두꺼운 바지를 입었으니 망정이지, 여름 같았으면 다리가 다 익었을 거야."

동류가 말했다.

"오늘 안 터졌어도 언젠가는 터졌을 일이야. 그 어두컴컴한 복도에서 뭘 제대로 볼 수 있겠어? 몇 년 동안 주방도 한 칸 없고…."

그녀 말에 모든 것이 다 나 때문이라는 걸 깨달았다. 아, 나 때문이구나! 다른 사람을 탓할 게 아니구나! 언제나 나한테는 아무 잘못이 없다고 생각했는데 사실 그게 다 내 잘못이었구나! 나를 너무 약하게 때렸다, 더 세게 때렸어야 했다. 나는 엎드려서 머리를 쥐어뜯었다. 머리가죽이라도 벗겨야 속이 시원할 것 같았다. 동류는 나를 보고 아무 말도 하지 않았다. 임지강과 동훼가 달려와서 내 손을 하나씩 잡아끌었다. 내가 말했다.

"그냥 두게, 그냥 둬! 이렇게라도 해야 속이 시원할 것 같아. 나는 아빠 노릇할 자격도 없어."

그들이 내 손을 떼어놓았다. 오른 손에 한 줌 뽑힌 머리카락을 물끄러미 바라보고 있었다. 동훼가 말했다.

"형부, 얼굴에서 피나요. 얼굴 반쪽은 부어올랐고요."

동류는 나를 보고 아무 말도 하지 않았다. 장모님은 얼굴을 가리고 울고 있었다. 나는 뽑힌 머리카락을 보다가 갑자기 웃음을 터뜨렸다.

"하하, 하하하, 하하하하!"

간호사가 일파에게 링거 주사를 놓으러 왔다. 장모님이 말했다.

"애 혈관이 가늘어서, 조심하세요."

임지강이 말했다.

"여기서 제일 훌륭한 간호사로 불러주세요. 돈은 따로 더 낼 테니."

간호사는 입을 삐죽거리고는 일파 손을 들고 한참 동안 들여다보았다. 그러더니 손바닥으로 찰싹, 찰싹, 때린 뒤 천천히 바늘을 찔렀다. 일파가 깨어서 아프다고 소리를 질러댔다.

"엄마! 엄마!"

간호사가 말했다.

"움직이니까 바늘이 안 들어가잖아. 저쪽 손!"

동훼가 말했다.

"소아과 간호사 오라고 해요."

이번에도 성공하지 못했다.

간호사가 말했다.

"다들 그렇게 보고들 계시니까 주사를 놓을 수가 없잖아요!"

그렇게 말하고는 나가서 다른 간호사를 불러왔다.

"소아과 간호사예요."

동훼와 임지강은 조심하라고 신신당부를 했다. 새로 들어온 간호사가 말했다.

"주사 놓기도 전에 떨리네요."

그때 동류가 말했다.

"다 나가요, 다 나가!"
우리는 모두 병실에서 나왔다. 잠시 후 동류가 나와서 말했다.
"두 번이나 더 했는데도 안 됐어요. 손에 있는 혈관이 다 터졌어요."
우리는 들어가서 보고는 애가 탔다. 동류가 말했다.
"내가 해 볼게요."
간호사들이 동의하지 않자 동류가 말했다.
"이 일만 칠팔년 했어요. 당신들 간호학교 들어가기 전부터 한 일이라고요."
동류가 그들에게 간호사증을 보여주자 그제야 동의했다. 동류는 일파의 이마에 머리를 조그맣게 깎고는 잠시 동안 자세히 들여다보았다. 나한테 일파 머리를 잡고 있으라고 했다.
"난 손에 힘이 없는데…."
임지강이 일파의 머리를 잡았다. 동류는 주사기를 잡더니 날렵하게 찔러 넣었다. 피가 도는 것이 보였다. 나는 가슴을 쓸어내렸다. 두 간호사는 혀를 내두르고 서 있었다.

임지강이 도시락을 사 가지고 들어왔다. 동류가 말했다.
"지금 밥이 넘어가요?"
임지강은 도시락을 옆에 치워놓고 더 이상 그녀에게 먹으라고 권하지 않았다. 동훼가 말했다.
"형부, 가서 얼굴에 피 닦으세요. 이쪽은 다 부었어요."
나는 그제야 뺨이 화끈거리는 것을 느꼈다. 내가 말했다.
"부었어? 쌤통이군."
동훼가 손수건을 건네면서 자기 눈가를 가리키고 말했다.
"여기 피 좀 닦으세요."
나는 손수건을 받지도 않고 그냥 옷소매로 문질렀다. 밤이 깊어 동류와 나만 남게 되었다. 나는 그녀에게 밥 한 술 뜨라고 했더니 그녀는 천천히 고개를 돌려 나를 바라보았다. 빤히 쳐다보면서 아무 말도 하지 않았다. 싸늘한 느낌이 들었다. 뭐라고 묘사하기 힘든 눈빛이었다. 한참 후에 그녀가 말했다.

"넘어가거든 당신이나 먹어요."

나는 배가 고프지 않았다. 배가 고파도 먹지 않았을 것이다. 나는 아주 극단적인 방법으로 나 자신에게 벌을 주고 싶었다. 그래야 아들에 대한 미안함이 덜해질 것 같았다. 잠시 후 나는 목이 말랐다. 그때 문득 계속 아무것도 마시지 않는 것이 나를 벌주는 가장 좋은 방법 같다는 생각이 들었다. 배곯게 하는 벌은 너무 가볍다. 나는 밤새도록 참았다. 참을 수 없을 정도의 갈증이 느껴지자 나는 고통의 쾌감을 느꼈다.

다음날 아침 목이 쉬기 시작했다. 침도 다 말라버렸다. 목이 타는 와중에 나는 만약 성냥 하나를 갖다 그으면 입 안에서 불이 확, 하고 날 것 같다는 생각이 들었다. 정말 참기 힘들 때마다 자신에게 이렇게 말했다.

"이 정도로 될 것 같아? 더 참아야 해. 최소한 쓰러질 정도는 돼야지."

아침에 일어나서 나는 옆 입원실에 있는 여자 아이 침대 주위에 꽃바구니가 잔뜩 놓여 있는 것을 발견했다. 침대 아래에도 네다섯 개가 더 있었다. 시市 공상국 부 국장 딸이 맹장염 수술을 받았다고 했다. 나는 생각했다. 우리 일파가 남보다 못한 게 뭔데? 어떻게 꽃바구니를 보내는 사람도 없고, 보러 오는 사람도 하나 없지? 꽃바구니는 화려했지만 세상은 정말 파렴치하다. 어떻게 이렇게까지 파렴치할 수가…. 국장 부인이 일파의 상황을 듣고 우리 병실로 꽃바구니 두 개를 들고 왔다. 나는 얼른 거절의 손짓을 해서 그녀의 말을 막았다. 의사가 진찰을 하고 나가는 것을 보고 나도 따라 나왔다. 아들에게 꽃바구니를 두 개 사다 주고 싶었다.

밖으로 나와 보니 모든 것들 위에 한 층의 암록색 기운이 씌워져 있는 것처럼 보였다. 나는 속으로 생각했다.

"이게 세상이야. 이게 바로 세상이라고."

그렇게 계속해서 되뇌다가 나는 뭔가 새로운 발견, 생활의 히든카드가 확 펼쳐지는 듯한 느낌이 들었다. 마치 한 줄기 강렬한 빛이 그 어둡고 암울한 곳에 놓인 사물들을 환하게 비추는 것 같은 느낌이었다. 방금 지나간 어제가 아주 멀게만 느껴졌다.

"이게 세상이야. 이게 바로 세상이라고."

일이 닥친 다음 두 손 모아 부탁한들 무슨 소용인가? 무릎 꿇어가며 부탁한들 무슨 소용인가? 울고 싶어도 눈물 흘릴 이유를 찾지 못했다. 지대위, 너 언제까지 아무도 너를 꺾지 못한다고 큰 소리만 치고 있을 건가? 나는 그런 식으로 세상을 인식하고 싶지 않았고, 그래서 오랫동안 거절했었다. 그러나 생사의 기로에 서서 이제는 더 이상 다른 식으로 세상을 인식할 방도가 없다.

나는 내 발견에 흥분했다. 정소괴 그치들이 벌써 옛날부터 실천해 오던 원칙. 사실 나도 진작부터 알고는 있었지만 오늘에야 뼈저리게 그것을 이해하게 되었다. 나는 용기가 솟았다. 갑자기 무슨 일이든 해야 할 것 같은 충동이 일었다. 흥분하니 입안에 침이 다 고이고 굳었던 혀도 촉촉하게 변하는 느낌이었다. 나는 나 자신을 벌주고 있는 중이라는 생각이 나서 침을 뱉어 버리려 했다. 세 번이나 뱉어도 아무것도 뱉어지는 게 없었다. 손바닥에 대고 힘껏 토해 봤지만 손바닥에는 침 한 방울 묻어나지 않았다. 마음속에 독한 기운이 감돌았다. 손을 권총 모양으로 만들었다. 행인 중에 눈에 거슬리는 사람이 있으면 오른손의 집게손가락으로 방아쇠를 당겨 그대로 쏴 죽이는 거였다. 얼마 지나지 않아 나는 벌써 아흔아홉 명이나 쏴 죽였다. 그때, 사실 제일 먼저 죽여야 할 인간은 나 자신이라는 생각이 들었다. 총을 들어 태양혈에 겨누고 집게손가락으로 방아쇠를 당겼다. 마음속에서 쾅, 하는 소리가 울려 퍼지고 머리가 흔들거렸다. 그래도 나는 살아 있었다.

갑자기 내리기 시작한 빗줄기가 점점 더 굵어졌다. 겨울에 이런 장대비가 내리다니…. 사람들은 뛰기 시작했고, 금세 길에는 사람들이 거의 안 남았다. 나는 아무런 느낌도 없이 걷고 또 걸었다. 그냥 계속 앞으로 걸어갔다. 내가 어디서 와서 어디로 가는지 알 수 없었다. 빗방울이 얼굴을 따라 입가로 흘러내렸다. 나는 본능적으로 혀로 입가를 핥았다가 바로 내가 지금 벌을 서고 있는 중이라는 생각이 나서 입을 꽉 다물었다. 한 떠돌이가 빗속을 하염없이 걸으면서 노래를 하고 있었다.

"내가 어디서 왔는지 묻지 말아요. 내 고향은 먼 곳이라오. 왜 유랑流浪하나, 멀리 유랑하나, 유랑…."

나는 그를 가로막고 하늘을 가리키면서 말했다.

"이봐요! 비가 오고 있어요."

그는 웃으면서 말했다.

"하늘은 비를 내리려 하고, 아가씨는 시집을 가려 하고, 그냥 가게 두세요."

그리고는 계속 갔다. 나의 머리카락이 빗물에 다 쓸려 내려왔다. 나의 두 눈이 흐릿해졌다. 나는 옷을 걷어 올려 얼굴을 문지르고는 노래를 불렀다.

    창랑의 물 맑으면 내 갓끈 씻으면 되고
    창랑의 물 흐리면 내 발 씻으면 되네
    (滄浪之水淸兮, 可以濯吾纓
     滄浪之水濁兮, 可以濯吾足)

나도 모르게 골목 안으로 들어섰다. 얼마를 걷다가 나는 그곳이 재개발중인 구舊 시내라는 것을 발견했다. 많은 집의 벽에는 빨간 페인트로 크게 동그라미가 그려져 있고 그 가운데에 "철거"라고 쓰여 있었다. 벌써 적지 않은 집들은 지붕이 부셔져 있었다. 나는 문 하나를 밀어 제쳤다. 안에 있던 젊은 남녀가 화들짝 놀라서 몸으로 뭔가를 가렸다. 집 안에는 이상한 향이 퍼져 있었다. 나는 그들이 마약을 피우고 있다는 것을 알아차렸다. 내가 말했다.

"그냥 피워요. 뭐 하는지 다 아니까."

그렇게 말하고 나왔다. 계속 가자 막다른 골목이었다. 나는 계단 위에 주저앉았다. 처마 위의 물이 하나로 모여서 내 몸 위로 떨어졌다. 나는 추위에 몸을 떨면서 말했다.

"좋다! 좋아, 좋아."

몸을 뒤틀어 얼굴을 들었다. 처마에서 떨어지는 물이 내 얼굴에 맞고 튀었다. 갑자기 참지 못하고 입이 벌어졌다. 그 물을 받아 꿀꺽꿀꺽 삼키기 시작했다. 아, 시원하다! 물이라는 게 이렇게 맛있는 거였구나! 입가에 뭔가가 묻었다. 혀를 갖다 대어보니 썩은 나뭇잎이었다. 비리고 퀴퀴한 냄새가 났다. 나는 꾹꾹 씹어 삼켰다.

제 3 편

48. 블랙홀

일파는 입원한 지 열이레 만에 퇴원했다.

아들이 퇴원을 하고 난 후 집안 분위기는 냉랭하기가 마치 얼음창고 같았다. 나와 동류는 병원에 있을 때는 그나마 일파의 상태에 관해서 대화를 나눴지만, 지금은 그런 이야기조차 하지 않았다. 동류는 입을 굳게 다물었고, 일파도 말수가 훨씬 적어졌다. 침대에 누워서 거의 움직이지 않고 두 눈으로 어른들의 행동만 지켜볼 뿐이었다. 심지어 동훼네 집에서 일파를 보살피기 위해 돌아오신 장모님마저 말이 훨씬 없어지셨고 행동도 훨씬 굼떠지셨다. 나는 일파에게 큰 소리로 말했다.

"자, 아빠가 조롱박 인형 얘기를 해줄게."

그러나 내 말이 끝나는 순간 공허한 적막만이 남았다. 내가 떤 법석이 더 어색하게 느껴졌다. 그 적막의 중압감을 피하기 위해 나는 밥을 먹자마자 사무실로 뛰어갔다. 그리고 낮에 본 신문을 다시 보고 그냥 그렇게 몇 시간을 앉아 있었다. 그런 외롭고 조용한 시간 속에서 나는 독충毒蟲이 내 마음을 갉아 먹는 것 같은 느낌을 받았다. 나는 그 독충의 모양을 상상해 보았다. 온몸에 끈적끈적한 액체가 묻어서 뱀처럼 미끈거리고, 또 한편으로는 딱딱하고 두꺼운 껍질을 뒤집어쓰고 있는, 무수히 많은 작은 발들이 꿈틀대고 있는 독충의 모습을.

나는 보이지 않는 그 어떤 존재에 대해 감사하는 마음을 가졌다. 사실 나는 일파의 바지를 뜯어낼 때부터 후유증이 남을지도 모른다는 마음의 준비를 하고 있었다. 그런데 생각처럼 많은 흉터는 남지 않았다. 왼쪽 발에 동전만한 크기의 피부가 아직 회복되지 않아 보기에 반짝반짝 거리고, 만지면 매끈매끈할 뿐이었다. 만일 여름이었다면? 뜨거운 물이 얼굴로 떨어졌다면? 생각만 해도 끔찍했다.

위생청 사람 몇몇이 일파의 상태를 물었다. 나는 사건을 처음부터 끝까지 이야기하면서 돈이라는 게 얼마나 중요한 것인지 감탄했다. 그러면서도 돈보다 더 중요한 권력에 대해서는 감히 말을 꺼내지 못했다. 처음에는 다른 사무실 사람들까지 내 이야기를 듣기 위해 찾아왔다. 이야기가 일단 입에 붙자 내가 누구한테는 얘기했고 누구한테는 얘기하지 않았는지를 잊어버리고 만나는 사람마다 붙잡고 이야기를 해댔다. 어느 날 내가 또 이야기를 늘어놓고 있는데 옆을 지나가던 사람이 말했다.

"대위 씨, 어쩌면 꼭 상림祥林 형수(노신의 단편 소설「축복」에 등장하는 인물—역자)처럼 매일 '난 바보입니다. 난 바보입니다.' 하고 떠들고 다니시오?"

나는 곧바로 입을 다물고 더 이상 이야기를 하지 않았다. 그랬다. 나는 정말 바보였다.

내가 동류에게 말했다.

"이번 일은 정말 불행 중 다행이야."

한참 후에 그녀가 입을 열었다.

"다행이요? 지금 화상 입은 게 잘 됐다는 거예요? 다른 사람들은 애 살갗이 조금만 까져도 하늘이 무너지는 양 난리들인데, 우리 일파는 화상을 입어 저 모양이 됐는데도 다행이라니… 우리 일파가 뭐가 모자라서? 당신이 그렇다고 우리 일파까지 끌어내리지 말아요. 우리 일파는 남들보다 못한 거 하나 없어요!"
 내가 어떤 식으로 얘기를 해도 동류는 아주 냉정하게 끊어버렸다. 꼭 할 말이 있으면 아들을 시켜서 나에게 전했다.
 "아빠, 설거지 하세요."
 "아빠 올 때 두부 사 오세요."
 저녁에 장모님이 일파를 데리고 주무시러 방으로 내려가셨다. 우리는 밤새도록 말 한 마디 없이 한 쪽에서 때때로 내쉬는 한숨에 한숨으로 대답할 뿐이었다.

 그날 밤 동류가 자리에 들고 나도 불을 끄고 잠을 청했다. 그렇게 기나긴 겨울밤을 보낼 준비를 했다. 그 끝없는 겨울밤은 마치 선사시대의 깜깜한 동굴로 떨어지는 느낌이었다. 그때 동류가 갑자기 일어나 앉더니 불을 켜고 말했다.
 "난 어쩜 이렇게 바보 같을까? 다른 사람들이 그만두는 데에는 다 이유가 있는 건데. 왜 난 그런 생각을 못했을까?"
 나는 그녀가 무슨 얘기를 하는 건지 종잡을 수가 없었다. 어쨌든 나와 상관있는 일이리라. 나는 누워서 움직이지 않았다. 무슨 말을 하는 건지 의아해하고 있었다. 그녀가 말했다.
 "어떤 사람들은 정말 안목도 대단해. 미래를 내다본다니까. 몇 년 후 아니 몇 십 년 후의 일까지 다 내다보고, 제때에 확실한 결정을 내린다니까."
 굴문금을 두고 하는 이야기였다. 나는 일어나서 옷을 걸치면서 말했다.
 "똑똑한 사람 따라 하고 싶다면 아직도 늦지 않았어. 막을 사람 없다고."
 그녀가 말했다.
 "아직 안 늦었다고요? 여자한테 청춘이 두 번 올 수 있다고 생각해요?

이제 애도 있는데, 애는 어쩌고요?"

그녀도 옷을 걸치면서 말했다.

"나도 나부터 챙기는 법 좀 배워야지. 저 인간 앉으면서 옷부터 걸치는 것 좀 봐. 마누라는 이렇게 홑겹으로 입고 있는데도 보이지도 않는 모양이지?"

"한편으로 내 가슴에 칼을 쿡쿡 꽂으면서 다른 한편으로는 당신한테 관심을 가져 달라는 거야? 아예 내 마음을 둘로 쪼개 놓지 그래."

그녀는 스웨터의 단추를 채웠다. 며칠 동안 아무 말도 안 하더니 할 말이 한 바가지는 쌓였겠군. 그녀가 말했다.

"여자는요, 천하대사天下大事가 뭔지도 모르고, 만고천추萬古千秋가 뭔지도 몰라요. 그깟 게 다 뭐람! 그래요, 여자한테 세계는 코앞에 놓인 이만큼이 다예요. 여자가 남자를 찾을 때도 다 제 코앞의 고만한 세상만 보고 고르는 거예요. 그럼 당신은 여자가 뭘 더 본다고 생각해요? 그리고 코앞의 세상도 못 보는 인간이 천하를 볼 수 있다고 생각해요? 난 그렇게 생각 안 해요."

그녀의 말을 듣자 나는 세상에 대한 나의 이해가 또 틀리지 않았나 하는 생각이 들었다. 부부지간에 이런 현실주의가 놓여 있을 줄이야. 내가 말했다.

"당신, 말 다했어?"

그녀도 지지 않고 얼른 대꾸했다.

"그래요, 말 다했어요. 그럼 당신은 여자가 남자한테 그 정도도 기대 못한다는 거예요?"

나는 화를 내면서 말했다.

"출세하려면 당신도 출세할 수 있잖아. 나도 덕 좀 보자고. 남녀평등 아냐?"

그녀가 말했다.

"아휴! 창피한 줄이나 알아야지. 남자가 돼서 어떻게 여자한테 기대

살겠다는 말을 다 해요? 술 먹고 제 정신이 아닌 상태에서나 하는 소리인 줄 알았더니….”

"출세가 뭔지 알아? 노예마냥 굽신거리고, 하고한 날 윗사람한테 비굴한 웃음 웃는 거, 그게 출세야!"

나는 말하면서 콧방귀를 뀌었다. 그녀도 콧방귀를 뀌면서 말했다.

"지금이 어느 시대인데…. 돈이면 다 되는 시대라고요. 내 손에 쥐어진 것만이 진짜고 나머지는 다 가짜에요. 다른 사람들은 좋은 집 살면서 돈도 있고 살림에선 기름기가 잘잘 흐릅디다. 물론 아들네미가 화상 당할 일도 없고 말이에요. 당신, 그래, 그 사람들 비웃어 보시지! 요즘 사람들 물건만 자기 손에 들어오면 남들이 자기를 어떻게 보건 신경이나 쓰는 줄 알아요? 남들이 뭐라고 비웃든, 뭐라고 욕하든, 우습게 보든 신경이나 쓰는 줄 아냐고요? 천만에요. 전혀 신경 안 써요! 사람 똑똑한 게 다 그런 데서 티가 나는 거예요. 아니면 똑똑한 게 어디서 드러나겠어요? 구름 속요? 안개 속요? 그건 똑똑한 게 아니고 어리석은 거예요. 산소 결핍에다 뇌진탕 환자라고요. 우리가 부엌 있는 집에만 살았어도 우리 일파가 이런 일은 안 당했을 거예요. 송나 아들네미가 화상 입을 일이 있겠어요? 요새 세상은 결과만 봐요. 과정은 묻지도 않아요. 어떻게 걸어왔든, 남들이 뭐라고 웃든, 그게 무슨 상관이야!"

말도 안 되는 소리였다. 그러나 또 일리가 있는 말이기도 했다. 세상은 변했다. 이치를 따지는 방법도 변했다. 손에 넣는 자가 승리자이고, 최후의 승리자다. 나는 내가 실패자라고 인정해야 할 것 같다. 내가 정신적 지주로 삼고 자랑스럽게 여겼던 것들은, 그러나 결국에는 아무 근거도 없는 것이었다. 궁극이 상실되던 순간 최후의 근거도 상실되었다. 나는 뭔가 날카로운 것으로 찔리는 듯한 통증을 느꼈다. 뜨거운 피가 솟구치는 그런 상쾌한 통증이 아닌, 바늘로 후벼대는 듯한 그런 통증이었다. 그 통증에 나는 본능적으로 움찔했고, 반항하듯 말했다.

"당신 잘못이라고 이야기하는 건 아니지만, 당신이 그래도 공부를 몇 년 덜 했기 때문에 이해 못하는 일들이 있어."

그녀가 말했다.

"당신이야말로 그 몇 년 공부 더 한 탓에 그 안에만 갇혀서 빠져나오지 못하는 거예요. 벌써 몇 년을 버둥거렸는데 아직도 헤어나지 못하고 있단 말이에요. 다른 사람들은 다 목표를 높게 세우고 살아요. 그게 다 그 사람들 밑천이죠. 당신은요? 당신은 윗사람한테 의견이나 제시하고 말이에요. 당신은 당신이 윗사람들보다 더 대단하다고 생각하죠? 쓴 맛이나 보라지! 윗사람 무서운 줄 알아야 해요."

"사실 몇 년 동안 딱히 의견을 제시한 적도 없어."

"살면서 자빠질 기회가 몇 번이나 주어지겠어요? 등소평은 세 번 쓰러졌다 세 번 일어났다지만, 당신이 그런 주제나 돼요?"

"나한테 강요하지 마! 나보고 정소괴처럼 그런 길을 택하라고, 그런 식으로 비굴하게 웃으라고 강요하지는 말라고."

그녀가 입을 삐죽거리면서 말했다.

"그럼 당신 말은 당신이 그 사람들보다 잘났다는 얘기에요? 그럼 어떻게 그 사람 말 한 마디에 우리 일파가 입원을 할 수 있었죠? 당신은 그렇게 사정을 해도 안 됐는데, 어떻게요? 그건 변할 수 없는 사실이라고요. 당신은 그냥 옆에 비켜서서 다른 사람들 노는 거 구경이나 하세요. 그렇게 구경하다 보면 거의 인생 종칠 때 될 거예요. 나는 당신 때문에 더불어 바라는 것도 없어요. 그저, 우리 일파를 생각하면 안타깝다는 거죠. 저렇게 우수하고 가능성이 많은 애가 환경이 안 받쳐줘서…. 몇 년 있다가 학교 들어가면 숙제는 어디 앉아서 하지?"

그 몇 마디에 나는 답답해서 숨도 내쉴 수가 없을 정도였다. 사실 맞는 말이었다. 그러나 나는 그녀 앞에서 머리를 숙이고 싶지는 않았다. 그녀가 말했다.

"자존심이 밥 먹여줘요? 당신 속을 내가 모를 줄 알고."

동류 입에서 이렇게 큰 살상력을 지닌 말이 나올 줄이야. 동류는 요 며칠 결코 놀고 있었던 것이 아니었다. 상황에 대해 거듭거듭 심각하게 분석을 했던 것이다. 내가 말했다.

"사람마다 사는 방식이 다 다른 법이야. 자기 속 편한대로 살아야지. 속 불편하게 이것도 하고 저것도 하려 하면 얻는 것보다 잃는 게 많아지는 거야."

"그래서, 당신은 우리 일파가 다치니까 속이 편하던가요? 송나네 집 강강이 다칠 일이 있을 줄 알아요?"

동류는 말하면서 울음을 터뜨렸다.

"우리 일파는 다리에 흉터까지 생겼어요. 당신 속 편한대로 하려면 아예 내일 아침에 우리 일파 고아원에 갖다 주고 치우지 그래요?"

눈물이 방울방울 이불 위로 떨어졌다. 나는 마음이 약해져서 그녀의 머리를 어루만지면서 말했다.

"알았어, 알았다고."

아들과 아내를 위해서라도 나는 발버둥쳐야 한다. 나에게는 떨쳐버릴 수 없는 책임이 있다. 생존은 확고한 원칙이며, 다른 어떤 원칙도 그보다 확고할 수는 없다. 현실에는 시詩를 위한 공간이 없다. 그저 잔인할 정도로 현실적인 생존만이 있을 뿐, 더 이상 피할 수 없다. 똑바로 마주하는 수밖에 없다. 이것이 생활과 유효한 관계를 맺을 수 있는 유일한 선택일 것이다. 구름 속 일, 안개 속 일, 만고천추의 일은 다시 생각하지 말아야 한다. 그건 블랙홀과 같아서, 얼마나 많은 사람들이 얼마나 많은 희생을 치르는지와 상관없이 일단 빨려 들어가면 아무 흔적조차 남기지 않는다. 생각이 이에 미치자 온몸이 얼어붙는 것 같았다. 말로 표현할 수 없는 비애가 조용히 마음속 깊은 곳으로 스며드는 것 같았다. 저항할 수 없었다. 도연명, 조설근의 부인과 아들들은 어떤 생각을 하고 어떻게 살았는지 모르겠다.

청렴하고 고귀해지는 것도 최소한의 밑천이 있어야 하나보다. 매소평梅少平은 문연文聯 주석 자리를 그만두고 고향에 내려가 은거한다지? 그 사람이야 성공하고 명예까지 다 얻은 다음에 그 모든 걸 버리고 내려갔으니 고향에 별장도 있고, 차고도 있고, 정원도 있고, 게다가 시내에 집도 있고, 월급도 그대로 나오고, 일체의 보장을 다 누리고 있다. 나를 그 사람과 비교해? 주제도 모르면서 흉내를 내다니!

나는 한참 생각했다. 어떤 방향에서 이 세상을 경험해 나가더라도 결국은 정신적인 공격을 받게 되어 있다. 어떤 생존방식이 절대적으로 옳다고 할 수도 없다. 기왕 그렇다면 왜 굳이 내가? 세속적인 삶을 한 편으로 밀어둔 그런 생활은 사실상 불가능하다. 나는 점차 내 정신이 사실은 지극히 제한되어 있으며, 무형의 틀에 갇혀 그 틀을 초월할 수 없다는 것, 관념적인 초월도 점점 더 허약해지고 창백해지고 있다는 것을 깨닫게 되었다. 머리가 마비될 정도로 생각을 하다가 나는 고개를 힘차게 비틀었다. 이런 사색의 내용들을 저 멀리 포물선을 그리며 날려 보내고 싶었다. 세상에 생각 없이 사는 인간들이 얼마나 많은데, 그러고도 나보다 더 잘만 살더라만…. 생각이 이에 미치자 이런 모든 사색思索의 의미가 상당히 애매해졌다. 사색. 사색은 나의 자랑이자 또 나의 재난이었다.

49. 굽히기도 하고屈 뻗기도 해야伸 : 생활의 변증법

"이제 어떻게 살아가야 하지? 한 번뿐인 인생인데…."

동류가 제기한 그 물음에 나는 절망할 수밖에 없었다. "한 번뿐인 인생", 그 말 한 마디로 모든 원칙이며 도리가 다 설명되었다. 이것이야말로 가장 간단하면서 또 가장 심오한 이치일 것이다. 나는 감히 더 자세히, 더 깊이 생각할 엄두도 못 냈다. 생각만 해도 몸이 부들부들 떨려왔다.

물론 위생청에는 사무원으로 정년을 마감하는 그런 사람들도 있었다. 안 선생님처럼 말이다. 하지만 내가, 위생청 최초의 석사 출신인 내가, 그런 식으로 일생을 마쳐서야 되겠는가? 시간은 쏜살같이 지나가고 점점 더 빨리 흘러갔다. 시간은 모든 것의 의미를 규정한다. 인간은 한없이 기다릴 수는 없는 것이다. 과장이니 처장이니 하는, 예전 같으면 신경도 안 썼을 직함에서 지금은 어떤 신비한 후광, 눈으로 볼 수는 있지만 닿을 수 없는 그런 후광이 느껴졌다. 세상은 이렇게 넓은데 인간에게 주어진 공간은 이렇게 작구나! 참으로 불쌍하다. 세상만사, 천하우주를 이야기하고 천추만대千秋萬代를 이야기해도, 그러나 결국에는 다시 내 인생의 작은 기점으로 다시 돌아와야 한다. 그것만이 현실이다. 결국 인간에겐 주어진 이 인생이 전부이고, 이 인생 자체가 하나의 시각을 형성한다. 눈으로는 하늘의 별 무리를 바라보지만 그것 역시 하나의 시각에 입각해 있다. 나의 이 한평생은 점점 더 생생하게 느껴지는데 천하天下며 천추千秋는 점점 더 공허해진다.

동류의 말이 맞다. 별을 바라본들 무슨 소용이 있겠는가? 그 시간에 일과 우유나 한 잔 더 데워 먹이지. 사람은 이렇게 불쌍한 존재이다. 그렇게 멀리 생각하고 멀리 보지만, 또 자기 존재가 얼마나 보잘것없는 것인가를 알게 된다. 그렇지만 그 존재가 보잘것없기 때문에 중요하지 않다는 논리는 성립하지 않는다. 최소한 자기 문제에 관해서는 성립할 수 없다. 인간은 세계의 입장에서 자신을 볼 수 없고, 어디까지나 자신의 입장에서 세계를 볼 수 있을 뿐이다. 나는 나의 시야가 천하로부터 나 자신으로 급속히 좁혀지고 있는 것을 발견했다. 내키지 않지만 어쩔 수 없었다. 가련하고 불쌍하고 파렴치하고 화가 나지만 어쩔 수 없다. 사소해 보이지만 이를 거부하는 것은 인생 전체를 거부하는 것과 같다. 나이든 사무원들을 보라. 몇 십 년을 하루같이 자신보다 나이가 어린 사람들의 분부에 순종하는 미소를 짓고 있는 그 사람들. 그 사람들은 생각이 없어서 그러는 걸까? 그들도 알고 보면, 놀라지 말라, 삼십년 전에 대학을 졸업한 사람들이다! 다들 좋은 사람들이지만, 그렇지만 그들의 머리 위로 떨어지는 이익은 얼마나 될까? 더 이상 사람 좋음이 사람을 평가하는 방식이 아니다. 손에 쥐어지는 것만이 진실이라는 것이 바로 오늘의 현실이며, 오늘날 유능한 사람들의 논리이다. 이런 상황을 생각하자 나는 갑자기 온몸이 싸늘해졌다가 다시 뜨거워지는 것 같았다.

"내 인생은 어떻게 하지?"

이 문제는 쇠꼬챙이처럼 내 마음을 꿰뚫어 공중에 대롱대롱 매달았다. 나는 온갖 해결책을 다 생각해 보았지만, 깊이 들어가면 각가지 방도가 가장 험난한 방도처럼 느껴졌다. 세계는 이렇듯 넓건만 무한한 가능성이 내게는 전혀 존재하지 않았다. 사람은 한 줄기 광선처럼 살건만,

나는 그 광선의 방향조차 찾지 못하고 있었다. 위생청이라는 게 사실 대단할 것도 없는데…. 이 정도 기관은 전국에는 말할 것도 없고 성省에만 해도 몇 백 몇 천 개가 있는지 모른다. 내일 지진이 나서 위생청사가 무너져 내린다고 해도 지구는 지금처럼 돌아갈 것이고, 사람들도 지금처럼 살아갈 것이다. 사건이, 상황이 중요하다는 것은 거짓말이고, 사실은 내 자신이 중요하다. 이게 바로 히든카드다. 나는 감히 이 히든카드를 들춰볼 엄두가 나지 않았다. 그렇게 되면 너무 무미건조하지 않은가. 사람은 자신을 궁극으로 삼는 순간 궁극을 상실하게 된다. 지금까지 나는 비몽사몽의 상태로 살아왔다. 이제 깨어나 벼랑 끝에 서 있는 나를 발견했다. 한 발자국 앞은 아득한 낭떠러지로 더 이상 앞으로 나아갈 길이 없다.

아무리 생각해봐도 유일한 희망의 빛은 위생청이란 기관에 있었다. 그 빛은 매우 작고 약하지만 막상 접근할라치면 그것도 얼마나 어려운 일인지 모른다. 인간은 이렇게 가련한 존재이다. 나는 더 이상 배부른 소리를 할 수가 없다. 그건 윗사람들이나 하는 소리다. 물로 배를 가득 채우고 부자노릇을 할 수 있을지도 모른다. 그렇지만 속이는 것도 한 순간이지, 한평생을 속일 수는 없는 노릇이다. 나는 어떻게든 뚫고 들어갈 길을 찾아야 한다. 육년 전 위생청에 처음 들어왔을 때만 해도 나는 제법 좋은 자리에 있었다. 그리고 바로 그 때문에 많은 사람들에게 눈엣가시였던 것이다. 그렇지만 지금의 출발점은 그때보다 훨씬 뒤처져 있다. 목표를 정하고 나자 나는 마음이 급하다 못해 아플 지경이었다. 지난 육년 동안 도대체 난 뭘 한 거야? 처음부터 위치 정립이 잘못되었다. 굴원屈原이니 이백李白이니, 그 사람들을 아무나 따라 배울 수 있는 줄 알았다. 나는 벌써 서른넷이다. 눈 깜짝할 사이에 좋은 시절 다 가버릴 것이다.

나는 안 선생님을 찾아갔다. 안 선생님과 이야기를 나누고 싶었다. 그냥 툭 터놓고 이야기를 하고 싶었다. 들어가자 그는 텔레비를 보고 있었다. 그가 말했다.

"지군, 오랜만에 바둑 두러 왔네 그려."

"아들 녀석이 좀 아파서 매일매일 거기 붙어 있었습니다."

"그래? 내가 왜 몰랐을까?"

나는 그 사건 이야기를 해드렸다. 사모님은 옆에서 계속 놀라면서 물었다.

"정말요? 정말요?"

그런 놀란 반응을 보자 나도 점점 신이 나서 더 자세하게 이야기를 하기 시작했다. 바지를 잘라 뜯어내던 시늉이며, 동류가 바늘을 찌르던 시늉까지 해보였다. 그런데 그렇게 이야기하던 중간에 나는 갑자기 번뜩 상림[belachelijk]상림㳛 형수 생각이 났다. 그만 입을 다물고 바둑을 두기 시작했다. 한참 동안 손을 놓았던 바둑을 다시 두니 기분이 좋았다. 편안했다. 이런 분위기를 깨기가 아쉬워서 원래 왔던 목적은 한편에 제쳐두고 계속해서 두 판을 두었다. 또 몇 판 두다 보니 시간이 제법 늦었다. 안 선생 사모님이 말씀하셨다.

"당신 내일 아침에 일찍 일어나야 하잖아요. 아아阿雅한테 옷 갖다 줘야죠."

나는 바로 인사를 하고 나왔다. 밖으로 나오자 눈이 펑펑 내리고 있었다. 눈발이 얼굴에 닿아서 녹는 느낌이 매우 상쾌했다. 마치 생명의 요정이 나를 일깨우는 듯했다. 왜 자꾸 머뭇거리는 거지? 본론으로 들어갈 용기가 없는 건가? 나는 내가 도피하려고 한다는 걸 깨달았다. 아무리 안 선생님이지만 진지하게 내가 어떻게 하면 위로 기어 올라갈 수 있을지를 상의하려니 영 자존심이 깎이는 일이었다. 집을 향해 걸었다. 집 앞에 도착했다. 또 하루가 늦춰졌다는 생각이 들자 마음이 급해졌다.

건물 안으로 들어서려던 찰나에 나는 나 자신에게 말했다.
"멈춰!"
앞에 들려 있던 오른쪽 발이 아직 바닥에 닿지도 않았다. 나는 그 자세 그대로 자리에 서 있었다. 이렇게 용기가 없어서야. 더 힘든 도전은 아직 저 앞에서 기다리고 있는데. 사람에게 가장 큰 적은 자기 자신이다. 세상이 사람을 구속하는 것이 아니라 사람이 자기 스스로를 세상에 구속시키는 것이다. 지난 몇 년 간의 사실들이 증명하는 바에 따르면, 내 마음이 원하는 대로 하는 일은 결코 무슨 좋은 일이 아니었으며 오히려 나를 더 힘들게 하는 일이었다. 손 안에 넣는 것만이 진짜인 것이다. 하늘에서 떡이 그냥 떨어질 리가 있는가?
현재 나의 걸림돌은 다른 것이 아니라 나 자신이었다. 생각이 이에 미치는 순간 나는 얼른 오른발을 내 왼쪽 다리 옆에 갖다 붙였다. 발에 힘이 빠지자 몸이 앞으로 쏠리면서 거의 넘어질 뻔했다. 얼른 한 발을 내딛고서야 제대로 서 있을 수 있었다. 나는 나에게 욕을 했다.
"제기랄, 이것 하나 제대로 못하냐?"
그냥 다시 돌아가려는 나 자신을 다잡고 안 선생님 집에 도착해서 바로 벨부터 눌렀다. 혹시라도 망설이게 될까 봐서였다. 사모님이 문을 열어주시면서 물었다.
"뭐 놓고 간 것이라도…?"
나는 단호하게 말했다.
"안 선생님께 드릴 말씀이 있습니다."
그녀는 약간 과장되게 놀라는 기색을 보이면서 손목시계를 흘끔 보았다. 나는 집 안으로 들어서면서 말했다.
"제가 또 사모님을 번거롭게 해드리려 왔습니다. 저같이 번거롭게 구는데, 만약 사모님이 아니라 다른 사람이었으면 진작 절 미워했을 겁니다."
그녀는 얼굴이 좀 펴지면서 말했다.

"괜찮아요."

"위생청에서도 현모양처라고 소문이 다 나셨어요. 안 그랬으면 제가 감히 이렇게 늦게 올 수 있겠습니까?"

안 선생님이 옷을 걸치고 나오셨다. 사모님께서 차를 따라주셨다. 처음 있는 일이었다. 난로까지 들고 와서 틀어주셨다. 이것도 처음 있는 일이었다. 그냥 멋대로 지껄인 몇 마디였는데 효과가 이 정도일 줄이야. 사모님이 문을 닫고 주무시러 가시자 안 선생이 말했다.

"사람은 다 듣기 좋은 말을 좋아하지. 자네는 언제 그런 걸 다 배웠나?"

"원래 그랬잖아요."

그가 웃었다. 안 선생님은 나에게 담배 한 대를 건네고 자기도 한 대를 물었다. 내가 말했다.

"오늘 제가 담배 피우고 싶다는 거 어떻게 아셨어요?"

"내가 사람은 좀 볼 줄 알지."

"사람 하나 좀 봐 주시겠어요?"

그가 담배에 불을 붙이면서 말했다.

"자네 자신을 봐 달라는 거지?"

나는 허벅지를 치면서 말했다.

"선생님께서는 정말 너무 드러내지 않으시는 것 같아요. 저 청장님의 여러 개 방들 중에 하나는 사실 선생님이 쓰셔야 하는 것 아닙니까?"

그는 자조하듯 웃으면서 말했다.

"알아차렸을 땐 이미 늦어버렸지."

나는 용기를 내어 말끝을 꽉 잡았다.

"저는 이미 늦었습니까? 한 번 봐주십시오."

말을 하고 나자 무거운 짐을 내려놓은 것 같았다. 말머리를 끄집어내기가 생각처럼 그렇게 어렵지는 않았다. 그는 담배를 피우면서 아무 말도 하지 않았다. 나는 긴장된 눈빛으로 그를 바라보았다. 그가 물었다.
"자네가 서른 좀 넘었나?"
"서른넷입니다."
오른 손으로 3과 4를 그려 보였다. 그가 말했다.
"늦지 않았다고 할 수도 있고…."
나는 심장이 철렁 내려앉았다.
"늦었다고 할 수도 있습니까?"
그는 고개를 끄덕이면서 말했다.
"그렇다고 말할 수도 있지."
"희망이 없나요?"
그는 한숨을 쉬면서 말했다.
"이보게. 여태 뭐 하다가…."
나는 눈을 내리깔고 아무 말도 하지 않았다. 한숨이 나왔다. 그는 마치 내 얼굴에서 뭔가를 알아내기라도 하려는 듯이 나를 쳐다보았다. 한참 지나서 그가 말했다.
"자네는 말이야, 자네 자신을 너무 과대평가하는 것 같아."
"아무 직함도 없는 주제에 제가 무슨 수로 저를 과대평가하겠습니까?"
그는 웃으면서 말했다.
"자신을 너무 대단하다고 생각하기 때문에 반 쪽 관직도 못 오르는 거야. 그 기세로, 심지어 윗사람들한테 도전까지 하면서, 그 와중에 또 모든 걸 얻겠다고 하는 것은 논리에 안 맞아. 사나이는 자기를 굽힘으로써 자신을 펴는 걸세(大丈夫以屈求伸). 펴고 있는 사람들 중에 자기를 굽히지 않았던 사람이 어디 있는가? 사내대장부 되기가 쉬운 게 아니네. 중국 사람이라면 이 굽힐 굴屈과 펼 신伸 두 글자를 마음속에 새기고 반복해서 그 뜻을 헤아려야 하네. 그 뜻을 이해해야 방법을 찾을 수 있을 거야."

그는 두 주먹을 쥐고 겨드랑이 아래로 움츠렸다가는 힘껏 쭉 뻗으면서 말했다.

"굽힌다는 것은 기운을 모으는 거지. 기운을 모으지 않고 힘을 쓸 수 있나? 자기를 너무 귀하게 생각하면 귀해질 수가 없다네. 그것이 바로 생활의 변증법이지. 자기는 아무 것도 아니라고 생각해야 그 아무 것이 될 수 있는 걸세. 시작부터 자기가 뭐라도 되는 것처럼 생각하면, 그건 결국 아무 것도 아니게 되는 거지. 이것 역시 생활의 변증법일세. 자네를 귀하게 여기다 보면 혜안慧眼을 갖춘 윗사람들이 영웅을 알아볼 거라고 생각하나? 그게 가능할 것 같은가? 천만에! 인성人性에 부합되지 않는다네. 굴원은 자네가 존경하는 사람 아닌가? 이백도 그렇고, 그 사람들도 자기들이 대단하다고 생각했었지. 그래서 결국 어떻게 되었나? 그 사람들이야 정말로 몇 백 년에 한 번 나올까말까 한 천재여서 그나마 파도에 휩쓸려가지 않은 거지. 그들 외에도 그 물결에 이름도 못 남기고 쓸려간 사람들이 부지기수라네."

"그런 위대한 인물들을 하나하나 헤아려 보니 생전에 팔자八字 고달 프지 않았던 사람이 몇 안 되더군요. 혹시 어둠 속의 어떤 힘이 그들을 가로막고 있었던 건 아닐까요?"

그는 담배 한 대를 더 피워 물면서 말했다.

"아직도 그 타령인가, 자네는? 그 사람들은 재기才氣가 하늘을 뚫을 듯했지. 그래서 사회에 받아들여지지도 못하고 관계에도 발을 못 들여놓았던 거야. 밀려날 수밖에. 그런 경험이 바로 그들을 만들었고, 또한 그들을 해쳤던 걸세. 그들은 하나같이 비참하고 처량한 생을 살다 갔지. 기가 막히게 총명한 사람들이었지만 그들 모두 어떤 특수한 상황에 처하게 되었고, 어떤 특수한 국면, 형세에 처해야만 했네. 그들이 맞서 싸워야 했던 것은 어느 누구가 아니었다네. 바로 그들이 처해 있던 상황, 결코 거스를 수 없는, 그들조차도 어쩔 수 없었던 그런 상황들과 맞서 싸워야 했던 것이라네. 그러한 인물들이 하나의 전통을 이룬다면, 그들을 사지로 몰아넣는 것 역시 또 하나의 전통이라네."
 나는 고개를 끄덕이면서 말했다.
 "그 이름들을 떠올리니 아무리 굽히려 해도 굽힐 수가 없을 것 같습니다. 어떤 말들은 입에 담지도 못할 것 같습니다. 그랬다가는 그분들한테 죄송스러울 것 같아서 말입니다."
 그는 웃으면서 말했다.
 "방금 우리 안 사람한테는 말만 잘 하더구먼 뭐. 그냥 그 흐름을 타면 되는 거야. 괜히 아무데서나 함부로 꽃 한 송이 뽑아들고 말하지 말구."
 그리고 이어서 말했다.
 "죄송스러워? 세상에는 그 이름들한테도 떳떳하고 자신한테도 떳떳할 수 있는 그런 좋은 일은 없다네."
 그는 손가락으로 나를 가리키면서 말했다.
 "조설근조차 하지 못했던 일을 자네 지대위가 하고 싶다고? 자네가 그 사람보다 더 똑똑해?"
 "사람 구실하기 정말 힘듭니다."
 "생각해 보게, 생각해 봐. 굽힐 굴屈자와 펼 신伸 자를 우선 이해하고, 그 다음에 계속 이야기하세."

 안 선생님은 내게 담배 한 대를 더 권하셨다. 나는 라이터를 집어 들고 그의 담배에 불을 붙여드리고 내 담배에도 불을 붙였다. 그는 담배를 절반만 태우고 껐다. 나도 얼른 따라서 담배를 껐다. 그는 입가에 미소를 띠고 살짝 머리를 끄덕이면서 말했다.
 "자네한테 부족한 건 이해력이 아니라 의지라네."
 "의지는 천천히 키우면 되겠죠?"
 "천천히 키운다고? 어느 세월에! 사람이 몇 년 사나? 기회는 가끔 자네 앞에 그 꼬리만 슬쩍 드러내 보이지. 그때 그걸 얼른 잡지 못하면 그 기회는 다시 돌아오지 않는다네. 나도 젊었을 때는 도무지 굽혀지질 않더라고. 처음엔 섭聶 청장, 그 다음엔 시施 청장에게, 머리 속에 떠오르는 생각은 참치 못하고 다 얘기해야만 직성이 풀렸지. 내 자신이 좋은 뜻에서 말하는 거니 상대방이 이해해 줄 거라고는 생각지 말게. 절대 그런 일 없네. 옛날 시 청장은, 무슨 생각이 하나 떠오르면 그대로 밀어붙이는 황소고집이었어. 아무도 못 말렸지. 뒤에서 수군거리는 사람들도 많았고, 또 당시 내가 비서였으므로, 윗분 생각하는 마음에서 기회를 봐서 사람들의 생각을 말씀드렸지. 나야 시 청장의 이미지도 더 개선하고 일도 더 잘 진전되기를 바라는 마음에서 얘기했던 거였는데, 그 인간이 즉석에서 나를 골로 보내버릴 줄이야 어찌 생각이나 했겠나. 그때 그가 하는 말이, 그딴 소리 하는 작자들은 다 다른 꿍꿍이속이 있는 인간들이라 하더군. 그때부터 나는 내리막길을 걷게 되었지. 말 한 마디에 인생 게임 종친 거지! 문화혁명이 터지고 조반파造反派에 속했던 사람들, 문화혁명 끝나고 숙청당하면서 그 인생들도 다 끝나버린 것처럼 말이야.

　나는 몇 십 년의 세태를 보면서 사람 인人 자를 똑바로 보게 되었네. 사람들은 다 편견을 가지고 있네. 인간은 영원히 자기의 이익이라는 입장에서 모든 걸 생각하지. 그래서 한 번도 제대로 원리 원칙을 따진 적이 없네. 자기 입장에서만 그 원리 원칙을 따지기 때문이지. 누구 하나 딱히 자네 버릇을 고쳐주겠다는 사람도 없고, 자네 잘못에 대해 말 한 마디 하는 사람도, 심지어 불편한 얼굴 보이는 사람 하나 없네. 그렇지만 자넨 이미 그 바닥에서 퇴장당한 거야. 게임 끝났다고. 사람들이 자네한테 기회를 안 주는데 어디 가서 억울하다고 하소연하겠어? 그게 다 부드러움으로 강함을 제약한다는 걸세. 누구는 태어나면서부터 공정함을 구현할 수 있을 거라고 생각하지 말게. 그건 보통 사람은 말할 것도 없고, 비록 그 사람이 공자, 맹자라도 안 될 일일세."

"그 자리에 앉은 인간들만큼 공정公正의 화신인 척하는 사람들도 없는데 말이지요."

"맞아. 그런데 그것도 자기들이 원해서 또는 원하지 않아서 그런 것이 아니고 그 자리가 요구하는 거지. 자네도 그 위치에 가면 다 그런 척 연기를 해야 하는 거야."

"편견도 있어야 하고, 충동도 있어야 하고, 거기다가 공정한 역할까지 연기해야 한단 말이지요? 그야말로 이중인격이네요. 그러기도 쉽지 않을 텐데."

"맞는 말이긴 한데 절반만 맞는 말이야. 일단 그 역할에 몰입하면 그것도 자네 생각처럼 그렇게 어려운 게 아니라네."

잠시 침묵이 흘렀다. 마음속 캄캄한 곳에서 칼 한 자루가 춤을 추면서 내가 미련을 가졌던 작은 즐거움을 완전히 난도질하는 것 같았다.

"정말 사는 게 힘드네요. 조금 고상하게 살려고 하면 산더미 같은 문제들이 앞에 놓이게 되니 어디로 숨어야 하는 건지…. 그래서 사람들이 모든 걸 버리고 중이 되나 봅니다. 심지어 여자들 사이에서 흥청망청하던 고보옥賈寶玉마저 머리 깎고 절에 들어갔잖아요. 게임 규칙에 적응할 수 없어서 도피한 거죠."

"복잡하게 생각하면 점점 더 복잡해지는 거야. 계속 그렇게 하나씩 물어 나가면 끝이 없지. 철학자들을 보게. 평생을 파고들어도 바닥에 도달하지 못하잖아. 그렇지만 또 간단하게 생각하면 정말로 간단한 문제일세. 해야 할 일만 하면 되는 거야. 저 산골짜기 농사꾼 할아버지도 다 아는 사실이지. 자네는 어떻게 해야겠는가?"

나는 눈앞에서 손을 휘휘 돌리면서 말했다.

"사람이 겪는 크고 작은 곡절들도 결국 다 '살 活' 자 하나를 위해서지요. 더 잘살기 위해서, 존엄을 찾기 위해서입니다. 한 번 사는 인생, 눈앞에 놓인 그까짓 물질들, 그저 속편하게 인생 끝내면 그만이죠."

"그런 이치를 입에만 달고 살려면 모르는 것만 못하네. 나처럼 이렇게 평사무원으로 썩을 수는 없지 않나? 산산이 부서져 진흙이 되고, 시간이 지나 다시 먼지로 부스러지면 그 옛 향기만 남게 되지. 이렇게 말로 하면 제법 운치가 있어 보이지만, 정말로 부서져 땅에 떨어지고 진흙 꼴이 되어 보게. 누가 와서 그 향기를 맡아나 보겠나? 아무도 냄새 맡는 이 없고 그 향기도 점점 스러질 걸세."

그의 말에 가슴이 쿵쿵 뛰었다.

"저도 좀 움직이기 시작해야겠습니다. 몇 년을 이렇게 숨죽이고 살다보니 이제는 병이 날 지경입니다. 마음은 허하고 사람이 공중에 매달려 있는 것 같습니다. 그리고 이번 아들 다쳐서 고생하면서 생각이 많이 바뀌었습니다. 권력과 돈, 이 두 가지 속물이 길을 떡 하니 막고 서 있는데 그걸 피해 갈 길이 없더라고요. 사람이 살면서 문제를 해결하려면 권력과 돈이라는 이 두 가지 속물에 의존할 수밖에요. 이 세상이 더 분명하게 보일수록 점점 더 어쩔 수 없어지는 것 같습니다."

사모님이 방에서 얼굴을 내밀고 우리를 쳐다보았다. 나는 얼른 인사를 드렸다.

"이제 가보겠습니다."

"오늘 자네와 한 이야기 정말 즐거웠네."

그가 아래까지 나를 배웅해 주었다. 처음 있는 일이었다. 밖에는 눈발이 날리고 있었다. 나는 들어가시라고 했다. 그는 춤추듯 내려오는 눈꽃을 보면서 무언가 느껴지는 거라도 있는 것처럼 말했다.

"또 일년이 지났군!"

그 말을 듣자 마음이 아파왔다. 내가 말했다.

"지난 몇 년이 어떻게 지났는지 모르겠습니다. 기억도 안 나요."

"가서 잘 생각해 보게. 자기 마음속의 오뚝이不倒翁를 쓰러뜨리기가 절대로 쉬운 일이 아닐 거야."

"이미 다 쓰러뜨렸습니다."

나는 알고 있었다. 나는 이미 마음속에 큰 구덩이를 파고 그 안에 예전의 나를 묻어버렸다. 역사와 함께 묻었다. 사람은 시대를 거스를 수는

49. 생활의 변증법

없는 것이다. 사람들은 자신도 모르는 사이에 이 과정을 다 거쳤다. 심지어 이런 과정을 아예 뛰어넘은 사람도 있는데, 그런데 나는 그토록 발버둥을 쳐대다가 결국 이제야 삽을 들었다.

집에 오자 동류는 이미 잠들어 있었다. 나는 불도 안 켜고 더듬더듬 침대를 찾아 자리에 누웠다. 동류가 깜짝 놀라 일어났다.
"많이 늦었네요."
"바둑 두러 갔었어."
"바둑 둘 마음이 생겨요? 세상에 당신 같이 속없는 사람도 없을 거예요."
그녀는 말하면서 화가 나서 이불을 확 끌어당겼다. 나는 이불을 다시 끌어오면서 말했다.
"사실은 안 선생님이랑 상의하러 갔었어. 사는 방법을 바꿔 보려고. 안 선생님도 나를 지지해 주시더군. 내 생각을 말씀드렸지."
"진작 그랬어야지, 이제 와서…."
그리고 덧붙여 말했다.
"사람이 어디 가요? 변하면 얼마나 변하겠어요. 개 제 버릇 남 못 준다고…. 난 아무 말도 안 할래요."
"닭 똥구멍 같은 입으로 말하는 것 하고는…. 두고 봐! 이번엔 어떻게 하는지."
"그럼 내일 저녁에 마 청장님 댁에 가요. 갈 수 있어요?"
"거긴 뭣 하러 가? 갈 이유가 없잖아. 아무 이유도 없이 가기는 그렇잖아."
"안 선생님이 당신을 지지한들 그게 무슨 소용이에요? 마 청장님이 밀어주셔야 힘을 받을 것 아니에요. 안 선생님이 뭐 별거예요? 또 마 청장님은 어떤 분이시고요?"
"아무 일도 없는데 가는 건 좀 그렇잖아."

그녀는 차갑게 웃으면서 말했다.
"말 다했어요? 내가 뭐랬어요, 개가 제 버릇…. 관 둬요."
나는 결심을 내리고 말했다.
"알았어! 가자고. 그렇지만 그 문턱 넘기 위해서는 마음의 준비를 단단히 해야 할 거야."
그녀가 말했다.
"왜 아무 이유가 없어요? 우리 일파 병원까지 누구 차타고 갔어요? 당연히 가서 고맙다고 인사드려야죠. 만약 제 시간에 병원 못 갔으면 일파가 저렇게 빨리 나을 수 있었겠어요?"
"그렇다고 집까지 찾아가서? 구실이라는 게 뻔하잖아."
"구실까지 있는데 못 가겠다는 거예요? 남들은 없는 구실도 만들려고 안달을 하는데, 당신 그래서 앞으로 뭘 하겠어요? 턱도 없지! 시작부터 남보다 뒤쳐진다니까. 새롭게 살겠다는 건 그냥 자기만족으로 해 본 소리죠? 내가 딱 보니 못 믿겠더라고. 나야 당신과 평생 살더라도 별 상관 없지만, 우리 일파까지 이렇게 살아야 한다는 걸 생각하면 마음이 아파서…."
아들 이름을 듣자마자 나는 얼른 말했다.
"가! 무슨 일이 있어도 가자고! 당연히 가서 감사드려야지. 고마웠다고 말씀드려야지. 그러지 않으면 사람의 도리에 어긋나지. 안 그래?"
이렇게 말하자 충분한 이유가 있는 것처럼 느껴졌다. 잘난 사람들은 무無에서 유有도 만들어 내던데, 나는 유有에서 유有를 만들려는 건데 겁날 게 뭐야! 무서울 게 뭐야!

50. 크리스마스이브

날이 짧아졌다. 어젯밤 쌓인 눈은 벌써 길 양쪽으로 치워져 있었다. 차가운 공기 속에 네온 불빛에 흔들리는 사람들의 그림자가 공허하고 들뜬 느낌을 주었다. 나와 동류는 유화裕華상점에서 네슬레 분유 두 통과 백화白花표 꿀 두 병을 사서 버스를 타고 중의연구원으로 갔다. 연구원에 도착해서 나는 동류에게 말했다.

"이 물건들은 당신이 들어. 난 싫어!"

"조금 있다가 문 앞에서 줘요. 내가 당신을 알지. 뼛속까지 저 모양이면서 새롭게 다시 사는 거 좋아하시네."

나는 몇 동이었는지 기억이 나지 않아 어두컴컴한 곳에 동류더러 물건을 들고 서 있으라고 하고는 길가는 사람에게 물어보았다. 새 집으로 이사를 갔다고 했다.

계단을 올라가는데 동류가 나더러 앞서라고 했다. 불이 다 꺼진 어두운 계단으로 동류가 뒤에서 물건을 들고 따라 올라왔다. 문 앞에 도착하자 안에서 사람들이 이야기하는 소리가 들렸다. 나는 일단 내려가자고 동류를 잡아끌었다. 내려오자 마음이 좀 가벼워졌다. 문을 열고 들어서는 순간 벌어질 난감한 상황이 일단 뒤로 미뤄진 것이다. 나무 아래에서 기다리는데 어떤 남자가 손에 물건을 들고 오는 것이 보였다. 건물 입구에 도착해서 그 남자는 재빨리 안으로 들어갔다. 그 동작이 얼마나 신속하던지 보는 내가 다 정신이 번쩍 들었다. 나는 동류에게 말했다.

"내 가서 좀 보고 올게."

아니나 다를까, 그 남자는 마 청장님 댁 앞에 멈춰 섰다. 나는 윗층에 사는 사람인 양 계속 올라가다가 꺾어지는 곳에 멈춰서 고개를 내밀고 살펴보았다. 사모님이 문을 열고 사람을 들이는 것이 보였다. 얼른 내려와서 동류에게 말했다.

"오늘은 그냥 돌아가자."

그녀가 깜짝 놀라 말했다.

"물건까지 사 갖고 왔는데, 돌아가다니?"

"방금 그 사람이 뭘 사들고 왔는지 알아? 서양인삼西洋人參이더라. 문 열릴 때 불빛에 비친 것을 봤어."

내 말을 듣더니 동류도 입을 다물었다. 한참 있다가 말했다.

"네슬레 분유면 우리는 말할 것도 없고 일파도 몇 번 못 먹어본 건데 어떤 사람한테는 선물하기에도 모자란단 말인가? 같은 사람인데 정말 너무 차이난다."

"그리고 이 꿀 말이야, '중노년中老年을 위한 꿀', 이 '노년' 이란 단어가 마음에 안 들어. 누굴 노인으로 생각하는 거야? 선물 안 하느니만 못하겠어."

동류가 봉투를 바닥에 툭 내려놓으면서 말했다.

"내 그럴 줄 알았어. 핑계만 산더미처럼 찾아서는…"

말을 마치고 동류는 고개를 돌려 그냥 가버렸다. 그녀를 따라 거의 단지 입구에 도착할 때까지 그녀는 멈추지 않았다. 내가 말했다.

"물건들이 아직 저기 있는데…"

그제야 그녀가 멈춰 섰다. 입으로는 "필요 없어, 다 필요 없어." 하고 중얼거렸다. 나는 다시 돌아갔다. 그 나무 아래에 거의 다 도착하자 아까 그 남자가 다시 나오고 있었다. 손에는 들어갈 때 들고 갔던 서양인삼 상자가 그대로 들려 있었다. 나는 물건을 집어 들고 그 남자의 뒤를 따라갔다. 멀리 가지 않아 어둠 속에서 한 여자가 나타났다. 여자가 남자한테 말했다.

"선물은 왜 다시 들고 왔어요? 안 된대요? 그냥 밀어 넣고 나오지 그랬어요?"

남자가 말했다.

"이런 거 안 먹는다잖아. 생각을 좀 더 해봐야 할 것 같아."

두 사람은 한숨을 쉬면서 가버렸다.

순간 나는 마 청장에 대해 일종의 호감을 느꼈다. 닥치는 대로 다 움켜잡는 그런 인간은 아니군! 그리고 경솔하게 뛰어들지 않아서 다행이라고 생각했다. 안 그랬으면 들고 들어가는 것도 문제였겠지만 들고 나오기는 더 어려웠을 것이다.

동류는 차 안에서 아무 말도 하지 않았다. 분위기는 무거웠지만 나는 마음이 가벼웠다. 나는 본능적으로 느끼는 가뿐한 심정이 사실 매우 위험한 신호라는 것을 알고 있었다. 언제나 이런 가뿐한 심정 뒤에는 처절한 실패가 기다리고 있었다. 지금 상황 역시 실패의 방향으로 나가고 있다는 것을 뜻했다. 나는 나의 심리적 수용능력이 너무 약하다는 것을 아주 처절하게 느꼈다. 여전히 체면 차리려 드는 것 하며, 자기가 무슨 군자라도 되는 것처럼 여기고, 아직도 남들이 어떻게 생각할지만 걱정한다. 정말 소질 없다, 소질 없어! 오늘 도망치면, 내일은? 평생 도망만 칠 수는 없지 않은가? 도전이 닥쳤을 때는 이미 너무 늦을 것이다. 특히 나는 남보다 몇 년을 더 허비했으므로 노력을 남들보다 더 해야 한다.

절반쯤 와서 내가 동류에게 말했다.

"먼저 들어가. 나는 유약진한테 좀 들렀다 갈게."

말하면서 봉투를 동류에게 건넸다. 그녀가 고개를 돌렸다.
"당신이 안 가져가면 내가 유약진한테 줘버린다."
그녀가 얼른 봉투를 잡아채었다.
유약진은 문을 열더니 나에게 말했다.
"불청객!"
"그냥 갈까?"
그가 나를 안으로 잡아끌면서 말했다.
"요즘 머리가 좀 어지러워서…."
그의 집에 웬 여자가 앉아 있었다. 아주 곱게 생긴 여자였다. 나를 향해 다소곳이 몸을 굽혔다. 내가 말했다.
"나는 또 요즘 책 쓰느라 머리 아프다는 줄 알았네."
그가 책상을 가리키면서 말했다.
"쓰고 있어, 쓰고 있다고."
잠깐 이야기를 나눈 후 나오려고 말했다.
"두 사람 일하는 데 방해 안 할게요."
그도 나를 잡지 않았다. 그가 아래까지 배웅을 나왔다. 일층에 내려와서 내가 말했다.
"자네도 서른셋이야. 잘해 봐."
그가 말했다.
"우리 고향 지방극단 배우야. 내가 올해 부교수가 되면서 고향에서 가족을 불러올 수 있게 되었거든. 그러니까 나도 감히 고향에서 찾을 생각을 한 거지. 안 그러면 서로 떨어져 어떻게 살겠어?"
"너도 이제 인생의 재미를 좀 봐야지."

학교에서 집까지는 두 정거장밖에 되지 않아서 나는 그냥 걷기로 했다. 동풍東風 대로를 따라 일부러 한 쪽으로 치워둔 눈을 밟으면서 걷다가 나는 불현듯 이 세상이 낯설게 느껴졌다. 하룻밤 사이에 변화해진 것일까? 무수히 많은 네온사인들이 차가운 밤을 불 밝히면서 눈앞에 펼쳐져 있었다. 도로에는 각종 차들이 물 흐르듯 쉼 없이 흘러가고, 사람들도 바쁘게 오가고 있었다. 한 상점 앞을 지나는데 크리스마스트리 두 그루와 그 옆에 세워둔 풍선으로 만들어진 산타 할아버지가 보였다. 그제서야 오늘이 크리스마스 이브라는 걸 알았다. 한 아이 엄마가 딸에게 산타 할아버지를 가리키며 "할아버지" 하고 불러보라고 했다. 아이가 친근하게 "할아버지" 하고 불렀다. 호화로워 보이는 대문을 지나치다가 갑자기 그 안에선 무슨 일이 일어나고 있는지 궁금해졌다.

"어서 오세요!"

맑은 목소리가 일제히 귀에서 부서졌다. 양쪽으로 중국 전통의상을 입은 아가씨 두 명이 문을 열어주면서 나를 맞았다. 나는 얼른 몸을 돌려 나오면서 혼자 중얼거렸다.

"'어서 오세요' 라고? 나는 또 '어서 엎으세요' 라고 외치는 줄 알았네."

물러서서 보자 금화살金箭 나이트 클럽이라는 새로 개업한 곳이었다. 수원호텔에 거의 다 왔을 때 갑자기 그림자 하나가 내 앞에 나타났다. 반사적으로 몸을 피하고 보니 웬 아가씨였다. 그녀가 내 몸짓을 보고 웃으면서 말했다.

"쉬었다 가세요!"

"쉬라고? 왜 쉬어?"

그녀가 부끄럽게 웃으면서 말했다.

"저랑 쉬세요."

나는 깜짝 놀라서 말했다.

"농담하나? 여기는 중국이야."

"긴장하지 마세요. 중국이 개혁 개방한 지 벌써 몇 년인데… 남자들도 자기를 개방해야죠."

"안 돼, 안 돼!"

그녀가 말했다.

"Why not?"

세상에, 영어를 다 쓰잖아. 아, 애들은 외국 사람도 상대를 했나보다 하는 생각이 금방 떠올랐다. 내가 말했다.

"집사람이 기다려."

"입맛을 좀 바꿔 보시죠. 저도 아무한테나 이러는 거 아니에요."

나는 옷을 툭툭 털면서 말했다.

"돈도 안 갖고 왔어. 다음에, 다음에."

그제야 그녀는 물러났다. 물러나면서 옆에 있던 다른 여자에게 하는 말이 들렸다.

"여자 살 사람 같지 않다고 했잖아! 네가 괜히 가라고 그래서…."

수원호텔 입구에 도착하자 어린 남자와 여자애들이 엄청 많이 모여 있었다. 손에는 다들 무슨 노트들을 들고 있었다. 한 여자 아이에게 물어보니 오늘 어떤 가수가 거기서 묵는다고 했다. 콘서트 표를 구하지 못한 팬들이 그들의 스타가 공연을 마치고 돌아오기만 기다리면서 밖에다 진을 치고 있었던 것이다. 나는 이름을 들어본 적도 없는 가수 같기에 다시 한 번 물어보았다. 그 여자 아이는 무슨 외계인 보듯이 이상하다는 표정으로 나를 쳐다봤다.

도시에는 어떤 기운이 감돌고 있었다. 사람을 취하게 하는 그런 기운이. 그 기운은 아무도 모르는 사이에 모든 것을 변화시키고 사람마저 변하게 한다. 그것이 일종의 잠재의식의 정복임을 깨닫고 반항하고 싶은데 그 반항의 이유를 찾을 수 없었다. 모든 것이 이렇게도 자연스럽게, 거스를 수 없게, 그렇게 진행되고 있는 것이다. 그렇게 진행되는 과정에는 알 수 없는 어떤 역량이, 극도로 강한 와해력瓦解力을 동반한 어떤 힘이 개입되어 있어 모든 진지하고 심오한 것들을 빛바래게, 심지어 희극적으로 만들어 버린다. 가장 심오한 사색조차 가장 간단한 사실을 변화시킬 수 없고, 따라서 가장 간단한 사실이 사장 심오한 뜻을 내포

하고 있다.

나는 이 시대의 돈키호테임을 깨달았다. 아니 돈키호테만도 못하다. 돈키호테가 희극을 신성시하게 되었던 것은 자신이 역사적인 근거를 잃었다는 사실을 의식하지 못하고 그 흐름에 영합하지 않았기 때문이다. 그렇지만 나는 그 사실을 깨닫고도 그 흐름에 영합할 것을 거부하고 있었다. 아무 가치도, 아무 의미도 없이 그저 흐름만 거스르려고 했다. 사실 그 흐름이라는 것은 그냥 하늘에서 뚝 떨어지거나 앞도 뒤도 없이 흐르기 시작한 것은 아니다. 그 흐름이 형성된 데에는 심오한 원인이 있을 것이고, 나름의 필연성이 있고, 또 역사적인 근거도 있다. 그 필연성에, 그 역사에, 개인적인 혈기로 저항하려고 드는 것은 소용없는 짓이다. 그것은 숙명이다. 여전히 무언가를 믿고 지키려는 인간들의 가장 큰 비애라 하겠다. 그들은 심지어 자신에게조차 그러한 믿음과 신념의 근거나 이유를 대지 못한다. 그렇게 기다리고 기다리다 보면 결국 시간 뒤에 숨겨진 유일한 진실은 허무라는 것을 알게 될 뿐이지만, 그러나 그런 다음에도 그들은 기다리고 또 기다린다.

나는 결코 어리석지 않기에 사실의 진상을 알게 되었다. 희망이 결코 존재하지 않는다는 것도 알게 되었다. 이렇게 오랜 세월이 지나서야 이러한 사실을 알게 되었다. 너무 잔인하지만 이것이 현실이다. 이렇게 오랜 세월을 허비하고 나서야 그 진실을 바로 보게 되었다. 이 세계는 영원히 세계이고, 인간은 영원히 인간이다. 다시는 환상 같은 건 품지 않을 것이다. 그날은 오지 않을 것이다.

모든 진실을 파악하고 나자 마음이 가벼워졌다. 모든 짐을 덜어낸 것 같았다.

이런 생각에서 빠져나왔을 때 나는 불현듯 이미 집으로 가는 길목을 지나쳐버렸다는 것을 발견했다. 다시 돌아가야 했다. 그때 교회에서 종소리가 울려 퍼졌다. 나는 앞의 골목에서 서쪽으로 방향을 틀어 크리스마스 이브의 모습을 보기 위해 교회 쪽으로 향했다. 그 입구에 멈추어 섰다. 안에는 사람들이 많지 않았고 대부분 노인들이었다. 나는 맨 뒷줄로 가서 앉았다. 단 위에는 촛불에 아른거리는 예수 상이 있었다. 예배가 이미 끝나고 신도들이 접시를 돌리고 있었다. 그 위에는 포도주 한 잔과 빵 한 조각이 있었다. 예수의 피와 살이었다. 신도들은 주의 은혜를 받는다는 의미로 술잔에 입술을 부딪쳤다. 종소리가 다시 울려 퍼졌다. 나는 그 종소리에서 뭔가 사람을 끌어들이는 힘을 느꼈다. 일종의 부름 같기도 하고, 호소 같기도 하고, 인간에 대한 이해 같기도 했다.

그때 나는 종교의 허망함을 무신론無神論으로 증명하는 것은 결국 설득력이 부족하다는 것을 깨달았다. 사람은 돌아갈 곳이 필요하고, 궁극이 필요하고, 최후의 근거가 필요하다. 만약 그것이 인간세계에 없다면 천국에라도 만들어 놓아야 한다. 신의 문제란 실상 인간의 문제이고, 영원의 문제란 바로 현실의 문제인 것이다. 이 인간들은 자신의 신을 만들어냈다. 마치 내가 천하천추天下千秋를 꾸며냈던 것처럼 말이다. 공자도 사실은 일종의 교주와 같다.

그때 신도 중에 젊은 청년 한 명이 내 눈에 들어왔다. 유일한 젊은 사람이었다. 내가 한참 어떤 힘이 그를 여기까지 불러왔을까 생각하고 있는데, 그 청년이 자리에서 일어섰다. 그때 누군가가 얼른 그를 부축했다. 절름발이였다.

그렇다. 종교는 약자에게 위안을 주고, 길이 없는 곳에 길을 놓아준다. 유한한 생을 사는 인간에게 종교는 영원으로 통하는 유일한 길이다. 그래서 신성함은 신으로부터 시작되는 것이 아니고 인간의 신에 대한 필요에서부터 시작되는 것이다. 사람들은 신화를 필요로 한다.

그러나 나는 차라리 궁극이 없는 침체와 허무를 견뎌낼지언정 더 이상 나 자신을 위해 궁극을 꾸며내고 싶지는 않다. 나는 더 이상 스스로를 기만할 수가 없다. 어떤 철학자가 말했다. 죽음이 있기 때문에 인간이 갈망하는 돈, 명예, 모든 것들이 다 사소해지는 거라고. 나의 가난한 생활에 위안을 주던 말이었다. 그러나 그것은 틀린 말이었다. 바로 죽음이 있기 때문에 그 모든 것들이 더 중요하고 신성시되는 것이다. 죽음이 없다면 인간은 무한히 기다릴 수 있다. 그렇지만 우리는 시간 속에 존재하는 보잘것없는 존재들로서, 그 앞의, 혹은 그 뒤의 시간 속에서는 아무것도 아닌 것이다.

그때 나를 주의 깊게 보고 있던 신도 한 명이 목사에게 뭐라고 귀띔했다. 목사가 나를 향해 걸어왔다. 그는 법의法衣를 입고 있었지만 그 걷는 모습으로 보아 그는 그저 하나의 인간에 불과했다. 신의 사자가 저렇게 걸을 리가 없다. 법의가 그의 발걸음을 가려 주었지만, 그러나 그는 여전히 인간에 불과했다. 나는 얼른 일어나 밖으로 뛰쳐나왔다. 길가에 서서 다시 교회를 돌아보았다. 십자가가 흐릿한 불빛을 받고 하늘을 향해 솟아올라 있었다. 그러나 그 뒤로 새로 개장한 입화立華 백화점이 우뚝 솟아 있었다. 일층부터 죽 켜져 올라간 네온사인이 건물 전체를 황금색 광채로 둘러싸고 있었다. 나는 눈을 감아버렸다. 그 풍경이 내 마음속에 하나의 실루엣을 남겼다.

큰길가에 나오자 사람들의 소리로 북적거렸다. 나는 교회 안에 왜 사람들이 그렇게 적었는지 바로 알 수 있었다. 나는 다시 그 술 취한 듯한 분위기로 빠져들었다. 그런 분위기만이 줄 수 있는 자유로움이 느껴졌다. 때때로 진하게 화장을 한 아가씨들이 옆으로 지나갔다. 나는 그녀들에게 아무런 반감이 없었다. 그녀들도 자기의 방식으로 행복을 이해할 권리가 있으니까. 그리고 나와 그녀들 사이에도 예전에 생각했던 것처럼 그렇게 큰 차이가 없었다.

나는 내가 세상을 다 꿰뚫어본 듯한 생각이 들었다. 세상에는 내세라는 것도 없고, 궁극도 없으며, 시간 뒤에 숨겨진 본질이란 것도 없다. 따라서 희생의 이유도 없다. 설마 내가 죽고 난 후에 남은 내 뼛가루들이

이 세상에 뭔가를 기대하지는 않겠지? 시간 속의 역사적 요소는 거역할 수 없는 것이다. 눈앞에 펼쳐진 시장은 이상주의도 영웅주의도 인정하지 않는다. 사람은 신화를 필요로 하지만 그 신화는 영원히 파괴되었다. 그래서 자신이 바로 궁극이자 유일한 의미의 원천이 된 것이다. 과정과 궁극은 이미 그 흐름에 합류하였다. 이것이 해독된 진실이고, 히든카드, 현실, 이 시대 최대의 각성, 그리고 이 시대 최대의 비애다. 생존만이 생존의 유일한 근거라는 사실이 너무나도 불쌍하고 슬프게 느껴진다. 사람은 개나 돼지가 아니므로 생존 이외의 다른 삶의 의미를 찾아야 하는 것이다. 그러나 오늘날, 사람들은 자기 자신을 의미의 원천으로 여기고, 자신으로부터 무한, 영원으로 통할 수 있는 가능성을 차단하고 있다.

깨어 있는 사람은 슬프다. 그는 잔인한 슬픔을 감수하고, 모진 마음으로 세계에 걸었던 모든 기대들을 잘라버려야 한다. 도의와 인격과 양심도 버리고, 친근하고 가깝고 슬프고 비열한 현세주의를 따라야만 한다. 나는 자기의 생활경험에만 근거해서 사는 사람이 있다면 그 사람은 편협한 사람이라고, 자기밖에 볼 줄 모르는 사람이라고 생각했었다. 세상에는 또 다른 종류의 목소리가, 신비한 허무로부터 나오는 목소리가 있다. 그 목소리는 어떻게 제어할 수도, 증명하거나 묘사할 수도 없지만, 확고하게 존재한다. 그것은 더 높은 차원의 진실이다. 그 진실은 신神이 아니라 설명할 수 없는 마음속의 충동과 갈망이다. 그러나 그 소리를 듣고 또 그에 의해 감화될 수 있는 사람은 소수에 불과하다. 그 소리는 듣는 이로 하여금 생활과 경험을 거역할 힘을 갖게 한다. 무릇 성인이란 바로 그런 거역자拒逆者들이다. 나는 여전히 그들을 숭배하지만, 이젠 더 이상 그들과 함께 할 수 없다. 나는 이 세상에 손들었고, 내게는 포기할 권리가 있다. 어쩔 수 없었다. 나는 어찌할 힘도 없고, 어찌할 도리도 없다는 게 나의 이유이며, 또 나의 해탈이다.

나는 무거운 짐을 내려놓은 것처럼 가뿐했다. 그런 개 같고 돼지 같은 인간들이야말로 사실은 똑똑한 사람들, 행복한 사람들이었던 것이다. 한평생 살면서 코앞에 놓인 고만큼의 물질이 가장 현실적이다. 사람이라는 게 이렇게 불쌍하고 슬픈 존재인 것이다. 그렇지만 이렇게 가련하고 슬픈 가운데서만 현실과 의미 있는 관계를 맺어나갈 수 있고, 또 그 가운데서만 그나마 희망의 싹을 틔울 수 있는 것이다.

 **51. 환골탈태**換骨奪胎

 나는 새롭게 태어나기로 맹세했다. 이전의 나는 죽여 버렸다. 그러나 결심은 굳었지만 막상 실행에 옮기자니 쉽지 않았다.
 목표는 정해졌다. 첫 번째 단계는 바로 청사 안에서 자리 하나를 차지하는 것이었다. 이 넓디넓은 세상의 무한한 가능성이 내겐 아주 조금밖에 남아 있지 않았다. 그렇지만 아들을 위해서라면, 눈앞에 놓인 것이 시궁창이라 해도 그 속에 뛰어들어 발버둥이라도 쳐야 한다. 예전에는 마치 내가 산꼭대기에 올라서서 저 아래 속된 명예와 이익을 위해 구더기처럼 버둥대는 불쌍하고 비참하고 우스운 인간들을 내려다보고 있는 양 생각했었다. 그렇지만 그 틈에 끼어들기로 결심한 지금, 저렇게 버둥대는 것도 쉬운 일은 아니라는 것을 알게 되었다.
 내가 동류에게 말했다.
 "그 네슬레 분유, 우리가 먹어?"
 "정 처장네에 갖다 주기로 결정했어요."
 나는 그녀가 다니는 병원의 처장을 이야기하는 줄 알았다가, 그녀가 손가락으로 가리키는 쪽을 보고서야 그것이 청소괴를 말하는 것임을 알았다. 다른 사람이라면 누구든지, 나도 그냥 눈 딱 감고 찾아가서 인사할 수 있었지만, 청소괴 그 새끼한테 인사 가는 것은 죽기보다 싫었다. 내가 말했다.
"그럼, 있다가 저녁에 송나한테 갖다 주면서 정소괴한테 그때 전화해 준 것 고맙다고 인사해."
동류가 비웃듯이 말했다.
"또 나더러 제일선에 나서라는 건가요?"
만약 내가 말 못할 생각을 품고 있지만 않았다면, 그게 정소괴건 누구건 간에 당연히 찾아가서 고맙다고 인사를 해야겠지만, 지금은 다른 사람에게 내 속마음까지 다 들킬 것 같아 겁이 났다. 그렇지만 곧 내가 한 맹세를 생각해냈다.
"가자. 같이 가. 결단코, 무슨 일이 있어도."
남들은 없는 구실도 만들어서 어떻게 엮어보려고 난리인데, 나는 그럴듯한 이유를 갖고서도 찾아갈 용기가 없어서 못 간대서야…. 그렇지만 대답을 하고 나자 밥이 제대로 넘어가질 않았다. 속에 뭐가 얹혀 있는 것 같았다. 나는 스스로에게 말했다.
"아직도 네가 뭐라도 되는 양 생각하는 거야? 자기를 낮춰, 낮추라고! 그저 똥통 속의 구더기라고 생각해. 구더기 주제에 무슨 자존심을 내세워?"
너무 구역질나고, 또 너무 잔인한 상상이었지만, 그래도 내 자신을 다 잡아야 하겠기에 억지로 반복해서 그 모습을 상상했다. 그 꿈틀대는 모습을 상상하면서 더 이상 도망갈 여지를 남겨두지 않으려고 했다. 이런 생각을 하자 입안에 있던 밥까지 다 토할 것 같았다. 그래도 꾹 참고 삼켰지만, 그렇게까지 생각해도 마음에 얹힌 무언가는 없어지지 않았다. 밥을 다 먹고 동류는 설거지를 하고 나는 방안을 빙빙 돌았다. 머리 속에서 갑자기 어떤 소리가 들려왔다.
"내가 너를 죽여야겠어!"
금세 그 말의 의미를 알아차렸다. 나는 우뚝 멈춰 섰다. 머리끝에서 발끝까지 몸속에 투명한 구멍이 하나 뚫린 것 같았다. 나는 오른손을 천천히 들어 엄지와 검지로 가상의 총을 만들었다. 그리고는 왼손을 가져와 총에 총알을 넣고 검지를 구부려 방아쇠를 당기는 느낌을 상상했다. 그 총을 관자놀이에 갖다 대고 속으로 외쳤다.

"내 아들의 이름으로 너를 죽이겠다! 넌 아직 덜 죽었어!"

질식할 것 같은 긴장감이 느껴졌다. 마치 진짜 총이 나를 겨누고 있는 것 같은 느낌에 심장이 마구 뛰기 시작했다. 나는 이런 효과에 만족감을 느끼고 손을 내려놓았다.

집을 나서기 전에 동류는 꿀을 꺼내려고 했다. 내가 말했다.

"그래, 그것도 가져가자. 정소괴 어머님 연세가 꽤 되시지 아마?"

일파를 데리고 길을 나섰다. 가는 길에 내가 말했다.

"제기랄, 사람 사는 게 원래 다 이런 거야. 미국 대통령 경선 때도 보니까 다들 우리는 좋은 사람, 저쪽은 나쁜 사람, 이런 식으로 말하더라. 그치들은 텔레비전으로 전 국민한테 그런 말도 하던데, 텔레비전에다 대고. 나는 낯가죽이 이렇게 얇아서 어디에 쓰지?"

나는 가는 길에 안 선생님과 마주치지 않기만 바랬다. 안 선생님께는 한 번도 뭘 갖다 드린 적이 없었기 때문이다. 그래서 걸음을 재촉했다. 오층에 도착해서 왼손으로 얼굴을 쓱 문질렀다. 내 얼굴에 가면이라도 씌운다고 생각했다. 오른손으로는 총을 만들어 관자놀이에 갖다 댔다. 동류가 나를 이상하게 쳐다보면서 말했다.

"뭐 하는 거예요? 정신병자 같이."

"뭐 하냐고? 그냥 해본 거야."

나는 스스로에게 말했다.

"나는 지금 고맙다는 인사를 하러 온 거다. 설마 그 인간이 내 속마음까지 파헤쳐 보기야 하겠어?"

마음이 좀 가라앉았다. 한 손에는 선물을, 다른 한 손은 여전히 관자놀이에 총을 겨누고 있다고 생각했다.

51. 환골탈태

송나가 문을 열더니 안쪽에다 대고 소리쳤다.
"동류가 왔어요. 그리고 지, 지… 도 같이 왔어요."
그녀의 말에 좀 당황했지만 그녀 탓을 할 수는 없었다. 내 이름 뒤에 붙일 만한 마땅한 호칭이 없어서 부르기 불편했을 것이다. 정소괴는 앞치마를 두른 채 부엌에서 나오면서 말했다.
"귀한 손님이 다 오셨네."
그리고 두 손을 벌려 보이면서 말했다.
"밖에서는 다른 사람을 부리는 입장이지만, 집에 들어오면 이 사람한테 부림을 당하고 살지."
말을 마치고 그는 다시 부엌으로 들어갔다. 동류는 가져온 봉지를 소파 위에 내려놓았다. 송나가 말했다.
"그냥 오지, 이런 건 뭣 하러 갖고 와?"
동류는 일파를 끌어당기면서 말했다.
"'정 처장님 감사합니다' 고 해야지."
그리고는 목소리를 높여 부엌에 대고 외쳤다.
"저번에 정 처장님 전화 아니었으면 우리 일파가 이렇게 빨리 낫지 못했을 거예요."
강강이 일파를 데리고 방에 들어가서 놀려고 하자, 동류가 말했다.
"일파야, 동생이랑 싸우면 안 돼!"
송나는 아들을 불러 세우고 말했다.
"강강, 아줌마한테 너 잘하는 거 하나 보여드려봐."
강강이 말했다.
"어떤 거?"
"작은 오리."
강강은 바로 공연을 시작했다.
"강아지는 멍멍멍, 고양이는 야옹야옹, 개구리는 개굴개굴, 오리는 꽥꽥꽥."

일파도 같이 하려고 발버둥치자 동류가 두 다리 사이에 일파를 끼우고 꽉 죄었다. 강강이 염소 부분에 가서 동작을 잊어버리고 송나만 쳐다보았다. 일파가 둘째손가락을 세워 머리에 붙이고는 노래했다.
"염소는 음매음매."
동류는 일파의 손을 내리면서 말했다.
"너는 관객이야!"
일파가 엄마를 쳐다보았다. 엄마가 이상하고, 억울했나 보다. 그때 정소괴가 부엌에서 나오고 애들은 방으로 들어갔다. 동류가 "정 처장님"하고 부르면서 일어섰다. 나도 따라 일어서긴 했지만 차마 말이 나오질 않았다. 정소괴는 우리한테 앉으라고 권하면서 말했다.
"송나가 의학을 배운 나보다 위생을 더 따지지 뭐예요. 설거지한 접시는 하나하나 물기를 닦아서 살균통에다 넣어야 직성이 풀린다니까."
나는 할 말을 찾다가 겨우 입을 열었다.
"집이 좋네. 있을 거 다 갖추고 사네."
송나가 얼른 끼어들었다.
"위생청이 주택사정이 제일 형편없어요. 옆에 화공청은 똑같은 처장급 간부라도 사는 집이 얼마나 좋은데요."
동류가 말했다.
"나도 봤어요. 서른 평도 넘고 방 네 개에 거실 두 개, 구조가 정말 좋더라고."
동류가 송나에게 그 집의 구조에 대해 한 차례 묘사를 하고는 덧붙였다.
"우리 위생청도 신경 좀 써야 해요. 언제 정 처장님 댁이 새 집으로 이사를 가야만 우리가 이 집으로 들어올 수 있을 텐데."
동류의 말이 마치 내 따귀라도 때린 듯, 나는 얼굴에서 열이 나기 시작했다. 정소괴는 소파에 기대어 앉아서 다리를 꼬고는 심심하면 발끝을 까딱거렸다. 드디어 자기 지위에 걸맞은 행동이 나오는구나! 이런 바디 랭귀지身體言語로 저와 나 사이의 위계질서가 확실해지고 있었다. 마 청장 앞에서 그가 몸을 비낀 채 걷는 것과 똑같은 이치였다. 나는 속으로 생각했다.

"네놈이 나보다 한 살 어린 주제에, 지금 내 앞에서 주름잡고 있는 거야?"

그러나 나는 몸을 앞으로 기울이고 얼굴에는 미소를 띠고 말했다.

"지난번에 일파 화상 입었을 때 전화해 줘서 정말 고마웠네."

말을 하면서 미소는 어색하고 얼굴 근육도 제대로 컨트롤되지 않는 것을 느꼈다. 컨트롤하려고 애쓸수록 뭐가 어떻게 되고 있는지 알 수가 없었다. 이 바닥에 몸담은 이상 자연스러워질 때까지 훈련을 해야지. 저런 바디 랭귀지, 표정 랭귀지를 자유자재로 구사하는 경지에 이르는 것, 그것도 결코 쉬운 일이 아닐 것이다. 정소괴는 계속 발을 까딱거리면서 나를 쳐다보고 웃었다. 마음이 조마조마했다. 사실 뻔한 일이었다. 제가 아무리 난다 긴다고 해도 정소괴인데, 내가 그 속을 모를까봐? 그러나 그래도 뭔가 조마조마했다. 사람의 정신적인 우세나 열세는 그 사람의 됨됨이로 결정되는 것이 아니고 그 사람이 쓰고 있는 감투로 결정되는 것이다. 감투를 사람 됨됨이보다 더 중요하게 생각할 수밖에 없다. 나는 속으로 생각했다. 언젠가 나도 한번 보여주마! 똑바로 보거라! 그런 감투가 주는 느낌은 중대한 가치를 지니고 있다. 위로 오르려는 동기를 부여한다. 동류가 말했다.

"정 처장님, 그날 일은 정말로 뭐라고 감사드려야 할지…. 조금 있다 일파한테도 제대로 인사시킬게요."

내가 맞장구 쳤다.

"그럼, 그래야지."

동류가 말했다.

"우리 일파까지 정 처장님 덕을 입네요. 어딜 가든 정 처장님 모르는 사람이 없으니 안 되는 일이 없겠어요."

나는 동류가 좀 오버하는 걸 보고 아무리 정소괴라도 낯이 간지러워서 몇 마디 겸손은 떨겠거니, 하고 기다렸다. 그러나 웬 걸, 정소괴가 말했다.
　"제가 병원 쪽으로 많이 돌아다니고 감사 업무를 많이 맡다 보니 아랫사람들도 저를 많이 알죠. 제 자랑이 아니라 그 정도쯤은 그쪽도 제 체면을 세워줘야지요. 아니 이것보다 더한 경우에도 해줘야지요."
　나도 맞장구 쳤다.
　"그럼, 그럼."
　그러면서 속으로는 생각했다. "인간성의 맹점이라는 게 저 정도로 눈을 멀게 할 수도 있구나. 앞으로 아무리 닭살 돋는肉麻 말이라도 그냥 하고 보자. 듣는 사람은 별로 닭살이라고 생각 않는 것 같으니 말이야." 나는 정소괴란 인물을 가소롭다고 생각했지만, 그러나 나는 반드시 참고 견뎌야 했다. 그리고 높은 자리에 앉아 있는 사람들은 장시간 사람들에게 둘러싸여 있다 보면 알랑대는 말투며 굽실거리는 태도에 이미 익숙해져서 판단력을 상실하고, 그런 태도를 취하지 않는 사람을 오히려 비정상이라고 볼 것이라는 생각이 들었다. 그들 주위의 사람들은 하나같이 수줍어하고 겸손한 얼굴들을 하고 있으므로, 기고만장한 모습을 그들은 평생 가야 한 번도 보기 힘들 것이다. 그리하여 그들은 허구의 진실, 허구의 진심 속에서 살아가는 것이다.
　동류가 말했다.
　"정 처장님, 저희 병원에서도 정 처장님 성함을 많이들 알고 있더라고요."
　정소괴는 득의양양해서 어쩔 줄 모르고 물었다.
　"정말요?"
　동류는 입만 열면 정 처장님, 정 처장님 했는데, 또박 또박 부르는 말투가 영 듣기에 불편했다. 그러나 그 순간 나는 지금까지 내가 한 번도 그 호칭으로 그를 불러준 적이 없다는 사실을 깨달았다. 정소괴 저 녀석, 이런 문제에 대해서는 상당히 민감할 것이 분명했다. 기회를 찾아서 "정 처장", 이 세 글자를 반드시 써먹어야겠다고 생각했다. 그러나 일파 이야기를 마치자 더 이상 할 말이 없었다. 나와 정소괴의 입장이 달랐기 때문에 위생청 이야기도 꺼낼 수 없었다. 괜히 말 한마디 잘못했다가 저 인간이 그 말을 퍼뜨리기라도 한다면 나만 입장 곤란하게 될 것이다. 다행히 동류가 또 집 이야기를 꺼냈다.

송나가 말했다.

"화공청 사람들 사는 집은 보니까 집 안에 작은 별실이 달려 있는 식으로, 같은 식구 간에도 서로 간섭하지 못하게 되어 있더라고요. 그 정도는 돼야 집이라고 할 수 있는 것 아니에요? 위생청은 그 사람들이랑은 비교도 안 돼요. 똑 같은 사람인데."

정소괴가 헛기침으로 송나의 말을 막았다.

그가 말했다.

"이 정도면 됐지 뭘 더 바래? 누가 뭐래도 마 청장님께서 멀리 내다보시고 결정하신 거지. 몇 개 대형 병원부터 확실하게 지어놓고, 병원들을 다 업그레이드 시킨 다음에 그땐 예산을 따내기가 훨씬 수월해지는 거라고."

내가 말했다.

"그럼, 그럼."

그리고 또 한참 앉아 있었다. 동류가 방에서 놀던 일파를 불러내어서 그만 물러나왔다. 문을 나서면서 나는 "정 처장"이란 세 글자를 끝내 써먹지 못한 것이 생각났다. 저 인간이 무슨 다른 생각을 할지도 모르겠군. 어쩌면 오늘 안 오느니만 못했을지도….

내려오자 동류가 말했다.

"나 속이 갑갑해요."

단지를 벗어나서 길가로 나오자 동류가 말했다.

"당신이 일파 안고 가요."

"이제 다 컸는데 혼자 걸으라고 하지."

"안고 가라면 안고 가요! 자기 아들인데. 그 정도로는 힘들어 죽지 않아요."

이어서 말했다.

"나 지금 엄청 화가 나거든요. 좀 전에 방에 들어갔더니 강강이 일파의 등에 타고선 자기는 기사고 우리 일파는 말이라면서, 내려오라고 해도 안 내려오는 거예요. 어린 게 벌써부터 남 괴롭히는 것만 알아서…. 정말 생각 같아서는 따귀라도 한 대 때려주고 땅바닥에다 휙 내동댕이치고 싶었는데…."

"진짜야?"

나는 무의식중에 주먹을 꽉 쥐고 외쳤다.

"젠장!"

그렇지만 욕을 해봐도, 주먹을 휘둘러도, 욕하면서 주먹을 휘둘러도 다 소용없다는 것을 알고 있었다. 그 인간보다 높은 위치로 올라가는 것만이 유일한 방법이었다.

"일파, 넌 왜 그렇게 못났니? 너보다 어린애도 너를 올라타는데, 너는 왜 못하고 가만 앉았어? 걔가 무서워?"

일파는 억울한 듯 아무 말도 하지 못했다.

내가 말했다.

"일파는 아빠도 무서워하지 않는걸. 우리 일파가 아무도 겁내지 않게 되면, 아빠도 기쁠 거야."

말을 하는데 코끝이 다 시큰해졌다.

동류가 말했다.

"그 아버지에 그 아들이지(有其父, 必有其子). 유전이란 게 이렇게 무서울 줄이야. 우리 일파는 돌려놓을 수 있을까 몰라. 안 그러면 내 팔자는 정말 깜깜하다. 그러나 아빠가 가진 것 아들도 다 가지라는 법 없고, 아빠가 안 가진 것 아들도 갖지 말라는 법은 없지. 당신 아까 정소괴가 다리 떨면서 거들먹거리는 거 봤죠? 내가 입으로는 정 처장님, 정 처장님, 하면서도 속으로는 뭐라고 했는지 알아요? 속으론 이 새끼, 저 새끼, 했다고요."

화에 받쳐 그녀가 울분을 터뜨렸다.

"나는 이 모양 이 꼴로 살면서, 방 두 개에 거실 하나인 집에 사는 사람 집 걱정이나 해줘야 하고, 정말 속상해 못살겠어. 일파 너까지 엄마 속상하게 하고 말이야. 걔가 너 올라타는데 넌 왜 그 애를 끝까지 안 타겠다는 거야. 그리고 널 타겠다는 녀석 확 물어버리지 말이야. 네가 호랑이라는 걸 알려주라고. 제가 감히 호랑이를 타겠어?"

일파가 말했다.

"다른 사람 물면 선생님이 혼낸단 말이야!"

나는 일파를 내려놓고 손을 잡았다. 그리고 동류에게 말했다.

"어린애한테 그런 생각을 심어주면 안 되지."

동류가 말했다.

"물지 않으면 네가 물리는 거야. 어쩔 수 없다고. 그리고 당신, 일단 들어갔으면 얼굴도 펴고 말도 좀 편하게 해주고 그래야 찾아간 효과가 날 것 아니에요. 처음부터 끝까지 그럼, 그럼. 뭐가 그럼이에요? 방귀를 끼더라도 좀 다른 걸로 두 개 끼든가."

"당신 어디서 그런 악다구니를 배웠어?"

"그럼, 그럼요, 이게 다 당신이랑 같이 살다 보니 어쩔 수 없이 배운 거예요."

"나보고 남한테 고개 숙이고, 허리 굽히고, 머슴노릇 하라고 하느니 차라리 여든 살 할망구를 안으라고 해라."

그녀가 웃으면서 말했다.

"누가 당신한테 고개 숙이고 허리 굽히라고 했어요?"

나는 정말로 고개를 숙이고 허리를 굽히는 자세를 취하면서 말했다.

"이렇게 해야지만 굽실대는 거야? 처음부터 끝까지 그 사람의 말이며 표정을 살피면서 알랑대는 게 더 비굴한 거지."

"당신 생각하는 것 봐도 당신은 평생 별볼일 없이 끝날 거예요. 우리 식구도 더불어 시꺼먼 우물 바닥으로 곤두박질하게 되고. 이 정도 갖고 그렇게도 억울해요? 병원에 있다 보면 남의 똥 받고 오줌 받고 하는 사람도 있고, 하고한 날 죽이며 계란만 날라대는 사람도 있어요. 당신이 새롭게 다시 태어나겠다고 하는 것도 그저 두 쪽 입술로만 떠드는 거지, 마음은 아직도 그대로, 혈액 속으로 녹아든 건 더더욱 아니고요. 그게 피 속까지 녹아들어야 그제서야 환골탈태했다고 할 수 있는 거예요. 변하지 않으려면 아예 변하지 말든가, 변하려면 확실하게 변해요. 어정쩡하게 중간에 떠서 그게 뭐예요? 그나저나 그저께 마 청장님 댁에 안 들어간 게 얼마나 다행인지 몰라. 당신 행동하는 걸로 봐서는 들어갔다간 그날로 끝날 뻔했어요. 재기하겠다고? 흥! 어느 세월에?"

"부인이 남편한테 환골탈태해서 소인배질 하라고 시키는 건 들어보질 못했다."

"그럼 무슨 다른 방법이라도 있어요? 나는 당신이 소인배가 되는 건 상관없어요. 나는 당신이 재목이 아닐까 걱정하는 게 아니라 당신이 노예가 못될까 그게 걱정이 되요, 진짜로. 한 마디로 이야기할게요. 무슨 일이 있어도 한 번 사는 인생 이런 식으로 구차하고, 어정쩡하고, 흐릿하게, 얼렁뚱땅 사는 건 절대 안 돼요."

52. 인생에서 중요한 것은 과정이다

나는 완전히 무릎을 꿇는 수밖에 없었다. 어정쩡하게 절반만 꿇어서는 이것도 저것도 아닌, 아무것도 안 되었다. 그렇다고 그것이 꼭 누구한테 고개를 숙여야 한다는 뜻은 아니라고 생각하자 마음이 좀 놓였다. "한 번 뿐인 인생"이란 말도 동류의 입에서 나오자 유난히 중요한 것처럼 느껴졌다. 그 말은 여러 가지 각도에서 해석되어 아주 여러 가지 결론으로 이어질 수 있었다. 예를 들어 군자의 경우에는, 비굴하게 굽실거려 많은 재물을 얻었다 한들 그것을 무덤까지 갖고 갈 수는 없지 않느냐 하는 결론으로 이어질 수 있을 것이고, 또 그냥 평범한 사람의 경우에는, 나 죽은 다음에 누구 하나 내가 쌓은 덕행을 알아주기나 할까 하고 생각할 수도 있을 것이다. 그로부터 "노세, 노세, 젊어서 노세及時行樂"의 결론이 나올 수도 있고, "극기복례克己服禮"의 결론이 나올 수도 있다. 세상일이란 이렇게 이름 갖다 붙이고 해석하는 사람에 따라 달라지는 법이다.

그날 퇴근 후에 나는 안 선생님과 도서실에서 장기를 두었다. 첫 판을 지고 나서 내가 말했다.
"오늘은 장기 둘 마음이 별로 없네요."

"그럼 얘기나 좀 할까?"

"막상 그 역할에 몰입해서 행동에 착수하려니 그것도 쉬운 일이 아니던데요?"

나는 지난 며칠 동안의 일을 이야기했다.

"나도 그 시궁창 물에서 같이 물장구를 치겠다고 일단 각오한 후 보니까, 그 시궁창조차도 이미 사람들로 꽉 들어차서 들어갈 수가 없더라고요."

"나는 그렇게 생각 안 하네. 결정을 내리고 자기를 버리면 기회는 얼마든지 있다고 생각하네. 모든 일은 사람이 하는 게 아닌가."

"결정이라면 저는 이미 환골탈태할 결심이 섰습니다. 그렇지만 막상 일이 닥치니, 여든 먹은 할망구를 안으려니, 어디 손이 나가야 말이지요."

나는 두 손을 펼치면서 부들부들 떨었다. 그가 웃으며 말했다.

"그렇게 힘들든가? 자네가 힘든다고 생각하니까 그런 거 아닌가? 그냥 그게 다 자연스러운 거라고 생각하면 그렇게 힘들지 않을 걸세. 결국은 자기 자신을 너무 사랑해서 그런 거지. 자기를 너무 사랑하는 건 도리어 자기를 망치는 길이지. 그 바닥 일은 다 그렇다네. 그 바닥에 들어가고 싶다면서 좋고 싫은 것 얼굴에 다 드러내면 어떻게 하나? 그 바닥에서의 인간관계는 철저히 다 이해관계야. 사랑도, 미움도, 오른쪽도, 왼쪽도 다들 이해관계에 의해 결정되는 거야. 누가 상대방이 좋은 사람인지 나쁜 사람인지 신경 쓰겠어?"

나는 고개를 흔들면서 한숨을 쉬며 말했다.

"나를 비틀고 비틀어서 꽈배기 정도로 만들어야겠네요."

"그렇다면 자네 도연명陶淵明이나 따라 배우게. 쌀 다섯 말에 허리를 굽혀? 그는 굶으면서도 여덟 말에도 안 굽혔어!"

"제가 어찌 감히 따라 배우겠어요?"

안 선생님이 아무렇게나 찻잔을 만지셨다. 나는 바로 보온병을 들어

뜨거운 물을 따라 드렸다. 그가 말했다.
"지 형도 눈치는 빨라. 다른 사람한테 빠지지 않겠어."
"보면 알기는 하겠는데 행동이 안 따라줘요. 특히 앞에 앉아 있는 게 정소꾀면 그냥 모르는 척하게 돼요."
"어쨌든 자네는 아직 자네를 너무 대단하게 생각해. 행동이 안 따라주면 눈치 빠른 게 다 무슨 소용인가? 눈치 없는 게 차라리 낫지. 그렇게 계속 자신이 뭐라도 되는 양 생각하려면 위로 올라갈 생각일랑 아예 하지도 말게."
나는 급히 말했다.
"저는 이미 결심을 했습니다. 저 자신을 구더기, 음…, 한 마리 벌레라고 생각하기로요. 그런데 막상 일이 닥치면 뭔가에 막힌 것 같은 느낌이 들어요."
그는 장기판을 펴면서 말했다.
"한 판 더 둘까?"
"그냥 이야기나 해요."
"그냥 장기나 두자, 장기."
"그냥 이야기나 해요. 앞으로 고치겠습니다. 두고 보십시오."
"그래, 그럼 얘기하지. 자네 나이 정도 되면 고치기 쉽지 않아. 나도 일찍감치 고쳤으면 이 모양 이 꼴까지 되진 않았겠지. 본성本性은 고치기 힘들어. 그렇지만 아무리 힘들어도 고쳐야 돼. 자신을 반혁명분자라고 생각하고 진압하게. 절대 미련두지 말고."
그는 주먹 쥔 오른손을 높이 들어 힘껏 짓누르는 동작을 하면서 말했다.
"일단 첫 발자국만 내딛으면 그 다음부터는 힘들이지 않고 물 흐르듯이 자연스럽게 된다네."
나도 오른손을 들고 안 선생을 따라 하면서 말했다.
"진압, 진압, 제가 뭔데, 한낱 구더기에 지나지 않으면서 반항하긴!"

그는 담배를 한 입 빨아서 고개를 들고는 동그란 도넛 모양의 연기를 내뿜었다. 동그란 연기가 위로 올라가면서 점점 크고 희미해졌다. 그래도 여전히 동그란 모양 그대로였다. 나도 담배에 불을 붙이고 몇 번 시도해 보았지만 동그란 모양은 만들어내지 못했다.

그가 말했다.

"이까짓 연기 도넛 하나 만드는 것도 다 기술이 필요한데 사람노릇 하는 건 어떻겠나? 그동안 내가 어떻게 살아온 줄 아나? 다른 사람들 다 잘나가는 데 나는 더 이상 길이 없어진 거야. 한 번 침대에 누웠다 하면 몇 시간씩 이렇게 도넛만 토해냈어. 나름대로 나한테 할 일을 주는 거지. 그렇게 꼿꼿하게 버텨왔네. 내가 자네한테 말했던, 그 부서져 땅에 떨어진 흙이 된 것 같은 기분, 어땠겠나? 내 인생을 포기해 치우자고 결심할 때의 그 마음이 어땠을지 생각해 보라고. 이 도넛 만드는 것도 그 몇 년에 걸친 연습 끝에 얻은 거라네."

그 시절, 아버지께서 돌조각 같이 침묵하고 계시던 그때의 밤들, 아버님도 분명히 그런 심정이셨을 것이다. 당신의 인생을 포기하기로 결심하는 그 무거운 마음. 이제 내 차례다! 생각이 이에 미치자 나는 가슴을 칼로 도려내는 것 같았다.

"저는 발악이라도 해보겠습니다. 안 선생님을 존경하지만 선생님 같이 될 용기는 없어요. 저는 발악이라도 해보겠습니다."

"요즘이 어떤 시댄가? 결과만 묻고 과정은 묻지 않네. 지조를 지켜? 홍!"

나는 한숨을 쉬면서 말했다.

"시대가 변했지요. 인생은 결과가 아니라 과정이 중요하기 때문에, 그래서 조작에 능한 자들이 과정은 제켜두고 결과만 중시하게 조작하는 겁니다. 이상주의는 죽고 조작주의는 팽배하고. 세기 말 현상을 방불케 해요."

그가 하하, 웃으면서 말했다.

"자네는 어떻게 말은 그렇게 잘 하면서 행동으로는 못 옮기나?"

"할 겁니다!"

안 선생님은 빨간 색 장기 알로 사람 인人자를 만들더니, 그 위에 또 초록색 장기 알을 쌓아 더욱 입체적으로 만들고는 말했다.

"사람이란 말일세, 과정만이 진실이고 결과는 허상에 불과하다는 것을 알게 되면, 누군들 눈앞의 몇 십 년에 연연하지 않을 수 있겠나? 자기가 중요하기 때문에 그래서 자기는 옳다고 생각하지. 위에 앉아 있는 사람일수록 자기는 더 중요하고 더 정확하다고 생각하지. 한 사람이 직위를 몇 개씩 가지게 되었을 때 그 사람의 위풍이 얼마나 대단하겠나. 그런 사람이 누가 자기를 건드리는 걸 용서할 수 있겠어? 손가락 하나 건드리는 것도 용서가 안 되는 거야. 아랫사람들에게 그는 영원히 옳고 영원히 완전무결하지. 주위 사람들이야 그 사람 직위를 볼 텐데, 그를 대하는 태도가 어떻겠나? 세상엔 의존뿐이고, 독립해서 살 수 있는 사람은 없지. 아무것도 바라는 것이 없다면 모를까…. 사욕私慾이 없으면 의연해질 수 있는 거니까. 그런데 바라는 것이 없는 것도 용납이 안 되네. 기껏해야 침묵하는 아웃사이더가 되는 수밖에. 어떤 사람들은 높은 자리에 오래 앉아 있어서 아래엔 다 자기가 키운 사람들로만 채워져 있지. 자기 생각이 아랫사람들한테는 신의 분부와 같이 받아들여지고, 그러다 보면 자기가 신이라도 된 듯한 착각을 하게 되는 거야. 그 환상은 그 자리에서 물러나기 전에는 깨지지 않아. 그 자리라는 게, 그 위에 너무 오래 앉아 있으면 정말 무서운 사람이 되는 거야. 사람이라는 건 말이야!"

안 선생님은 장기알로 만든 글자를 가리키면서 말씀하셨다.

"자기는 공정한 입장에 서 있다고 생각하지만, 그 공정한 입장이라는 것도 사실은 다 백 퍼센트 자기의 이익과 맞아떨어지는 거지. 그런 상황에서는 사람의 약점이 확대되어 극도로 커지게 마련이고. 그건 거의 정해진 코스라서 일단 그 상황에 놓이면 예외가 거의 없어. 성인이란 백년에 한 번 나올까 말까 해. 그게 정해진 코스이기 때문에 저항해 봤자 아무 의미가 없는 거야. 어떤 특정한 개인을 대하는 것이 아니거든. 마찬가지로 그게 정해진 코스이기 때문에 누구를 원망할 필요도 없는 거지. 입바른 소리 하는 사람들도 그 자리에 올라가면 다를 게 없네. 입바른 소리 많이 한다는 것은 얻고 싶은 것을 얻지 못해서 그러는 것이거든. 그런 사람이 위에 올라가면 어떻겠어? 생각해 보게."

나는 고개를 끄덕이면서 말했다.

"안 선생님께선 오랜 세월 동안 관찰하시면서 모든 것을 다 간파하신 것 같습니다. 그런 가운데 용케도 마음의 평정을 찾으셨네요. 저도 시간이 지나면 천천히 그렇게 될 수 있겠지요?"

"높은 자리에 있는 인간들은 지위, 좋은 집, 존엄, 돈, 생존에 관계된 모든 것을 다 갖고 있지. 사실 멀리 보면 그것들도 다 한 움큼의 건초乾草에 지나지 않지만 말이야. 자네가 소이고 자네 눈앞에 놓인 게 그 한 움큼의 마른 풀밖에 없는데, 자네 같으면 안 먹겠어? 먹으려면 머리를 숙여라, 이거야."

"그저, 그렇게 머리를 숙이면 사람이 뭐가 됩니까?"

안 선생님은 웃으면서 말했다.

"마馬 청장 위풍당당한 것 봤지? 그 사람이 우우 성장 앞에 서면 어떻게 변하는지 아나? 우 성장이 제일 폼 날 것 같지? 그런데 재작년에 홍수 났을 때, 부 총리가 시찰을 나왔었지. 그때 그 우 성장이 부총리를 모시고 같이 농가 방문을 갔는데, 내내 초등학생마냥 그렇게 얌전히 서 있더군. 텔레비전에 다 나왔다니까. 우 성장도 참아내는데 자네는 못 참아내겠다는 거야?"

"생각해 보니 그렇습니다. 제가 뭐라고…."

"생각해 보게. 팽덕회彭德懷는 어떻게 물러났고, 임표林彪는 어떻게 올라갔는지. 설마 자네 보스가 그 위인들보다 더 위대할 것이라고 기대하는 건 아니겠지?"

"그렇게 말씀하시니 이 세상에 대해 아주 절망적으로 느껴집니다."

그가 웃으면서 말했다.

"일단 감만 잡히면 다 방법이 있는 거야. 죽을 고비에 이르렀다가도 다시 살아날 수 있다고 하지 않나."

하늘이 어두워졌다. 어둠 속에서 이미 상대방의 얼굴도 분명하게 보이지 않았다. 내가 말했다.

"불 좀 키겠습니다."

"우리 뭐 좀 먹으러 가자."

그는 나보고 먼저 떠나라고, 식부食府 국수집에서 기다리라고 했다. 내가 말했다.

"같이 가시죠"

"먼저 가라면 먼저 가게."

밖으로 나와 국수집에 도착했다. 막 자리에 앉자마자 그가 들어왔다. 내가 말했다.

"저는 또 사모님께 말씀드리러 집에 다녀오시는 줄 알았습니다."

"며칠 전 같으면 그냥 자네랑 같이 왔겠지만, 지금은 자네도 생각하고 있는 바가 있지 않나? 생각하는 바가 있는 사람은 조심해야 할 게 많다네. 내가 위생청에 있는 동안 말을 워낙 거침없이 해댔지 않나. 내가 별로 안 좋아하는 사람도 있고, 또 나에 대해 안 좋은 인상을 갖고 있는 사람도 있고 그런 거지. 그런 사람들이 보기라도 하면… 굳이 자네한테까지 영향을 줄 필요는 없지 않나. 그런 영향은 평소에는 별로 드러나지 않지만 중요한 순간에는 드러나게 마련이지."

이렇게 세세한 것까지 신경을 써주시다니… 나는 감동하지 않을 수 없었다.

"마음대로 생각하라지요 뭐. 생각하다 신경줄이 끊어지든 말든 무슨 상관이에요."

"지 군, 앞으로 나가려면 말일세, 절대로 작은 일에 구애받지 않는다는 식의 그런 기분파처럼 굴어서는 안 되네. 작은 일에서부터 시작한 것들이 다 쌓이게 마련이야."

"제가 매일같이 선생님 댁에 바둑을 두러 가면서 한 번도 그런 생각은 해본 적이 없는데요."

"앞으로는 조심해야 하네. 우리 집에 올 때는 문 앞에서 이름 부르지 말고 그냥 문만 똑똑, 똑똑 두 번씩 두 번 두드리게. 그럼 자네인 줄 알 테니까."

나는 웃으면서 말했다.

"그렇게 지킬 게 많아서야…. 자신을 그렇게까지 얽어매면서 사는 게 어디 사는 맛이겠습니까?"

그가 바로 대답했다.

"나처럼 사는 건 무슨 사는 맛이 있는 줄 아나? 얻기만 하고 대가는 치르기 싫다는 거야? 세상에 그렇게 좋은 일이 어디 있어? 위로 올라갈 생각이 없다면 모를까, 기왕 그럴 생각이 있다면 골치 아픈 일 투성이지."

"정소괴가 선생님 댁 위층에 살아서 제가 선생님 댁에 들락날락하는 것을 본 적이 있는데요."

"그 사람은 자네를 경쟁 대상으로 보지 않으니까 그 사람은 상관없어. 하지만 앞으로는 모르는 일이지. 시 청장과는 가능하면 아무 말도 하지 말게. 그 사람은 마 청장의 경계 대상이니까."

"예전에 보니까 저쪽에 서성거리면서 이야기 같이 할 사람을 찾다가 못 찾더라고요. 참 불쌍하던데요."

"그 사람이 불쌍해? 왕년에 시 청장 잘 나가던 시절을 몰라서 하는 소리야. 권력이 손에서 떠나면 하늘도 무너지는 거야. 당사자가 누구보다도 괴롭겠지만 그게 다 이전에 진 빚이라네. 세상에는 모든 게 다 완벽한 그런 좋은 일은 없어(世界上沒有兩全其美的好事)."

종업원이 냄비국수 두 그릇을 가지고 왔다.

먹으면서 안 선생님이 말했다.

"사람의 한평생은 발 한 번 내딛는 걸로 모든 게임 다 이기거나, 아니면 다 지거나 하는 것이라네. 그 이기고 지는 것의 차이를 돈으로 측정할 수는 없어. 사람이 어느 경지에 이르면 온갖 잇속들이 저절로 따라붙게 되어 있어서 그건 막으려야 막을 수가 없지. 그 경지에 이르면 자네는 그저 머리속으로 떠올리기만 해도 나머지 모든 일들은 신의 도움으로, 그 모든 것들이 다 자동으로 눈앞에 대령할 걸세. 부귀영화는 당연히 따라오는 것이고. 그런 게 아니라면 그 자리가 그런 무궁한 매력을 가질 수 있는 이유가 뭐겠나?

발을 제대로 내딛는다는 게 뭐냐고? 그건 바로 중요한 어르신을 잘 쫓아다니란 이야기지. 별 것 아닌 것 같은 과장이며 처장 같은 자리들, 그런 자리에 대해선 성 단위 조직부에서 웬만해선 간여하는 일이 없어. 그러니까 결제 도장을 쥐고 있는 사람 마음대로지. 그 사람 생각 하나에 자네는 천국과 지옥이 엇갈리는 거니까, 이제 그 어르신이 얼마나 중요한 분인지 알겠지?"

"청장은 임기가 정해져 있지 않나요?"

"뭣 하러 그런 생각을 하나? 다른 사람이 와도 상황은 마찬가지야. 자리에 있을 때 자기 몫 챙기는 것, 그건 아주 자연스러운, 이상할 것 하나도 없는 일이야. 심지어 불변의 진리라고까지 할 수 있지. 그것만큼 인간의 본성에 잘 맞는 것도 없지. 만일 자네라면 어떨 것 같나? 아래 사람들도 딱히 불평하지 않을 거야. 다 입 다물고 따르게 되어 있어. 능력이 되니까 거기까지 올라가는 것이고, 능력 없으면 그냥 인정하고 따라야지. 따르는 수밖에."

나는 속으로 좀 당혹스러워서 자신도 모르게 말했다.

"꼭 그런 것만은 아닐 겁니다. 꼭 그렇지는 않을 겁니다. 그렇지 않은 사람도 분명히 있을 겁니다. 꼭 있을 겁니다."

"꼭 그렇지 않다고? 두고 보게나. 내가 몇 십 년을 봐 왔는데 아직도 모를까? 사람은 사람이야."

나는 고개를 들고 탄식했다.

"사람은 정말 자유롭지 못한 존재인 것 같습니다. 자기 생각, 자기 시각도 가질 수 없고 남의 생각을 자기의 생각으로 받아들여야 하니 말입니다. 모든 일에 도장 쥔 사람의 생각만 살펴야 하고. 차라리 인격을 바닥에 내던져버려 굴리다가 공삼아 차면서 놀고 말지. 보니까 나 혼자만 공을 차는 게 아닌 것 같은데…."

그가 빙그레 웃으면서 말했다.

"세상에 쉬운 일이 어디 있나. 공짜 점심免費午餐 같은 것은 영원히 없는 거야!"

"다른 사람은 몰라도 정소괴는 제가 옆에서 보아 왔습니다. 집을 분배받더니 부인까지 불러오고, 남동생은 수위 시키고, 여동생은 식당에서 식권을 팔고. 그러니까 겨우 부 처장이면서 저 산골짜기에 살던 집안 식구들 다 끌어올려 팔자 고치도록 한 것이지요. 그렇게 생각하면 저도 분발하지 않으면 안 되겠습니다. 집 사람이며 아들 볼 면목이 없어요. 원칙이 받아들여지지 않는 세상인데 제가 누구에게 원칙을 따지겠습니까?"

"어떤 사람들은 자네가 방금 한 말 듣기 싫어해. 그런데 그 이야기를 듣기 싫어하는 사람일수록 그 이야기의 진실성을 가장 절실하게 공감하는 사람들이지. 그리고 그 사람들이 매일 가장 많이 하는 말은, 반대로 자기네들에게 가장 어울리지 않는 말들, 예를 들어 '업무가 우선한다' 거나, '능력 보고 사람 쓴다', '사사로운 이익을 따지지 말자', 아니면 '사람들에게 자유롭게 말하도록 한다고 해서 하늘이 무너져 내리지는 않는다.' 등등이지. 사람은 많이 겪어봐야 남들이 하는 말을 이해할 수 있는 거야!"

종업원이 와서 상을 닦기 시작했다. 그 거칠고 큰 동작은 우리더러 그만 나가라는 뜻이었다. 내가 물었다.

"여기 주방장은 한 달에 얼마씩 받습니까? 정말 어떻게 하면 이렇게 맛있는 국수를 만들 수 있는지 존경스럽습니다."

그녀는 못 들은 척했다. 나는 상을 손가락으로 찍어대면서 말했다.

"두 그릇 더 주세요."

그녀가 바로 행주를 거뒀다. 안 선생님이 말했다.

"천 마디 만 마디 한들 무슨 소용인가. 우선 도장을 쥐고 있는 인간부터 확실하게 파악해야 해. 다른 사람들보다 더 제대로 이해해야 해."

"그 사람의 무의식까지 파고들라는 거군요. 사실 육칠 년 전에는 기회가 있었는데, 지금 새삼 틈을 찾아 비집고 들어가려니 쉽지가 않습니다. 가는 길마다 누군가가 이미 군사를 배치시켜서 겹겹이 봉쇄해 놓아서 좀처럼 뚫고 들어갈 기회를 안 줍니다. 큰 인물들도 사실 다 속고 있는 거죠. 그 사람들이 누가 자기를 분석하려고, 심지어 자기의 무의식까지 뜯어보려고 안간 힘을 쓰고 있다는 사실을 알기나 하겠어요?"

"다른 사람들이 아직 이야기한 적 없는 것으로, 뭐 그 사람 마음에 딱 가서 꽂힐 것 같은 아이디어 없나?"

나는 고개를 가로저으면서 말했다.

"정말 딱히 좋은 생각이 떠오르지 않네요. 단 한 번에 끝내줄 만한 그런 아이디어들은 이미 다른 사람들이 말해버린 것 같고 말이에요."

"자네 요 며칠 다른 청사들을 돌아다니면서 그쪽 사람들은 무슨 이야기를 하는지, 어떤 구호를 내걸고 있는지 좀 보고 오게. 다른 사람들의 아이디어를 이 바닥으로 가지고 와서 팔면 되지. 다른 사람들의 지혜를 빌리라고. 그이가 올해 쉰 넷이지? 나이 쉰 넷에 다른 사람들은 무슨 생각을 할까?"

"제가 성장쯤 되면 할 말이 많을 텐데…."

그가 웃으면서 말했다.

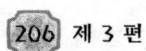

"자네가 성장이라면 거꾸로 마 청장이 자네를 관찰하고 분석하려고 안달하겠지. 자네가 무슨 말할 필요 있겠나!"

나는 확실히 곰곰이 관찰하고 분석해 볼 필요가 있다. 뭔가 힘이 있는 말을 몇 마디 찾아내야 한다. 인생은 과정만 볼 뿐 결과는 보지 않는다. 누구든 결국에는 동일한 결과로, '영원한 사망'으로 귀착되기 마련이며, 그 뒤에는 모든 것이 무無가 된다. 나는 반드시 이 과정에서 승리해야만 한다. 왜냐하면, 일단 이 조작적 현실에 참여한 이상 사람들은 결과만 보고 과정은 고려하지 않기 때문이다. 내가 부끄러워 할 이유가 어디 있어? 나는 용기가 솟았다.

 53. 묘책妙策을 찾아서

안 선생 댁에서 돌아온 후 한 잠도 이룰 수가 없었다. 안 선생님의 말이 옳았다. 과정과 상관없이 결과만 묻는다는 것, 나를 책임져주는 사람에게 책임을 다하라는 것, 이런 말들은 듣기에는 "젖이 곧 엄마"라는 식으로, 내가 살아온 원칙들과는 전혀 맞지 않았다. 그렇지만 젖을 빠는 것도 인간의 생존본능이다. 세상에 자기는 젖 안 먹는다고 장담할 수 있는 사람이 어디 있겠나? 생존이 우선이고 생명은 그 다음이다. 아직도 생존 문제에 묶여 있는 주제에 생명을 논한다는 것은 사치다. 성인들이나 하는 선택이다. 나는 한갓 필부에 불과하다. 내게는 욕망이 있고, 해결해야 할 문제들이 산더미처럼 쌓여 있다. 사욕이 없으면 의연해질 수 있다고? 내가 그 오랜 세월 의연하게 보낸 결과가 뭔가? 오늘날 이 지경에 이르렀건만, 내 희생의 의미는 어디에서 찾을 수 있지?

이런 것들을 생각하자 나는 슬프다 못해 절망감을 느꼈다. 나는 어서 시동을 걸고 앞으로 내달려야 한다. 상승의 기회를 획득한 사람들은 대부분 자신에게 이러한 기회를 준 사람이 누구인지, 자신의 근본은 어디에 있는지, 누가 자신을 책임져 주고, 또 이런 기회가 어떻게 주어졌는지를 알고 있다. 공과 사를 칼 같이 나누던 시대는 지나가고, 개인화의 시대 흐름이 권력의 존재방식을 변화시키고 있다. 그래서 사람들은 누구한테 감사해야 할지, 또 누구한테 보답해야 할지 반드시 알아야 한다. 입으로야 자신을 키워준 조직, 기구에 감사한다고 하지만, 사실 그게 어느 어르신 덕인지, 어느 어르신께 감사드리고 보답해야 할지 불을 보듯 뻔하게 알고들 있다. 그 이익의 거대함으로 인해 임면권을 가진 사람은 신神으로 승격되었다. 그들의 신성함은 손에 쥐고 있는 권력에 의해 결정된 것이건만, 그들은 자기가 남들보다 지혜로워서 그렇게 되었다고 착각들 하고 있다. 주위의 사람들도 부단히 그런 오해를 부추긴다. 위생청 안만 보더라도 자원을 얻기 위해서는 마 청장을 찾는 길밖에 달리 선택의 여지가 없다. 마 청장이 곧 조직이고, 조직이 곧 마 청장인 것이다. 작년 하賀 서기가 퇴직한 후로는 더더욱 그랬다.

날이 어슴푸레 밝아오자 동류가 자리에서 일어나 출근할 준비를 했다. 그녀는 해 뜨기 전에 나가 해 지고서야 돌아오는 생활을 벌써 몇 년째 하고 있다. 앞으로도 계속 저렇게 살 것이다. 그녀 인생의 몇 분의 몇이 길 위에서 소모될는지…. 이게 다 내가 청소괴만도 못하기 때문이다. 나는 눈을 뜨고 침대에 누워 묘계妙計를, 기습 공격할 방도를 궁리했다. 아무 생각도 떠오르지 않았다. 할 수 있는 말은 누군가가 이미 다 했고, 할 수 있는 일도 이미 누군가가 다 해버렸다.

동류는 세수를 하고 있었다. 나는 일어나서 찬 밥을 볶아주었다. 요강을 비우려고 수도실로 갔다. 그러나 이미 소변이 다 얼어 있어서 쏟아버릴 수가 없었다. 그래서 다시 들고 와서 뜨거운 물을 좀 부었다. 지린내가 뜨거운 김과 함께 확 올라왔다. 동류가 머리를 빗다 말고 내 쪽을 흘겨보면서 말했다.

"이게 사람 사는 거예요?"

저쪽 건물에는 스팀이 있었지만 우리가 사는 건물에는 스팀이 없었다. 행정과 사람들은 이 건물에 사는 사람들도 추위를 탄다는 사실을 생각하지 못했나 보다. 세상의 이익은 이런 식으로 분배되게 마련이다.

별 수 없다. 나는 다시 요강을 들고 수도실로 돌아갔다. 속으로는 생각했다. 사랑을 생각하면 결혼은 할 것이 못 된다고. 결혼 후엔 서로 너무 익숙해진 나머지 신비감이나 상상의 공간이 사라지게 되니까 말이다. 한밤중에 화장실이라도 가면, 그 소리 들으면서 오줌발 굵기며 상태까지 상상하는데, 거기에 무슨 시적 감정이 개입할 틈이 있겠는가. 소변을 쏟아버리고 오자 동류가 나를 힐끗 쳐다봤다. 나는 순간 기가 죽어서 나도 모르게 목을 움츠렸다. 남자가 이 지경에 이르다니, 차라리 요강에 머리를 박고 죽어버리고 말지.

일파에게 그런 일이 있은 이후로 나는 더 이상 집에서 동류와 자존심 문제로 싸울 수가 없었다. 자존심 싸움을 하려면 우선 밖에 나가서 용맹스럽게 싸워 이기기부터 해야 했다. 바깥의 문제들을 해결하면 집안의 문제는 자연히 평정되는 것이다. 자존심을 세우려면 우선 자존심부터 버렸어야 했다. 뼈도 없는 양 아주 유연한 태도로 그 왜곡된 공간을 파고들어야 했던 것이다. 몇 년이 지난 지금에야 그 이치를 알게 되었다. 인간은 바다 속의 연체동물과 같다. 소라껍질에 기생하다가 세월이 지나면 자기도 소라의 모습으로 크는 것이다.

오전 아홉시 쯤 내가 윤옥아에게 말했다.
"일 좀 보고 오겠습니다."

그러고는 나와서 먼저 옆의 화공청으로 갔다. 이리저리 둘러보고 위층 아래층을 몇 번씩 오르락내리락 하면서 각종 공고란을 자세히 들여다보았다. 그래도 아무런 영감을 얻을 수 없었다. 나와서 또 농업청과 교육청을 돌아보았다. 누구라도 잡고 물어보고 싶었지만, 딱히 아는 사람도 없었다. 길 건너편에 있는 공안청에도 들어가려고 했지만 입구에 두 명의 경찰이 서 있었다. 보아하니 평상복 차림의 사람들도 아무렇지도 않게 드나들고, 또 아무도 그 사람들을 잡거나 무슨 일로 왔는지 묻지 않기에 나도 길을 건너 안으로 들어가려고 했다. 그렇지만 막상 입구 앞에 서자 마음이 소심해져서 경찰관을 곁눈질로 힐끗 보았다. 그러자 그 경찰관이 나를 막고 물었다.

"누구를 찾아 오셨습니까?"

나는 가슴이 쿵쾅거리기 시작했다. 마치 내가 무슨 나쁜 일이라도 저지르러 왔다가 걸린 것 같았다.

"저는…저는 그게…"

다른 경찰관도 다가왔다.

"어디서 일하십니까?"

"그냥 한번 보려고요."

그의 얼굴이 금세 굳어졌다.

"어디서 일하시냐고 물었습니다. 못 알아듣습니까?"

내가 신분증을 보여주자 그가 말했다.

"들어가지 말고 그냥 길가에 서서 보십시오."

나는 몸을 돌려 나오면서 자신을 욕했다.

"도둑놈도 아니면서 뭣 때문에 그렇게 도둑놈 같이 굴었지? 하여튼 못났어. 단번에 속을 다 들여다보이면서 무슨 일을 하겠다고…"

길을 건너서 보니 경찰들이 교대를 하고 있었다. 나는 속으로 맹세를 했다.

"이번에는 무슨 일이 있어도 들어간다. 또 괜히 떨거나 하면 나는 아주 형편없는 놈이라는 게 증명되는 거야. 그럼 그날로 내 인생 그냥 포기하고 집에 들어앉아 일파나 키워야지. 나중에 일파 덕이나 보게."

누가 나에게 총을 겨누는 것도 아닌데 나는 그보다 더한 어떤 긴장감을 느꼈다. 나는 다시 길을 건넜다. 가슴이 쿵쾅거렸지만 아무렇지도 않은 척 눈 하나 깜박하지 않고 안으로 들어갔다. 옆으로 돌아서면서 나는 승리를 경축하기 위해 두 팔을 들어 브이 자를 만들고, 손가락으로도 브이 자를 그려보았다. 나는 이런 승리감이 다른 상징적 의미를 갖기를 바랐다. 혼자서 중얼거렸다.

"나, 지대위, 우습게 보지 말라고! 나도 가능성이 있어."

추운 바람을 맞으면서 며칠이나 돌아다녔지만 아무런 영감도 얻지 못했다. 말이야 바른 말이지, 요 몇 년 동안 위생청의 업적은 대단했다. 갑甲자 두 개짜리, 세 개짜리 병원들도 각각 그 급에 걸맞은 수준을 갖추었고, 진료소나 입원 병동도 많이 지었다. 마 청장도 정말 쉽지 않았을 것이다. 그 건물들은 마치 무슨 기념비마냥 몇 십 년이 지난 후에도 이 모든 것들이 다 마 청장, 마수장馬垂章 동지에 의해 세워졌다는 것을 증명해줄 것이다.

속으로 올 설에는 무슨 일이 있어도 새해 인사를 가야겠다고 결심했다. 그런데 인사까지 가서도 제대로 된 말 한 마디 못한다면, 그것은 소중한 기회만 낭비하는 것 아닌가? 다음 기회가 언제 올지도 모르는 일이다. 이제 올 해도 한 달밖에 안 남았는데…. 마음이 조급하다 못해 아팠다. 그리고 그나마 생각할 수 있는 것을 이미 다 써먹어 뒤에 남은 사람들에게는 뚫고 들어갈 틈 하나 남겨놓지 않은 인간들이 이가 갈리도록 미웠다. 별 생각 없을 땐 몰랐는데, 이제 보니 상황이 절대 호락호락하지 않았다.

그날 저녁 안 선생님을 찾아갔다. 이층에 이르자 정소괴가 내려오는 것이 보였다. 나는 얼른 몸을 돌려 계속 위로 올라갔다.
정소괴가 물었다.
"어이, 누구를 찾아왔나?"
"동류 자네 집에 있나?"
내가 이렇게 자연스럽게 말을 지어낼 줄이야. 나도 놀랐다. 그가 말했다.
"없는데?"
나는 그와 함께 내려오면서 말했다.

제 3 편

"저녁 먹고 일파랑 나갔는데, 나는 자네 집 강강이한테 놀러 간 줄 알았지. 일파는 그저 강강이랑 놀고 싶어서 안달이거든."

내 임기응변 실력도 제법 괜찮은 걸. 나도 깜짝 놀랐다. 나한테도 이런 면이 있다니.

"아니, 안 왔어."

나는 머리를 긁적이면서 말했다.

"어디 갔지? 날씨도 춥고 이제 곧 어두워지는데 어디 간 거지?"

집 쪽으로 가다가 정소피가 밖으로 나가는 걸 보고는 몸을 돌려서 오던 길로 다시 돌아갔다. 문을 두 번 노크 하고 다시 두 번 노크를 하자 안 선생님께서 문을 열어주셨다. 나는 지난 며칠간 있었던 일들을 얘기하면서 한숨을 쉬었다.

"일이 그렇게 간단하지가 않네요. 돋보기를 들여다 대고 봐도 뚫고 들어갈 틈 하나 보이지 않습니다."

"그게 그렇게 간단하면 자네한테 이런 저런 대책에 묘책까지 세우라 하겠나? 다른 사람 목 위에 달린 건 호박인 줄 알았어?"

한참 동안 토론했지만 역시 적절한 방법을 찾을 수가 없었다. 그때 문득 윤옥아가 남편이 회계과 부처장 자리에 몇 년씩 앉아 있다면서 종종 은근슬쩍 이상한 이야기들을 하곤 하던 사실이 생각났다. 그녀한테 칼끝을 겨누면 어떨까? 생각을 말하려니 안 선생님이 나를 형편없다고 할 것 같아 겁이 났다. 기껏 생각한다는 것이 같은 사무실에 있는 사람부터 팔아넘기려고? 좀 너무한 것 같았다. 그렇지만 다른 사람이라도 팔지 않으면 어딜 가서 기회를 잡으란 말인가? 급한데 이것저것 따질 것도 없지. 망설였지만 결국 그 생각은 머리에서 지워버렸다. 내가 말했다.

"화공청은 '수익경영', 석탄청은 '안전생산', 공안청은 '범죄발생률 감소', 그리고 다들 뭔가 구체적인 지표가 있었습니다. 요즘은 역시 숫자 시대라 숫자로 말을 해야 하는데, 위생청의 또 그 많은 지표들을 생각하면 뭔가 새로운 수가 떠오르지 않습니다."

"천천히 생각해. 정말 안 될 것 같으면 내가 몇 명 쓸어버리기엔 충분한 폭탄 몇 개를 제공할 테니."

안 선생님까지 그런 생각을 하실 줄이야.

"정말 안 될 것 같으면, 그때 부탁하지요."

문을 나설 때 그는 문을 살짝 열고 문틈으로 밖을 살펴본 후, 내게 입으로 나가라는 신호를 했다. 잽싸게 문을 나섰다.

 ## 54. 궁여지책

 유약진이 전화를 해서 새 집으로 이사를 했으니 호일병과 같이 놀러 오라고 했다. 새 집에 가보고서야 그가 결혼했다는 것을 알았다.
 "며칠 전만 해도 연애 중이라더니, 이제 결혼했구나!"
 호일병이 물었다.
 "사는 재미가 어때?"
 새 신부 능약운(凌若雲)이 차를 들고 들어왔다. 수줍어서 붉어진 얼굴을 숙이고 아무 말도 하지 않았다. 호일병이 그녀에게 말을 걸었다.
 "밤에 이 녀석이 철학 얘기 꺼내면 이불 들고 다른 방 가서 주무세요. 어떻게 나오는지 보게."
 유약진은 우리에게 결혼기념 사탕을 권했다.
 "우리가 어떤 사이인데 사탕으로 때우려고"
 "학교에서는 다들 이렇게 해. 식도 안 올렸는걸."
 호일병이 말했다.
 "이렇게 아리따운 신부랑 떨어져 지낼 수 있겠어?"
 유약진이 말했다.
 "학교에서는 이 사람을 우리 과 행정사무원으로 써주겠다는데 이 사람이 싫대. 외국 합자기업에 들어가고 싶어해. 그런데 전공도 그래서 갈

만한 데가 있을까?"
신부가 말했다.
"호 선생님 생각엔 어디로 가는 것이 좋을 것 같아요?"
호일병이 눈을 감고는 고개를 끄덕이면서 말했다.
"그 문제는 누구의 입장에서 생각하느냐에 따라 다르지요. 유약진의 입장에선 그냥 과 사무실에서 일하는 게 좋겠죠."
유약진이 말했다.
"됐네, 됐어."
신부도 입을 다물었다.
호일병은 자기 사업 얘기가 나오자 흥분해서 떠들기 시작했다. 들어보니 대충 감이 잡혔다. 산미汕尾 쪽과 관계된 사업이라는데, 아무래도 필름이나 담배를 밀수하는 것 같았다. 내가 말했다.
"어느 날 갑자기 잡혀가지나 말아. 나는 아직 자네의 그 3만 위안 약속에 희망을 걸고 있어."
그가 말했다.
"그런 일 없을 거야. 내가 직접 바다 위에서 물건을 받아오는걸. 3만 위안은 언제든지 말만 해. 자네가 흡혈충 예방 부서한테 연락해 놓으면 내가 당장 약 사 들고 기자들 끌고 가지. 그게 바로 이미지 광고 아닌가."
유약진이 말했다.
"역시 사업하는 사람은 달라. 헛돈 쓰는 법이 없다니까."
호일병이 말했다.
"아직은 사업가란 소리 듣기엔 얼굴이 좀 화끈거리지만, 앞으로 한 3년 내지 5년만 지나면 성장省長도 나를 기업가라고 부를 걸세. 자네들 안 믿어지나? 지금이야 원시축적 단계라서 어쩔 수 없고. 이 축적 기간이 지나면 말이야, 자네는 아무리 똑똑해도 다른 사람 아래에서 일하지? 난 그때 가선 떳떳치 못한 일은 안 할 거야. 떳떳이 벌어서 떳떳한 기업가가 될 거라고."

나는 그가 시꺼먼 물건을 상 위에 올려놓는 것을 보고 말했다.

"이거 생긴 게 전화 같은데?"

"전화 맞아. 이동하면서 걸 수 있는 거지. 다꺼다(大哥大:휴대폰)라고 하는 거야."

"다꺼다? 이렇게 좋은 물건이 이름은 왜 무슨 닭 울음소리 같고(휴대폰을 중국에서는 大哥大라고 하는데 그 발음이 "다꺼다"여서 한 말임–역자), 생긴 건 꼭 벽돌 잘라놓은 것 같냐?"

"이 집에 전화가 없어서 참 아쉽군. 아니면 내가 한 번 걸어서 전화벨 소리 울리는 것 보여주는 건데."

나는 그 벽돌 잘라놓은 것 같이 생긴 까만 물건을 만지면서 말했다.

"세상에 이렇게 신기한 물건도 다 있네."

"새 모델도 나왔어. 크기가 이거 반 만한데 한 대에 1만 위안이 넘어. 전화국 진열관에 놓여 있는 것을 보았지."

나는 호일병의 의견을 들어보고 싶었다. 어차피 저 인간도 뭐 대단한 일 하는 것도 아닌데 말 못할 것 없지. 새 신부가 방으로 들어갔다. 나는 잠시 망설이다가 그 허구의 총이 생각났다. 검은 색 총이 나를 짓누르고 있다. 나는 오른손을 들어 관자놀이에 갖다 대었다가 다시 스르르 내려놓았다. 얼굴에는 웃음을 띠었지만 속으로는 생각했다.

"아직도 체면 차리는 거냐? 차릴 체면이 아직도 있는 거야? 아들의 이름을 걸고 넌 죽어야 해!"

나는 호일병에게 담배를 한 대 권했다. 유약진도 따라 담배를 피웠다. 담배 연기 속에서 대충 분위기가 조성된 것 같았다. 나는 마음의 결정을 내리고 입을 열었다.

"우리가 이게 벌써 얼마나 오래된 우정인가! 거의 형제라고 할 수 있을 정도지. 그래서 오늘 한 번 터놓고 속 시원하게 이야기 해보자."

호일병이 말했다.
"그래!"
내가 말했다.
"속 시원하게 하려는 얘기가 뭐냐 하면 말이야, 사실은 내가 요즘 이 생각만 하면 눈도 못 감고, 잠도 못 자고, 도저히 마음속에 응어리진 것이 풀리지를 않아서, 창칼로 심장을 계속 찔러 피가 방울방울 떨어지는 것 같아."
호일병이 농담하던 표정을 거두고 웃음기 사라진 얼굴로 말했다.
"자네? 자네 일인가?"
그 말투에서 나는 그가 진정한 친구라는 것을 느낄 수 있었다. 내가 말했다.
"우리 일파 화상 입었을 때에도 보러 온 사람은 너희 둘 밖에 없었어. 그 점만 보아도 나는 자네들은 터놓고 마음속 이야기를 할 수 있는 친구라고 생각하네. 사람 한평생 그런 친구가 몇 명이나 있을까? 가끔은 집사람한테도 반쯤만 이야기하고 나머지 반은 숨겨야 하는데 말이야. 자네들은 꽃바구니도 보내주었지. 사실은 말이야. 자네들 왔을 때 벌써 놓여 있던 꽃바구니 두 개, 그거 다른 사람이 보내준 게 아니라 사실은 내가 체면 살리려고 사다 놓은 거야. 추하지? 옆방에 있던 꼬마 여자 애는 맹장수술 받는데도 사람들이 보내온 꽃바구니가 방안 가득, 그것도 모자라 침대 밑에까지 쌓아두었더군. 세상 사람들이 어떤 시선으로 사람을 보는지 뼈저리게 깨달았지. 별 수 없지 뭐. 그런데 말이야. 별 수 없으면 어떻게 하지? 내 인생 그냥 이렇게 끝내? 두 번 사는 인생도 아닌데? 그러니까, 세상이 그러니까, 나도 따르는 수밖에…. 방송에서는 매일같이 착한 사람이 팔자 편한 거라고 노래를 해대지만, 내가 보기에는 착한 사람 팔자가 어떻게 편할 수가 있어? 무슨 근거로 편안할 수가 있겠느냐고? 자기 위, 아래, 왼쪽, 오른쪽, 앞, 뒤, 물 한 방울 안 새게 철저하게 계획하고 따지는 인간들만이 편하게 살 수 있는 거지! 원칙을 따르지 않는 세상에서 원리원칙 따지려 들었던 나만 병신이었던 거야."
나는 가볍게 웃으면서 말했다.
"돼지 같이 우둔한 놈!"
호일병이 말했다.
"세상이 원칙을 따르지 않는 게 아니라 또 다른 원칙이 있는 거지. 신문에선 볼 수 없는 그런 원칙 말이야."
유약진이 말했다.
"야, 지 대위, 그깟 꽃바구니 몇 개에 그렇게 충격을 받았어?"
내가 말했다.
"그건 일종의 상징에 불과할 뿐, 그 뒤에는 또 줄줄이 사연이 담겨져 있는 거야."
"그렇다고 해도 그렇게 극단적으로 생각할 건 없잖아. 자넨 또 다른 극단으로 치우치고 있어."
호일병이 말했다.
"유약진, 자네는 지금 한참 신혼이라서 대위 기분을 몰라. 난 자네 이해하네. 이 세상은 말이야, 선전할 때는 원칙을 따지다가도 일단 실제 작업에 들어가면 이해利害만을 따지고, 회의석상에서는 원칙을 따지다가도 회의가 끝나면 역시 이해만을 따지지. 돈 없고 권력 없는 사람은 어딜 가도 입 다물고 있는 수밖에 없고, 원칙을 가장 신나게 떠드는 사람이 때로는 가장 이해를 많이 따지는 사람이야. 왜냐하면, 그야말로 다른 사람보다 현실을 더 정확하게 파악한 사람이거든. 나도 벌써 그 사실을 알아버렸지. 안 그랬다면 나도 산미汕尾 그 동네까지 가진 않았을 거야. 만약 몇 년 전에 누가 나한테 이런 일을 하라고 했으면 나는 아마도 그 사람과 머리 터지게 싸웠을 걸? 지대위, 결국 너도 세상에 의해 개조되는구나. 무슨 노래지? <내가 세상을 바꿨을까, 세상이 나를 바꿨을까>, 뭐 그런 노래도 있잖아."
그가 목소리를 높여 노래 몇 소절을 불렀다.

"누가 누구를 바꾼다고? 네가 세상을 바꿔? 네가 뭔데. 대위, 생각나나? 자넨 이전에는 돈에 관한 이야기는 입에도 안 담았었어. 그때마다 내가 무슨 생각 했는지 알아? '저 친구 저렇게 정신 못 차려서야 정말 대책 없군.' 그렇게 생각했었어. 그런데 결국은 정신 차렸군. 걱정거리가 사라지고 좋은 일만 생길 거야. '탕아의 개심은 금과도 바꿀 수 없다'고 했어."

유약진이 말했다.

"일병, 자네가 대위를 부추기고 있군."

호일병이 입을 삐죽거리더니 손가락으로 유약진을 가리키면서 말했다.

"아직도 수절하는 인간이 한 명 더 남았군. 조만간 너도 정신 차릴 거다. 역사에 저항할 수 있는 사람이 누구 있겠어? 그건 숙명이라고, 숙명!"

유약진이 말했다.

"그깟 숙명 난 믿지 않아. 무슨 놈의 저항할 수 없는 대세 운운하는 거야? 포기하는 거야 사람들 각자의 선택이지. 각자가 내리는 선택을 갖고 뭐라고 할 수는 없는 거니까. 하지만 정말로 신념이 굳은 사람은 총알 떨어지고 식량 바닥난 상황에서도 의연하게 대처하고, 무슨 일이든 할 수 있을 거야."

내가 말했다.

"나는 정말로 그 의연함을 지킬 능력이 없네. 더 심각한 것은 그런 의연함이 무슨 의미가 있는지 모르겠다는 거야. 나 스스로 타락하기를 원하는 거야. 그렇지 않다면 일병이 저 친구가 아무리 부추긴다 한들 내가 바뀌겠어? 사람이 말 몇 마디로 나빠지고 좋아질 수 있는 게 아니잖아. 사실은 내가 변하지 않으면 내 인생 이대로 끝날 것 같아서 말이야. 요즘 같아선 새파란 젊은 놈들이 과장이 되는데 내가 도대체 얼굴을 들고 다닐 수가 없어. 나도 더 이상 이 낯짝 쳐들고 체면 차릴 생각 없네.

그렇게 오랜 세월 체면만 차린 결과가 이게 뭔가. 결국엔 더 이상 차릴 체면도 없어졌지 않은가. 이게 다 생활의 변증법이지. 사람들은 내가 과장이냐 처장이냐 하는 것만 보지, 내가 좋은 사람인지 나쁜 사람인지는 보지 않거든. 그놈의 체면 차리면 차릴수록 체면 안 서게 마련이지."

유약진이 고개를 가로저으면서 한숨을 쉬었다.

"세상에 대위 자네마저 변하다니…. 이 세상이 정말 달리 보이네."

나는 내 생각을 그들에게 말했다.

"자네들이 견문도 넓고 하니 어떻게 뚫고 들어갈 아이디어 있으면 내게 좀 알려주게. 어떻게 가까이서 만나 뵐 기회가 생기면 인상에 남을 만한 말 한 두 마디라도 해야 할 것 아닌가. 그런 어르신 가까이서 만날 기회가 어디 그리 흔한가."

호일병이 잠시 생각하더니 말했다.

"텔레비전 출연을 주선해 보는 것은 어떨까? 그 정도는 내가 도와줄 수 있는데…."

내가 말했다.

"그 사람이야 맨날 텔레비전에 나오는데 뭐. 중앙방송국이면 모를까. 시시하다고 생각할 거야. 성 방송국에서 하는 거면 집중취재 정도는 되어야…."

호일병이 말했다.

"개인에 대한 집중취재는 성 위원회 선전부의 결재를 받아야 하는데, 전 성에 청장만 수백 명이라 쉽지 않을 거야. 게다가 자네도 이제 시작인데 처음부터 너무 노골적으로 충심을 드러내는 것도 좀 그렇지. 자연스럽게 그 사람 마음에 가 닿을 수 있는 말을 통해서, 그 어른으로 하여금 자신과 자네 사이에 암묵적 동의가 형성되었다고 느끼게 하는 것, 그 정도 수준이어야지."

그때 테이블 위에 세워 놓았던 호일병의 휴대폰이 울렸다. 호일병이 전화를 받아들었다. 나는 속으로 마 청장님은 저런 휴대폰 갖고 계신지 모르겠네 하고 생각했다. 없다고 하면 내가 호일병더러 좋은 일 한 번 하라고, 새 모델로 하나 어떻게 해달라고 해볼까? 그렇지만 다시 생각해 보니 별로 탐탁치 않았다. 마 청장님은 결코 아무것이나 다 움켜잡는 사람이 아니었다. 만약 거절당하면 그 다음엔 영 난처해질 것이다. 그때 마음속에 갑자기 번쩍 하고 떠오르는 생각이 있었다. 진열관! 전화국에도 있는데 우리 위생청에는 없으란 법 있나? 위생청의 풍부하고 위대한 공적을 그곳에 진열해서 역사의 한 페이지로 남기는 거야! 나는 이 생각을 모두에게 말했다.

유약진이 말했다.

"괜찮을까? 성에 청급 기구가 수백 개가 있는데, 다들 진열관을 하나씩 만든다면 돈은 또 얼마나 들 것이며, 그걸 몇 명이나 가서 보겠어? 그 생각은 정말 블랙 유머일세."

나는 김이 빠졌다.

그때 호일병이 말했다.

"암묵적 동의를 형성하는 계기로 나는 괜찮다고 생각하네. 자네가 블랙 유머라고 하니까 뭐, 사실 좀 그런 점이 없지는 않지만, 그 자리에 앉아 있는 사람은 그렇게 생각하지 않을 걸? 전혀. 원래 그 자리에 앉아 있는 사람들은 생각하는 게 틀려. 좋은 것이라면, 그 대가가 아무리 크더라도, 자기는 누릴 자격이 있다고 생각하지. 자기 생각 누구보다도 깊고 꼼꼼하게 하는 사람들인데다 무슨 일이든 자기 시각에서 생각하니까 불합리한 일들도 합리적으로 보이는 거야. 그렇지 않다면 전화국의 진열관은 어떻게 생겼겠어?"

내가 말했다.

"나는 언제나 스스로를 블랙 유머의 최후의 소재거리라고 생각했는데, 그런 어르신들에게도 그런 블랙 유머가 통할 수 있다는 거군. 생각지도 못했던 일이야."

유약진이 말했다.

"대위, 너 정말 그런 비뚤어진 생각대로 할 건가?"

내가 말했다.

"다시 한 번 생각해 보고, 다시 한 번."

점심을 먹고 나와 호일병은 돌아가기로 했다. 유약진이 호일병의 세단을 만지면서 말했다.

"우리 학교 총장도 이런 차를 못 타는데…."

새 신부도 차를 만지면서 관심이 있는 듯 이것저것 물어보았다. 호일병이 말했다.

"방송국에 있을 때 차를 끌고 다니던 게 습관이 돼서 그만두고 차가 없어지니까 사는 맛이 안 나더라고. 사업하는 사람한테는 차가 바로 얼굴인 걸. 얼굴이 없으면 누가 믿어 주겠어?"

차에 올라타고 내가 말했다.

"나, 지대위마저 이렇게 타락할 줄은 몰랐네."

"너는 뭐 타락하지 말라는 법 있어? 자기가 무슨 역사적인 인물이라도 되는 줄 알아? 일단 시작했으면 망설이지 말고 확실히 해. 안 그러면 첫 발만 내딛고 두 번째 발부터는 못 내디디게 된다고."

나는 한숨을 쉬면서 말했다.

"나는 그래도 세상 사람들이 다 나 같지는 않았으면 좋겠어. 나야 어쩔 수 없지만."

"네가 겪는 문제를 다른 사람들은 피해갈 수 있다고 생각해? 요즘은 전국 산천이 다 똑 같은 걸. 붕어빵처럼 똑같아."

"그렇게 말하니까 더 절망적이다."

"어떤 희망을 희망이라고 하는 거야? 난 네가 또 그렇게 어정쩡하게 보낸다면 그거야말로 정말 절망적인 거 같은데."

나는 힘껏 머리를 치면서 말했다.

"모르겠다, 모르겠어!"

때린 머리가 아팠다. 나는 스스로를 깨우치려고 그랬던 걸까, 벌을 주려고 그런 걸까? 나도 모르겠다

반쯤 와서 나는 살 물건이 있다고 하고는 차에서 내려 다른 차를 갈아타고 전화국으로 갔다.

저녁에 안 선생님 댁에 가서 오늘 있었던 일을 다 말씀드렸다. 그는 담배를 피우면서 아무 말도 하지 않았다. 나는 내 생각에 반대하는 거라고 생각했다. 그런데 웬걸, 그가 말했다.

"좋아, 좋아."

"좀 황당하지 않아요?"

"보통 사람들이라면 그렇게 생각하겠지. 그런데 윗사람들은 자기들만의 사고방식이 있지. 그 사람들은 자기의 공로가 정말 너무 대단하고, 자기의 업적도 정말 너무 탁월하다고 생각하지. 기념비 하나 못 세우는 것이 얼마나 억울한지 몰라. 게다가 다른 사람들도 자기와 같이 생각할 거라고 생각하지. 누가 거기에 대고 솔직하게, 그게 얼마나 웃기는 생각이냐고 말할 수 있겠어? 역사상의 수많은 웃기는 일들도 다 그렇게 해서 일어난 거야. 그런 역사는 현재도 끝나지 않았어."

"언제 기회를 잡을 수 있을까요? 우연을 가장해서 의견을 자연스럽게 꺼낼 기회가 있을까요? 참을 수가 없어요."

"아무래도 집에 찾아가서 하는 게 효과가 제일 좋지. 자연스럽고. 그런데 만약 뭘 진열할 거냐고 물으면 뭐라고 대답할 건가?"

"거기까진 미처 생각 안 해 봤습니다만, 적어도 예닐곱 가지 파트로 생각해 놔야겠죠?"

"그렇게 많이 준비해서는 안 되네. 그랬다가는 마 청장이 자네가 만반의 준비를 하고 온 것을 눈치 챌 걸세. 오히려 경계하겠지. 그 아이디어만 전해주면 나머지는 자기가 알아서 설계할 걸세. 자네는 그 아이디

어만 전달하게. 말할 때는 별 생각 없는 듯이, 마치 정말로 그럴 필요를 느껴서 말하는 것처럼 하게."

나는 한숨을 쉬면서 말했다.

"말하고 보니 마음이 역시 불안하네요. 그 많은 환자들은 배를 움켜 잡고 약을 기다리고 있는데, 나는 엄청난 돈으로 다른 사람 얼굴에 금칠 할 생각이나 하고 말입니다. 내가 이게 뭡니까!"

"고진감래苦盡甘來라고 했네. 고금을 통틀어 다 이런 식이었네. 그런 역사는 현재에도 아직 끝나지 않았고 말이야."

저녁에 나는 침대에 누워서 생각했다. 이야말로 위로 올라가기 위한 첫 단계다. 어렵게 찾아낸 방법, 포기할 수 없다. 내 자존심의 저항을 격파하고 고상함, 긍지도 다 떨쳐버리고, 그 어르신의 생각이 바로 내 생각인 양 믿어야 한다. 이것이 첫 걸음, 첫 단계이다. 잠시 머뭇거리다가 나는 일파의 다리를 쓰다듬었다. 종아리의 상처가 만져졌다. 매끈매끈하고, 평평하고, 동그란 동전만한 상처였다. 말로 표현할 수 없는 서늘함이 느껴졌다. 얼음과 같이 차가운 꼬챙이가 대뇌 아래쪽으로 뚫고 들어오는 것 같았다. 그 꼬챙이가 어둡고 조밀한 부위를 한 뜸 한 뜸 찔러댔다. 나는 해낼 수 있다는 자신감이 생겼다.

55. 로마는 모든 길로 통한다

 한밤중에 누가 복도에서 내 이름을 막 불렀다. 나는 놀라 깨어서 옆에 일파가 있는지부터 확인하고 안심한 다음, 그 부름에 대답했다. 동류도 깨어서 손으로 일파부터 더듬었다. 밖에 있는 사람은 문을 두드리면서 계속 외쳤다.
 "지대위! 동류, 동류!"
 나는 불을 켰다.
 "날세, 나야!"
 "나라니, 대체 내가 누구요?"
 "나라니까, 내 목소리도 못 알아듣나?"
 동류가 말했다.
 "정 처장님 아니세요?"
 나는 속으로 부아가 치밀었다. 사람들이 다 네 목소리를 알아들어야 한다는 거야? 나는 옷을 걸치고 문을 열었다. 정소괴가 확 밀고 들어왔다.
 "동류, 동류, 빨리, 빨리요!"
 동류는 깜짝 놀라서 다시 이불 속으로 파고들었다. 정소괴도 문 쪽으로 물러서면서 말했다.

"마 청장님 손녀딸 묘묘渺渺가 인민병원에 입원했는데, 가서 주사 좀 놔 줘요!"

한참 듣고 나서야 마 청장님의 손녀가 구토로 탈수 증상이 나타나 인민병원에 입원했다는 것을 알게 되었다. 링거 주사를 맞아야 하는데 간호사가 긴장한 탓에 주사 바늘이 연달아 빗나간 모양이다. 청장 사모님은 노발대발해서 경耿 원장에게 제일 좋은 간호사를 불러오라고 했다. 그러나 새로 데려온 간호사는 앞서 실패한 간호사가 경 원장한테 꾸중을 듣고 울고 있는 것을 보고는 손부터 떨기 시작하더니 아니나 다를까 또 실패를 하고 말았던 것이다. 그 다음에는 아무도 감히 주사를 놓을 생각조차 못하고 있다고 했다. 청장 사모님은 화가 나서 미칠 지경이고, 경 원장도 머리에서 땀만 뻘뻘 흘리고 있다고 했다. 동류가 일파한테 주사 놓았던 이야기를 정소괴가 해주자 경 원장이 동류를 불러오라고 했다. 아래에서 차가 기다리고 있다고 했다.

동류가 옷을 입고 나서자 정소괴가 그녀에게 얼른 가자고 잡아끌었다. 동류가 나한테 눈짓을 했다. 나도 그녀 생각을 알아차렸다. 동류가 일파를 아래 장모한테 데려다 주려고 했다. 정소괴가 발을 동동 구르면서 말했다.

"빨리, 빨리요! 애는 대위가 여기서 보면 되잖아요!"

동류가 말했다.

"당신도 같이 가요."

정소괴가 내게 말했다.

"걱정 말게, 걱정 마! 동류는 내가 집까지 다시 잘 모셔다 드릴 테니."

"그럼 난 안 가겠네. 당신 주사 놓을 때 침착하고, 손 떨지 말고…."

동류가 말했다.

"저이가 가야 저도 마음이 놓인단 말이에요. 안 그러면 손이 떨려서…."
정소괴가 말했다.
"애 봐야지요. 어쨌든 차로 오고가고 데려다 드릴 텐데, 아주 안전하다고요."
나는 정소괴가 무슨 생각을 하는지 알아차렸다. 그는 일종의 본능적인 방어 의식으로 평소에 다른 사람과 마 청장이 접촉할 통로를 가능한 한 최대한으로 봉쇄함으로써 다크호스黑馬의 출현을 방지하려는 것이었다. 세상에 나한테까지 저렇게 경계를 늦추지 않다니. 내가 말했다.
"그럼 동류 당신만 다녀와!"
동류가 갑자기 어리광을 부리듯 말했다.
"같이 가자니까요!"
정소괴가 어쩔 수 없다는 듯이 말했다.
"그럼 같이 가세."
동류는 일파를 안고 아래층의 장모님께 맡기러 갔다. 복도가 깜깜했다. 동류가 조심조심 걷자 정소괴가 재촉했다.
"빨리요, 빨리! 탈수脫水라고 했잖아요!"
나는 속으로 욕을 했다.
"내 자식은 인간도 아닌가? 넘어지면 어떻게 하라고!"

병원에 도착해 보니 경 원장과 몇몇 사람들이 침대를 둘러싸고 있었다. 정소괴가 먼저 뛰어 들어가서 숨을 헐떡거리며 말했다.
"왔습니다, 왔어요! 데리고 왔습니다!"
경 원장은 기뻐서 두 손을 비비면서 말했다.
"왔구나, 왔어!"
마치 무슨 구세주라도 등장한 것 같았다. 내가 보니 아이는 벌써 경련을 일으키고 있었다. 청장 사모님은 동류의 손을 잡으면서 애원했다.
"동 선생님, 저희 묘묘 좀 살려주세요! 바깥양반은 회의 참가하러 갔는데 벌써 모셔오라고 차 보냈어요."

동류는 이상할 정도로 침착하게 잠시 살펴보더니 말했다.

"손에 놓으면 아파해서 바늘이 미끄러져요. 이럴 때는 이마에 놓는 수밖에 없습니다."

경 원장이 지시했다.

"가서 칼 가져와요."

간호사가 바로 면도칼을 가지고 왔고, 동류는 알코올로 소독한 면도날로 아이의 이마에 잔머리를 동그랗게 밀어내고 자세히 살폈다.

"혈관이 너무 가늘어요."

청장 사모님은 안달하다 못해 부들부들 떨면서 말했다.

"그럼 어떻게 해요? 애 아빠랑 엄마는 다 미국에 있는데, 혹시라도 잘못되면 무슨 낯으로 애 부모를 봐요?"

동류가 말했다.

"한 번 해보죠."

말을 마치고 동류는 이마를 톡톡 몇 대 치더니 바늘을 집어 들었다. 청장 사모님은 고개를 돌렸고, 나도 긴장되어 숨이 멎는 것 같았다. 동류가 바늘을 찌르는 순간 나는 눈을 질끈 감았다. 눈을 다시 떠보자 피가 도는 것이 보였다. 사모님은 엄지손가락을 들어 보이면서 경 원장에게 외쳤다.

"이거예요, 이거!"

경 원장이 말했다.

"유명한 동일침董一鍼 모르는 사람 어디 있습니까!"

그리고는 동류에게 작은 목소리로 속삭였다.

"감사합니다."

동류가 그를 구해준 것이다. 안 그랬으면 나중에 마 청장을 무슨 낯으로 보겠는가. 잠시 후에 간호사가 약을 들고 들어와서 말했다.

"약 먹을 시간입니다."

55. 로마는 모든 길로 통한다

청장 사모님이 말했다.

"왜 좀 더 일찍 안 먹이고. 방금 주사 놨는데 또 움직이라는 거야?"

간호사는 억울하다는 듯이 손목의 시계를 쳐다보았다. 사모님이 말했다.

"약은 먹어야 하니, 먹여야지."

정소괴가 재빨리 조심스럽게 아이를 부축했다. 사모님이 약을 받아 들고 말했다.

"내가 하지, 내가."

사모님은 정소괴를 보면서 말했다.

"오늘 다들 수고하셨어요. 서 기사한테 집까지 모셔다 드리라고 하죠."

우리는 모두 병실에서 나왔다. 나오면서 고개를 돌려 꽃바구니가 몇 개나 왔는지 보았다. 벌써 여러 개가 와 있었고, 하나는 이미 밟혀 뭉개져 있었다. 사모님이 따라 나오면서 말했다.

"동 선생님, 오늘 밤 수고 좀 해 주시면 안 될까요? 혹시 바늘이 또 뽑히기라도 하면…."

경 원장도 말했다.

"안 그래도 옆방을 이미 비워 놓았습니다. 오늘 밤은 거기서 주무시죠. 유능한 사람이 일 많이 하게 되는 거야 어쩔 수 없지 않습니까?"

나와 동류는 병실로 들어갔다. 정소괴는 가지 않고 밖에 있었다. 마 청장을 기다리고 있는 것이다. 마 청장에게 자기가 놀고 있지 않다는 것을 보여주기 위해서였다. 나는 커튼 틈으로 정소괴가 두 손으로 머리를 받치고 멍청히 앉아 있는 것을 보았다.

"밖에 저러고 그냥 있는 꼴 좀 봐. 불쌍하잖아? 여기 침대 하나도 비어 있는데 들어오라고 하지."

동류가 말했다.

"싫어요. 기 좀 꺾어 놔야 해요. 평소에 다른 사람들이 정 처장님, 정

처장님, 하니까 아주 기고만장해서는…. 아마 지금쯤 밖에서 괜히 동류 얘기를 꺼냈다가 자기만 허공중에 떴다고 후회하고 있을 거예요."

그래도 나는 문을 열고 나왔다.

"정 처장, 안에 들어와서 쉬지. 여기 침대 하나 비었어."

그는 멍하게 있다가 화들짝 놀란 듯이 벌떡 일어나서 말했다.

"응? 내가 아직 안 갔나? 내가 왜 아직 안 갔지? 나도 가 봐야지. 서 기사가 차를 갖고 가버려서…."

그의 말을 듣고 나는 괜히 나섰다고 후회를 했다. 괜히 저 사람 우스운 꼴만 일깨워준 셈 아닌가! 나는 좋은 뜻으로 한 말이었는데 속으로 나를 욕하는 건 아닌지. 하여튼 난 마음이 너무 약해. 마음이 너무 약하다고! 그때 마침 등鄧 기사가 마 청장님을 모시고 총총 걸음으로 들어오고 있었다. 정소괴는 벌떡 일어나서 외쳤다.

"마 청장님!"

마 청장은 고개를 끄덕했지만 얼굴은 나를 보고 있었다.

"주사바늘이 들어갔다고? 좋아, 좋아. 대위 자네 부인 솜씨가 정말 대단하군!"

그 길로 병실로 들어섰다. 나와 동류가 따라 들어갔다. 청장 사모님은 우리를 들어오게 한 다음 따라 들어오려는 정소괴에겐 손짓을 해보였다.

"조용, 조용!"

정소괴는 문 밖에 멈추어 섰다. 얼굴에는 어색한 웃음을 띠고 있었다. 나는 얼른 문 가로 물러났다. 사모님은 침대 머리맡의 의자를 가리키면서 나더러 와서 앉으라는 손짓을 했다. 나는 잠시 머뭇거리다가 문 가로 물러나 정소괴 옆에 가서 섰다. 경 원장이 급히 들어오더니 묘묘의 상황을 마 청장에게 보고했다.

동류는 병원에 며칠 더 머물렀다. 매일 밤 나도 병원으로 가서 동류와 함께 있었다. 동류가 말했다.

"저 사람들 사는 것 좀 봐요. 손녀가 아프다니까 차 두 대가 다 움직이더라고요. 같은 사람인데 비교되는 것 봐요. 아주 열 받아 죽겠어요. 세상에는 두 종류의 사람이 있는데, 하나는 다른 사람 때문에 열 받는 사람이고, 또 하나는 다른 사람 열 받게 하는 사람이에요. 당신은 남 열 받게 할 주제는 못 되고 그냥 다른 사람 때문에 열 받는 사람이에요."

동류마저 현실의 잔혹함에 대해 심오한 깨달음에 도달했군. 우리는 매일 밤 어떻게 이 기회를 이용해서 마 청장에게 잘 보일까를 이야기했다. 다른 사람들은 꿈도 못 꿀 그런 기회였던 것이다. 눈앞의 첫 번째 단계는 청장 사모님과의 관계를 잘 다져놓아야 한다는 것, 그게 급선무였다. 낮에는 병문안 오는 사람이 끊이질 않아서 저녁마다 수십 개씩 치우는 데도 넘치는 꽃바구니를 이젠 심지어 우리 방에도 더 이상 놓을 데가 없었다. 나와 동류는 옆에서 세태의 염량炎凉을 똑똑히 볼 수가 있었다. 같은 사람이라도 다 같은 사람이 아니다. 그리고 그 다르다는 것도 사실 별 게 아니라 그 사람이 어느 위치에 앉아 있느냐에 달린 것이다.

상대적으로 독립된 많은 생활의 영역들. 개인이 그 영역 안에서 어떤 위치에 처하느냐, 그리고 얼마나 많은 이익을 얻을 수 있는가는 그와 핵심인물 사이의 관계가 어떠한가에 달려 있다. 그 핵심 인물이 손에 쥐고 있는 몇 개의 모자, 그 모자 아래에 모든 것이 있다. 그가 바로 자원의 원천이며, 그는 제법 자유롭게 또 합리적이고 합법적으로 그 자원을 자기가 인정하는 곳으로 분배할 수 있다. 권력이 전부이다. 권력은 매우 넓고 강하게 뻗쳐나가는 전부의 전부이고, 인생의 대大 근본이다. "모든 길은 로마로 통한다."(條條大道通羅馬)고 말들 하는데, 로마가 모든 길로 통하는 줄(羅馬通往條條大道) 아는 사람은 몇이나 될까? 돈으로는 안 되는 일이 있어도 권력으로는 못하는 일이 없다. 심지어 동류까지 그 덕을 입었다. 제 5병원의 사쳐 원장이 문병을 왔을 때 동류를 대하는 태도가 깍듯하기 그지없었다. 그제서야 나는 왜 사람들이 모든 것을 바쳐서, 심지어 생명까지 걸고서, 승부를 내보려고 하는지 이해할 수 있었다.

동류가 말했다.
"이렇게 많은 사람들이 문병을 오지만 이 중에 정말 묘묘가 걱정되어서 온 사람이 몇이나 될까요? 만약 조국의 다음 세대에 관심을 갖는 거라면 어째서 우리 일파한테는 아무도 관심을 갖지 않죠? 조국을 살린다느니 어쩌고저쩌고 갖다대지만 결국은 다 자기 자신을 살리기 위한 거예요. 요즘 사람들은 인간관계 챙기는 걸 전혀 부끄러워하거나 감추려 하지 않는다니까요. 어차피 그 뒤의 타산打算的 동기야 뻔한 것 아닌가요?"

"당신 하루 종일 여기 앉아서 사람들 연기하는 거 관찰하는구나."
청장 사모님은 할 일이 없으면 우리 방으로 와서 이야기를 나눴다. 선물을 한보따리 들고 와서 말했다.
"가져가서 아들 주세요. 이렇게 많은 과일 다 못 먹으면 아깝게 버려야 하잖아요."
동류가 사양이라도 할라치면 그녀가 말했다.
"도와주는 셈 치고 받아줘요. 이거 다 좋은 물건들이에요."
몇 번 왔다 갔다 하면서 사모님도 생각했던 것처럼 그렇게 가까이 하기 어려운 사람은 아니라는 걸 알게 되었다.
동류가 말했다.
"사모님, 전 사모님이 정말 이렇게 편하신 분인 줄 몰랐어요. 어쩜 그리 격의 없이 대해 주시는지 저는 감동했다니까요. 정말로 사람을 편하게 해주세요. 마음속에 막혀 있던 것까지 다 뚫리는 것 같아요."
나는 옆에서 들으면서 동류가 벌써 상류층 사람들과 커뮤니케이션

55. 로마는 모든 길로 통한다

하는 방법의 정수를 파악했다는 것을 알게 되었다. 절대 없는 이야기를 해서는 안 된다. 없는 이야기를 하게 되면 상대도 어색해 한다. 그러나 있는 사실은 아무리 과장해서 말해도 괜찮다. 칭찬에 약하다는 인성의 약점은 상대로 하여금 기꺼이 그러한 과장을 받아들이도록 해줄 것이다. 사모님 역시 만면에 웃음을 띠면서 말했다.

"그럼 내가 무슨 대단한 사람이라도 되는 줄 알았어요? 그런데 보면 정말로 상대하기 싫은 사람들이 있어요. 마음에도 없으면서 그저 우리 바깥양반 때문에 오는 사람들, 물론 그래도 여기까지 왔는데 내가 계속 얼굴 찌푸리고 있을 순 없잖아요?"

"그러게요. 그런 건 재미없죠. 마음에도 없으면서 완전히 무슨 사모님 앞에서 연기하는 것도 아니고 말이에요. 상대방이 연기하고 있는 배우 같다고 느껴지면 정말 기분 그렇지요. 그래도 사모님은 사람을 많이 보셔서 진짜인지 아닌지 척 보면 아시겠어요. 두 번 볼 필요도 없죠?"

내가 말했다.

"사모님께서 마 청장님과 함께 지난 몇 해 얼마나 많은 사람들을 봐 오셨을 텐데. 이젠 아마 손오공과 같은 금 눈동자, 불의 눈을 연마하셔서 한 번 보면 그 사람의 폐부까지 뚫어보실 걸?"

사모님이 말했다.

"무슨 불의 눈, 금 눈동자 정도는 아니지만, 내가 그래도 사람은 좀 보죠. 요 며칠 우리 손녀 문병 왔던 손님들 중에 몇 명은 사실 우리 바깥양반 자리에서 끌어내리려고 호시탐탐 노리는 사람도 있다니까요."

나는 그녀에게 그 사람들이 누구누구인지 물어야 하나 고민이 되었다. 내가 나중에 공격을 감행할 때 정확한 공격점을 가질 수 있으면 좋을 텐데. 그렇지만 공연히 물었다가 그녀의 반감을 살지도 모르기 때문에 꾹 참았다. 내가 말했다.

"마 청장님이야 워낙 자리가 자리이다 보니 불만 갖는 사람들도 있겠죠."

사모님이 말했다.

"불만이 얼마나 많은지 아주 두 눈에서 불길이 다 솟더라고요. 사실 그 자리가 뭐 그리 대단하다고. 매일 다른 사람들 뒤치다꺼리나 하는 거지."

동류가 말했다.

"얼마나 힘드시겠어요. 그게 어디 보통 무거운 짐입니까."

동류는 두 팔을 크게 벌려 보이면서 말했다.

"귀찮은 일은 또 얼마나 많고, 또 투덜거리는 사람들은 얼마나 많겠어요. 전 생각만 해도 끔찍해요. 아무리 희생해도 다른 사람들이 알아주지도 않고. 어디 주말에도 온전히 쉬실 수나 있겠어요?"

사모님이 말했다.

"자기 손해 보는 거 나밖에 몰라요. 이때까지 시간 맞춰 퇴근을 한 날이 있기나 하나. 내 진작부터 그만두라고 했는데, 성에서는 무슨 일이 있어도 우리 바깥양반이 그 책임을 맡아야 한다고 하니… 이 사람을 대신할 사람이 없답니다. 이젠 그만두고 싶어도 그만둘 수가 없죠."

"전 성省의 수천만 인민의 건강에 관련된 일이니, 정말 엄청난 책임이죠. 사실 세상에 인구 몇 천만 되는 나라도 얼마 안 되지 않습니까?"

동류가 말했다.

"마 청장님은 그러면 웬만한 나라의 위생부 장관하고 같겠네요."

나는 동류가 좀 오버를 한다 싶어서 발로 그녀의 발을 툭 쳤다. 그런데 웬걸, 사모님이 이런 말을 하는 게 아닌가!

"아이구, 다른 나라의 위생부 장관들도 이렇게 이것저것 다 신경 쓰고 관여하진 않을 거예요."

그녀가 저렇게까지 말하는 데야 뭐, 나도 마음을 놓았다.

사모님이 나가자 동류는 엄지손가락을 들어 보이면서 물었다.

"효과가 괜찮지?"

"사모님이야 뭐…. 마 청장님 있는 데에선 그렇게까지 하지 마. 마 청장님이야 듣기 좋은 소리 어디 한두 번 들었겠어? 다음에 혹시 마 청장님과 이야기할 기회가 생기면 소박하게 말해. 괜히 쓸데없는 수작부리지 말고 적당히 하라고. 다 알아들을 테니까. 윗자리에 있는 사람들은 인간관계에 대한 감각이 워낙 발달해 있기 때문에 너무 오버해서 얘기하는 건 아무 얘기 안 하는 것만도 못하다고."

"당신만 제일 똑똑한 줄 착각하지 말아요. 방금 나를 발로 찬 것도 예리한 사람 같았으면 단박에 당신이 무슨 생각하는지 알아차렸을 거예요."

"그럼 우리끼리 암호를 정하자. 상대방한테 주의를 줄 때는 입술에 침을 바르는 거야."

말을 하면서 입술에 침을 발라 보였다.

"이렇게."

그녀는 내 혀를 바라보더니 역시 입술에 침을 바르면서 말했다.

"그 대단한 마 청장님께서는 어쩜 매일같이 병원에 오시면서 나는 한 번도 보러 안 오시지?"

"사람이 그런 위치에 오르면 동작 하나하나에 다 의미가 담겨 있는 거야. 우선은 당신이 특별히 찾아와 볼만한 사람인지, 그리고 찾아왔을 때 다른 사람들이 어떻게 생각할지 다 생각하는 거지. 몸소 당신을 찾아오면 경 원장 체면이 뭐가 되겠어? 성省 인민병원에 주사 제대로 놓는 사람 하나 없어서 다른 병원에서 사람을 불러와 놓게 하다니! 다시 말해서, 주사야 그냥 주사이지, 수술하는 것과는 또 수준이 다르잖아."

나흘째 되는 날 동류는 집으로 돌아올 수 있었다.

사모님이 말했다.

"류柳는 집에 돌아가서 며칠 푹 쉬다가 출근해. 내가 이미 그 쪽 사 원장한테 전화해 놓았으니 아무 문제 없을 거야."

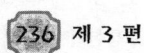

사모님이 동류를 '류'라고 부름으로써 순식간에 특별한 관계가 형성되었다. 나는 입술에 침을 발랐다. 동류가 그 기회를 놓치지 않고 말했다.

"사모님, 저한테 그렇게까지 신경을 써주시다니. 며칠 더 쉬는 것은 생각도 못했는데. 그리고 저를 '류'라고 불러주시니 제 마음이 얼마나 따뜻해지는지 몰라요. 어렸을 때 저희 어머니가 저를 그렇게 부르셨거든요. 사람들이 그렇게 안 부른 지도 오래 되었어요. 저희 엄마도 이제는 그렇게 안 부르세요. 아직도 그렇게 불러주는 사람이 있다니 가슴이 막 따뜻해져요."

사모님이 말했다.

"나도 모르게 그냥 그렇게 불러지더라고."

나도 옆에서 거들었다.

"또 무슨 일이 있으시면 동류를 부르세요. 아마 만사 제쳐놓고 달려갈 겁니다. 사모님 사람이라고 생각하시고 언제든지 말씀만 하세요. 아주 좋아서 뛰어갈 겁니다."

그녀가 대뜸 동류를 쳐다보더니 말했다.

"이쪽으로 아예 전근 오는 것은 어때? 갑자기 그런 생각이 드네."

그녀가 자기 입으로 이런 이야기를 꺼낼 줄이야 꿈에도 생각 못했었다. 우리 생각대로라면, 이런 문제를 꺼내려면 얼마나 이리 돌리고 저리 돌리고 이런 연막 저런 연막 다 쳐가면서 해야 할지 모르는 일이었다. 동류가 심 사모님의 손을 덥석 잡으며 말했다.

"벌써 몇 년 동안 바라고 바라던 일인지 몰라요. 정말이지 매일 이쪽 끝에서 저쪽 끝으로 왔다 갔다 하느라 해 뜨기 전에 나갔다가 해 저문 후에나 돌아온답니다. 그저 이곳으로 옮겨오는 일이 어렵고 또 어려운 일이라서 저는 사모님한테 말씀드리는 것은 고사하고 아예 감히 상상도 못하고 있었는데, 사모님께서 저 자신조차 생각하지 못했던 일까지 생각해주시니 가슴이 정말로 찡해집니다. 이쪽이 조건들이 다 좋아서 보통 사람들은 여기 들어오고 싶어도 들어올 수도 없답니다. 그저 사모님이 난처해지실까봐 그게 걱정이지요."
내가 말했다.
"당연히 난처한 일이지. 그렇지만 난처해도 일을 성사시키는 사람이 있고, 난처하기만 하고 일도 안 되는 사람이 있는데 다 사람 따라 다른 거지."
사모님은 나를 보더니 고개를 끄덕이며 미소를 지어보였다. 나는 그 미소의 의미가 무엇인지 이해할 수 없었다. 당황스러웠다. 내가 너무 엉뚱한 말을 했던 것 같아 후회되었다. 너무 지나쳤다. 그쪽에서야 뭐 우리한테 빚진 게 있는 것도 아니고, 사실 주사 몇 대 놓아준 것쯤이야 그냥 고맙다고 말하고 치워도 그만 아닌가! 게다가 대신 휴가까지 내주었는데. 모든 일은 그저 느긋하게 기다려야지 결코 조급하게 굴어서는 안 되는데…. 나는 몸을 앞으로 숙이고 어색한 미소를 지어보였다. 사모님이 고개를 끄덕이면서 말했다.
"그래요, 그럼 난 가 볼게요."
동류의 손을 토닥거리고 자리를 떴다.
나와 동류는 그녀를 문 밖까지 배웅했다. 몸을 돌리자 우리 두 사람 다 얼굴이 굳어 있었다. 동류가 말했다.
"막 희망이 보이는가 했더니 다 꽝이네! 이렇게 끝날 것 같았으면 차라리 좋아하지나 말 걸. 나보고 이렇게 말해라 저렇게 말해라 가르칠 땐 언제고 자기는 왜 그런 말을 한데? 내가 입술에 침 바르려고 보니까 벌써 늦었더군."
"나도 오늘 처음으로 내가 그렇게 비굴하게 웃을 수 있다는 걸 알았어. 그게 어디 사람 웃음이냐? 개나 그렇게 하지. 당신 개 웃는 것 본 적 있어?"
나도 사실 정말 슬펐다. 보아하니 영 소질이 없는 것 같았다. 이래서야 어떻게 그 역할에 몰입을 하겠어? 이렇게 생각하자 리더십 역시 일종의 예술, 깊이를 측정할 수 없는 심오한 예술이라는 생각이 들었다. 예전에는 '지도자의 예술' 이라느니 그런 소리 들을 때마다 비웃었는데…. 직접 강을 건너보지 않고서는 그 물의 깊이를 가늠할 수 없는 법이다(不曾涉河, 不知水之深淺).

집에 돌아와서도 나와 동류는 함께 사모님의 표정을 거듭 분석해 보았지만 결론을 내릴 수 없었다. 화가 나신 걸까? 그럴 것까지야 어디 있어? 그런데 화가 난 것이 아니라면 왜 또 그렇게 갑작스럽게 자리를 떴을까? 「표정학表情學」이라는 책이 없는 것이 안타까울 따름이었다. 그것도 '지도자의 예술'의 하나인데 말이다. 만일 언젠가 내가 그 정도 높은 자리에 오른다면, 나는 희로애락을 느낄 때 철저히 표정관리를 해서 주위 사람들이 내 마음을 쉽게 읽지 못하게 해야지. 이런저런 분석을 하다가 나는 짜증이 났다.

"나 지대위, 이때까지 남의 말이나 안색 살핀 적 없었고, 남의 표정 안 살피는 것과 마찬가지로 또 내 표정도 관리한 적 없었잖아! 이게 뭐야. 남의 눈치나 살피고 표정이나 관리하려 하고. 이런 것 좀 안 하면 어때서."

동류가 차가운 얼굴로 말했다.

"또 시작이야. 그래서 어쩌자고?"

그녀는 손가락으로 동그라미를 그려서 우리가 사는 집을 가리키면서 말했다.

"사람이 잘 나가도 한평생, 무너져도 한평생이에요. 사람은 한 번 사는 인생이라고요!"

나는 뱃속 가득했던 울분이 사라졌다. 그녀의 말 한 마디에 김이 빠져버렸다. "인간의 이 한평생", 이렇게 간단하고 명료하고, 또 조악하며 천박한 진실이 너무나 크고 너무나 깊은 모든 담론談論들의 의미를 애매하게 만들어버린다.

56. 청장 사모님

동류가 병원에 갔다가 아주 흥분해서 돌아왔다.
"사史 원장이 나한테 어찌나 잘해 주던지…, 이때까지 그런 적 없었는데 말이에요."
"그게 정말이야?"
"사 원장이 잘해 주니까 우리 과 주임도 친한 척하는 것 있지요? 자기도 사 원장 따라 나보고 류, 류 하고 불러대면서요."
나는 그게 다 마 청장의 영향력이 미치기 때문임을 알았다. 그녀가 싱글벙글거리는 것을 보고 내가 말했다.
"좀 태연하게 굴어! 득의양양한 표정 짓지 말고. 과 주임이 잘해 주는 거야 사 원장 때문이고, 사 원장이 잘해 주는 건 청장 사모님 때문인데, 그런데 아직 사모님이 어쩔지 모르잖아. 며칠 이러다가 끝날 수도 있는 건데 그때 가서 어떻게 하려고?"
그녀 얼굴에서 웃음이 싹 가시더니 말했다.
"생각해 보니 또 그러네요. 설에 사모님 댁에 인사를 가봐야겠어요. 그분도 한가한 분이 아니라고요."
"그럼, 가야지, 꼭 가야지. 안 가면 쓰나? 땅이 꺼지는 일이 있어도 가야지."

며칠 후에 경耿 원장이 내게 전화를 해서 동류와 함께 한 번 들르라고 했다. 전화를 끊자 나는 온몸이 부들부들 떨리기 시작했다. 이런 좋은 일이 이렇게 빨리? 동류가 돌아오자 나는 이 기쁜 소식을 전했다. 우리 둘은 너무 흥분해서 밤새 잠도 못자고, 또 한편으로는 괜히 헛물만 켜는 건 아닌가 하고 걱정도 되었다. 다음날 출근하자마자 우리는 바로 성省 인민병원으로 갔다. 경 원장 사무실에 가서 문을 열자 경 원장이 일어섰다. 그가 일어서는 모습을 보고 나는 좋은 일이라는 걸 직감할 수 있었다. 경 원장이 말했다.

"성 인민병원은 성 전체 위생계통에서는 핵심 중의 핵심이라고 할 수 있죠. 그래서 인재들을 절실히 필요로 하는 곳입니다. 인원 편성이 매우 빡빡하긴 하지만 업무상 필요하기도 하고 또 뛰어난 인재라면 역시 잡아두어야 하지요. 류는 가서 사 원장한테 전근 신청서를 작성해 제출하세요. 우리가 직접 사 원장 수중에서 인재를 빼오는 것은 아무래도 좀 그러니까. 사 원장만 허락한다면 얼른 이쪽으로 오십시오. 여기서는 퇴직 간부과科에서 일하는 것이 어떻겠습니까? 노인분들 성격이 얼마나 유난스러운지 동일침董一針 같은 분이 필요합니다. 여기 간호사들 주사 한 번에 못 놓았다가 그분들한테 꾸중 듣고 우는 일이 자주 있거든요. 동 간호사가 와서 제 부담도 좀 덜어주시고."

동류는 연신 머리를 끄덕거리면서 "예, 좋습니다"를 연발했다. 병원 문을 나서자 그녀는 고개를 들어 하늘을 쳐다보았다. 눈가에 고인 눈물이 겨울 햇빛을 받아 반짝거렸다. 갑자기 숨을 크게 들이쉬더니 그녀는 울음을 터뜨렸다.

이틀 동안 동류는 하루 종일 사모님 칭찬만 끊임없이 해댔다. 나조차 사모님이 아주 좋은 사람이라고 느껴질 정도였다. 그리고 결국에 가서는 마 청장님도 아주아주 훌륭하신 분이라고 생각되었다.

내가 말했다.

"역시 큰 인물들은 예의를 차릴 줄 안다니까. 예전엔 우리가 잘못 알았던 거야."

그렇지만 그분들이 잘해 주시는 것만큼 우리는 그만한 보답을 드릴 능력이 없었다. 몇 년 동안 나는 뱃속 가득 마 청장님에 대한 원한을 품고 있었다. 말로 표현하지 못하고 속으로 이를 북북 갈았던 적은 물론이고 윤옥아 앞에서 마 청장님에 대한 험담도 꽤 많이 했었다. 그런데 정말 이상한 일이었다. 지난 수 년 간의 악감정들이 하루아침에 싹 다 사라지다니. 나도 양심이 있지. 사모님이 그날 우리 앞에서 말을 아끼셨던 것은 결코 우리에게 화가 나서 그런 것이 아니었다. 오히려 동류를 놀라게 하기 위해서, 또 그를 통해 자신의 실력을 과시하기 위해서였던 것이다. 흥분한 가운데서도 내 안의 어떤 목소리, 나를 일깨우는 어떤 목소리가 들리기 시작했다.

"뼈다귀 하나를 던져주니 아주 좋아서 꼬리를 치는구나! 평소에는 아무리 해도 못하겠다고 하더니, 이제는 아주 진심으로부터 좋아서 꼬리를 치는구나!"

나는 스스로에게 실망했다. 그렇지만 사람이 일단 살고 봐야 하는 것 아닌가? 누가 자기 평생을 걸고 도박을 하고 싶겠는가? 무엇 무엇을 지키고 고집한다고 말로 하고 글로 쓸 수야 있지만, 정말로 그대로 실행에 옮기라는 것은 지나친 농담이다. 정신적인 가치가 생활의 충분한 근거가 될 수 있는가? 나는 쓴 웃음을 지었다. 스스로에게 침을 뱉는 상상을 했다. 한숨이 나왔다. 그리고 바보같이 히히 웃었다.

동류는 무슨 일이 있어도 사모님 댁에 다녀와야겠다고 했다. 나는 일부러 말했다.

"그 사람들이야 자기네 편하자고 당신을 전근시킨 것뿐이야. 그걸 당신은 그 사람들이 진심이라고 잘못 생각하고 있는 거야. 왜, 지금 가서 절이라도 하려고? 고맙다고 인사라도 하려고?"

"그게 진심이든 아니든 사실은 사실이잖아요. 나는 보이는 것만 믿어요! 절할 수 있으면 그것도 복이지요. 매정한 문전에서 쫓아내지만 않으면 말이에요. 만약 쫓아내면 '저는 아직 일 끝나지 않았습니다.' 고 하면서 안 가고 버틸 거예요."

동류는 현실적이었다. 무엇이 진짜고 무엇이 가짜인가? 일만 성사되면 그게 바로 진짜다. 일만 성사되면 인간관계도 형성되고 암묵적인 동의도 이루어지게 되어 있다. 모든 것은 무언無言 중에 이루어진다. 많은 말이 필요 없다. 이것 역시 게임의 규칙이다. 이렇게 되고 보니 모든 것이 자연스럽게 명백해졌다. 우리도 그 규칙에 따라야 한다. 내가 말했다.

"그럼 새해인사 드리러 가자!"
"연초에는 인사 오는 사람들이 얼마나 많을 텐데, 거기에 껴서 무슨 말을 할 수 있겠어요?"

생각해 보니 또 맞는 소리였다. 게다가 나는 말씀드릴 것도 있는데. 그러면 선물이라도 사가야 할 텐데 아무리 생각해도 무엇을 사가는 것이 좋을지 아이디어가 전혀 떠오르질 않았다. 안 선생님께 묻자 그가 말했다.

"상대가 누구인지를 봐야지. 그 인간이 없는 게 뭐가 있겠나? 물건 들고 들어가는 거 좋아 보일까? 동기 불순한 모습이지. 동기불순動機不純!"

생각해 보니 정말 그랬다. 결국 그날 저녁 우리는 빈손으로 마 청장님 댁을 찾았다.

현관 앞에 서자 나는 가슴이 뛰었다. 일파의 손을 잡고 있던 동류는 오히려 별로 긴장하지 않는 것 같았다. 나는 왼손으로 얼굴을 쓸어 내렸다. 가면을 쓴다고 생각하자 마음이 좀 차분해졌다. 보모保姆가 문을 열어 주었다. 사모님은 텔레비전을 보고 있다가 동류의 이름을 외쳤다.

"류, 류!"

그러나 인사이동에 대해서는 일언반구 언급을 않으셨다. 동류는 앞으로 나아가 그녀의 손을 잡고는 아무 말 없이 코부터 훌쩍거렸다. 사모님이 말했다.

"류, 좋은 일인데 울긴 왜 울어?"

묘묘渺渺가 나와서 덥석 일파의 손을 잡더니 자기 피아노를 구경시켜주러 들어갔다. 마 청장님이 집에 없는 것을 보고 나는 좀 실망스러웠다. 그렇지만 자리에 앉으면서 말했다.

"동류가 요 며칠 계속 사모님 얘기만 합니다. 한밤중에 깨서도 사모님, 사모님, 하고 중얼중얼 거리는 거예요. 하긴 그 오랜 세월 바라던 일이 꿈같이 이루어졌으니 자기도 믿기 힘들겠죠. 방금 오는 길에도 저한테 이게 생시냐고 묻더라고요. 몇 번이나 울었는지 몰라요."

나는 고개를 들고는 동류가 우는 모습을 흉내 냈다. 사모님이 말했다.

"내가 경 원장한테 좀 좋은 자리로 준비해달라고 했는데 어디로 배치됐어?"

"퇴직 간부과요. 그보다 더 좋을 순 없죠. 사모님, 다음에 무슨 일 있으면 꼭 저를 찾아주세요. 낮이면 낮, 밤이면 밤 제가 다른 건 몰라도 주사 하나는 잘 놓거든요. 제가 밤낮 지키면서, 사흘이고 닷새고…"

내가 말했다.

"어허, 이 댁에 맨날 아픈 사람이 있으면 안 되지."

나는 힐끗힐끗 좌우를 살폈다. 사모님이 말씀하셨다.

"남편은 지금 무슨 서류 읽을 것이 있다고 서재에 있어요. 하루 종일 일, 일, 저러다가 언제 한번 쓰러지지 싶어. 그 갑甲자 두 개, 세 개짜리 병원 허가 얻어내는 일들이 쉬운 게 아니거든요. 언젠가 저 짐들 다 내려놓으면 내 마음도 편하겠는데."

내가 말했다.

"마 청장님이야 일이 언제나 우선이시죠. 몇 년 사이에 우리 성省의 위생 시스템이 어떻게 변했는지 아주 하늘과 땅이 뒤집혀진 것 같습니다. 그리고 워낙 프로 정신이 투철하셔서 전 성 위생 시스템 십 수만 명을 다 신경 쓰시느라 말입니다."

사모님은 원망스럽다는 듯이 말씀하셨다.

"그래도 식구들과도 시간을 좀 함께 해야 하는 것 아닌가요?"

동류가 말했다.

"십 수만 명은요, 전 성省의 수천만 명의 건강을 모두 신경 쓰시느라 그런 거지."

사모님이 말씀하셨다.

"성省이며 위생부에서는 하고한 날 목표치로 찍어 누르죠. 윗사람들은 그저 수치만 따질 줄 알았지 그 밑에 있는 사람들이 얼마나 고생하는지는 모른다오. 한 걸음만 느긋하게 움직이면 다른 성에서 잽싸게 앞질러버릴 텐데 그걸 못 참는 거지."

내가 말했다.

"어떤 성에선요, 제 친구가 거기 사는데요, 데이터 수치들을 어떻게 만드는 줄 아세요? 그냥 문서 작성 프로그램으로 써낸답니다! 우리 성처럼 이렇게 제대로 하는 데는 전국에 몇 군데 없습니다."

동류가 재빨리 입술에 침을 발랐다. 내 말이 좀 과했다고 생각하는 모양이다. 그렇지만 몇 번 만나본 결과 나는 사모님한테는 그렇게까지 신중하게 대하지 않아도 된다는 걸 알게 되었다. 아니나 다를까 그녀가 말했다.

"맞아요, 바깥양반 책임감이 너무 강해요, 너무."

한참 얘기를 하다가 동류가 말했다.

"저는 그날 사모님께서 그저 저한테 농담하시는 줄 알았어요. 그런데 그 한 마디 한 마디가 다 진담이셨어요. 관음보살 입에서 연꽃 나오는 것처럼."

내가 말했다.

"한 마디 한 마디가 다 진담이지, 그럼. 하도 확실한 진담들이라 아마 벽에 가서 부딪치면 벽에 구멍이 날 걸?"
사모님은 흥분해서 말씀하셨다.
"나도 그렇게 유능한 건 아니에요. 다음에 무슨 일 부탁받아도 이번처럼 이렇게 바로 효과를 본다는 보장은 없어요."
나와 동류가 얘기하는 것을 듣고 그녀는 우리가 또 다른 부탁이 있는 줄 알고 경각심이 생겼던 모양이다. 나와 동류는 거의 동시에 혀로 입술에 침을 발랐다. 동류가 말했다.
"앞으로 또 무슨 신세를 져요? 이번 일로 이미 너무 황송해요."
내가 말했다.
"한 번 잘해 주면 그것을 시작으로 끝없이 뭔가를 요구하는 사람들도 있지요. 저희는 그런 코끼리 삼키려는 뱀처럼 염치없는 사람들蛇吞象的人 아닙니다."
사모님이 말씀하셨다.
"저도 그런 사람들을 봤어요. 그런 사람들한텐 웃는 얼굴도 못 보인다니까요. 틈만 보이면 거기로 비집고 들어오려고 난리를 치죠."
내가 말했다.
"사모님과 마 청장님께서 이렇게 주동적으로 아랫사람 입장에서 생각하고 계실 줄 누가 알겠어요? 저희도 꿈에도 생각 못했던 일입니다."
동류가 말했다.
"관직에 있는 사람들 중에 서민들의 고충을 생각하는 사람이 몇 명이나 있겠어요? 그런 생각을 하는 사람, 마 청장님처럼 이렇게 실천하는 사람은 거의 없지요."
사모님이 한숨을 쉬며 말했다.
"정말로 우리 바깥양반 같은 사람은 몇 없다니까."
내가 말했다.
"만약 마 청장님께서 관할하시는 범위가 조금만 더 크면, 정말 전 성 인민들의 복일 겁니다."

사모님은 나를 보며 아주 신비로운 웃음을 지었다. 그 웃음에는 특별한 의미가 담겨 있었지만, 그러나 나는 그 뜻을 정확히 이해할 수가 없었다.

그때 묘묘와 일파가 손을 잡고 들어왔다. 동류가 말했다.
"애들은 보자마자 저렇게 친해지네요. 우리 일파가 별로 사람들과 잘 어울리는 편이 아닌데 묘묘랑은 마음이 잘 맞나 봐요."
사모님이 말씀하셨다.
"요즘 애들은 너무 외로워요. 정말 너무 불쌍해. 앞으로 자주 일파 데리고 놀러 와요."
나는 한 번 떠보는 차원에서 말했다.
"일 년에 한 번 오는 것도 큰 실례인데, 몇 번씩이나 오다니요? 마 청장님도 쉬셔야지요."
사모님이 말씀하셨다.
"그 양반이야 서재에서 일하니까 방해될 것 없어요. 류는 그냥 애 데리고 오기만 해. 묘묘도 친구 있으면 좋고, 나도 얘기할 사람 있어서 좋고…. 우리는 서로 말도 잘 통하는 것 같은데."
묘묘가 말했다.
"할머니, 나랑 일파 오빠랑 결혼사진 찍어줘요."
말하면서 종이로 접은 사진기를 사모님 손에 쥐어주었다.
내가 말했다.
"우리 일파 예쁜 신부랑 결혼하네."
사모님이 감탄했다.
"정말로 천사 같이 예쁜 한 쌍이네."
그리고는 정말로 사진기를 가져와서 아이들 사진을 찍어주었다. 사모님은 묘묘에게 당시唐詩를 외워보라고 시켰다. 아이가 시를 두 수 낭송했다. 동류가 말했다.

"묘묘는 천재인가 봐요. 당시도 외우고, 피아노도 잘 치고…."
일파는 자기도 뭔가 보여주고 싶은지 동류를 쳐다보면서 말했다.
"엄마 나도 하나 외워도 돼?"
동류가 못 들은 척 일파 등을 떠밀면서 말했다.
"자, 가서 묘묘랑 놀아!"

그때 마 청장님이 서재에서 나왔다. 나와 동류는 얼른 자리에서 일어섰다. 마 청장님이 말했다.
"지대위 왔나?"
손가락으로 아래를 가리켰고, 나와 동류는 전기라도 통한 듯이 자리에 앉았다. 동류가 집에서 준비해 온 대사를 읊었다.
"마 청장님께 감사하다는 말씀 드리려고 왔습니다. 늦은 시간에 혼자 오기가 좀 그래서 남편하고 같이 들렀습니다."
말을 하면서 나를 가리켰고, 나도 옆에서 머리를 끄덕였다. 동류가 말을 이었다.
"뭐라고 감사를 드려야 할지 모르겠습니다. 결혼한 다음부터 계속 성 남쪽에서 성 북쪽으로 바쁘게 뛰어다녔는데, 앞으로도 평생 그렇게 살아야 되는 줄 알았는데, 이렇게 쉽게 해결될 줄은 정말 꿈에도 생각 못 했습니다."
마 청장님이 말씀하셨다.
"이번 일은 동류 자네 재능이 탁월해서 데리고 온 거야. 외지에 가족들 두고도 데려 올 수 없는 사람이 어디 한 둘인가. 우리 시市의 규정에 따라 일률적으로 처리한 것일 뿐 특별히 봐 준 건 없어."
내가 말했다.
"이 사람이 요 며칠 줄곧 마 청장님, 사모님 이야기를 얼마나 하는지, 어제는 한밤중에 자다 깨서까지 또 이야기를 하더라고요."
마 청장은 그에 대해서는 아무 말도 하지 않고 동류에게 물었다.

"거기서 부서는 어떻게 배치되었나? 다른 사람들이 딴 소리 하지는 않고?"

"경 원장님께서 퇴직 간부과에 배속시켜 주었습니다. 다른 사람들은 아마 제가 일이 너무 잘 풀리는 것처럼 여기겠죠."

마 청장님이 말씀하셨다.

"무슨 일이든지 딴 소리 하는 사람들이 꼭 한둘은 있게 마련이지. 그런 소리 듣는 게 무서우면 아무 일도 못하지. 지대위, 자네는 우리 집 처음 온 거지?"

"예전에 유자 갖다 드리러, 전번 집으로 한번 와봤습니다."

"일하기는 괜찮지?"

"한가합니다."

나는 하마터면 "벌써 몇 년째 한가합니다." 하고 말할 뻔했다.

"일 년 동안 처리해야 할 일이 얼마 없어서, 일이 없을 때는 책 읽고 논문 쓰고, 그 중에서 몇 편은 북경에서 발표되기도 했습니다."

마 청장은 관심을 보이며 무슨 논문을 어디다 발표했느냐고 물었다. 내가 대답하자 말했다.

"내 연구 분야와도 제법 가깝군. 위생청 내에 행정 일을 하면서 연구 계속하는 사람 몇 없는데…."

사모님이 말씀하셨다.

"우리 바깥양반도 아무리 바빠도 일 년에 논문 몇 편씩은 꼭 쓴다오."

내가 말했다.

"마 청장님께선 일찌감치 연구원도 되셨고, 책도 벌써 내셨는데, 하루 종일 그렇게 바쁘시면서 논문까지 쓰신다니 저로선 상상조차 하기 힘듭니다. 언젠가 마 청장님께서 박사 지도교수가 되시면 그때 저도 마 청장님 아래에서 박사과정을 밟고 싶습니다."

나는 그가 출판한 책들과 논문들을 이미 다 자세히 읽었기 때문에 애기하기가 아주 수월했고, 상황과 정도에 꼭 맞는 반응을 보일 수 있었다. 그는 전혀 예상치 못했던 일이었는지 약간은 놀랍다는 듯이 나를 쳐다보았다. 분위기가 좋아졌으므로, 이제 화제를 어떻게 예정된 궤도로 진입시킬지를 생각하고 있었다. 그렇지만 위생청 내의 일을 경솔하게 이러쿵저러쿵 해도 괜찮을까? 그런 생각을 하고 있는데 동류가 말을 꺼냈다.

"지대위가 다른 과로 좀 옮겼으면 좋겠어요. 윤옥아라는 여자가 말이 너무 많아서 하루 종일 출처불명의 소문들만 떠든다니까요."

마 청장은 텔레비전을 보면서 아무 말도 하지 않았다. 나는 속으로 또 여기서 막히는구나. 어떻게 하면 얘기를 진전시킬 수 있을까 생각하고 있는데, 웬걸, 사모님이 물으셨다.

"무슨 출처불명의 소문?"

나는 마음 모질게 먹고 입을 열었다.

"청사에 관한 이야기죠, 뭐. 그 사람 남편이 회계과에 있어서 듣는 이야기가 많은가 봅니다. 진짜인지 어쩐지는 모르겠지만요."

윤옥아의 남편 이야기가 나오자 마 청장님이 고개를 돌려 말했다.

"무슨 이야기가 그렇게 많아? 난 왜 한 번도 들은 적이 없지?"

나는 이를 악 물고 대답했다.

"아무리 일이 잘 되어도 그 사람들은 이런저런 문제가 눈에 띄나 봅니다."

마 청장님이 말씀하셨다.

"무슨 문제? 정말 문제가 있는데 우리가 모르고 있는 것일 수도 있지."

나는 평소에 윤옥아가 늘어놓은 정체불명의 수상한 얘기들을 했다. 마 청장이 말했다.

"그 말도 나름대로 일리는 있네."

마 청장이 이런 식으로 대꾸할 줄이야. 더 이상 어떤 식으로 이야기를 진전시켜야 할지 알 수가 없었다. 나는 안 선생님이 한 말이 생각났다. 사람은 다 자기 자신에게 편견을 가지고 있다고, 큰 인물들도 예외는 아니라고 했는데, 아니 도대체 마 청장님은 그 예외란 말인가? 이런 생각을 하면서 내가 말했다.

"제 생각에 그 친구는 흠을 잡다 못해 계란에서 뼈를 고르는 정도가 아니라, 아주 공기 중에서까지 뼈를 발라내려는 사람 같습니다. 어떤 말들은 정말 듣는 제가 다 화가 납니다. 사람이 말을 할 때는 실사구시實事求是를 해야지, 자기 기분대로 떠들어선 안 되지요."

사모님이 톡 뛰어들었다.

"글쎄, 그 여자 남편이 그렇다니까요."

마 청장님이 눈짓을 하자 사모님이 얼른 입을 다물었다. 마 청장님이 말했다.

"일국의 간부로서 가장 중요한 소양은 바로 실사구시實事求是임에 틀림 없어. 이것은 당의 기본 원칙이기도 하지. 감정을 사실로 받아들이면 오류를 범하게 되어 있지."

그가 이렇게 말하는 것을 듣고 나는 마음이 놓였다. 내가 꺼낸 이야기가 그가 평소에 느끼던 바와 서로 맞아떨어졌던 것이다. 과연 큰 인물도 예외는 아니로군. 다른 사람이 자기를 험담하고 다닌다는 데 기분 좋을 턱이 있나! 마 청장이 말했다.

"위생청 업무 중에서 개선해야 할 부분이 매우 많지. 모두의 노력이 필요하지만 그런 식으로는 곤란해."

나는 이 기회를 놓치지 않고 말했다.

"제 생각엔 위생청 차원에서 자신을 좀 더 드러내도 될 것 같습니다. 그러지 못할 이유가 뭐 있습니까? 저희나 겸손 떨지 다른 사람들은 그렇지 않습니다. 그러다 보니 별 노력도 안 하고 착실하게 업무에 집중하지도 않는 사람들이 오히려 티가 나는 일이 생기는 겁니다. 그리고 우리 위생청도 정말로 진열관 내지 작은 박물관을 하나 만들어야 합니다. 위생청 발전의 흔적을 역사의 기록으로 남겨서 뒷사람들에게 앞사람들이 겪은 창업의 노고를 깨닫게 해야 합니다."

마 청장은 생각나는 것이 있는 것처럼 고개만 끄덕이고 아무 말도 하지 않았다. 이젠 그만 가도 될 것 같았다. 그렇지만 곧장 자리를 뜨면 마치 이 말 때문에 온 것처럼 보일 것 같아서 일부러 사모님과 묘묘 이야기, 어린애들마다 성격이 천차만별이라는 이야기를 하기 시작했다. 동류는 말을 하다하다 정신을 못 차리고 연신 우리 일파 자랑만 하기 시작했다. 사모님이 묘묘의 재미있었던 이야기를 하나 하자, 동류가 얼른 이어서 일파의 재미있었던 이야기를 하기 시작했다. 내가 몇 번이나 혀로 입술을 문지르고 나서야 그녀는 정신을 차리고 사모님이 주로 이야기하시도록 했다.

집에 돌아오는 길에 동류가 말했다.

"원래는 진심으로 그분들한테 감사드리러 갔던 것인데, 어찌 된 셈인지 당신과 내가 번갈아 가면서 혀를 굴리다 보니 진심도 거짓처럼 되어 버리고 말았네요. 정말이지 사모님한테 죄송해요."

"어쩔 수 없지 뭐. 이렇게 안 하면 또 별 수 있나?"

"그래도 효과는 괜찮았던 것 같아요."

"진심이라고 말하려면 무슨 효과를 따져선 안 되는 거야. 당신 지금 효과라는 두 글자를 쓰려면 정말로 진심으로라는 말은 써서는 안 되는 거라고. 그땐 벌써 연기演技가 돼버리는 거야, 연기. 다행히 그분들이야 이미 익숙하지만, 그래도 청장 자리에 몇 년을 앉아 있었는데 주위 사람들이 연기하고 있다는 것도 모르겠어? 문제는 그 사람들도 그런 연기를 필요로 한다는 거지. 그렇게 오랜 세월 연기하다 보면 거짓도 진짜가 되는 거야. 그래도 우리는 어느 정도는 진심이었잖아. 혼자 힘으로 살 수 있다면 몰라도 다른 사람의 힘에 의존해서 살겠다고 하면서도 연기는 못하겠다고 해서는 안 되지. 당신 모든 사람들한테 다 진심으로 대해봐. 당신을 갖다 팔아도 당신은 어떻게 팔렸는지, 누가 팔았는지도 모를 거라고."

"오늘은 당신도 다른 사람을 팔았어요!"

그 말에 마음이 좀 언짢아졌지만 사실이었다.

"어쨌든 내가 꾸며내거나 뭘 덧붙인 것도 아니고 다 윤옥아 입에서 나온 말 그대로라고."

"당신, 앞으로는 말조심해요. 당신은 너무 솔직해서 통제를 못하는 것 같아. 솔직하고 싶으면 호일병씨와 얘기할 때나 솔직하고 다른 데서는 그러지 말아요. 솔직하다는 것, 그거 산소가 부족하다는 것 아니에요?"

"맞아, 맞아. 내 성격이 좀 그렇지. 이젠 나도 나름대로 생각도 있는데 기분 내키는 대로 함부로 떠들어선 안 되지. 조직 안에서 무슨 개성이니 성격이니 하는 게 있어? 개성이니 성격이니 하는 것들 죄다 갈고 닦아서 대세에 복종하게 만들어야지. 안 그랬다간 조직이란 기계가 움직이기 시작하면 그대로 밖으로 밀려나버리고 말 텐데."

나는 아직도 나 자신을 더 갈고 닦아야 할 것 같다. 스스로를 적으로 삼고 싸워서 이겨내야 한다. 그럴 수 없다면? 그래도 싸워야 한다. 싸워야 한다!

 **57. 마 청장의 일곱 가지 죄**

　다음날 아침, 계단에서 마 청장님과 마주쳤다. 나는 '마 청장님!' 하고 부르면서 옆으로 비켜섰다. 이것이 위생청의 교통규칙이었다. 예전에는 지키지 않았지만 오늘은 별 생각 없이 바로 딱 멈추어 섰다. 그는 평소와 같이 고개를 끄덕이면서 지나갔다. 별다른 표정이 없었다. 그의 그런 태도가 나로 하여금 의구심이 들게 했다. 청장의 표정은 절대로 아무런 의미가 없는 게 아니다. 나는 어제 저녁의 그 묵계가 이뤄진 다음 마 청장이 최소한 어떤 제스처를 통해서 우리의 묵계를 긍정할 것이라고 생각했다. 예를 들면 미소를 짓는다거나 아니면 눈빛으로라도. 그러고 보면 그는 아직도 몇 년 전에 내가 저지른 잘못을 기억하고 있는 게 분명했다.
　그때는 내가 정말 정신이 나갔었지. 세상 무서운 줄 모르고 말이야. 사람이 자기가 몸담은 바닥에서 생존을 추구하는 동시에 그 바닥 사람과 일에 대해 이것저것 멋대로 떠든다는 것은 있을 수 없는 일이다. 이런 생각을 하자 몸서리가 처지면서 등에 한 줄기 차가운 기운이 전기마냥 찌릿 하고 발끝까지 전해지는 듯 온몸에 소름이 돋았다. 나는 심연 속으로 떨어지는 것 같은 느낌이었다. 그곳은 끝도 없는 암흑 속, 얼음 기둥들이 여기저기 솟아 있는 가운데 한 줄기 희미한 빛이 보이고 한기가 감도는 곳이었다. 두 손을 앞으로 뻗어 더듬더듬 앞으로 나갔다. 손에 차가운 얼음이 와 닿았지만 저 빛이 어디서 오는지는 도무지 알 수 없었다.

그렇지만 조금 아까 전의 마 청장의 표정을 다시 한 번 되새겨 보고 나는 나의 판단이 정확하지 않을 수도 있다는 생각이 들었다. 어쩌면 평소와 조금은 달랐을지도 모른다. 그렇게 사무적이지만은 않았었던 것 같고, 다만 내가 기대했던 것과 좀 차이가 있었을 뿐이라고 생각하자 마음이 좀 놓였다. 오후에 퇴근할 때 입구에서 마 청장님과 다시 한 번 마주칠 기회를 만든 다음 그 표정을 다시 한 번 느껴봐야겠다. 그저 내가 사람 표정 관찰하는 수준이 아직 한참 떨어짐을 탓하는 수밖에.

그런 생각을 하면서 사무실에 들어서자 윤옥아가 말했다.
"지 씨, 왜 그렇게 얼굴색이 안 좋아?"
"나 같은 빈농의 얼굴색이 안 나쁘면 누구의 얼굴색이 나쁘겠어요? 배불리 먹고 배 쓰다듬는 지주나 부농의 얼굴색이 나쁘겠어요?"
그녀가 연신 고개를 끄덕이면서 말했다.
"대위 씨 같이 유능한 사람이 이런 데서 썩고 있으니…."
그녀의 그 한 마디가 내 정신을 번쩍 들게 했다. 내가 방금 한 말, 문제가 없을까? 역시 정체불명의 수상쩍은 말이 아닌가! 희로喜怒의 감정을 드러내는 것은 금기 중의 금기. 이러면 안 되는데, 내가 아직도 수련이 부족하구나!
그녀가 말했다.
"어디 안 좋으면 의무실에 가보지 그래."
그 말에서 따뜻함이 느껴졌다. 하긴, 몇 년 동안 나와 이렇게 마주 앉아 일한, 마흔이 다 되어서도 소녀 같은 차림새를 하고 있는 그녀를 보고 있자니 미안한 마음이 들었다. 지난 몇 년을 같이 일했는데, 입이 좀 싸긴 해도, 그래도 나쁜 사람은 아니었다. 요즘 같은 시절에 다른 사람

해치지만 않으면 다 좋은 사람이지. 그것도 쉬운 일이 아니다. 그녀는 내가 자기를 팔아넘겼다는 사실을 알고 있을까? 생각이 이에 미치자 나는 혹시 내가 모르는 사이에 다른 사람들도 나를 물 먹였던 것은 아닐까? 여기 이 자리에 앉아서 몇 년을 한가롭게 보내는 동안 도대체 누가 날 팔았을까? 내가 이 모양 이 꼴로 있는 걸 보고 분명히 즐거워한 사람이 있겠지.

그 순간 정소괴가 떠올랐다. 혹시 그가? 그 인간한테 팔린 적이 있을까? 갑자기 그놈의 얼굴이 눈앞에 떠올랐다. 마음 같아서는 한 방 날리고 싶었다. 누구를 팔아넘기려 해도 조건이 필요한 법이다. 윗사람이 그 사람한테 조그마한 불만도 없다면 팔아넘기려야 팔아넘길 수도 없고, 그에 걸맞은 보상도 받지 못하게 마련이다. 다 윗사람한테 잘못 보인 내가 잘못이지. 그러니 다른 사람이 나를 팔지.

나는 윤옥아와 여느 때보다 더 다정한 분위기에서 집안 이야기를 나눴다. 그녀는 중학교 다니는 딸 얘기를 하다가 내 칭찬 몇 마디에 기분이 아주 좋아져서 흥분하기 시작했다. 역시 나쁜 사람은 아니야. 그렇지만 큰 인물이 될만한 재목도 아니지. 그녀는 승진 못한 것에 대해 뱃속 가득 불만을 품고 괴로워서 목이라도 매겠다는 듯이 굴었지만, 아무래도 자기 자신을 잘 모르고 있었다. 얼굴에 저렇게 감정이 다 드러나서야 평생 잘 풀릴 수가 없다. 순간 내 표정은 어떨까 생각해 보았다. 미소의 정도를 조절하면서 내 얼굴을 마음속으로 가지고 와서 감상하고 있었다. 그러다가 나는 다시 정신이 번쩍 드는 듯했다. 제기랄! 네가 그런 표정 연기를 할 기회나 있겠냐? 그냥 울고 싶으면 울고, 웃고 싶으면 웃고, 그렇게 통쾌하게 살지 그래! 그렇지만 아무 것도 가진 게 없는 사람이 과연 통쾌하게 살 수 있을까?

윤옥아는 흥분해서 말을 하다가 갑자기 입을 꾹 다물었다. 하고 싶은 말을 꾹 참고 있는 듯한 표정으로 나를 쳐다보았다. 내가 그녀를 쳐다보자, 그녀는 다시 고개를 숙이고 신문을 보기 시작했다. 밖에서 바람을 쐬고 들어오는데 누군가와 전화를 하고 있었다. 마지막 한 구절은 들을 수 있었다.

"아무래도 직접 말씀하시는 게 낫겠어요, 직접 말씀하세요."

이런 말을 끝으로 전화를 끊었다.

내가 자리에 앉자 그녀는 힐끔힐끔 전화 쪽을 쳐다보았다. 마치 그녀의 지시라도 받은 것처럼 전화벨이 울리기 시작했다. 평소 같으면 잽싸게 수화기를 낚아챘을 그녀가 웬일인지 나한테 전화를 받으라는 눈짓을 보냈다. 나는 전화를 받았다. 중의연구원의 서소화舒少華 교수였다. 저녁에 자기네 집으로 좀 와달라고 했다. 그는 이전에 중의연구원 원장으로 전국에 이름이 난 정형외과 전문의였다. 전화를 끊고 나는 의아했다. 서소화가 왜 나를 찾지? 윤옥아를 쳐다보자 그녀는 고개를 숙이고 신문을 보고 있었다. 평소와 다른 이상한 침묵으로 무언가를 숨기고 있었다.

저녁에 나는 서소화 교수의 집으로 갔다. 노크를 하자 문이 바로 열렸다. 마치 누가 이미 문 뒤에서 기다리고 있었던 것 같았다. 그는 아주 친절하게 내게 악수를 청했다. 내가 말했다.

"서 교수님께서 절 찾으시다니, 뭐 제가 도와드릴 일이라도 있습니까?"

"앉아서 천천히 얘기하세."

직접 차까지 따라주면서 그가 이야기를 꺼냈다.

"지대위 씨가 위생청에 온 게 언제지?"

"85년입니다."

그가 탄식을 하며 말했다.

"아이고, 강산이 다 변했겠네. 석사 마치고 들어와서?"

내가 고개를 끄덕이자 그가 말했다.

"논문도 적지 않게 발표했다면서?"

그가 나에 대해 이렇게 많은 걸 알고 있는 줄은 몰랐는데, 설마 나와 무슨 연구 프로젝트라도 같이 하고 싶어서 이러나?

"몇 편 발표했습니다."

그는 관심 있게 논문의 내용을 묻더니 다음부터는 자기가 내 논문을 추천해 주겠다고 했다. 고마운 일이었지만 의심스러웠다. 아무런 이유 없이 무턱대고 잘해 줄 리가 만무했다. 세상에 그런 일이 있을 리가 없지! 그가 말을 돌렸다.

"인재야, 인재. 지대위 씨는! 그런데 위생청은 인재는 별로 대접하지 않고, 그저 누가 말 잘 듣는지 그거만 보지."

"윗자리에 있는 사람들의 생각은 다르기 마련이니까요. 그분들은 그분들 나름의 기준이 있겠지요."

"그게 문제야, 아주 심각한 문제! 국가에서는 지식을 존중하고 인재를 존중하라고 하는데 우리 청은 뭘 하는 건지. 그러면서 뻥은 또 얼마나 쳐대는지! 그 소리가 너무 우렁차서 산천이 다 흔들릴 정도지만, 그러나 그게 다 뻥인걸! 석사 출신인 지대위 씨는 그런 자리에 이렇게 오랜 세월 앉혀 놓고, 그 사이 위로 올라간 인간들 수준 하고는…."

그 말이 내 가슴에 쾅, 하고 와 닿았다. 나는 보일 듯 말 듯 고개를 끄덕였다. 그가 말을 이었다.

"수리청水利廳 얘기 들어 봤소?"

"윤옥아 씨가 하는 말 조금은 들었는데, 잘 모릅니다."

"다 같이 합심 협력해서 오吳 청장을 끌어내렸대요. 역사의 새로운 장을 연 거지."

그는 수리청의 얘기를 하면서 그 과정에 참여했던 사람들이 다 응분의 대가를 받았다는 점을 암시했다. 그가 말했다.

"우리 위생청도 그렇게 해야 하지 않을까? 요즘이 어떤 시대인가? 민주와 법치를 외치는 시대 아닌가? 그런데도 아직도 독단적으로 일을 처리하고 자기 말을 따르는 사람만 살리고 어기는 사람은 망하게 하는 그런 짓을 하고 있으니….”

나는 겉으로는 머리를 끄덕였지만 속으로는 생각했다.

"당신 서소화는 그 자리에 올라가면 그렇게 안 하리라는 보장 있어? 당신 아들이 어떻게 그 자리에 올랐고, 어떻게 상을 받았는데? 뭐 하나 특별한 것도 없으면서 말이야."

그는 내가 머리를 끄덕이는 것을 보더니 서류 가방에서 컴퓨터로 출력한 편지 한 통을 꺼내 보여줬다. 성省 위원회 앞으로 쓴 그 편지에는 마 청장의 일곱 가지 죄목이 열거되어 있었다. 첫째는 전제 독재에 독단적 의사결정―言堂, 둘째는 지나친 공명욕好大喜功, 셋째는 인사에 있어서의 권력남용以權謀私이었다. 서소화가 말했다.

"모두 다 하나같이 살상력殺傷力을 지닌 문제점들이지. 첫째 조항으로 말하자면, 그 인간이 청장 자리에 오른 지 칠년 남짓 되었는데 부 청장이 벌써 다섯, 여섯 명이나 바뀌었어. 두 번째 조항은 요 몇 년 입원병동을 많이 지었다고는 하나 외관이야 화려하지만 그로 인한 적자가 도대체 얼마인가? 그게 다 조만간 폭발할 화약통이지. 셋째, 인사에 있어서 권력을 남용했다는 점이야. 성 인민병원의 하고 많은 의사들 중에 왜 하필이면 자기 아들을 외국으로 연수 보내며, 또 성 위생계통에 얼마나 많은 전문가들이 있는데 기어코 자기가 하리하량何利何梁 장학금을 받느냐 이거야. 자그마치 오만 홍콩 달러나 말이야."

그 편지를 보고 나는 등줄기에서 땀이 다 흘렀다. 모두 일곱 가지 항목으로 하나하나가 옳은 말이었다. 내가 편지를 다시 돌려주자 그가 물었다.

"없는 말 아니지?"

"예, 그러네요. 그래요."

"우리가 지대위 씨를 부른 건 두 가지 이유에서야. 첫째는 중의학원에 수상평가 내역에 대해 이야기해줬으면 하는 것이고, 둘째는 여기에

서명을 하지 않겠냐는 거지. 사람이 많으면 힘도 더 커지는 것 아니겠나."

그가 종이 한 장을 가져왔다. 거기에는 이미 오십 여 명의 서명이 있었다. 유명한 전문가들의 이름도 몇 있었다. 서소화의 이름이 제일 처음에 있었고, 윤옥아 남편의 이름도 있었다. 심장이 두근두근 뛰었다. 어느 편에 서야 할지 알 수가 없었다. 망설이고 있는데 연구원 인사과 정鄭 과장의 이름이 눈에 들어왔다. 몇 달 전에 내가 이곳으로 부서를 옮기려다 벽에 부딪쳤던 일이 생각났다. 그때도 서소화가 이곳 원장이었지. 순간 나는 그들과 함께 하지 않기로 결심했다.

"수상평가에 관한 일은, 저야 그저 논문 접수에만 관여했기 때문에 어떻게 평가했는지는 잘 모릅니다. 서 교수님이 평가위원이셨으니 저보다 더 잘 아실 텐데요."

물론 수상평가가 공정하게 이루어졌을 리가 없었다. 그것도 일종의 이익배분이니 말이다. 그렇지만 자기도 평가위원인데 손해 보는 짓은 하지 않았겠지….

그가 말했다.

"물론 알고는 있지만 전반적인 상황은 나도 잘 몰라."

"다른 평가위원들도 교수님과 마찬가지일 겁니다."

그가 고개를 끄덕이면서 말했다.

"만약 공정公正과 함께 할 용기가 있다면, 우리와 함께 여기에 서명하겠다면, 우리는 두 손 들어 환영하겠네. 일이 잘되면 우리가 그 점 반드시 배려해줄 거고."

"모두들 아시다시피 제가 별로 대범하지 못해서요, 집사람과 상의를 해봐야 합니다. 안 그랬다가는 꾸중을 듣거든요."

그도 웃으면서 말했다.

"마누라 무서워서. 아무튼 서둘러 주게. 늦어도 내일 오후까지는 나한테 전화 주면 돼. 기다리겠네."

나는 얼른 알았다고 고개를 끄덕였다.

인사를 하고 나오자 온몸이 땀으로 흠뻑 젖어 있었다. 찬 바람이 불어오자 머리가 맑아졌다. 내가 지금 중간에 껴서 이게 뭐람? 일이 성사되어도 나야 주동세력이 아니니 콩고물도 별로 안 떨어질 테고, 만약 실패로 돌아가면 나도 참여했다고 죄만 뒤집어써야 할 텐데…. 나는 마음이 조급해져서 돈 생각이고 뭐고 그냥 택시를 잡아타고는 안 선생님 댁으로 찾아가 자초지종을 이야기했다.

안 선생님께선 이야기를 듣더니 두 눈을 지긋이 감고 머리를 천천히 앞뒤로 흔드셨다.

"좋은 일이네, 좋은 일이야."

"그럼 저도 서명을 해야 할까요?"

그가 웃으면서 말했다.

"그 정도 죄목으로 마 청장을 끌어내리겠다고? 그게 말이 된다면 오늘은 마馬 청장, 내일은 용龍 청장, 이어서 양羊 청장이 있을 거고, 그리고 다시 그 위로는 우牛 성장省長에 견犬 부장部長…, 끝도 없게? 같은 바닥에 몸담고 있는 사람들은 자연스레 동일 전선에 놓여 있어서 그들 사이엔 고도의 묵계가 형성되어 있지. 사람 하나 처치하려고 해도 웬만한 폭탄으로는 어림도 없어! 그 인간들이 환자 진찰할 줄만 알았지 정치는 통 모르는군!"

"그렇지만 열거된 일곱 가지 조항들이 다 일리가 있던데요?"

그가 냉소적으로 말했다.

"전제 독재? 그건 어떻게 보면 '지도자의 일원화'라고도 생각할 수 있지. 사공이 많으면 일을 제대로 할 수 있겠나? '지나친 공명욕'이라, 그건 어찌 보면 생각하는 바를 실천으로 옮기는 패기, 박력이지. 빚을 졌다고는 하지만 건물이 올라가지 않았는가? 병원들도 다들 갑甲 두 개, 세 개짜리로 승격되었고 말이야. 그리고 몇 천만 위안 빚 없는 정부기구가 어디 있나? 그리고 '권력남용'이라, 권력을 손에 쥐고 자기 아들 하나 안 봐주면 그건 사람이 아니지. 그걸 성省에 갖다 일러보게. 성장 아들은 뭐 외국 안 나갔나? 요즘이야 정치문제는 문제도 아니지. 어떤 관리가 그렇게 멍청한 짓을 하겠어. 품행 문제도 별 문제가 아니고, 그건 사생활이니까 말이야. 업무도 문제가 안 되지. 어떻게 하든지 간에 말하기에 따라 달라지는 거니까 꼬투리 잡기가 힘들거든. 유일한 문제가 바로 경제문제인데, 일곱 가지 조항 중에 경제문제가 없네. 이 정도 폭탄으론 어림도 없어. 마 청장이 그렇게 호락호락한 사람이 아니야. 그런 유혹을 견뎌낼 수 있는 사람이라고. 쉬운 일이 아니지. 이 정도 관리를 끌어내리겠다면 도대체 얼마나 많은 관리를 끌어내려야겠나? 중국에서는 관직에 오르기도 힘들지만 내려오는 것은 더 힘든 일이네. '능상능하, 능관능민'(能上能下, 能官能民: 자리에 올라갈 수도 있고 자리에서 내려올 수도 있고, 관리가 되었다가 서민이 될 수도 있다)은 신문에서나 하는 말이지 현실에서 그런 일이 어디 있나?"

"그럼 마 청장이 무사할 거라는 말씀이세요?"

그가 가볍게 웃으면서 말했다.

"말이야 하기 나름 아니겠나. 그 일곱 가지 죄목은 말만 바꾸면 일곱 가지 공적이 되는 거야. 누가 말하느냐에 따라 달라지는 거지. 윗사람들이 바꿔 치울 마음이 있으면 별 힘 안 들이고도 그냥 쳐내겠지만, 그렇지 않으면 누가 뭐래도 자리 마련해서 표창장이라도 내릴 걸? 무서울 게 뭐가 있어."

나는 연신 머리를 끄덕이면서 말했다.

"정말 오묘하네요. 오묘해요. 말로 표현할 수 없을 정도로 말이에요."

"사람이 출세를 하느냐 아니면 평생 그 모양 그 꼴로 사느냐는 바로 윗사람들이 자네를 어떻게 생각하는가에 달린 걸세. 그 사람들 마음이지."

"제 한 평생이 결국은 다른 사람의 말 한 마디에 달려 있다고 생각하니 가슴 속까지 서늘해집니다. 저는 제가 뭐라도 되는 줄 알고 그렇게 고개 빳빳이 세우고 살았는데요. 소크라테스가 너 자신을 알라고 했지요? 예전에는 그게 무슨 격언이냐, 세상에 자기 자신을 모르는 사람이 어디 있냐고 생각했는데, 그런데 이제는 좀 알 것 같습니다. 자기 자신을 아는 게 결코 쉬운 일이 아니네요. 이렇게 긴 세월 머리 깨지고 코피 터지고 나서야 이런 사실을 알았습니다. 제가 너무 기고만장했어요. 하늘 높은 줄 몰랐던 거죠."

"서소화가 바로 자기 자신을 모르는 사람의 전형이지. 학계에서 이름 좀 알려지니까 자기가 무슨 대단한 사람이라도 되는 줄 알고 마 청장한테 반기를 드는 것이야. 오늘이야 제가 명사名士이지 내일 가면 아무것도 아니게 될 거야. 정말 아무것도 아니지. 그 학계에서의 지위라는 것이 권위자의 입을 통해 확인되는 것인데, 그 사람이 있다고 하면 있는 것이고 없다고 하면 없는 것이니까. 그 인간은 그 권위자의 말 한 마디가 얼마나 무서운 건지 모르는 거야."

생각해 보니 나도 그들처럼 누군가의 말 한 마디에 좌지우지되는 목숨이었다. 나는 한숨을 쉬며 말했다.
"오늘 가는 게 아니었어요. 황하의 물에 뛰어들어도 씻어지지 않을 잘못을…. 얼떨결에 해적선에 합승한 꼴이 되었어요."
안 선생님이 손을 아래로 내리치면서 말씀하셨다.
"아니지! 이 정보야말로 엄청난 재산이야! 잘 이용해야 하네. 자네 얼른 마 청장한테 전화를 해서 보고하게나."
나는 본능적으로 거부하면서 말했다.
"그건 좀 너무 그렇지 않습니까? 안 그래도 서 교수님 댁에서 나올 때 반드시 비밀로 하겠다고 약속까지 했는데요."
"자네가 오늘 얘기 안 하면 내일이나 모레엔 너무 늦어버리게 되네. 자네도 사회불안 조장하는 체제전복 기도 세력이 되고 말아. 자네 맘대로 하게."

그 말을 듣자 머리 속에서 웅웅 소리가 났다. 그렇게 되면 나는 너무 억울하다. 너무너무 억울하다. 이런 게 정치라는 것인가? 일단 발을 들여놓은 이상 중립을 유지할 수도 없고, 발을 들여놓지 않고 한 쪽으로 물러서 있을 수도 없다.

"오늘은 너무 늦었어요. 벌써 열시도 넘었는데요."

"오늘은 늦었지만 아직 늦지 않았네. 내일 아침이면 아마 너무 늦어 버릴지도 모르네."

나는 머리를 쥐어뜯으면서 말했다.

"아아아, 전 정말 못하겠어요. 이것도 배신 아닐까요?"

"잘 생각해 보게. 오늘 밤에 해결하지 않으면 자네 안 사람, 동류 일도 물 건너가는 거야. 아직 수속 다 안 마쳤지? 이유라도 대면서 물 먹이면 그나마 자네 체면 생각해주는 거고, 이유까지 찾을 필요도 없지. 자네 집 동류가 진짜 무슨 인재라도 되는 줄 착각하지 말게. 그 사람들이야 쉽게 한 말이고 언제든지 취소할 수 있는 거니까. 자네 양심 따지나? 시간 지나면 사람들은 그렇게 생각하지 않을 거야. 이런 일에 있어서 양심보다 더 일을 망치는 건 없네."

나는 머리를 쥐어뜯었다. 고통스러워 미칠 것 같았다. 그 순간 모든 것이 분명해졌다. 안 선생님이 옳다! 내 본능이 이끄는 방향은 한 번도 옳았던 적이 없었다. 안 선생님이 화장실에 가셨다. 동류도 이렇게 큰 충격은 감당하지 못할 것이라고 생각하자 갑자기 몸이 앞으로 쏠려서 두 손으로 방바닥을 짚었다. 나는 사지로 몇 걸음 기다가 고개를 들고 이를 드러내고 속으로 으르렁대고 혀를 아래로 늘어뜨리면서 "멍멍" 짖어 보았다. 화장실 문 닫는 소리가 났다. 나는 화들짝 다시 소파에 앉았다.

"저 사무실로 가서 전화 좀 하고 오겠습니다."

 ## 58. 다시 울타리 안으로

사무실에 도착한 나는 나 자신에게 머뭇거릴 기회를 주지 않기 위해 불도 켜지 않고 단번에 전화를 움켜잡고, 바깥의 불을 빌어 마청장 댁의 전화번호를 눌렀다.

"마 청장님! 오늘 저녁에 심상치 않은 일을 들어 알게 되었는데 기가 막혀서 잠도 오지 않습니다. 도저히 참을 수가 없어서 침상에서 일어나서 전화를 드립니다. 너무 늦었다면 죄송합니다."

그리고는 간단히 사건을 설명했다.

마 청장이 말했다.

"지금 당장 이리로 오게!"

나는 전화를 내려놓고 마당으로 뛰어나가 택시를 잡아타고 마 청장님 댁으로 갔다.

사모님은 나한테 턱으로 마 청장님이 서재에 계신다는 표시를 하면서 침실로 안내하고는 문을 닫고 나갔다. 침대 가장자리에 앉아 있자 서재의 문이 열리는 소리와, 누군가와 대화를 나누는 소리가 들렸다. 목소리가 익숙한 것 같았지만 누구인지는 생각나지 않았다. 그 사람을 배웅하고 나서 심 사모님이 나를 불렀다. 마 청장님께서 소파에 앉아 있는 것을 보고, 내가 건너가서 말했다.
"침대에 누운 다음에도 화가 나서 도저히 잠을 이룰 수가 없었습니다. 그래서 마 청장님 쉬셔야 하는 줄 알면서도 그냥 전화 드렸습니다."
사건의 상세한 설명을 듣고 마 청장이 말했다.
"나한테 일곱 가지의 죄가 있단 말이지? 음, 자네 생각은 어떤가?"
내가 말했다.
"없는 죄를 만들어 뒤집어 씌워도 유분수지. 아니 도대체 뭐가 '독단적 의사결정'—글쎄입니까? 그러면 전 성의 위생 시스템에 통일된 핵심, 일원화된 지도자 없이 어떻게 하라는 말입니까? 그리고 또 '공명욕'으로 일을 처리한다고요? 이 개혁개방의 시대에 상투적인 사고방식이나 일반적인 속도를 고집하는 것이야말로 문제지요. '권력 남용'이라는 건 웃기는 소리고요. 성에 이렇게 많은 청급 기관들이 있어도 위생청만큼 경제적으로 문제 없는 곳이 몇 군데나 있습니까? 서소화의 말은 누구 한 개인을 이야기하는 듯하지만, 사실은 우리 모두의 업적을 무너뜨릴 작정을 한 것 같습니다. 늑대 심보 같으니라고…. 늑대 심보!"
마 청장은 살며시 고개를 끄덕이면서 말했다.
"늑대 심보라는 네 글자로 그 사람의 윤곽이 딱 드러나는군. 개인의 사욕이 너무 커지면 사물에 대한 정확한 판단력을 잃게 마련이거든."
내가 말했다.
"위생청에서 그가 의료 업무에 보다 적합하다는 판단 하에 행정사무에서 벗어나게까지 해주었으면 마음잡고 일이나 열심히 할 것이지…. 생각지도 못했는데 그, 그 인간이 은혜를 원수로 갚고 있습니다."

마 청장은 가죽 가방에서 종이를 한 장 꺼내더니 말했다.
"자네 이 편지 말하는 건가?"
나는 보자마자 눈이 휘둥그레지고 입이 딱 벌어졌다. 두 시간 전에 서소화의 집에서 보았던 그 편지였다. 나는 마음속으로 적잖이 실망했다. 누가 이미 선수를 쳤구나! 나는 편지를 마 청장에게 돌려주면서 말했다.

"도저히 눈 뜨고 봐줄 수가 없습니다. 눈에서 불이 나와 편지를 태워버릴 것 같습니다."

사모님이 말했다.

"그러기에 내가 뭐랬어요? 당신이 그렇게 밤낮없이 일하면 뭐 하냐고 했잖아요. 이번 기회에 그냥 물러나고 치워요. 몸도 좀 추스를 겸…."

마청장이 말했다.

"그래, 그래, 이 정도 오래 일했으면 이제 보고서 한 장 써 올리고 물러날 때도 되었지. 남의 길 막지 말고."

나는 얼른 말했다.

"사모님, 사모님께선 청장님께 그런 식으로 권하시는데, 저는 의견이 좀 다릅니다. 아니 좀 다른 것이 아니라 아주 태평양만큼 다릅니다. 마청장님께서 그 인간들한테 자리를 내어 주신다면 제가 정말 억울해서 못삽니다. 이대로 우리가 쌓아온 성과들을 매장시키시렵니까?"

그때 밖에서 누군가가 문을 두드리는 소리가 났다. 사모님이 문 앞으로 가서 물었다.

"누구세요?"

밖에 있던 사람이 말했다.

"저와 팽彭 처장입니다."

저것은 윤옥아의 목소리가 아닌가! 마청장의 손짓에 따라 나는 서재로 뛰어 들어가서 문을 닫았다. 윤옥아와 그의 남편이 들어와서 역시 그 편지에 대한 이야기를 하고 있었다. 나는 귀를 문에 대고 엿들었지만, 잘 들리지 않아서 방바닥에 엎드려 엉덩이를 치켜들고 귀를 문틈에 갖다 대었다. 팽 처장이 말을 마치자, 윤옥아가 말했다.

"제가 보증합니다만, 우리 이 양반은 그러니까 손오공 흉내를 냈을 뿐입니다. 철선 공주鐵扇公主의 뱃속으로 뚫고 들어가서…. 이 양반이 서 명을 한 것은 어디까지나 서소화 그 일당들이 무슨 짓을 꾸미는지 보기 위해서였습니다."

팽 처장이 말했다.

"원래는 며칠 더 일찍 와서 보고하려고 했습니다만, 그 인간들이 어 디까지 가나 한 번 지켜보고, 그런 다음에 조직에 보다 종합적인 보고 를 하려다 보니 며칠 늦추어졌습니다."

마청장이 말했다.

"지금이라도 늦지 않았네. 뭐 굳이 말 안 했다고 하더라도 별 상관 없 고…."

팽 처장은 다급해져서 말했다.

"보고하려고, 일찌감치 보고할 생각을 하고 있었습니다."

윤옥아가 말했다.

"이 양반은 처음부터 보고하려고 마음을 먹고 있었습니다. 며칠 전에 보고하러 간다는 걸 제가 아예 상황을 좀 더 전체적으로 이해하고, 그 다음에 한 번으로 확실하게 보고하라고 말렸었습니다."

팽 처장이 말했다.

"오늘 저녁 때 모든 것을 확실하게 파악하자마자 서소화에게 전화를 걸어서 제 이름을 지워달라고 했습니다. 그런데 그 인간이 오늘 오후에 이미 성으로 부쳤다는 겁니다. 정말이지 깡패 같은 수법이지요. 워낙은 팔십 명을 모아서 서명을 모두 받은 후에 부친다고 해놓고선…. 하긴 일반 군중들의 눈들이 훤하게 그 인간의 음모를 꿰뚫어보고 있는 걸 보 고 안 되겠다 싶어서 앞당겨 행동했을 것이지만. 어쨌든 그래서 제 계 획도 다 엉망이 되어버린 겁니다. 저는 정말이지 매복해서 정탐하려고 했던 것입니다."

마청장이 말했다.

"알겠네. 마음속으로 다 알고 있어. 그런데 그 편지 쓸 때 누구누구가 모여서 그 몇몇 조항을 만들어낸 거지?"
 팽 처장의 목소리가 떨리기 시작했다.
 "그게 제가, 제가…."
 윤옥아가 말했다.
 "우리 이 양반은 그저 좀 더 깊게 잠복하기 위해서, 그래서 그런 회의에도 참가했던 겁니다. 아마 몇 마디 했을지도 모르지만 그게 다 뱀을 굴속에서 끌어내기 위한…."
 팽 처장이 말했다.
 "예, 그렇습니다. 독사를 굴속에서 끌어내려고 말입니다."
 마청장이 말했다.
 "알겠네, 알겠어."
 사모님이 말했다.
 "당신 며칠째 쉬지도 않고, 아주 살기 싫은가 봐요."

 윤옥아 부부가 물러갔다. 심 사모님이 문을 쾅! 하고 닫는 소리가 들렸다. 나는 윤옥아와 그녀 남편이 문 밖에서 마치 심연으로 떨어지기라도 한 듯이 한참 동안 발을 못 옮기는 모습을 상상했다. 사모님이 문을 여는 바람에 나는 벌떡 일어섰다.
 "대위씨, 좀 나와 봐요."
 내가 말했다.
 "방금 팽 처장인가 봐요. 윤옥아의 목소리가 들린 것 같았는데…."
 사모님이 말했다.
 "바보 같은 인간들! 내가 저 인간들을 뜯어 먹어도 속이 편치 않을 거야."
 마청장이 소파를 탁탁 치면서 말했다.
 "대위, 이리 오게."
 내가 곧 그 옆에 가서 앉자, 그가 말했다.

58. 다시 울타리 안으로

"이 편지 오늘 저녁에 아무데서나 한 열 부 정도 복사해 오게. 내일 아침 아무도 모르게 신문열람실에 가져다 놓기만 하면 되네. 나한테 이거 한 부밖에 없으니 절대로 잃어버리면 안 돼네."

내가 말했다.

"목숨을 걸고 완수하겠습니다."

그가 말했다.

"내일 언제가 되었든 내 사무실에 한 번 들르게."

나는 편지를 집어 들고 연구원을 뛰쳐나왔다. 택시를 타고 전 시내를 다 돌아보았지만, 열 몇 군데나 되는 복사 가게는 모두 문을 닫은 후였다. 문을 두드려 봐도 아무데서도 열어주지 않았는데, 남소가南小街 거리에서 복사가게를 하나 찾았다. 셔터를 이미 반쯤 닫은 상태였지만, 내가 허리를 굽혀 안에 있는 사람에게 말했다.

"여기 급한 자료가 있어서 그러는데, 죄송하지만 복사 몇 부 좀 해 주세요."

안에 있는 사람이 말했다.

"겨우 그 몇 장 복사하려고 복사기 새로 켜기도 뭣 한데요. 예열까지 해야 된단 말입니다."

"돈을 세 배로 드리겠소. 그 정도면 되지 않겠소?"

그렇게 해서 열다섯 부를 복사하고는 세 배의 가격을 치렀다.

사택 단지에 도착해서 나는 다시 한번 안 선생님 댁을 찾아가서 사정을 이야기했다. 그가 말했다.

"역시 정치하는 사람이라 다르군. 사적으로 자료를 배포하는 행위야말로 안정과 단결을 해치는 비조직적 활동이라고 해서 윗사람들이 제일 반감을 갖는 것이지. 서소화는 이제 황하에 뛰어들어도 씻어내지 못할 오점을 남기고 말았군."

내가 말했다.

"제가 마 청장님 댁에서 한 말과 행동들, 혹시 너무 지나치진 않았나요?"

그가 말했다.

"전혀! 그도 물론 자네의 감정이 좀 과장되었다거나 약간은 가식적이라거나 하는 점을 알아차렸겠지만, 지금 그런 거야 별로 중요하지 않아. 문제는 자네가 그와 한 편에 서 있다는 것, 그게 중요한 거지. 이 점만 확실하다면 다른 것들이야 마 청장한테는 다 상관없는 일이지. 큰 인물이 작은 인물을 볼 땐 말일세, 그 실질적인 내용만 보고 세세한 구절은 생략하기 마련이거든. 인삼을 갖다 바친들 뭣 하겠나? 그 인간이 부족한 게 뭐가 있겠어? 문제는 정치적으로 같은 선상에 서 있다는 것, 그게 큰 문제이고 다른 것들은 문제도 안 된다고. 이 바닥에선 영원한 친구라는 것도 없지만, 마찬가지로 영원한 적이란 것도 없는 법이거든. 영원한 이익만이 있을 뿐이야. 정치적인 동맹관계야말로 가장 진실되고 믿을 만한 것, 가장 안정된 것이지. 어느 날 이해관계가 갑자기 변하지만 않는다면 말일세. 그가 자네에게 이런 임무를 맡긴 것은 자네를 믿는다는 것이지. 자기 사람으로 본다는 뜻이야. 이런 기회는 평생에 한 번뿐이고, 또 한 번이면 족하지. 큰 인물들은 인정人情을 중시하고, 그것보다도 더 공리功利를 중시하지. 자네가 그를 지지했으니 그도 분명히 자네에게 보답할 걸세. 이것도 역시 게임의 법칙이지. 그렇지 않으면 이 게임 더 이상 할 생각 말아야지. 나중에 누가 그 사람을 따르겠나? 시장에서만 교환의 법칙이 작용하는 건 아니야."

내가 말했다.

"그 일당들은 나 때문에 다 죽겠네요. 아무래도 마음에 걸려요."

그가 말했다.

"그렇다면 자네 양심대로 하게나."

이어서 말했다.

"자네가 뭐 그리 대단하다는 거야? 그 사람들의 운명은 이미 다 정해졌어. 자기가 무슨 권모술수의 대가라고, 하늘 높고 물 깊은 줄 모르는 인간들!"

그의 말을 듣고 나니 어느 정도 마음이 놓였다. 그 사람들이 재수 없는 일 당하게 된 것은 이미 다 정해진 일이고, 내가 어떻게 하건 그들은 이제 도망을 갈 수 없게 되었다.

이튿날 새벽같이 신문 열람실로 달려가서, 입구에서 안에 아무도 없는 것을 보고는 그냥 나왔다. 열시쯤 되자 열람실에 사람들이 들락날락하면서 사람들이 좀 모여들기 시작했다. 나는 들어가서 신문 한 장을 보다가 그 편지들을 슬쩍 신문 아래에 쑤셔 넣고 신문을 좀 더 보는 척하다가 나와 버렸다. 조금 있다가 마 청장님 사무실에 가자, 마침 무슨 문건을 보고 있던 마 청장님은 고개도 들지 않고 말했다.

"대위, 자네 왔나?"

"예."

"거기 앉게."

내가 문 쪽에 놓인 소파에 앉자 그가 말했다.

"가까이 와서 앉게."

나는 그의 맞은편에 놓인 의자 앞에 가서 책상 가를 잡고는 천천히 앉았다. 그가 말했다.

"자네한테 할 말이 있었는데, 요 며칠 너무 바빠서 오늘에야 겨우 시간이 나서 그래."

"무슨 일이든지 분부만 내리십시오. 칼산이라도 오르라면, 제가…"

그는 손가락으로 책상을 두드리면서 내 말을 끊고는 말을 이었다.

"자네 지금 그 집에서 꽤 오래 살았지?"

"이제 칠년 되어 갑니다."

"며칠 후에 신申 과장한테 찾아가서 어떻게 집 하나 구해줄 수 없겠느냐고 물어보게. 자네가 쓴 글들 읽어봤는데, 아주 괜찮아. 위생청 기관 내에서 정말 몇 안 되는, 일 제대로 하는 인재들, 우리도 어떻게 특별대우라도 해줘야 하지 않겠나? 지난 몇 년간 자네 고생 많았네."

나는 감동해서 말했다.

"마 청장님, 이런 때에 제 이런 사소한 일들까지 걱정해 주시다니!"

"그리고, 맞아, 자네 시대의 흐름에 맞춰서 학력을 좀 더 쌓아보고 싶다고 생각해 본 적 없나? 세상이 이렇게 빨리 변하는데…. 이런 저런 요구치도 높아지고 있잖아. 사람은 홍곡지지鴻鵠之志라고 뜻을 크게 갖고 하드웨어를 잘 정비해 둬야 하는 거거든. 우리 같은 사람이야 뭐 오늘 내일 역사의 무대 뒤로 물러나겠지만 말이야."

나는 마음속에서 폭탄이라도 터진 듯, 몸이 심하게 앞뒤로 흔들려 하마터면 의자에서 떨어질 뻔했지만 겉으로는 감추고 말했다.

"마 청장님, 어찌 그런 말씀을 하십니까? 마 청장님, 영원히, 영원히…."

그가 손가락을 두드려 내 말을 끊고 말했다.

"자네 박사학위 해보는 게 어때?"

"전 언제까지나 위생청에서 일하는 것이…."

"두 군데 다 걸어두면 되지. 두 쪽 다 잘 하면 되잖아. 워낙은 내가 직접 자네를 지도해주고 싶지만, 그게, 우리 위생청에 박사학위를 수여할 자격이 내년에 떨어질지 안 떨어질지 아직 모르는 일이라서…. 시간도 급한 만큼 자네 그냥 중의학원에 등록해서 박사과정을 밟게. 올해 당장 시작해. 외국어나 좀 준비해 둬. 다른 건 내가 어떻게 해 볼게."

나는 마음이 뜨거워져서 말했다.

"마 청장님, 청장님, 전… 저는…."

눈물방울이 눈가에서 굴렀고, 목소리는 꽉 잠겨 말도 제대로 나오지 않았다.

"전 정말이지, 어떻게 제가, 이전에…."

그때 전화벨이 울렸다. 그가 수화기를 받아들었다.

"어, 정소괴인가? 뭐? 다시 한 번 말해보게. 편지? 누가 쓴 거라고? 내용이 뭐라고… 알겠네."

그는 곧장 다시 성 위원회 조직부를 비롯, 곳곳에 전화를 걸기 시작했다.

"종 처장인가? 나 마수장일세. 바빠? 자넨 늘 바쁘만. 일년 내내 고생하네, 정말.… 아니, 다름이 아니라 우리 위생청 내에서 나를 고발하는 연명으로 된 성명서 같은 것이 발견되었는데, 도처에 마구 뿌려져 있더라고. 아주 한 바퀴 돌았나본데 그 쪽엔 아직 안 갔나? 아직까진 비조직적 활동이라고 단정할 수는 없고, 뭐 여럿의 의견을 반영하는 거겠지. 어쨌든 성에서 사람을 좀 보내주게. 군중의 의견을 수집해 봐야지. 죄목이 자그마치 일곱 개라네.… 경제방면으로는 별 이야기 없는데, 날조하는 데도 한계가 있었겠지. 뭐라고? 맘 놓으라고? 아이고, 죄목이 하나만 돼도 죽을 지경인데 일곱 개나 된다니까, 하하!"

전화를 하면서 굳이 나를 피하려고 하지 않는 그의 모습을 보면서 나는 마 청장님과 보다 가까워진 느낌이었다. 그는 이미 나를 자기의 가장 핵심 울타리 안으로 집어넣은 것이다.

59. 홍곡지지 鴻鵠之志

밤 열시가 조금 넘어서 나는 살금살금 안 선생님 댁으로 가서 그날 있었던 일들을 그에게 알렸다. 그러나 마 청장이 말한 홍곡지지鴻鵠之志 대목은 빼놓았다. 그가 말했다.

"어쨌든 이제 제 길로 들어섰네."

"어제 선생님께서 뭔가 돌아오는 게 있을 거라고 하셨잖아요. 저도 그럴지도 모른다고 생각은 했지만 이렇게 빠를 줄은, 그리고 또 이렇게 후할 줄은 몰랐어요."

"좋은 일은 이제 시작이야."

"너무 빠른 것 같아서…. 무슨 물물교환마냥, 내가 뭘 얻으려고 그랬던 것 마냥, 좀 부끄럽네요."

그가 허허 웃으면서 말했다.

"아니 그럼, 뭘 얻으려고 했던 게 아니란 말이야? 아니면 마음속으로는 뭘 좀 얻어먹고 싶었지만 다른 사람한테 들키고 싶지는 않았단 말인가?"

"부끄러워서 그럽니다. 마 청장님한테 저의 속을 훤히 다 들킨 것 같아서요."

"마수장, 그 인간이 자네 하나 못 꿰뚫어본다면 어찌 그 자리에 앉을 수 있었겠어? 들킨 거야 뭐 별거 아닐세. 일단 생존부터 해야 하니까. 생존 다음에는 발전해야 하는 거고. 누구라도 마찬가지지 뭐. 자네 혼자 그렇게 생각하는 줄 아나? 큰 인물들은 일찌감치 인간을 다 꿰뚫고 있어. 뭐 다 그렇고 그런 일인데 그걸 갖고 따지면 뭐 하나. 실질만, 맹우盟友인가 아닌가만 보면 되는 거지. 그런 것까지 다 따졌으면 임표林彪가 그 자리까지 올라갔겠나? 그 바닥에서는 재깍재깍 돌려주는 것도 일종의 룰이거든. 그런 룰이 없으면 게임이 성립하지 않아. 자네한테는 자네한테 돌아오는 몫이 있고, 서소화한테는 서소화의 몫이 있고…. 그게 다 룰이지."

이제야 나는 한 사람의 행운이라는 것이 결국은 다른 누군가의 불운을 대가로 한다는 것을 알게 되었다. 그 인간의 불운이 없다면, 내 행운은 또 어디서 온단 말인가.

안 선생님이 말했다.

"이상한 점이 없진 않아. 이치대로라면 그런 보상은 똑같은 수준에서 오고가는 건데 말이야. 어떻게 자네한테만 특별대우냐 말이야. 혹시 그이가 자네를 찍은 거 아냐? 혹시 모르지. 자네가 마 청장이 점 찍어놓은 다크호스黑馬일지."

나는 흥분해서 그 홍곡지지鴻鵠之志 소리가 목구멍까지 나왔지만 역시 참기로 했다. 한편 안 선생님의 그 놀라운 민감함에 감탄했다. 이렇게 도가 트인 사람이 평생을 그냥 평사무원으로 썩고 있다니, 그 고상하면서도 고집스러운 성격 때문에 망해버렸구나!

그가 말했다.

"자네 당분간은 행정과에 가지 말게. 일단 한 숨 돌리고 잠잠해질 즈음 가보지 않으면 적을 무더기로 만들게 될 테니 말이야. 사람들이 얼마나 민감한지 몰라. 뭐, 몇 년을 기다렸는데 한두 주일을 못 참아?"

결국 사건은 매우 희극적으로 마무리되었다. 그날 오후부터 편지에

서명을 했던 사람들이 하나 둘씩 마 청장을 찾아와서 참회를 표시하면서, 하나같이 본인들은 사기를 당했다고, 자기들은 서소화의 술수를 밝히기 위해 잠복해 있었던 거라고 이야기했다. 서소화가 구축했던 진지는 단번에 완전히 붕괴되어버렸다.

며칠 후 성 위원회 조직부에서 조사단이 내려왔을 때, 바로 이 인간들이 가장 단호한 태도로 마수장이 얼마나 훌륭한지, 서소화는 또 얼마나 형편없는 인간이자 음모꾼인지를 이야기했다. 조사단이 나와 단독으로 이야기할 때, 나는 매우 평온하고 냉정한 태도로, 하지만 가장 핵심적인 사실만 이야기해서, 조사단 사람들마저도 계속해서 고개를 끄덕거렸다. 마 청장이 있어야 나 지대위의 살 길이 보장받는다. 이것이야말로 무엇보다도 견고하게 합의된 결맹이었다. 이 바닥은 다 이렇다. 이럴 수밖에 없다.

조사단이 돌아간 지 얼마 안 되어 성위원회 조직부에서 문건이 내려왔다. 마청장이 지난 일년간 비어 있던 위생청 당 조직의 서기직을 겸임하게 되었다. 서소화는 앞당겨 퇴임하겠다는 보고서를 제출했다. 자기가 전국적으로 유명한 전문가이며, 영향력이 있고, 전문 박사육성 기관의 간판 인사라는 점을 생각해서 분명히 누군가는 말려줄 것이라는 계산에서 그렇게 했을 것이다. 그러나 그는 잘못 계산했다. 그 보고서는 다음날로 결재되었고, 그는 며칠 동안 열이 받쳐서 울더니만 결국은 병에 걸려서 자리에 눕고 말았다. 서소화의 결말은 내 예상 밖이었지만, 생각해보면 그럴 수밖에 없을 것 같았다. 자기가 누구라고, 지식분자다운 성깔을 부리더니만⋯. 그는 자신의 의존성依存性과 부수성附隨性에 대해 전혀 이해하지 못했던 것이다. 사실대로 말하자면, 그의 학문이 높다고 해도 무슨 대가大家 정도 수준도 아니면서, 하리하량상何利何梁償 정도는 마땅히 자기 몫으로 돌아와야 하는 것처럼, 아니면 뛰어내릴 것처럼 굴더니만, 결국은 이 꼴이 나고 말았다.

세상에는 두 종류의 사람이 있는데, 말을 하는 사람과 말을 듣는 사람이 있다. 말하는 사람은 다른 이의 운명을 손에 쥐고 있지만, 말을 듣는 사람은 다른 사람에 의해 그 운명이 조종된다. 들여다보면, 서소화 역시 그저 말을 듣는 사람일 뿐이었던 것이다. 물론 나 역시 말을 듣는 사람이지만, 달리 생각할 수도 있다. 전환이라는 것은 우연하게 이루어지는 것이지만 그 의미는 결코 작지 않다. 만약 묘묘渺渺가 그때 아프지만 않았더라도, 또 윤옥아가 서소화에게 나를 추천하지만 않았더라도, 나의 이 한평생은 역시 고개를 들고 살날이 없었을지 모른다.

설 며칠 전에 동류는 성 인민병원으로 전근되었다. 윤옥아는 본능적으로 뭔가 이상하다고 느낀 듯했지만, 말하기가 껄끄러운지 그저 탐색하는 눈빛으로 나를 관찰하기 시작했다. 나는 전혀 모르는 척했다. 그날 오전에 전화가 울리자 윤옥아가 낚아채듯이 전화를 받더니 말했다.

"가賈 처장 전화야."

수화기를 내게 건네주는 그녀의 눈은 여전히 의심의 기색이 가득했다.

"어느 가 처장 말인가요?"

나는 언뜻 생각이 나지 않았다. 그녀가 못 믿겠다는 듯 노골적으로 흥, 하며 콧방귀를 뀌는 바람에 그제야 나도 인사처의 가 처장이라는 걸 알아차렸다. 전화기를 내려놓고 내가 말했다.

"나더러 한 번 오라는데…"

그녀의 표정이 금방 긴장되면서 물었다.

"무슨 일이 있대?"

"하늘만이 알겠지요."

"뭔가 신나는 일이 있는가보지?"

"우리 같은 찬밥신세蝦兵蟹將들에게 무슨 신날 일이 있겠어요? 별 일 없을 거요."

"그야 모르는 일이지."

나는 감정을 누르고 밖으로 나오면서 생각했다.:

"내게 신나는 일 생긴다고 네가 왜 긴장하냐? 너야 뻔한 건데."

인사처에 들어가자 사무원 고顧 군은 아무 말도 없이 밖으로 나갔다. 가 처장이 말했다.

"지 군! 자네가 우리 위생청에 온 지 벌써 몇 년 됐지?"

"내년이면 팔년이니 항일전쟁 한 차례 치룬 셈 되네요."

"자네 정말로 시련을 잘 견뎌냈어. 많은 사람들은 그 시련을 견뎌내지 못하고 개인주의의 꼬리를 드러내고 마는데 말이야."

나는 웃으면서 말했다.

"저 같은 사람이야 뭐 별다른 목표도 없으니까요."

"그 말엔 난 동의할 수 없어. 올라가야 할 때는 어떻게 해서라도 올라가야지, 너무 늘어지면 자기한테도 안 좋아."

나는 계속 고개를 끄덕이고 "예, 예" 하며 속으로 생각했다.

"촉망받는 인간은 시련을 못 견디고, 버려진 인간은 너무 늘어져 있고. 인간이 무슨 진흙 인형인 줄 아냐, 네들 멋대로 주무르게?"

그가 말했다.

"위생청 업무회의에서 중의학회의 업무를 강화하여 중의의 지위를 높이기로 결정했네. 그래서 조직에선 그 부담을 자네에게 지우려고 하는데, 자네 생각엔 어떤가?"

나는 속으로 생각했다. 부담? 무슨 부담? 하지만 입으로는 이렇게 말했다.

"제 능력에 한계가 있고 경험도 부족하지만, 조직에서 이미 결정했다면 한 번 해보겠습니다."

"업무상의 편의를 위해 조직 차원에서 문서로 분명히 해놓을 걸세."

"조직에서 결정한 일이라면 저도 사양하지 않겠습니다."

문을 나오니 햇볕이 매우 따뜻했다. 겨울인데 햇볕이 이렇게 따스하리라고는 생각지도 못했다. 나는 하늘을 바라보았다. 겨울인데 어떻게 햇볕이 이렇게 따스하지? 나는 온몸이 상쾌해지면서 마치 날아갈 것 같은 기분이 되었다. 그러나 곧 나 자신을 다잡았다. 절대로 가볍게 날뛰어선 안 된다. 나이 서른 넘어서 겨우 과장 모자 하나 쓴 걸 갖고 날아갈 듯 좋아하다니, 부끄럽지도 않아?

 말이 나왔으니 하는 말이지만, 과장, 처장은 말할 것도 없고 청장인들 뭐 별건가? 다 고만고만한 크고 작은 거품들 아니겠어? 언젠가는 다 터지고 말 것들인데. 하지만 그런 것을 다 알고 있다고 해서 또 어쩌겠나? 이 몇 년간 눈만 잔뜩 높아서는 크고 작은 거품들을 모두 무시해 봤지만 별 수 없었다. 그 자리에 앉지 못하면 내 손에 아무 것도 떨어지는 게 없는데…. 멀찍이 떨어져서 생각하면 성장省長 자리 역시 하나의 거품, 한 마리의 개미 새끼에 불과하지만, 막상 자기 자신에게로 돌아오면 과장 자리 하나가 또 얼마나 큰 감투냔 말이다! 세상일이란 다 그런 것이다. 마음은 아무리 높은 경지에서 놀아도 결국은 이 먼지 펄펄 나는 땅바닥으로 내려와야 한다. 결국 인간은 멀리 떨어져서 생각할 수는 없다. 멀찍이 떨어져서 생각한다면 인간은 아무 것도 아니다. 먼지만도 못하다. 인간은 그렇게 가련하고 별볼일 없는 존재인 것이다.

 사무실로 돌아오니 윤옥아가 노골적인 눈빛으로 나에게 무슨 일인지 묻고 있었다. 나는 모른 체하고 신문을 들어 보면서 그녀의 시선을 피했다. 잠시 후에 그녀는 도저히 못 참겠는지 물었다.

 "무슨 좋은 소식 있나봐?"

 듣는 순간 속으로 스스로를 다잡았다. 그녀가 알아차렸단 말인가? 나는 아직 수양이 멀었군. 신문을 내려놓으면서 내가 말했다.

 "무슨 좋은 소식? 있으면 나한테도 좀 이야기해 줘요."

 그녀는 마음을 놓는 듯했다. 자리에 조금 앉아 있더니 또 밖으로 나갔다. 그리고 들어와서 말했다.

"지대위, 너 나한테까지 비밀로 하려고? 이미 인사 관련 문서를 내려 보냈다던데."

"그래요. 석사 졸업한 지 칠년 만에 콩알만한 감투 하나 썼읍니다."

나는 새끼손가락 끝을 잡아 보여주면서 말했다.

"이것도 좋은 소식 축에 끼는가요? 내 친구들은 이미 정부 부서의 어느 자리까지 올라가 있는 줄 다 알고 있잖아요."

"하긴, 현모양처의 내조가 있었으니…."

나는 마음속에서 불이 확 하고 타 올랐다. 저년이 감히, 저년이 어디 감히! 요 며칠 동안 그녀에게 미안했던 마음이 연기처럼 사라졌다. 언젠가 네년이 쓴 맛을 보게 되면 그건 다 네년이 자초한 것인 줄이나 알아라. 전문학교밖에 못 나온 주제에 어딜 감히 나하고 비교하려 들어?

인간의 자기 사랑은 얼마나 그 실체를 깨닫기 힘든 것인가! 그것만 깨달아도 인간을 이해할 수 있게 되고, 인간을 이해하면 또 세계를 이해할 수 있게 되는데. 그녀를 보았더니, 뭔가를 알아내려는 듯한 눈빛으로 나를 보고 있었다.

나는 언뜻, 그녀로 하여금 내가 오늘의 기회를 얻은 것은 동류 때문이라고 생각하도록 하고, 그런 생각이 여러 사람들과 여러 곳으로 퍼지도록 하는 것이 제일 좋겠다는 생각이 들었다. 그렇게 되면 나와 서소화의 불행 사이에는 아무런 관련도 없어지는 것이다. 나는 너그럽게 웃음으로써 그녀의 말을 묵인해 주었다. 그리고 이제부터는 절대로 입을 함부로 열어서는 안 되겠다는 생각이 들었다. 그러지 않으면 무의식중에 다른 사람에게 나를 쏠 총알을 제공하는 것이나 마찬가지가 된다. 방금 말했던 '콩알만한 감투'라는 말도 생각해보니 그리 듣기 좋은 표현이 아니었다. 조직의 신임을 뭐로 알고 하는 말인가! 전에는 그 콩알만한 감투를 얻기 위해서 가면을 쓰거나, 자신을 속박하거나, 자신을 다른 사람이 원하는 모양으로 비트는 것이 너무나도 무가치한 일이라고 생각했었다. 그러나 이젠 감히 그렇게 생각할 수가 없다, 어딜 감히!

이틀 후에 정식 문서가 내려왔다. 지난 몇 년간 유사한 문서를 수도 없이 보아왔지만, 오늘 내 이름이 그 위에 쓰인 것을 보니 그 느낌이 완전히 달랐다. 한 사람이 눈으로 볼 수 있는 것이 얼마나 될까? 그가 이 세상을 살아가면서 기댈 수 있는 가장 중요한 것들이 바로 자기 눈으로 본 이런 것들이 아니겠는가? 의지할 게 있다는 것과 없다는 것은 그 느낌부터 전혀 다르다. 나는 마음속으로 마청장님께 감사드렸다. 굳이 말로 표현하지 않아도 우리 사이에는 이미 암묵적인 합의가 이루어졌고, 앞으로의 나의 임무는 그저 마 청장님을 따라 혁명이나 하면 되는 것이다. 만약 서소화가 위에 올라갔더라면 내 신세도 더불어 맨 땅에 헤딩했을 텐데 그걸 어떻게 그대로 둔단 말인가? 내 목숨을 걸고라도 막아야지.

그 후로 마 청장님을 우연히 만나면 나는 평소와 똑같이 "마 청장님!" 하고 인사를 했지만, 그 부를 때의 느낌은 이전과 달라졌다. 어감부터 달랐다. 마 청장님 역시 나를 보면 "지 군!" 하면서 받아주셨는데, 그 어감이 역시 무언가 달랐다. 무엇이 다른지 말로 표현하기는 힘들지만, 그러나 역시 무언가 달랐다. 당사자가 아니면 알아차릴 수 없는, 그러나 근본적인 차이가 있는 것이었다.

나는 내가 이렇게 해서 제 길로 들어섰다는 것을 느낄 수 있었다. 이왕 제 길로 들어선 이상, 앞으로 어떤 장애가 있을지 잘 생각해야 한다. 생각 안 할 수가 없지. 나는 나와 친분이 있던 사람들을 하나 둘 떠올려 보았다. 그리고 생각하면 할수록 마음이 급하다 못해 아파지기까지 했다. 나는 지금까지 동료들한테 생각나는 대로 말을 너무 함부로 했던 것 같다. 너무 가슴을 터놓고 이야기했었다. 그리고 너무나 많은 허점들을 남겼다. 이런 허점들을 다 종합해보니, 누구든 마음만 먹으면 내가 서소화에게 했던 그런 방식으로 나를 궁지에 몰아넣을 수도 있을 정도였다. 그러나 내가 이전에 별 생각 없이 지껄였던 말들에 신경을 썼던 사람들은 별로 없을 것이다. 나라는 인간 자체가 그들에게 별로 위협적인 인물이 못 되었으니 말이다. 그렇지만 이제는 상황이 달라졌다. 그런 식의 헛소리야말로 생명을 위협하는 총알이 될 수도 있다. 내려놓으면 몇 백 그램 안 되지만, 들어올리면 천근만근이 되는 가공할 살상력을 지니는 말들이다! 생각이 이에 미치자 온몸에 식은땀이 쫙 솟았다.

첫 번째로 나는 윤옥아를 안심시켜야 했다. 위생청에서 이미 문서까지 내려왔으므로 그녀는 이 사실을 받아들이는 듯했고, 남편도 당분간은 무사한 듯해서 나를 의심하지는 않는 것 같았다. 나는 동류와 상의해서 윤옥아의 딸을 몇 번 관찰한 후 그녀의 몸 사이즈를 어림잡아서 외투를 한 벌 사주었다. 옷을 사면서 동류는 아깝다는 식으로 말했다.

"나도 이렇게 좋은 외투는 한 번도 입어보지 못했는데…."
"조금만 참아. 그렇게 많이 참지 않아도 돼."
"이자까지 쳐서 갚아줘야 되요."
"두 말하면 잔소리지."

사이즈가 안 맞으면 환불해줘야 한다는 약속까지 판매원한테 받아두었다. 이튿날 나는 윤옥아에게 이 외투에 대해 말했다.

"내 처제가 생일선물로 사준 건데, 동류가 입기에는 좀 화려해서 말이야. 애 낳은 뒤에는 이런 옷을 못 입더라고. 댁의 딸한테 입도록 주는 게 제일 좋을 것 같아서…."

"우리 청ㅠ이 얼마나 까다로운데. 멋 부릴 줄은 또 알아 가지고…."
"한 번 입어보라고 해요."

가져가서 입혀보더니 윤옥아가 말했다.

"어떻게 딱 우리 딸애 몸에 맞춘 것 같았어. 입어보더니 얼마나 좋아하는지…."

그리고 또 강ㄲ 주임이 있다. 나는 기회를 봐서 밥 한 끼 사면서 감정의 교류를 시도할 생각이었다. 전에 샘플 조사하러 갔을 때 내가 이상

한 소리를 너무 많이 지껄였으므로 그의 입에 테이프라도 좀 붙여놓아야 했다. 나는 그의 활동규칙을 잘 관찰해서, 어느 날 수위실 입구에서 그를 기다렸다가, 일곱 시 조금 전에 그가 운동실의 당구장에서 나올 때에 맞추어 자전거를 끌고 옆으로 지나면서 갑자기 고개를 들고는 말했다.

"강 주임, 퇴근하십니까?"
"지 과장, 아직 축하를 못 드렸네. 승진 축하해!"
"시간이 꽤 되었는데, 식사 하셨어요?"
"이제 돌아가서 먹으려고."

그리고는 자전거를 타고 가려고 했다.
"저도 아직 안 먹었는데, 제가 살 테니 가서 맥주 한 잔 안 할래요?"

그가 기뻐하면서 말했다.
"자네가 한 번 사야지. 옛날에는 장원급제하면 기쁜 나머지 미쳐버릴까봐 사람들이 일부러 그가 좋아하는 물건 몇 개를 부셔버렸데. 자네도 오늘 기뻐서 미칠 지경일 테니 피 몇 방울 뽑는 것도 자네한테 좋을 거야."

자전거를 타고 위생청을 나왔다. 그가 길가의 주점을 가리키면서 말했다.

"그냥 저기서 한 잔 하자고."
"아니 내가 누구를 대접하는데, 내가 어떻게 강 주임을 저런 길가 술집으로 모신단 말입니까? 내가 어디 표범의 간이라도 먹었답디까?"

금성주가金城酒家에 도착해서 강 주임한테 요리를 시키라고 했더니, 그가 훈제 고기와 마늘종 볶음을 시키기에 내가 메뉴판을 가로채면서 말했다.

"밥 한 끼 사고서 제가 망할까봐 걱정돼서 그러십니까?"

그렇게 말하면서 쏘가리 찜을 주문하자 강 주임이 말했다.

"정말 피 몇 방울 뽑으려나?"

이어서 내가 바다가제 요리를 시키자 그가 연신 한탄까지 하면서 말했다.

"아이구, 아이구, 이런 걸 개인 돈으로 먹다니…."

내가 또 새우 요리를 시키려고 하자, 그가 말했다.

"됐어, 그만 됐다니까."

나는 마음속으로는 그에게 감사하면서, 입으로는 말했다.

"이왕 먹는 거 제대로 한 번 먹어봅시다."

그는 종업원 아가씨를 불러서 새우를 빼고, 그 대신에 토란과 돼지고기 찜으로 달라고 했다. 맥주를 마시면서 그는 이상한 눈빛으로 나를 보더니 끝내 못 참고 말했다.

"대위, 자네 나한테 뭐 부탁할 일이라도 있나?"

"꼭 뭔가 부탁할 일이 있어야 밥을 산다면 너무 소인배 같잖아요. 우리가 어떤 사이입니까. 한 손으로 돈 넘겨주면서 다른 한 손으로 물건 받는 그런 사이는 아니잖습니까."

"이런 식으로 문제를 생각하는 데 익숙해져서 말이야. 정말로 무슨 일 없나? 자네가 나한테 간단하게 한 턱 낸다면 나도 별다른 생각 안 할 텐데 말이야. 문제는 그런 소인배가 세상에는 너무 많다는 것이지. 자, 마시세!"

맥주를 마시고 분위기가 익어가자 경계심도 늦춰지기 시작했다. 그는 지난 오륙년 동안 계속 그 자리에 머물러 있다면서 몇 마디 불평을 늘어놓았고, 나도 그가 계속 불만을 토로하도록 유도했다.

"강 주임처럼 열심히 일하시는 분이 위생청에 몇이나 됩니까? 위에서도 다 보고 있을 겁니다."

그가 한 잔을 쭉 들이켜고 나서 말했다.

"우리는 그 사다리 타고 위로 올라가긴 다 글렀어. 연극도 몇이서 다 맡아 하고 있어. 자기들이 무슨 배우라고 말이야!"
　계속 얘기하는 중에 그는 심지어 마청장의 이름까지 들먹였다. 이야말로 정말 생각지도 못했던 큰 수확이었다. 내가 만약 그가 방금 한 말들을 적절히 주물리면, 어느 날 그가 나를 향해 총알을 쏘려다가도 아무래도 뒤가 켕기게 되겠지? 술을 다 마시고 내가 계산할 때, 그가 말했다.
　"자네 오늘 돈 많이 썼네."
　나오면서 그가 덧붙였다.
　"나는 자네를 친구로 생각하네. 친구 사이에 술 마시면서 한 얘기들은 문을 나서는 즉시 잊어버려야 해."
　"잊어버리고 말구요. 다른 사람이 무슨 말 했는지 그런 걸 기억하고 있는 인간이라면 어찌 사내대장부라 할 수 있겠어요?"

　집에 돌아와서 동류에게 돈 쓴 걸 보고하자, 동류가 말했다.
　"이번 달 구멍이 이렇게 크게 뚫렸으니, 어디 말해 봐요, 이제 어떻게 할 거예요? 순모 외투, 이거 내가 사 입었어요? 바다가재 요리, 이거 우리가 먹었어요?"
　"당신 어머니한테 가서 어떻게 돈 좀 돌려봐. 나중에 돌려드릴 테니."
　"나중이라는 게 있을지 없을지 누가 알아요?"
　그렇다. 그걸 누가 알겠는가? 작은 거품을 불어서 조금씩 키워나가는 건 중대한 일이다. 천하에 중대한 일이다. 그 일을 제대로 해내려면 천만 가지 지혜를 다 동원해야만 한다.

60. 암실조작暗室操作

성 중의학회의 올해 사업 중에 가장 중요한 것은 금년도 회의를 성공적으로 개최하는 것이었다. 연도회의야 매년 열리는 것이었지만, 올해는 상황이 좀 달랐다.

마청장이 나를 불러 말했다.

"금년도 회의에 대해 어떻게 생각하나?"

나는 그 의미를 알 수 없어서 탐색하기 위해 다음과 같이 말했다.

"연도회의야 매년 열리는 것이고, 저도 회의에 관련된 일이라면 몇 년간 해왔습니다만, 금년에는 특별히 무슨 새로운 정신이라도 있습니까?"

"올해는 큰 해거든."

연도회의는 삼 년에 한 번씩 수상을 하는데, 그 수상이 있는 해를 성중의계에서는 큰 해大年라고 불렀다. 나는 우선 마 청장의 뜻을 분명하게 알아내야 했다. 연도회의의 일로 특별히 나를 따로 부른 것은 처음 있는 일이었기 때문이다. 내가 말했다.

"다른 것들은 다 괜찮은데, 그 수상과 관련된 것들이 좀 복잡합니다."

마 청장이 말했다.

"올해는 좀 복잡한 정도가 아니야. 문교위文敎衛를 관장하는 문文 부성장이 회의에 참석하기로 되어 있는 만큼 그 급이 달라져. 상償의 급이 높아진 만큼 찬조금도 다른 해보다 많아지고 말이야."

"그거 잘된 일이네요."

"자네가 책임을 맡고 나서 태울 첫 번째 불꽃이 바로 이번 중의학회의 수상을 성급省級상으로 격상시키는 걸세. 자네가 보고서를 작성하면 성省에서도 승인해 줄 거야."

나는 무릎을 치면서 말했다.

"좋습니다. 아주 잘됐습니다."

생각지도 못했는데, 이번 일에 걸려 있는 희망이 상당했다.

그가 말했다.

"전통문화의 지위가 현재 전례 없이 높아진데다가 중의의 지위도 높아지고 있어. 이것이 바로 한 줄기의 동풍東風이지. 남은 문제는 우리가 이 동풍을 어떻게 타느냐 하는 것이야. 중약中藥이야말로 녹색 제품 아닌가! 전도유망하지. 덧붙여서 우리가 올해 박사학위 수여 기관으로 지정된다면 그야말로 위생청의 경사가 아닌가. 그러므로 올해의 수상은 매우 중요해."

나는 이제야 비로소 마 청장의 의도를 분명하게 이해했다. 조금 늦어지긴 했지만, 뭐 돌이킬 수 없을 정도로 늦은 것은 아니었다.

"상을 받아야 할 사람이 받도록, 그리고 안정과 단결이 보장되도록 노력하겠습니다."

그는 고개를 끄덕였다. 내가 말했다.

"중의학원과 잘 협조해서 큰 틀을 정하고 나면, 남은 미꾸라지 몇 마리가 큰 풍파를 일으키지는 못할 것입니다."

그가 말했다.

"회의 중에 누가 발악이라도 하면 보기 흉하니까, 너무 가벼이 생각하지 말게!"

"가볍게 생각해서는 안 되지요."

"연도회의 잘 치르도록 하게!"
"연도회의 잘 치룰 것을 보장합니다."
그는 나에게 중의학원 두杜 원장의 비서인 방方 군을 찾아가도록, 이미 두 원장과 연락해놓았다고 말했다. 내가 말했다.
"금년도 회의 개최 안내문 발송은 이전의 관례대로 하겠습니다."

내 생각은, 일단 이런 사실들을 알리지 않고 있다가, 회의 직전에 마치 이 모든 일들이 갑자기 벌어진 일인 것처럼 하려는 것이었다. 마 청장이 고개를 끄덕였다. 높은 분들은 직접 말하기 불편한 일들을, 우리가 말을 꺼내고 그들은 묵인해주는 그런 형태로 처리되기를 바란다. 나는 자신이 그런대로 '눈치 빠른 인간'이라고 생각했다. 사실 높은 분들한텐 눈치 빠른 인간이 없어서는 안 되는 것이다. 물러나려는데 마청장님이 나를 불러 세우더니, 고급 직무를 위한 외국어 시험을 보라고 했다.
"시험을 보아두면 두 가지 가능성이 있는데, 시험을 안 보면 그 가능성이 한 가지밖에 없어."
내가 고개를 계속해서 끄덕이며 말했다.
"신경 써 주셔서 감사합니다. 마 청장님!"
마 청장이 나더러 준비하라고 한 것들이야 나로서는 전혀 문제될 게 없는 것들로, 나는 이런 좋은 기회가 이렇게 빨리 올 줄은 생각도 못했다. 문을 나서면서, 매년 회의개최와 관련된 일을 해오면서 늘 무언가 보이지 않는 손이 뒤에서 조종을 하고 있는 것 같기는 한데 그 보이지 않는 손이 도대체 어디에 있는지 모르겠다고 생각했었는데, 이제야 그것을 알 수 있었다.

이번 일은 내게는 시험을 치는 것과 같으므로 절대로 망쳐서는 안 된다. 만약 망친다면 그것은 나의 무능을 증명하는 것이 되므로, 너무 질척한 흙으로는 벽을 바를 수 없듯이, 앞으로 아무런 기회도 주어지지 않을 것이다. 사무실에 돌아와서 윤옥아를 불러 작년의 회의 개최 안내 통지서를 찾아달라고 했다.

"좀 바꾸려고요?"

"날짜만 바꿔요."

"뭐, 새로운 정신 같은 건 없어요?"

"없습니다."

그렇게 통지서를 발송했다. 나는 마 청장님이 내게 준 전화번호로 방方 군에게 전화를 했다. 그는 나에게, 저녁에 금천오락성金天娛樂城에서 만나자고 했다. 나는 재정처에 가서 천 위안을 받아 자전거를 타고 그곳으로 달려갔다. 입구에서 기다리는데, 아우디 차 한 대가 멈춰서더니 한 사람이 내렸다. 나는 그 사람에겐 신경도 쓰지 않고 차만 들여다보고 있었다. 그때 그 사람이 내게로 와서 지 선생이냐고 물었다. 방 군이었던 것이다.

그는 나에게 오래 기다렸느냐고 물었다. 내가 말했다.

"방금 도착했습니다, 그쪽 차가 제 차 뒤에 붙어 있었나본데, 못 보셨습니까?"

방 군은 나를 데리고 룸으로 들어서면서 말했다.

"오늘은 제가 대접하겠습니다."

나는 주도권을 그에게 넘겨줄 수 없다는 생각에서 얼른 말했다.

"왜 그쪽이 내요? 최후의 책임은 모두 내가 지고 있는데요."

그가 나더러 양보하라고 하기에, 내가 말했다.

"마 청장님의 분부십니다. 결국 제가 잘못을 범해서 혼나도록 하려는 겁니까?"

아가씨가 차를 들고 오자 방 군이 말했다.

"우리 두 원장님께서 금년도 회의를 특별히 중시하고 계십니다."

"그 점에 있어서는 마 청장님과 생각이 일치하는군요."

차를 마시면서 내가 주동적으로 말했다.

"마 청장님의 뜻은, 금년에는 두 원장님께서 적극 협조해 주시기를 바라고 계십니다."

"수상에 대해서 그쪽에서는 어떻게 생각하고 계십니까?"

그가 이렇게 단도직입적으로 나올 줄은 생각지도 못했다. 내가 말했다.

"이전 같으면야 우리가 무슨 생각이 있더라도 그쪽 의견에 따라 했을 겁니다. 그러나 금년은 좀 특별합니다. 그쪽은 이미 박사과정이 둘이나 있지만 저희는 올해 처음으로 신청하려고 합니다. 원래는 골격학胃格學 쪽이 무난하다고 생각했었는데, 사정에 좀 변화가 생겨서 임시로 약리학藥理學 쪽으로 신청하고, 마 청장님이 직접 지도교수를 맡으시기로 했습니다. 성급省級 수상 경력이 결정적으로 중요한 것은 아니지만, 그래도 역시 중요한 자료가 되지 않겠습니까? 그래서 우리 청의 뜻은, 올해는 저희 사정을 좀 봐주셨으면 좋겠다는 거지요."

그가 말했다.

"이런 식으로 이야기하면 저희도 난처해집니다. 저는 돌아가서 뭐라고 보고하지요?"

내가 생각한 최저선은 하나뿐인 일등상은 무슨 일이 있어도 우리가 받는 것이었다. 이등상은 전부 세 개 중에서 하나 정도를 우리가 확보하면 제일 좋겠다는 생각이었는데, 그쪽도 우리와 같은 생각을 갖고 있었다. 한참을 상의했으나 막히자, 그가 말했다.

"지 과장님은 너무 원칙을 고집하시는군요. 이년 전에 정소괴 씨와 이야기할 때는 이야기가 아주 순조롭게 잘 풀리던데…."

"올해는 사정이 특별하잖습니까. 제발 두 원장님께 한 번만 도와달라고 부탁해 주십시오."

"두 원장님이야 이런 상 받을 필요 없으세요. 하지만 녕寧 부원장님은 쓰신 논문도 그런대로 괜찮아서…. 만약 그분이 다른 생각을 하고 계신다면 정말 문제가 복잡해지는데."

아무리 이야기를 해도 결론이 나지 않자, 그는 밖으로 나가 휴대폰으로 전화를 걸었다. 나도 몸을 두드리면서 말했다.

"나도 마 청장님께 보고를 드려야 하는데, 휴대폰을 그만 까먹고 안 가져왔네."

그가 통화를 마치고 돌아와서 말했다.

"사실 위생청과 중의학원은 서로 형제 같은 사이인데, 이런 일을 가지고 싸우느라 기분 나빠지는 것도 재미없는 일이지요. 그렇다고 그냥 넘어가기엔 녕 부원장님한테 사실 너무 미안해서 말입니다. 우리 두 원장님의 의견은 일등상을 하나 더 만들고, 이등상과 삼등상도 각각 하나씩 더 만드는 것이 어떻겠냐고 하십니다. 부족한 상금 일만 팔천 위안은 양쪽에서 반반씩 부담하고요."

내가 말했다.

"특별한 일은 특별한 방법으로 처리해야지요特事特辦. 저희 쪽에서도 큰 문제는 없을 것으로 여겨집니다만…."

그리고는 평가위원단의 명단에 대해 의논하여 우리의 뜻이 확실히 반영되도록 하려고 했다. 그가 말했다.

"우리 쪽의 두 평가위원은 모두 박사 지도교수입니다."

"우리 쪽의 두 명은 전국에서 유명한 학자들입니다."

"우리 쪽도 전국에서 유명한 학자이자 박사 지도교수입니다."

"댁이 박사 지도교수인 것도 아닌데 나를 눌러서 뭐 하려고 그래요?"

이 말에 둘 다 웃음을 터뜨리고 말았다. 일곱 명의 평가위원들 중에 네 명은 이렇게 하기로 우리 사이에 묵계가 성립됨으로써 큰 틀은 정해졌다. 이어서 수상의 세칙에 대해 의논했다. 나는, 이번 수상자 평가에서는 먼저 수상 대상자 명단을 정해 놓고, 그 다음에 심사 표준과 수상 인원수를 정한 후, 정책적으로 수상자 명단에 올라 있는 사람들을 참가시킨 후에 평가위원회를 조직해서, 최후에 논문을 심사하고 투표를 실시하려고 생각했다. 내가 말했다.
"금년에는 순서를 거꾸로 해서, 결론이 출발점이 되도록 합시다."
그가 말했다.
"언제는 안 그랬습니까? 어디를 가도 다 그렇게 하지요."

생각해 보니 그 말도 맞는 것 같았다. 무슨 일이든 먼저 누가 이득을 얻을 것인가를 결정한 후에, 그 다음에 몸의 사이즈를 재고 옷을 만들 듯이 量體裁衣 정책과 세칙을 정하여 어떻게든 중요한 이익이 몇몇 핵심 인물들에게 돌아가도록 보장해야 하는 것이다. 이런 일들이 이전에는 마치 눈에 들어간 모래알 같고 목에 걸린 가시 같더니만, 이제는 도리어 마음에 편했다. 마음을 편하게 가져야지, 반드시 마음을 편하게 가져야 해. 편하게 가지는 수밖에 없다. 이해관계를 중시하는 이 세계에서 큰 인물들한테만 이해관계를 따지지 말라고 요구할 수는 없잖은가? 그걸 요구하는 게 합리적일까? 사람을 바꾸어서, 만약 그게 서소화라면 달라질까? 산을 움직이기는 쉬워도 사람의 마음을 움직이기는 어렵다 撼山易, 撼人心難. 누가 움직일 수 있단 말인가?

방 군이 말했다.
"두 번째 순서입니다. 자 이제 좀 즐겨볼까요?"
그리고는 웨이트리스들을 들여보내라고 말했다.
"아가씨 두 명 불러와! 우리 지 선생 노래 몇 곡 부르시려는데, 평대平 台에 앉혀."
"우리끼리 부릅시다. 저는 노래도 잘 못하는데…."
"아가씨들이 가르쳐 주면 되지요."
웨이트리스가 말했다.
"죄송합니다. 다음번에 오시면 반드시 준비해 드리겠습니다만, 요 며칠 단속이 너무 심해서 아가씨들을 휴가 보냈거든요. 정말로 죄송합니

다."
　말하면서 계속 굽실굽실 거렸다. 방 군이 말했다.
　"아니 오락성娛樂城에, 오락성에서 아가씨 없이 어떻게 오락하라는 거야? 아가씨, 이 '오娛' 자를 잘 보란 말이야!"
　그가 손가락으로 허공에 획을 그리면서 말했다.
　"왼쪽에 '계집 녀女' 변이 있어, 없어? 계집이 없으면 그게 사람들이 입만 짝 벌리고 하늘 쳐다보는 꼴吳 밖에 더 되냐? 옛날 사람들이 글자를 만들 때는 다 과학적으로 따져 보고 만든 거야!"
　아가씨가 웃으면서 말했다.
　"제가 가서 있는지 없는지 다시 한 번 알아보겠습니다."
　방 군이 말했다.
　"됐어, 그만둬!"
　그러더니 휴대폰으로 기사를 불러 차를 대기시켰다. 내가 말했다.
　"저는 그만 돌아갈랍니다. 서 기사도 하루 종일 바삐 돌아다녀 지쳤을 텐데…."
　그때 그가 화장실을 다녀온다더니, 계산을 마치고 돌아왔다. 내가 말했다.
　"방 형, 정말 제가 돌아가서 야단을 맞게 하려는 겁니까?"
　그가 말했다.
　"어쨌든 우리 둘 중 한 명은 야단을 맞게 되어 있지 않습니까? 그럼 수고하십시오."
　문을 나가면서 내가 방 군에게 평대平台에 앉는다는 게 무슨 뜻이냐고 물었다. 그가 말했다.
　"정말 모르십니까? 평대는 그냥 노래나 부른다는 말이지요."
　"그럼 뭐 다른 것도 있습니까?"
　"아니, 정말 모르십니까? 포대炮台 아가씨들도 있잖아요."

입을 비쭉 내밀고는 애매한 웃음을 웃었다. 내가 말했다.
"설마, 룸 안에서…."
"그럼, 달리 어디 갈 데가 있습니까?"
차가 오자 나를 데려다 주겠다는 것을 극구 사양했지만, 결국은 차에 탈 수밖에 없었다. 집 앞에서 내린 다음, 나는 다시 택시를 타고 오락성으로 가서, 거기 세워둔 자전거를 타고 돌아왔다.

많은 논문들이 중의학회에 속속 도착했다. 나는 논문을 몇 부씩 복사해서 각 평가위원들에게 부쳤다. 아무래도 마음을 놓을 수 없는 평가위원들은 두 원장과 마 청장님께 보고해서 두 분이 손을 좀 쓰시도록 했다. 그분들이 신경 써서 뽑으신 평가위원들인 만큼, 당연히 그분들의 뜻이 제대로 관철될 수 있을 게 아닌가. 나와 방 군은 금천金天 호텔에서 몇 번 더 만나 세세한 문제까지 치밀하게 준비했다. 1등상을 받을 사람을 선정한 다음, 2등상 받을 사람으로 기타 어느 정도 중요한 인물들을 고려했다. 그렇지 않으면 문제가 생길 경우 어떻게 수습할 방법이 없고, 혹시 일대 풍파가 일지도 모르는 일이기 때문이다. 그래서 똑같은 게임의 규칙에 따라 2등상과 3등상도 대략 정했다.

금년도 수상부터 그 급수가 올라간다는 소식이 어떻게 해서 밖으로 퍼져나갔는지, 각계의 신선神仙들이 다 활동을 시작했다. 어떤 사람은 지방 현縣에서 성도省都까지 올라와서는 담배와 술 등을 싸들고 우리 집으로까지 찾아와서 누가 평가위원인지 묻기도 했다.
내가 말했다.
"제가 어떻게 압니까? 저야 그저 행정사무나 보는 직원인 걸요."
그들이 믿지 않는 걸 보고, 내가 말했다.
"제가 사는 곳을 좀 보십시오. 이게 무슨 결정권을 가진 사람이 살 만한 곳입니까?"

그들은 생각해 보더니, 나름대로 일리가 있다고 생각하고는 그제야 믿고 말했다.

"3등상이라도 좋습니다. 이런 부탁하러 오는 사람도 이 문지방 넘으려면 용기가 필요합니다. 이 정도 상은 받아야 어디 괜찮은 자리에 앉을 수 있단 말입니다. 아니면 마누라, 자식 볼 면목이 없습니다. 댁처럼 위에 있는 사람들은 아래 있는 사람들의 어려움을 모르십니다."

그들을 상대하는 데는 내가 생각해둔 방법이 있었다. 내가 발표한 논문들을 그들에게 보여주면서 말했다.

"나의 논문도 이렇게 높은 평가를 받았었소. 만약 내가 상을 받게 된다면 당신들에게도 희망이 있소. 그러나 만약 내가 상을 못 받는다면, 그건 경쟁이 너무 치열하기 때문이오."

그들이 떠나갈 때 나는 술과 담배를 들고 그들을 아래층까지 바래다 주었다. 그리고 마음속으로 생각했다. "이 사람들도 대학 졸업한 지 이렇게 오래 되었는데, 정말로 불쌍하구나!" 하고. 이 세계는, 강자는 항상 강해서 크고 작은 것을 전부 다 먹고, 계속해서 먹으며 가고, 큰 고기를 먹고 나선 또 작은 새우까지 먹으려고 한다. 약간의 뼈 부스러기나마 토해 낼 수 있다면 그는 매우 양심적인 사람이다. 나를 찾아온 이 사람들은 있지도 않은 희망을 안고 성省으로 달려왔지만, 그들은 남의 말만 듣고 되돌아가야 한다. 그들에게 돌아갈 상이 어찌 남아 있을 수 있겠는가? 나는 마음이 편치 않았다. 그러나 내가 그렇게 안배安排하지 않았더라도 결국 다른 사람이 그렇게 했을 것이므로, 결과는 달라질 수 없었을 거라고 생각하니 속이 풀어졌다.

결국 지금은 조작操作의 시대이다. 조작의 과정은 매우 복잡하지만 그 동기는 도리어 아주 단순하다. 조작의 목표는 남을 밀어내고 자기가 그 자리를 차지하는 것이다. 마지막에 가서 밀려나는 것은 저들 약자들이다. 흰 고양이든 검은 고양이든 쥐를 잡는 것이 좋은 고양이다(百猫黑猫,

抓住老鼠就是好猫). 그가 무슨 고양이든 그게 무슨 상관인가! 조작은 결과만 따지고 원칙이나 공정公正을 따질 수 없으며, 또한 인격이나 양심을 따질 수도 없다. 이런 사실을 당연한 것으로 받아들일 심리적 수용 능력이 충분히 없으면 사는 동안 단지 실패자로서의 삶만 살 수 있을 뿐이고, 그를 동정해주는 사람은 하나도 없을 것이다. 그를 좋게 말하면 기개가 있다고 할 것이고, 나쁘게 말하면 바보고 돼지라 할 것이다. 두 가지 다 일종의 표현 방법, 일종의 견해일 뿐이다. 이리하여 조작의 대가들은 가져야 할 것은 모조리 다 갖고, 훈훈한 봄바람에 득의만만해 하는 것이다.

# 61. 몸의 크기를 재서 옷을 만든다

나는 4월에는 일본어 시험을 봤고, 6월에는 그 결과를 고급직무 평가 자료로 제출했다. 6월 말에는 연도회의를 예정대로 개최했다. 문文 부성장이 개막식에서 축사를 했다.

"여러분에게 반가운 소식 하나 알려드리겠습니다. 우리 중의학회에서는 삼 년에 한 번씩 논문이나 저서를 평가하여 수상해 왔습니다. 금년부터는 이 상이 성省에서 수여하는 상으로 격상되었는데, 이를 승인하는 문서가 요 며칠 전에 정식으로 내려왔습니다. 이것은 여러분들에게 그간의 수고에 대한 격려임과 동시에 앞으로의 분발을 위한 일종의 채찍이 되어 줄 것입니다."

나는 단 아래에서 들으면서, 모든 일들은 세심한 사전 안배에 따라 이루어지는구나, 하고 생각했다. 상의 급級이 올라간 것도 요 며칠 사이에 결정된 일인 것처럼 설명되고 있으나, 그것은 벌써 여러 달 전에 결정되었다는 사실을 알고 있는 사람은 몇 안 될 것이다. 문 부성장이 신이 나서 큰 소리 치는 것을 보면서, 그 자신도 속고 있는 것인지 아니면 다 알고 있으면서도 연기를 하고 있는 것인지 나는 알 수가 없었다. 이 세상 역시 도대체 누가 누굴 갖고 노는 건지 알 수가 없다. 밤에 여러 사람들이 회의 사무국으로 찾아와서는 조심스레 문을 닫고 나와 방 군에게 이번 수상의 평가위원들이 누구인지, 누가 상을 받게 되는지 물었다. 우리는 모두 모른다고 말했다. 둘째 날 오후 수상자 명단을 발표할 때가 되자 회의장 분위기는 매우 긴장되었고, 많은 사람들은 몸까지 앞으로 기울였다.

두 원장이 말했다.

"이번 수상의 평가위원들은 모두 우리 성의 중의학계에서 덕망 높은 권위자들입니다. 그들은 공평公平, 공정公正, 공개公開의 원칙으로 매 한 사람의 동지에 대해서 책임을 진다는 정신으로 토론을 반복한 후 최후에 가서 수상자들을 결정했던 것입니다."

이어서 손孫 부청장이 수상자 명단을 발표했다. 발표가 끝나자마자 한쪽에서 웅성거리는 소리가 들렸다.

내 옆에 있는 사람이 말했다.

"평가는 무슨 놈의 평가야? 아예 직책에 따라 나누어 놓고는…."

나는 그 소리를 듣고 그가 다시 또 큰 소리로 말할까봐 초조해서 식은땀이 날 지경이었다. 서른 살이 넘은 한 청년이 일어나서 말했다.

"평가위원들의 명단을 공개해 주실 수 없습니까?"

손 부청장이 매우 난감해 하면서 마 청장을 쳐다보고 또 두 원장을 쳐다봤다. 나는 심장이 터질 것만 같았다.

"저 나쁜 놈의 개새끼害群之馬!"

두 원장이 말했다.

"평가에 어떤 간섭도 배제하고 최대한도의 공정성을 보장하기 위해 평가위원의 명단을 사전에 공개하지 않았던 것입니다. 동시에 평가위원들의 정상적인 업무와 생활이 간섭을 받지 않도록 그분들의 명단을 공개하지 않는 게 좋겠다고 생각했습니다. 여러분은 그분들의 업무 수준과 인격에 대해 충분히 믿어주셔야 합니다. 금년의 상금은 이전보다 많은데, 우리도 사전에는 몰랐습니다. 얼마나 많은 찬조금을 끌어올 수 있을지 누가 알수 있겠습니까? 상금은 어제서야 겨우 확정된 것입니

다."

그 청년은 자리에 앉더니 입을 삐죽 내밀고 머리를 비틀었다.

저녁에 마 청장님이 회의 사무국으로 찾아오셔서 나에게 그 청년의 이름이 뭐냐고 물으셨다. 내가 말했다.

"허소호許小虎라는 청년인데, 악남岳南 지구 중의원 소속입니다. 성격이 극단적으로 충동적입니다."

마 청장이 말했다.

"젊은 사람은 혈기방강血氣方剛하니 이해할 수 있지. 이해할 수 있고말고!"

그리고는 나에게 허소호가 제출한 논문을 찾아서 자기에게 보여 달라고 했다. 내가 말했다.

"그 논문이 어떻게 상을 받아요? 그자의 과대망상입니다."

"자신감 갖는 거야 좋은 일이지. 사람은 자신감을 가져야 해."

논문을 뒤적거려 보더니 다시 말했다.

"두 원장이 말했어, 회의의 정상적인 진행을 위해서 이후부터는 안내 통지를 내보낼 때 좀 더 신중해야겠다고."

내가 곧바로 말했다.

"제가 일 처리를 좀 더 치밀하게 하지 못한 게 잘못입니다. 북경에서 발표된 그의 논문을 보고 아무 생각 없이 통지문을 보내어 참가토록 했던 것입니다. 다음부터는 일을 반드시 더 치밀하게 처리하겠습니다."

마 청장은 아무 말도 하지 않고 나갔다. 나는 그곳에 한참 앉아 있었으나 마음이 편치 않았다. 이것은 나의 잘못으로 일어난 소란으로, 마 청장을 불쾌하게 해드렸다. 방 군이 말했다.

"지 과장님, 너무 걱정하실 필요 없어요. 우리 같은 사람들이 윗분들을 걱정하게 해드리더라도 그건 어디까지나 내부 사정이에요. 걱정 끼쳐드리고 약간 불쾌하게 해드리더라도, 그건 역시 내부 사정이지요. 그런 걱정을 나누어드릴 수 있다는 것이야말로 우리의 복이에요. 얼마나 많은 사람들이 그것을 나누어드리고 싶어도 못 나누어드리는지 아세요? 제기된 문제는 당신이나 나의 문제가 아니잖아요. 그렇다고 윗분들의 문제겠어요?"

나는 연이어 말했다.

"맞아, 맞아, 맞고말고. 방 군, 당신이 나보다 생각이 더 멀고 깊군."

둘째 날은 아침 일찍 대형 버스 세 대에 나누어 타고 놀러 갔다가 밤에야 돌아와서 회의를 끝냈다. 이미 밤늦은 시각이어서 집으로 돌아가려고 생각하고 계단을 올라가는데, 어떤 사람이 불렀다.

"지 과장님!"

얼핏 보니 허소호여서 나는 깜짝 놀랐다. 그가 말했다.

"지 과장님, 말씀 몇 마디만 좀 나눌 수 없을까요?"

나는 계단에 서서 잠시 머뭇거리면서 사무적인 얼굴표정으로 대해줘야겠다고 생각하고 있는데, 그가 말했다.

"제가 보니, 지 과장님께선 좋은 분이신 것 같아서 얘기 몇 마디 나누어보고 싶습니다만…."

나는 마음이 누그러졌지만, 한편으론 내가 저 겁 없이 큰소리치는 인간과 얘기하는 걸 누가 볼까봐 겁이 나서 말했다.

"집에 돌아가서 뭐 좀 가져올 테니, 먼저 밖에 나가서 기다리시오."

나는 집에 돌아와서 몇 분을 머물다가 다시 아래층으로 내려갔다. 그리고는 대문 입구로 걸어가는데, 그는 경비실 안에서 나오면서 나를 불렀다. 그러나 나는 못 본 체하고 곧장 대문 밖으로 나와서 구비를 돈 다음 가지가 무성한 나무 아래로 걸어갔다. 그는 계속 나를 부르면서 따라오다가, 내가 연달아 손을 흔들자 그제야 입을 다물었다. 나는 그에게 경비실에는 누가 근무를 서고 있더냐고 물어보면서 마음속으로 생각했다. 만약 정소괴의 동생이라면 곧바로 돌아가서 그가 다른 사람들에게 무슨 말을 할 여지를 남겨놓지 말아야지. 만약 그가 무슨 말을 해서 그것이 퍼져나간다면 누가 해명을 한단 말인가? 큰 인물들의 마음속에 새겨진 어떤 인상은 때가 되면 반드시 중요한 작용을 하기 마련이다. 결정적인 순간에는 분명하게 설명할 수 없는 그런 것들이 가장 큰 힘을 발휘하게 되기 때문이다. 그가 말했다.

"젊은 사람 혼자 있던데요?"

내가 말했다.

"아래턱이 뾰족한?"

그가 고개를 끄덕였다. 내가 말했다.

"저 앞으로 이백 미터쯤 가면 대원大元 찻집이 있소. 거기 가서 기다리시오. 나는 사무실에 가서 전화 좀 하고 올 테니."

되돌아 대문 입구에 와보니 역시 정소괴의 동생이었다. 그가 말했다.

"지 과장님, 방금 전에 누가 과장님을 기다렸는데…."

내가 말했다.

"누가 날 부르는 것 같아서 고개를 돌려 봐도 아무도 안 뵈던데, 누구였지?"

그가 웃는 듯 마는 듯 말했다.

"그게, 그게…."

나는 그가 속으로 무슨 꿍꿍이를 하고 있다고 생각하고 그의 말을 자르면서 말했다.

"만약 그가 다시 찾아오거든, 그 사람한테 직접 우리 집으로 찾아가라고 해줘."

그리고는 숙소 건물 안으로 들어갔다가 다시 뒷문을 통해 대문을 빠져나와서는 찻집으로 갔다. 우리 둘은 구석의 조용한 자리를 찾아서 앉았다.

허소호가 말했다.

"회의가 시작된 후부터는 속이 답답합니다."

나는 속으로, "네 속이 답답하지 않다면, 속 답답한 사람 누가 있겠나?" 하고 생각했다. 그러나 입으로는 관료적인 말투로 말했다.

"상을 받는 사람은 어쨌든 소수입니다. 일백사십오 명을 평가해서 열두 사람에게만 상을 주니, 상을 받지 못하는 것이 정상입니다."

"지 과장님, 과장님은 전문가시니 어디 한번 말씀해 보세요, 이번 상의 평가가 합리적으로 됐다고 보시는지 어떤지를."

나는 속으로, "한 사람 한 사람 모두에 대해 합리적인 일이 천하 어디에 있단 말인가. 어떤 사람에게 합리적인 것이 너한테도 합리적일 수는 없는 법이지." 하고 생각했다. 그러나 입으로는 이렇게 말했다.

"합리적이란 것도 결국 상대적인 거 아닌가요?"

나는 가죽 가방을 열어 내가 쓴 논문을 꺼내어 보여주면서 말했다.

"나 역시 이런 논문들을 발표했습니다. 그리고 어느 정도 좋은 평가도 받았습니다. 그러나 제가 상을 받았습니까, 못 받았습니까?"

그는 그것을 뒤적여보더니, 한참 후에 말했다.

"저는 저 자신의 경우를 두고 말하는 게 아닙니다. 그 수상자 명단을 한번 보십시오. 하나 같이 모두 머리에 관모官帽를 쓰고 있는데, 그 모자의 크기와 받는 상의 등급이 정비례하더라고요. 세상에 이렇게 공교로운 일이 어디에 있습니까?"

나는 속으로, "바로 여기에 그 공교로운 일이 있고, 그리고 이런 공교로운 일은 영원히 계속 일어날 것이다." 하고 생각했다. 그러나 입으로는 말했다.

"평가위원들 중 몇 사람에게 뒤로 접촉한 사람들이 있는지 없는지는 모르겠습니다. 아마 그런 일은 없을 걸요?"

그가 말했다.

"평가 중간에 무슨 뒷거래, 즉 어두운 가운데 무슨 조작 같은 게 이루어지고 있다고는 느끼시지 않았습니까?"

나는 생각했다. "이 사람은 어떻게 예전의 나와 이렇게도 똑같지? 이익의 분배가 있는 곳 치고 이런 조작이 어딘들 없겠는가? 그런데도 이런 일을 진지하게 생각하다니⋯. 진지하다는 것은 곧 바보라는 것이고, 바보여야만 환상을 품을 수 있지. 공정公正함에 대해 이렇게 집착하다니, 지금이 어느 시대인데?" 그러나 입으로는 이렇게 말했다.

"나야 단지 실무 일만 하는 사람이오. 내가 어떤 집에 사는지 보기만 해도 내가 일개 실무자에 불과하다는 걸 금방 알 수 있을 거요. 내가 만약 조작을 할 수 있다면, 나 자신을 조작해서 좀 더 위로 올라갔을 거요. 내가 이등 상을 받건 삼등 상을 받건 누가 무슨 말을 할 수 있겠어요? 누가 조작하는 것은 못 봤어요."

그가 말했다.

"지 과장님, 내가 보니 당신은 참 좋은 사람 같아서 당신을 친구로 생각하겠습니다. 제가 잘못 본 것은 아니겠죠? 저는 이 일을 고발할 겁니다."

나는 속으로, "만약 작년에 네가 나를 그렇게 봤다면, 그건 잘못 본 게 아니지." 하고 생각했다. 그러나 입으로는 이렇게 말했다.

"당신이 나를 친구로 생각해 주니, 나도 당신을 친구로 생각하고 말하겠소. 당신이 이 일을 고발한다고 해서 무엇을 바꿀 수 있겠소? 수상자 선정은 모두 교수들이 투표로 결정한 것이오. 그런데 누구를 고발하고 무엇을 고발하겠다는 것인지, 다시 한번 잘 생각해 보시오. 당신이 고발을 함으로써 야기할 수 있는 단 한 가지 작용은 나를 불 위에 얹어 놓고 굽게 된다는 것이오. 어쨌든 당신이 받은 회의 참석 통지문을 내가 발송했기 때문이오. 아마 윗사람들은 나와 당신은 서로 친구 사이이고 무슨 특수한 관계일 거라고 생각할 거요. 그리고 또 한 가지 작용은, 이 다음부터는 당신을 가까이 하려는 사람은 아무도 없을 거란 점이오. 그렇게 되어도 좋을지 잘 생각해 보시오."

그가 한숨을 쉬면서 말했다.

"금년엔 상금이 이렇게 많았는데, 그리고 또 성급省級 상이고⋯. 그러니 그 사람들의 손이 뻗쳤던 게야. 어떤 사람들은 무슨 좋은 일이 있으면 전부 자기들 차지이지. 생선 대가리부터 꼬리까지 전부 다 먹어치우고 하나도 안 빠뜨려. 영원히 안 빠뜨려! 그들은 자기들 스스로 자기들에게 분배해!"

나는 속으로, "자기가 자기에게 분배하지 않으면 결국 남에게 나누어 준다는 건데, 그것은 인간의 본성에 부합되는 것인가?" 하고 생각했다. 그러나 입으로는 말했다.

"이해되지 않던 일도 여러 번 자꾸 보다가 보면 이해가 돼요."

그가 고개를 끄덕이다가는 다시 고개를 가로저으면서 말했다.

"중국 백성들은 정말 순해요. 모든 걸 똑똑히 보고 있으면서도 아무도 뛰쳐나와 방귀 소리조차 내지를 못해요."

나는 속으로 생각했다. "그게 뭐 나쁜가? 그게 나쁘다면 달리 어떻게 할 수 있다는 건데? 이 세상은 실리功利와 실력實力을 중시한다네. 실력도 없으면서 달리 또 어떻게 할 수 있다는 말인가? 멀뚱히 한 눈 뜨고 바라만 볼 뿐이지 뭔가를 흔들 수 있고 뭔가를 바꿀 수나 있는가? 똑똑히 보고서 도리를 따지려고 하더라도, 그러나 그 도리는 책에서, 신문에서 말하는 그런 식으로가 아니라 다른 방식으로 설명되는데 자네라면 어떻게 하겠어? 자네가 화를 내고 강물 속으로 뛰어들어 봤자 기껏해야 세상에 사람 하나 줄어든 것일 뿐 달리 아무런 의미도 없어. 이때는 바보인 체하는 게 총명한 사람이고 현실을 아는 사람이지. 실력은 일종의 존재인데 자네가 어쩌겠어? 그것은 존재하고 있고 자신의 방식으로 도리를 설명하는데, 자네가 돌을 잡고 하늘을 때려 보시지, 어떻게 되나 보게." 그러나 입으로는 말했다.

"그러므로 소호 당신은 지금 못가에 이르러 성급하게 고기를 탐내는 격臨淵羨魚인데, 차라리 돌아가서 그물부터 엮는 게 나을 걸세(不如退而結網)."

그는 머리를 크게 흔들면서 말했다.

"맞습니다, 맞아요. 그 길밖에 없는 것 같습니다. 그만 가야겠어요. 가십시다."

나는 속으로, "이 사람 역시 내가 일찍 부딪쳤었던 문제에 부딪쳤구나." 하고 생각했다. 그러나 입으로는 말했다.

"이해하셨다니 잘 됐습니다. 일찍 이해하는 것이 그래도 늦게 이해하는 것보다는 낫지요."

그가 말했다.

"저 생각엔, 그 평가위원들도 자신들의 이름을 공표할 용기가 없었던 것 같습니다. 그들도 겉으로는 그래도 체면을 유지해야 될 테니까요."

나는 속으로 생각했다. "그들이 무슨 권위자들이라고 생각하는 걸 보니, 자네는 아직도 그 평가위원들을 매우 높게 평가하고 있군. 그들이 한번 자신들의 의도를 관철시키지 못하면 그 다음에는 그들의 몫이란 아예 없어지는 거야." 그러나 입으로는 이렇게 말했다.

"평가위원들로서도 억울한 점이 있다는 말이군."

그는 생각난 게 있다는 듯이 고개를 끄덕이면서 말했다.

"요새 사람들은 매우 뻔뻔스러운 것 같아요. 생선을 대가리에서 꼬리까지 다 먹어치우면서도 남들이 뭐라고 할까봐 눈치보는 게 전혀 없어요. 자기 스스로를 표준으로 삼고, 몸의 사이즈를 재서 옷을 만들 듯이 몇 가지 조건을 정하는데, 당연히 자기가 그 표준에 제일 잘 들어맞게 되는 거죠. 제일 첫째가는 사람이 바로 그런 사람이에요. 그리고 계속해서 자기 왼쪽 입가에 반점이 생기면 그 표준에도 반점을 넣게 되지요. 아랫사람들은 뭐라고 쑥덕거리는 줄 아세요?"

그는 지껄이면서 손가락으로 입가를 꾹꾹 눌러 반점을 표시해 보였다. 나는 속으로 생각했다. "만약 손안에 넣은 것이 진짜라면, 그가 남들이 쑥덕거리는 소리 따위를 겁낼 것 같아? 웃기는 소리! 남들이 쑥덕거리는 소리 겁내서야 무슨 일을 할 수 있겠어? 지금이 어떤 시대인데, 남들의 뒷공론이 겁나서 감히 함부로 하지 않을 군자가 몇이나 되겠어?

전혀 겁내지 않아! 자네는 그들의 심리적 수용능력을 너무 얕보고 있는 거야. 자네들이 이러쿵저러쿵 해봐야 그들의 귀에는 방귀 소리 정도로밖에 안 들려." 그러나 입으로는 말했다.

"소호, 당신도 어느 날 그런 자리에 올라가면, 당신도 남들이 무슨 말을 하건 신경 쓰지 않게 될 거요."

그가 말했다.

"요새 사람들 얼굴가죽 다 벗겨 내버렸어요. 그러나 어쨌든 어느 정도 양심은 남아 있을 것 아닙니까."

그는 얼굴가죽 벗기는 동작을 해보인 다음, 다시 자기 가슴을 팡팡 두드렸다. 나는 속으로 생각했다. "얼굴 가죽을 벗겨 내버린 사람들한테 양심에 따르라고 요구하다니, 도대체 무슨 소리 하는 거야?" 그러나 입으로는 말했다.

"우리나마 양심대로 하면 되겠지."

차를 다 마시고 나서 나는 계산서를 들고 일어나 계산을 했다. 그가 나와 악수를 하면서 말했다.

"지 과장님, 당신은 그래도 아주 나쁜 사람은 아니군요."

내가 말했다.

"과찬의 말씀, 과찬의 말씀…"

문을 나오면서 내가 말했다.

"잘해 보시오."

그가 허벅지를 치면서 말했다.

"뱃전 두드리며 홀로 휘파람 부니, 모르겠네, 오늘 밤이 무슨 밤인지를"(扣舷獨嘯, 不知今夕何夕).

61. 몸의 크기를 재서 옷을 만든다

62. 대면식 對面式

위생청 바닥에서 반년 간 일 하면서 나는 스스로 꽤나 눈치 빠른 인간이고, 마치 물고기가 물을 만난 것 같다如魚得水는 느낌이 들었다. 이렇게 눈치 빠른 인간이 그처럼 오랫동안 찬밥신세로 지냈다니, 돌이켜 생각해보니 불가사의했다. 이 바닥에서 활동하는 데 가장 중요한 것은 주위 사람들, 특히 가장 윗사람의 마음을 손바닥 들여다보듯이 알고 그들을 훤히 꿰뚫고 있어야 한다는 것이다. 나는 말로는 설명할 수 없는, 그러나 그 의미가 매우 중요한 일들을 본능적으로 이해했다. 이런 중대한 일들은 술자리와 같은 사소한 곳에서 발생한다. 윗사람들이 무의식중에 내뱉는 듯한 한 마디 말에 대해, 때로는 그 뒤에 숨은 내용을 찾기 위해 나는 윗사람들이 그 말을 할 때의 감정과 사용된 단어의 길이 등을 장시간 분석하면서, 각종 인물들 간의 관계까지 생각해 보았다.

다른 사람들과 마찬가지로 나 역시 조금씩 진보해 나가려고 했다. 그러나 나의 경우 이 조금씩이란 것의 의미는 실제로는 매우 큰 것이었다. 그것은 곧 축적을 의미했다. 축적이 일정한 단계에 도달하면 곧 질質의 변화를 가져온다. 그러니 어찌 무슨 일이든 함부로 할 수가 있겠는가. 때로는 나 역시 옛날 그리스 성인의 가르침처럼 조용히 나 자신을 알려고 노력했고, 나 자신에게도 비열한 점이 있음을 깨달았다. 내가 하루 종일 남의 말과 안색이나 분석하고 살피고, 온갖 가능한 방법을 동원하여 높은 사람들의 마음이나 헤아리면서 목소리나 얼굴색 하나 안 변하고 그들의 뜻에 영합하려는 것은, 비록 눈치 또는 이해력이란 말로 그럴듯하게 포장하더라도, 어쨌든 비열한 짓이고 노예근성이 내포되어 있는 행동임을 부인할 수 없었다. 그럴 때 나는 속으로 나 자신을 욕하지 않을 수 없었지만, 그러나 욕하는 것은 욕하는 것이고, 해야 할 일을 하지 않을 수는 없었다. 안 할 수 있어? 나 자신에게 욕을 할 수 있다는 사실이 한편으로는 또 나를 매우 뿌듯하게 했고 정신적인 우월감까지 느끼게 해주었다. 자기 자신을 욕할 수 있는 능력도 아무나 다 갖추고 있는 것은 아니잖아!

　삼월 말에 나는 박사학위 시험을 봤다. 시험 보기 전에 마 청장님은 내가 지도교수 녕* 부원장을 만나보도록 주선해 주셨다. 면담 후 나는 시험에 대한 전모를 파악할 수 있었다. 유월 말에 합격통지서를 받았다. 칠월에는 직무평가를 받아서 부 연구원이 되었다. 직무평가를 받음으로써 집 배정 점수가 과장일 때에 비해 다시 5점이 많아졌다. 연초에 비해서는 10점이나 더 많아짐으로써 거실 하나에 방 두 개인 집이 배정되었다. 이사하기 바로 전날 밤, 동류는 흥분해서 밤새도록 한 숨도 자지 않았다. 한밤중에 나를 깨워서는 방에 대해 토론하면서 말했다.
　"잠들었다가 깨어나면 어떤 느낌일까요? 몸이 붕 뜨지는 않을까요?"
　"붕 뜨면 하늘로 올라갈 수도 있겠네? 어째 눈이 그렇게 낮아? 서른 평도 넘는 집에 사는 사람들은 늙지도 않겠네?"
　"어찌 감히 당신과 마 청장님을 비교해요?"
　이어서 말했다.
　"저는 정말로 잠을 잘 수가 없어요. 드디어 나의 주방을 갖게 되다니, 마치 꿈을 꾸고 있는 것만 같아요. 어쨌든 날개가 붙어서 날아갈 것 같은 느낌이에요."

"이 정도로 좋다면, 됐어!"

반년 겨우 지났는데, 나는 벌써 무슨 과장 같은 것엔 성이 차지 않았다. 내 마음은 더 크고 더 먼 데 가 있었으나 그것을 동류에게 말하고 싶지는 않았다. 동류와 같이 행정과에 열쇠를 받으러 갔더니 신申 과장이 말했다.

"지 과장, 자네 이사할 집은 수리하거나 장식할 필요가 전혀 없어."

동류가 말했다.

"어떻든 장식은 좀 해야겠어요. 어렵사리 집을 배정받았는데, 장식을 안 한다고 해서 우리야 억울할 게 없지만, 방이 억울하지 않겠어요? 방을 억울하게 해 놓고 우리 맘이 편하겠어요?"

신 과장이 말했다.

"동류 씨, 믿을지 안 믿을지 모르지만, 좋은 일이 들어오려고 할 땐 대문을 걸어 잠가도 그걸 못 막는다고 했어요. 나는 이십년이 넘게 위생청에 있으면서 그런 것을 봐왔어요. 잘 풀리는 사람은 어쨌든 잘 풀리고, 안 풀리는 사람은 어떻게 해도 안 풀리더라고요."

집은 아무런 수리도 장식도 하지 않고 입주했다. 동류는 그게 못내 아쉬워서 계속 한탄했다.

"집은 이렇게 좋은데, 우리의 감각이 이 집에 살 자격이 없는 것 같아요. 그런 코딱지만한 집에서 그렇게 오래 살았는데 이 집에서도 반평생은 살지 않겠어요?"

그녀의 상상력에도 역시 한계가 있었지만, 나는 말하지 않았다.

구월 초에 나는 합격통지서를 가지고 중의학원에 신고하러 갔다. 가서 사정을 알고 나서 나는 멍해졌다. 녕 부원장은 네 명의 박사학위 과정생을 지도하는데, 정식으로 중의를 공부한 사람은 나 혼자뿐이었다. 나머지 세 사람은, 한 사람은 운양시雲陽市 시위원회 부 서기였고, 한 사람은 성(省) 계획출산 위원회 부주임이었으며, 나머지 한 사람은 임지강이었다. 당초에 임지강도 박사학위 시험에 참가하겠다고 하기에 나는 매우 의외라고 생각하고 가소롭게 생각했었는데, 그가 합격할 줄이야! 중의를 배워본 적도 없는 전문대학 출신이 석사과정을 건너뛰고 곧바로 박사학위 과정을 밟을 수 있다니, 세상은 정말로 완전히 개혁개방이 되었구나! 이런 괴상한 일은 권력과 돈을 떠나서는 근본적으로 일어날 수가 없는 일이다. 내가 이해하려고 애쓸 필요도 없이 자명한 일이다. 그렇지 않고서야 그들이 무슨 수로? 무슨 일이든 모두 인간들이 하는 것이다. 규칙이란 단지 방법이 없는 인간들만 묶어놓을 수 있을 따름이다. 방법이 있는 사람들에겐 규칙이란 단지 한 장의 백지에 불과하다. 남들은 할 수 없는 것도 버젓이 해내고 있음을 볼 수 있다. 이런 사정을 똑똑히 알고 있어도 달리 방법이 없다. 흰 것은 종이고 검은 것은 글자일 뿐이라고 우기는 저자들에게 감히 누가 진실을 주장하고 맞설 수 있겠는가?

　나만 빼고 세 사람은 자가용을 타고 왔다. 이런 장면을 보고나서 나는 나도 더 이상 이런 일에 흥분할 필요가 없다고 생각했다. 나와 같이 시험을 봤던 중의학원 약물학 계통의 두 부교수는 시험에 떨어졌다. 어떤 사람은 생선 대가리부터 꼬리까지 모조리 다 먹어치우는데, 그것을 먹을 수 없는 다른 일부 사람들이 그 대가를 치르고 있다. 나는 그들이 상부로 가서 이 일당들을 찔러 바치고 억울함을 호소해 주기를 바랐으나, 결국 한 마디도 항의하는 사람이 없었다. 지금 사람들은 참으로 수양이 잘 되었다. 그러나 다시 생각해 보니, 그들도 그렇게 할 수밖에 없잖은가? 사정이 이러한데 주둥이를 놀려봐야 무슨 소용인가. 똑똑히 보려고 해야 한 눈으로 볼 수 있을 뿐이다. 그들이 할 수 있는 유일한 길은 자신을 잘 수양하는 것이다. 잘 수양하지 않으면 달리 또 어쩔 수 있겠는가?

신 과장 말이 맞았다. 좋은 일이 찾아오려고 할 때는 대문을 걸어 잠가도 그것을 막지 못한다. 연 말에 위생청에서는 다시 나를 의정처 부처장으로 발령했다. 인사발령 문서가 내려온 그날 윤옥아는 얼굴 가득 의혹의 기색을 띠고 나를 곁눈질했다. 그녀의 남편 팽彭 부처장은 이미 그 자리에서 쫓겨났으므로, 그녀는 하루 종일 위축되어 있었다. 그리하여 하는 말마다 독을 품고 있는 것 같았고, 음습하지 않은 말이 없었다. 나는 그런 독이 들어 있는 말을 들어도 모르는 체하고 아무에게도 보고하지 않았다. 이미 늙어빠진 호랑이를 때려 죽인들 무슨 소용이 있겠는가. 그녀도 본능적으로 자기의 액운과 나의 행운 사이에는 무슨 관계가 있을 거라고 느끼고 있는 모양이었지만, 그러나 그 연결고리를 찾지는 못하고 있는 것 같았다. 그녀는 분명히 내가 단순히 동류의 침놓는 실력 하나에 의지해서 승승장구한다고는 믿고 있지 않을 것이다. 그러나 아무리 원한을 품어 봐야 속으로 숨기고 참을 수밖에 달리 방법이 없을 것이다. 내가 다른 사람의 가슴 아픈 일에 이렇게 냉담할 수 있다니…. 나의 마음도 이미 몹시 모질어져 있음을 스스로 느꼈다. 나는 그녀에게 업무를 인수인계하면서 말했다.

"무슨 일이 있거든 의정처로 나를 찾아와요."

"아무 일 없을 거예요."

오년간이나 서로 얼굴을 맞대고 지냈는데 헤어질 때 이렇게 냉담하다니, 그녀는 정말 제멋대로였다. 나 지대위가 어떤 인간인지 생각해보지도 않고 뱃속 가득한 불만을 얼굴에 다 드러내다니, 저러니 일이 잘 풀릴 수가 있겠는가?

의정처로 가니 사무실이 이미 준비되어 있었다. 양梁 군이 농담을 던졌다.

"지 처장님, 올해는 대풍년입니다."

"내가 무슨 귤나무라도 됩니까?"

그리고 원진해를 가리키면서 말했다.

"저 같은 가짜 처장을 처장이라고 부르다니, 진짜 처장님 들으면 오해하겠습니다."

나는 관례대로 의정처 사람들을 한 자리에 소집해서 대면식(對面式)을 가지려고 생각하고 있었다. 그런데 원진해가 그 일에 관해서는 말 한 마디 꺼내지 않는 것이었다. 이전 같았으면 나도 그깟 새털 같고 마늘 껍데기 같은 일 가지고 난리칠 일 없다고 생각했을 것이다. 그렇지만 모든 일이 이런 새털, 마늘 껍데기 같은 일이 쌓여서 이루어지는 만큼, 이런 부분에서부터 따지고 들지 않으면 나중에는 정말로 냉대를 받아도 아무것도 못 느끼게 되고, 그 다음에는 나도 모르는 사이에 밀려나게 되는 것이다. 그렇게 되면 아랫사람들까지 나를 무시하겠지. 대면식 자체야 그렇고 그런 연극에 불과하지만, 그나마 연기를 하지 않을 수가 없다. 이 바닥에서 형식은 내용보다 훨씬 내용이 풍부하기 마련. 이 바닥에 몸을 담은 이상 나도 이런 형식으로부터 자유로울 수 없다.

내가 말했다.

"언제 한번 모두 모여서 인사라도 합시다. 제가 의정처분들 얼굴은 익숙하지만 아직 이름들은 부르기가 어색합니다."

원진해는 무뚝뚝한 얼굴로 손으로 책상을 두드리면서 말했다.

"안 그래도 어떻게 자리를 마련할까 하고 생각하고 있던 중이오. 내일 오후 위생청에서 법률상식 시험이 있으니, 시험 후에 모두들 모이기로 하지요."

"그럼, 그렇게 하죠."

그 정도 성의표시만 있으면 충분했다. 나도 유난떨고 싶은 생각은 없었던 것이다.

퇴근 후에 나는 위생청의 공지사항을 보게 되었다. 내일 오후 세시 반에서 다섯 시 반까지 법률상식 시험을 본다는 것이었다. 생각해보니 시험을 마치고 다시 위생처로 돌아오면 이미 퇴근 시간일 텐데 대면식은 무슨 대면식을 갖는다는 것인가! 묽은 설사 같이 할 거라면 아예 안 하고 말지. 나는 마음이 싸늘해졌다.

퇴근 때까지 나는 이 일만 생각하고 있었다. 마음이 답답하다 못해 황망해졌다.

저녁에 동류가 말했다.

"여보, 무슨 기분 나쁜 일이라도 있어요? 일련의 문제들이 이렇게 후다닥 해결되고 나니까 난 이제 더 이상 바랄 것이 없어요. 평생 이렇게만 살 수 있다면 말이에요."

"여자는 천생 여자로군."

그녀가 계속 묻는 바람에 나는 그녀에게 사정을 이야기했다.

그녀가 말했다.

"마 청장님을 찾아뵈면 되잖아요."

"쥐똥만한 일까지 마 청장님을 찾으라고? 그 어르신이 우리 집 머슴도 아니고 말이야."

"싫으면 관두고."

"오늘 이대로 관두면 앞으로 또 얼마나 많은 일들을 관두어야 할지…. 이 바닥에선 소사小事가 대사大事를 끌고 가게 마련이야. 솔직히 말해서 나도 이런 사소한 일을 따지고 싶지 않지만, 그렇다고 내가 따지지 않으면 앞으로 모든 일을 그 인간 페이스대로 끌려가야 할 거란 말이야."

아무리 생각해 보아도 마 청장님을 찾는 수밖에 없었다. 그 어르신한테야 작은 일이지만 나한테는 내 포지션을 결정하는 중대한 일인 것이다. 나는 동류와 일파를 데리고 택시를 탔다.

도착해보니 온 가족이 식사하는 중이었다. 동류가 문을 들어서자마자 말했다.

"일파가 묘묘 본 지 오래되었다고, 묘묘 보고 싶다고 노래를 부르지 뭐예요. 마침 저도 사모님 뵈러 오고 싶던 참이라 아예 일파 아빠까지 마 청장님 방해될까봐 못 오겠다는 걸 끌고 왔어요."

사모님이 말했다.

"그냥 오면 된다니까. 이 양반이야 할 일 있으면 서재에 있으면 되요."

먹던 밥도 내려놓고 일파의 손을 끌고 놀러 나가려는 묘묘를 보모가 다시 안아서 밥 상 앞에 앉혀 놓았다. 마 청장님이 말씀하셨다.

"대위, 오늘 새로 부임한 건가?"

"예."

동류가 말했다.

"새로 부임했으면 조직에서 나를 믿고 일을 맡겨주신 것에 대해 기뻐해야 정상인데, 이 사람은 어찌 된 게 별로 기쁘지 않은가 봐요. 방금 전에도 여기 오자고 하는데 안 오려고 하더라고요."

마 청장이 말했다.

"별로 기쁘지 않다고? 그럴 리가…"

"말씀드리기엔 사소한 일입니다."

"작은 일이라도 내게 이야기해봐. 얼마나 사소한 일인지 내가 한 번 들어보게."

나는 얼굴에 철판을 깔고 사정을 이야기했다. 그리고 덧붙였다.

"무엇보다도 앞으로 업무를 전개하는 데 있어서 말입니다. 이런 식으로 얼렁뚱땅 넘겨버리면 나중에는 무슨 말을 해도 잘 안 먹히게 되거든요."

마 청장님은 웃으면서 말했다.

"이런 일은 큰일이라고 할 수도 없지만, 그렇다고 작은 일이라고 할 수도 없지. 내가 전화해주지."

그러더니 밥그릇을 내려놓고 서재로 들어갔다. 나도 딱히 말리지 않았다. 잠시 후에 마 청장님께서 서재에서 나오면서 말씀하셨다.
"내일 평상시처럼 출근하게."
동류가 말했다.
"마 청장님, 이 사람 투덜대는 것 들어주지 마세요. 귀찮지도 않으세요? 이런 작은 일까지 부탁하면 마 청장님 식사는 언제 하시고 잠은 언제 주무세요?"
사모님이 말했다.
"그거야, 누구 일인지 봐가면서 결정하는 거지."
식사 후에 마 청장님은 뉴스를 보시고 우리는 아이들과 장난을 쳤다. 동류는 사모님과 끝도 없이 수다를 떨었다. 한참 놀다가 집에 돌아갈 때가 되었다. 문을 나서는데 묘묘가 외쳤다.
"일파 오빠 내일 또 와! 나랑 놀자."
현관에서 사모님이 말했다.
"류, 대위 씨 옷차림 정장으로 입혀드려."
동류가 말했다.
"이 사람은 이렇게 편하게 입는 데 익숙해져서요. 일년 내내 재킷 한 벌로 버티는걸요."
마 청장님이 고개를 돌리면서 말씀하셨다.
"앞으로 무슨 일 있으면 전화로 얘기해도 괜찮아."

버스를 타면서 내가 말했다.
"앞으로 마 청장님께는 무슨 일이 있으면 솔직히 말씀드리는 편이 낫겠어. 이런 식으로 둘이 이중주를 할 게 아니라. 그 분이 어떤 분인데 우리 속을 모르시겠어! 마음속으로 무슨 생각하고 있는지 다 아실 텐데."
동류가 말했다.
"나올 때 그런 식으로 말씀하시니까 나도 정말 몸 둘 바를 모르겠더라. 마 청장님은 우리한테는 은인이신데, 우리도 진심으로 보답해야지."

그리고 덧붙였다.

"사모님도 당신을 좀 꾸며주라고 했죠? 내가 내일 가서 좋은 옷을 몇 벌 사와야겠어."

나는 사모님의 말을 곱씹어 보았다. 정장으로 입으라는 말은 양복에 구두까지 신으라는 소리인데, 이 말은 결코 무심코 한 말이 아니었다. 그 안에 어떤 정보가 담겨 있었다.

내가 말했다.

"좋은 옷은 한 벌에 몇 백 위안, 천 위안까지 하는데, 당신 속이 좀 쓰리겠어."

웬걸, 동류가 말했다.

"내일 동훼한테 삼천 위안 빌려다가 당신을 머리끝에서 발끝까지 무장시켜 줘야지."

보아하니 투입이 있어야 수확이 있다는 도리를 그녀도 모르고 있지는 않았던 것이다.

이튿날 아침 내가 사무실에 들어서자 원진해가 문을 열고 들어오면서 말했다.

"어제 저녁에 생각을 해보았는데, 오늘 오후 일과 끝나고 나서 열기로 했던 대면식을 오후 일과 시작하자마자 엽시다. 세시 반까지 제대로 대면식을 갖고 나서 시험을 보러 가도록 합시다. 모두에게 할 말이나 준비하시죠."

"그냥 인사나 하고 서로 이름이나 익히면 될 텐데, 뭘 그리 진지하게 하십니까?"

"저녁에는 모두들 수원호텔로 가서 한두 테이블 벌려놓고 맥주나 시켜서 모두들 먹고 마시고 기분도 내구요. 아, 볼링 하세요?"

"대면식을 갖든 안 갖든 사실 저야 별 상관없지만, 이미 결정하셨다니 모두들 이번 기회를 통해 인사를 나누는 것은 좋다고 생각합니다.

그렇지만 기분까지 낼 필요가 있습니까? 그만한 돈은 의정처에서도 쉽지 않을 텐데요."

나는 이 기회를 틈타 의정처의 금고 사정을 슬쩍 떠볼 생각이었다. 그가 말했다.

"우리 의정처가 넉넉하진 않지만, 밥 한 끼 먹는다고 가난해지진 않아요."

결국 그렇게 결정되었다.

한참 지나서야 나는 두 해 전에 원진해가 처장으로 승진했을 때는 전 의정처 사람들이 차를 렌트해서 교외의 백로白鷺 리조트에서 이틀간 놀면서 수천 위안에 달하는 돈을 썼다는 사실을 알게 되었다. 그 인간은 뻔히 알고 있었다. 바로 그렇게 잘 알고 있었기 때문에 일부러 모르는 척 얼렁뚱땅 넘겨버리려고 했던 것이다. 그래 넌 똑똑하다. 그럼 나 지 대위는 바보냐? 이 일이 있고나서 나는 마 청장님 댁에 한번 다녀오는 것이 실제로 매우 필요하다는 사실을 깨닫게 되었다. 이 바닥에 들어선 이상 너는 온 신경을 다 기울여 예의를 챙겨야 하는 것이다. 여기에서 바로 어떤 사람의 포지션이 정해지기 마련이다. 아니라면 황제는 뭣 하러 즉위식을 치루고, 신하들은 또 뭣 하러 무릎 꿇고 예를 갖추겠는가! 형식이 곧 실질이다. 이야말로 정말이지 매우 커다란 문제이다!

직함이 생기고 자리가 생기자 이런 저런 좋은 일들이 코 바로 앞으로 닥치기 시작하는 것이 내가 거부해도 소용없는 듯했다. 내 월급은 일 년 사이에 두 번이나 올랐고, 위생청에서 집에 전화를 설치해주고 매달 백 위안씩 전화비까지 계산해주었다. 한 해 동안 발생한 이러한 변화를 생각하면 정말 하늘로 날아오를 듯한 느낌마저 들었다. 집사람은 직장을 가까운 곳으로 옮겼고, 우리 집도 마련했고, 직함에 자리까지 생겼다. 박사 과정을 밟게 되었고, 월급도 오르면서 사람들이 나를 대하는 태도도 달라지고 내 말에도 힘이 실렸다. 권력만 있으면 모든 것이 다 갖추어진다는 말은 틀림이 없었다. 일년도 안 되는 기간 동안 하늘에 오른 듯, 다시 반 발자국만 앞으로 나아가면 정말이지 바람아 불어라 하면 바람이 불고, 비야 내려라 하면 비가 내리는 수준에 이를 수도 있을 것이다. 바로 그 반 발자국이 지닌 의미는 정말이지 너무나도 큰, 추구하지 않을 수 없는 것이었다.

이전에는 바로 그 반 발자국을 내밀기 위해 사람들이 머리를 짜내고 하늘에 이를 듯 원성을 높이고 눈물을 짜는 것을 보면서 정말 우습다고 생각했었다. 다 큰 사내가 말이야, 저럴 가치가 있을까? 하고 생각했었다. 그렇지만 나의 일이 되자 그제야 그 반 발자국의 무게와 함금량含金量을 알게 되었다. 사람이란, 딱히 야심가가 아니더라도, 누구나 진보를 꿈꾸게 마련이다. 누구누구가 야심가라고 비판하는 것은 정말이지 우스운 일이다. 이전에 내가 야심이라곤 손톱만큼도 없었을 때, 누구 하나 나를 그 손톱만큼, 그 반만큼이라도 보살펴주려고 한 사람이 있었는가?

세계는 너무나도 현실적이다. 이 바닥은 특히나 그렇다. 이러한 현실주의 세계 속에서 나 혼자 이상주의자로 살 수는 없는 일이다. 코앞에 놓인 그만큼의 물질, 비록 내가 가끔은 뛰쳐나와 큰 소리로 그 모든 것이 "한 무더기의 쇠똥"에 불과하다고 되치더라도, 나는 분명 그 물질을 필요로 하고 있다. 인생의 기본적인 출발점은 바로 자기 발바닥 아래 몇 뼘의 땅을 밟고 사고思考한다는 것, 그로부터 벗어날 수 없다는 것이다. 거기서 벗어나게 되면 나 자신은 아무것도 아닌 것으로 전락하고, 코앞의 그나마 물질도 아무것도 아닌 게 되어버리고 만다.

세계에게 나는 먼지만큼 미세한, 있으나마나 한, 아무것도 아닌 존재로, 내가 오늘 죽는다고 해도 세상은 어김없이 돌아갈 것이다. 인간은 이렇게 슬프고 가련하며 한탄스러운 존재이다. 그렇지만 나에게 있어서는 내가 바로 의미의 전부이며, 나의 존재야말로 가장 중대한 사건이다. 세계와 나 사이에는 실제로 너무나 커다란 입장의 차이가 존재한다.

닭은 매일 무엇을 쪼아대는가? 닭이 쪼는 것은 결코 의미가 아니다. 닭은 그 몇 개의 좁쌀을 쪼아댄다. 나는 매일같이 무엇을 쪼아대는가? 고양이의 경계심으로 모든 정보, 말 한 마디, 동작 하나, 눈빛, 한줄기 웃음까지 포착하여 자세히 분석하여 그런 정보를 통해 상대방의 잠재의식으로 파고들어야 한다. 안 선생님께서는 말씀하셨다. 처세의 도리는 백 가지, 천 가지가 필요 없다. 그저 상대방의 입장에 서서 그의 태도를 이해하라. 천에 하나 만에 하나라도 무슨 입장의 공정성 같은 것은 생각하지 마라. 그것은 관리가 백성들을 속여 먹을 때나 쓰는 원칙이다.

음력 설 전에 원진해가 나를 찾아와 말했다.
"모두들 지난 한 해 고생하셨습니다. 올해에는 상여금을 평년보다 좀 더 지급하도록 하겠습니다."
의정처에 온 지 두 달이 되었는데도 아직 의정처의 재정상황을 도저히 파악할 수 없던 터라, 나는 기회를 놓치지 않고 말했다.
"올해 의정처 예산이 어느 정도 남았습니까?"
"잔고 말입니까? 위생청에서 지급하는 것 외에 한 사람당 만 위안에서 이만 위안씩 지급하면 어떻겠습니까? 돈은 남기는 것도 화가 되지요."
그 수치를 듣는 순간 내 머리 속이 "윙!"하고 울렸다. 도대체 그 돈이면 월급의 몇 배지? 이전에는 다른 사람들이 무슨 재주로 그렇게들 윤택하게 사는지 도무지 이해가 되지 않았었다. 나는 성省에서 매년 실시하는 자격고사의 교재 편집 문제를 의정처에서 관리하고 있다는 사실은 알고 있었지만, 이 정도로 이윤이 남을 줄은 생각도 못했었다. 내가 말했다.
"저는 온 지 얼마 안 됐으니 조금만 받도록 하겠습니다."
"일단 왔으면 저희 의정처 사람인데 그럴 수야 없지요. 원래는 양력 설 전에 지급하려고 했었는데, 부 처장님이 저희 의정처로 오신다는 소식을 듣고 눌러두었던 겁니다."

내가 얼른 말했다.

"원 처장님께서 그렇게까지 세심하게 배려를 해주시다니 저는 정말 뭐라고 감사드려야 할지 모르겠습니다. 그렇지만 아무래도 제가 가장 낮은 등급의 상여금을 받는 것이 좋겠습니다."

"관행대로 합시다. 오후에 양 군더러 돈을 갖고 오라고 시켰습니다. 이미 계산도 다 끝냈고요."

생각해보니 내가 적은 액수의 돈을 받아서는 안 될 것 같기도 했다. 상여금을 지급하는 데 있어서 사람마다 분명히 차등이 있을 텐데, 내가 중간에서 다리 역할을 해주지 않는다면 원진해 혼자 너무 될 것이 분명하기 때문이었다.

저녁에 돈이 든 봉투를 들고 와서 동류에게 건네주었다. 그녀는 신문지에 쌓인 삼만 위안을 보더니 테이블 옆에 서서 입을 딱 벌렸다. 그렇게 한참을 서서 아무 말도 않고 멍하니 앞만 쳐다보았다. 나중에 나는 조용히 의정처 사람들에게 얼마씩 받았느냐고 물어 보았다. 만 위안을 받은 사람도 있었고 이만 위안을 받은 사람도 있었지만 아무도 원진해가 얼마 받았는지는 모르고 있었다. 혹시 누군가 불만을 품지나 않을까 나는 마음이 불안해지기 시작했지만 그러나 누구 하나 말을 꺼내는 사람이 없었다. 내 생각에 그들도 분명 불만스러웠겠지만 그러나 한결같이 꾹 뱃속으로 눌러 참는 수밖에 없었을 것이다. 안 참으면 어쩌겠어! 나도 물론 내가 얼마 받았는지 아무에게도 알리지 않았다.

63. 차 기름茶油 두 주전자

　어느 날 퇴근할 시간이 다 되어서였다. 누군가가 사무실 문 밖에서 자꾸 고개를 들이밀고 안을 살폈다. 두 번째로 그 사람을 발견했을 때 내가 물었다.
　"누구를 찾으십니까?"
　그는 살금살금 안으로 들어오더니 겸연쩍은 웃음을 지으면서 말했다.
　"혹시 원진해 처장님이십니까?"
　"누구십니까?"
　그는 나를 살피면서 말했다.
　"원 처장님을 찾는데요."
　"무슨 일이십니까?"
　그가 웃음을 띠면서 말했다.
　"그렇다면 원 처장님이십니까?"
　"무슨 일인지 일단 말을 하고, 별 일 없으면 퇴근하겠습니다."
　그는 한 걸음 물러서더니 의자 가장자리를 어루만지면서 자리에 앉았다.
　"원 처장님, 저는 운양시雲陽市에서 온 사람입니다. 원 처장님께 부탁드릴 일이 있어서…."

여기까지 듣고 나는 얼른 그의 말을 자르면서 말했다.

"그런 일이라면 내일 원 처장님께 직접 말씀드리시죠."

원래는 그의 표정이 수상하기에 무슨 일인지 한번 떠보려고 했었지만, 그가 이런 식으로 입을 열자 나는 순간 무언가 잘못되었다는 생각, 나중에 귀찮은 일이 생길 수 있겠다는 생각이 번뜩 들었다. 그는 내 말을 듣더니 자리에서 벌떡 뛰어올라 연신 고개를 가로 저으면서 말했다.

"죄송합니다, 죄송합니다."

그리고는 물러서 나가버렸다.

저녁에 원진해가 집으로 전화를 걸어서 말했다.

"운양시에서 의사 몇 명이 피부병, 성병 방지 연구소 개소開所 허가를 신청하려는데, 지 부처장이 처리하겠습니까?"

내가 말했다.

"처장님께서 보고 결정하시면 되지요."

"업무 파악도 할 겸 한 번 맡아보시지요."

전화를 끊고 얼마 되지 않아 운양시 사람들이 찾아왔다. 오후에 왔던 그 사람이었다. 그는 문을 들어서자마자 연신 고개를 끄덕이며 말했다.

"죄송했습니다. 죄송했습니다. 지 처장님께 말씀드려도 되는 줄 몰랐습니다."

동류가 그에게 차를 대접하자, 그가 말했다.

"저는 성이 '구苟' 가입니다."

그리고는 웃으면서 말을 이었다.

"부모님께서 별로 좋은 성을 주시지 않았어요."(狗(구:개)와 발음이 같다는 점에서—역자)

오른손으로 왼손바닥 위에 한 획 한 획 써 보이면서 말했다.

"듣자 하니 제가 지 처장님과 학번이 같은 것 같던데, 77학번 맞으십니까?"

내가 말했다.

"무슨 일인지 일 이야기나 하시지요."

"저는 운양시 제1병원 피부과에서 십년 동안 일했습니다. 운양시에서는 나름대로 이름이 난 편이지요. 그런데 요즘은 어찌된 건지 아무리 일을 해도 형편이 나아지지 않습니다. 병원 앞에서 과일 팔고 음료수 파는 사람들도 십만 이십만씩 벌어대는데 저는 여전히 빈손이니 말입니다. 마누라가 얼마나 집에서 볶아대는지 저도 이젠 아주 지긋지긋합니다. 그래서 생각한 것이 아무래도 병원에서 나와서 제 사업을 해보는 것이 낫겠다는 것입니다."

내가 말했다.

"영업 허가증을 신청하고 싶다는 겁니까?"

그가 손바닥을 치면서 말했다.

"지 처장님이야말로 저희 같은 사람들 입장을 자상하게 마음 써주시는 것 같습니다."

"관련 자료들을 준비해서 내일 의정처로 오세요. 아무래도 원 처장님을 찾아가는 것이 좋겠습니다."

"지 처장님, 지 처장님!"

그가 다가와 내 손을 잡았다가 또 얼른 내려놓았다. 그러더니 창을 열고 어둠을 향해 기침을 세 번 했다. 그러자 잠시 후에 한 사람이 더 올라왔다. 손에는 커다란 플라스틱 주전자를 들고 숨을 헐떡거리고 있었다. 구 의사가 말했다.

"이쪽은 모毛 의사입니다."

사투리가 아주 심해서 '모'毛라는 말이 '묘'(猫:고양이)처럼 들렸다. 나는 속으로 "오늘은 아주 개狗와 고양이猫가 다 모였군." 하고 생각했다. 내가 말했다.

"일 이야기 하는데 이런 물건은 왜 가져옵니까? 굳이 주시겠다면 내일 사무실로 가져다주십시오."

구 의사가 말했다.

"이건 저희 동네 특산물인 차 기름茶油입니다. 성省에도 있는지 모르겠습니다만 첫 단계로 성의만 표시한다 생각하시고, 첫 단계로…. 저희의 수속 절차는 절대로 합법적입니다. 연구소에서 일할 일곱 명 중 다섯 명은 학부 출신이고 두 명은 전문대 출신이지요."

그리고는 자리에 앉아 가방에서 자료를 꺼내 내게 보여주었다. 시 위생국의 도장까지 찍혀 있었다. 나는 자료를 살펴보면서 말했다.

"자료가 부족하다고 할 순 없습니다만, 현재 한두 군데서 신청 들어온 게 아니어서요. 사실 시 하나에 연구소를 몇 개나 열 필요는 없지 않습니까? 만약 그냥 진료소라면 시 위생국에 가서 허가만 받으면 되겠지만 말입니다."

"그래서 지 처장님께 도와달라고 찾아온 것입니다. 정말 그 은혜는 평생 잊지 않겠습니다."

"오늘날 이 분야가 워낙 이문이 많은 장사여서요, 이쪽으로 눈을 돌리는 사람들이 적지 않습니다."

"그래서 저희가 지 처장님께 도움을 청하러 온 것입니다."

말하면서 팔꿈치로 모 의사를 쿡 찌르자 모 의사가 말했다.

"저는 다른 일이 있어서, 그럼 이만…."

구 의사가 동류에게 말했다.

"형수님, 제가 잠시 지 처장님과 단둘이 이야기를 하고 싶은데 장소 좀 빌릴 수 있을까요?"

그리고는 동류가 대답하기도 전에 먼저 방으로 걸어 들어갔다. 내가 그 뒤를 따르면서 말했다.

"할 이야기가 있으면 거실에서 하시죠."

그가 문을 잠그고는 말했다.

"모든 일에는 관행이라는 게 있게 마련이지요. 저희도 그 관행대로 일을 처리합시다. 지 처장님께선 자리가 자리이니 만큼 돈 쓰실 일이 많으시겠지요. 그깟 월급 몇 푼으로는 부족하실 겁니다."

말하면서 그는 품속에서 봉투에 든 물건을 꺼냈다.

"작은 성의입니다. 사실 무슨 성의라고 말씀드리기도 우스울 정도로 작은 것입니다만, 아드님 사탕 값이라도 해주십시오."

내가 말했다.

"이런 것은 받을 수 없습니다. 지금 저더러 법을 어기란 말씀이십니까?"

"이건 제가 원해서 드리는 겁니다. 저흰 친구잖습니까, 그렇지요? 누가 친구한테 선물하는 것이 위법이랍니까? 법도 인정머리가 있어야지요. 지 처장님이 뭘 받으셨습니까? 아무 것도 안 받으셨습니다! 만약 언제든 나 구苟 가가 지 처장님이 뭘 받으셨다고 말한다면, 그건 입에 피를 머금고 남에게 뿜는 것으로 오욕汚辱이고 음해일 겁니다. 증거를 대라고 하십시오."

내가 말했다.

"저는 이 자리에 앉은 지 얼마 되지도 않았는데 이런 식으로 절 끌어내리려는 겁니까? 글쎄, 내일 의정처로 오십시오."

그가 말했다.

"이것이 관행입니다. 다른 시에서도 다 이렇게 합니다. 우리 운양시만 다를 리가 없지 않습니까?"

한 손으로 다른 손 주먹을 감싸고 굽실거리며 말했다.

"이번 일만 도와주시면 저희 몇 명, 집에 있는 노인 아이 다 포함해서 모두 지 처장님께 큰 은혜를 입는 셈입니다. 지 처장님의 은혜를 가슴에 새기고 살겠습니다."

그러더니 말하던 도중에 돌연 문을 열고 밖으로 뛰어나가 버렸다. 내가 거실까지 쫓아나갔을 때에는 그가 이미 문을 닫고 나가버린 후였다. 토끼보다 더 빠른 것 같았다.

방으로 돌아와 봉투를 들어올리면서 물었다.

"얼마야?"

동류가 돈을 세어보더니 말했다.

"이만 위안 같아요."

"감옥살이 하기에 충분하군."

그녀가 말했다.

"위생청에서 감옥살이가 당신 차례까지 올 것 같아요? 당신은 아직 자격도 없어요. 이렇게 많은 온갖 종류의 허가가 나갔어도 누구 하나 감옥 가는 거 본 적 있어요? 이 정도 챙기면서 무서워할 필요가 뭐가 있어요. 만약 정말로 당신이 감옥살이 하게 되더라도 까짓 내가 사식私食 해다 나르지 뭐!"

"이 자리에 앉고 나서 아직 엉덩이도 덥혀지지 않았어. 이깟 몇 만 위안 처음 보는 것도 아니고…."

나는 자세히 따져보았다. 첫째, 구 의사는 원진해가 보낸 것이다. 내가 돈을 받는다면 원진해도 분명히 알게 될 것이다. 다시 말해, 그가 사정을 내게 미룬 것은 나로 하여금 이 일을 하게 함으로써 자기의 안전을 도모하려는 것이다. 둘째, 구 의사가 몸에 녹음기라도 지니고 있지 않았다는 보장이 없다. 만약 방금 전의 대화를 녹음했다가 나중에 내 약점으로 사용한다면 나는 평생 그 사람에게 끌려 다니게 될 것이다. 바지가랑이에 진흙이라도 묻어 있으면 똥이 아니어도 똥처럼 보일 것이다. 이런 생각을 하면서 나는 이 돈을 절대 받을 수 없다고 결정했다.

내가 말했다.

"이 돈은 받을 수 없어. 이건 폭탄보다 더 위험한 거야."

동류가 말했다.

"그야 당신 마음이에요. 우리야 지금보다 더한 고생도 다 겪었는걸. 요즘이야 숨도 좀 돌리게 되었고. 설마 밥 굶기야 하겠어요?"

나는 그 돈 봉투 주위를 몇 바퀴 돌았다. 보고 또 보고, 손으로 만지고 또 만져보았다. 손바닥을 불에 데인 듯한 느낌이 들면서 손이 울긋불긋해지는 것 같았다. 얼른 주방으로 가서 차가운 물에 씻었지만 손바닥이 여전히 얼얼했다. 그런 얼얼한 느낌이 내 마음 속의 어떤 의식을 불러 일으켰다. 내가 이 자리에 오를 당시 내렸던 가장 큰 결심은 수중의 권력을 최대한 이용하되 결코 선을 넘는 일은 하지 않겠다는 것이었다. 그렇지만 또 생각해 보면, 이만 위안, 궤짝 안에 넣어버리면 그대로 내 것이 되어버리는데, 게다가 이 돈 때문에 무슨 위험한 일을 해야 하는 것도 아니고…. 그깟 영업허가증 누가 내줘도 내줄 것인데 말이다.

누가 뭐래도 돈은 돈이다. 작년엔 일파 병원에 입원시킬 돈 이천 위안을 꾸기 위해 도처로 뛰어다녔었는데, 이제는 수만 위안을 쑤셔 넣어주면서도 내게 두 손 모아 굽실거리는 사람이 생겼다. 같은 동네에 살고 여전히 매일 같은 직장에 출퇴근하는 같은 사람인데 어떻게 이렇게 다를 수가! 돈, 꿀꺽하고. 일, 해결해주고. 윈-윈! 그렇다고 누구 하나 나서서 나를 물어낼 것도 아니고. 이런 생각을 하자 머뭇거리게 되었다. 등불 아래에서 잠시 책을 보다가 불을 끄고 자리에 누웠다. 막 잠이 들려던 차에 문득 이런 생각이 들었다. 만약 아침에 일어났을 때 돈이 안 보이면? 혹시라도 오늘 마침 도둑이 들어서, 혹은 어떤 신기한 힘이 돈을 사라지게 하면 어떻게 하지? 나는 어둠 속에서 몸을 일으켜 책상 위에 놓여 있던 돈을 가지고 와서 베개 아래에 쑤셔 넣었다. 그제야 좀 든든해지기 시작했다. 머리를 눕히자 딱딱한 돈 봉투가 느껴졌다. 오른쪽 왼쪽 딱히 배기지는 않았지만, 그렇지만 어떻게 해도 돈과 닿는 부분의 머리가죽에 찌릿찌릿한 느낌이 들었다. 마치 원자력 에너지라도 방사하는 듯, 아니면 금세 폭발할 시한폭탄이라도 장착해 놓은 것 같았다. 나는 동류에게 말했다.

"이 돈을 챙긴다면 그게 즐거울까? 아니면 고생을 사서 하는 게 될까?"

그리고 안 선생님께 전화를 걸기 위해 자리에서 일어났지만 아무래도 이런 일은 전화를 통해서는 할 수 없을 것 같았다. 어느 구석에 제3의 귀가 듣고 있을지 누가 안단 말인가? 그래서 안 선생님 댁으로 찾아갔다.

안 선생님의 딸인 아야阿雅가 문을 열어주었다.
내가 말했다.
"돌아왔어?"
그리고는 그녀에게 다른 방으로 자리를 피해달라고 하고 안 선생님께 사정을 말씀드렸다. 안 선생님이 말씀하셨다.
"자네가 챙기는 게 제일 좋겠네. 아무 일 없을 거야."
내가 말했다.
"아무래도 받고 싶지 않습니다. 다른 사람이야 익숙해져서 아무 일 없다지만 전 이 돈을 챙기게 되면 마음속에 뭐라도 돋은 것 마냥 계속 신경이 쓰일 것 같습니다. 평소에 말할 때에도 힘이 안 실릴 것 같고요."
그가 웃으면서 말했다.
"아직 경지에는 도달하지 못했군."
"내일 아침 일찍 기율검사회로 찾아가서 그쪽 사람들한테 처리해달라고 하겠습니다."
"내게 말해보게. 자네 어느 정도까지 생각하고 있는 건가?"
나는 그의 뜻을 알아차릴 수가 없었다. 그가 손가락으로 위쪽을 찌르는 것을 보고 그제야 알아차렸다.
"일단 이 길로 들어선 이상 계속 가야지요. 애초에 들어서지 않았다면 모를까 일단 들어선 다음에야 끝이 있겠습니까."
"그 정도 포부가 있다면 자네 혼자 꼿꼿하게 나서서 밝은 미래가 열릴 거란 생각은 절대 해선 안 되네. 자네가 돈을 기율검사회 사람들한테 보내게 되면 자네는 수많은 사람들을 난처하게 하는 걸세. 다른 사람들은 그렇게 오랫동안 앉아 있었어도 아무 이야기 없었던 자리인데 지대위가 오자마자 그런 일이 터졌다. 이게 어찌된 일이냐? 물론 처음에는 자네를 칭송하겠지. 성 신문에까지 오를지도 모르는 일이고. 그렇지만 그 다음엔 인민의 공공의 적이 되는 걸세. 자네의 앞길도 막히는 거지."

"제 생각에도 문제가 좀 있는 것 같아서 선생님을 찾아왔습니다. 이 물건을 거부하자니 내가 공공의 적이 되겠고, 이 물건을 받자니 또 언제 터질지 모르겠고, 그렇다고 화장실에 버릴 수도 없지 않습니까?"

그가 신음소리를 내더니 말했다.

"조용히 그 사람들에게 돌려주게. 원진해 그쪽 태도도 영 애매하니까."

"그 인간은 뭣 하는 사람인지…. 내가 원하지 않는다는 것 분명히 알 텐데 말입니다. 내가 받으면 나에 대해 마음 놓겠다, 친구 하겠다는 묵계가 이루어지는 것이고, 내가 거절하면 앞으로 무슨 일을 하더라도 내게는 거리를 두고 사사건건 나를 배척하려 들겠지요. 내가 자기 영역을 침범하도록 가만 두지 않을 겁니다."

"그럼 이렇게 하게. 그 사람들한테 돈을 돌려주면서 주주로 참여하겠다고 하게. 그리고 나서 이윤을 배당받지 않으면 주도권은 여전히 자네 수중에 있게 되고…."

"그것 참 좋은 생각입니다. 그렇지만 차 기름茶油도 두 주전자나 받았는데…."

"누가 차 기름 두 주전자 가지고 딴지를 걸겠나?"

"정말이지 이 바닥에 몸담는 것도 정말 재미없는 일입니다. 하나같이 다른 사람 약점을 잡으려고 혈안이 되어서, 또 다른 사람한테 약점 잡힐까봐 두려워서, 고주망태가 되도록 술을 마셔도 무슨 특수공작원보다 더 정신을 바짝 차리고 있어야 하니까요. 친구가 적이 되기도 하고 말입니다. 저 같은 경우에는 그렇게 남의 약점 잡고 싶은 생각 없으면서도 그런 척하고 있어야 한다니까요."
"세상에 공짜 점심이 어디 있어!"
"누가 이 자리에 앉아 있는 게 편하다고 했습니까! 눈앞에 놓인 돈 뭉치를 보고도 마음이 흔들리지 않는다는 게, 그 시험을 견뎌낸다는 게, 결코 간단하지 않네요."

이튿날 출근하자 원진해가 의미심장한 눈빛으로 나를 바라보았다. 나는 미소를 지으면서 묵계의 의미로 고개를 끄덕거려 보였다. 정오가 다 될 무렵 동류가 전화를 걸어 말했다.
"그 돈, 당신이 갖기 싫으면 그만 두더라도 천에 하나 만에 하나 윗사람한테 갖다 바치진 말아요. 방금 우리 수간호사와 이야기하다 들은 이야기인데, 여기 3호 병실에 운양시 전前시장 반필직潘畢直이란 환자가 입원해 있데요. 원래 성省 정부 사람이었는데 일을 한번 해보겠다고 운양시로 갔었나 봐요. 그런데 거절하기 힘든 돈 봉투를 받는 대로 위에 상납했다가 모두의 분노를 사서 하는 일마다 안 풀리고 선거에서도 현지 사람한테 지는 바람에 다시 성으로 돌아갔다가 그대로 퇴직했다지 뭐예요. 화병으로 입원해 있대요."
전화를 끊고 나는 불룩하게 튀어나온 지갑을 만져 보았다. 돈이 제자리에 있는 것을 확인하고 나서야 마음이 놓였다.

이틀 후에 구 의사가 우리 집으로 전화를 걸어 왔다. 내가 말했다.
"저녁에 집으로 오시지요."
그는 아주 흥분해서 말했다.
"감사합니다, 지 청장님."
날이 어두워진 후에 그가 왔다. 내가 말했다.
"이번 일은 성급하게 추진해선 안 됩니다. 여기에 자료가 몇 부씩이나 있는데, 이게 유일한 자료는 아니겠지요?"

그가 다급해 하면서 말했다.

"그게, 그게…?"

그의 오른손이 번개처럼 재빠른 동작으로 양복 칼라 쪽에서부터 가슴 속으로 집어넣더니 곧 다시 꺼냈다. 내가 말했다.

"이 자료들은 내일 의정처의 양 군에게 갖다 주시고, 절차대로 하세요. 내가 전해주면 보기 안 좋지요."

그가 다시 한번 손을 가슴 속으로 집어넣더니 다시 꺼내면서 말했다.

"그렇다면 지 처장님 말씀은 가망이 없다는 말씀이십니까?"

"제가 언제 그렇게 말했습니까?"

나는 말하면서 그 돈 봉투를 꺼냈다.

"이 물건 전 못 봤습니다. 무엇인지도 모르고요. 아마 담배겠지요. 전 담배를 피우지 않으니 일단 다시 가지고 가십시오."

그는 얼굴이 붉어지면서 있는 힘을 다해 돈을 밀어내면서 말했다.

"지 처장님, 저더러 돌아가서 사람들을 어떻게 보라고 이러십니까. 모두들 저 하나만 쳐다보고 있는데 말입니다. 벌써 좋은 일 있을 거라고 소식을 전했는데, 어르신, 저희 같은 서민들을 불쌍히 여기셔서…"

그리고는 가슴에서 또 봉투를 하나 꺼내어 탁자 위에 올려놓으면서 말했다.

"그 정도 성의로는 부족할 줄 알았습니다. 그게 저와 모 의사가 상의하던 중 개업할 때 돈 드는 일이 워낙 많아서 비상금을 좀 남겨두려고 했던 것이, 정말 그래서는 안 되는 일이었는데 말입니다. 저희가 관행을 위반했습니다. 지 처장님 저희에게 오류를 수정할 기회를 한 번만 주십시오."

"집어넣으라면 집어넣으세요. 안 그러면 제가 기율검사회의 노盧 서기를 부르겠습니다."

그는 눈을 동그랗게 뜨고 나를 바라보았다. 도저히 이해 못하겠다는 듯이 한참 입을 벌리고 있더니 말을 꺼냈다.

"정말이십니까?"

그는 돈을 거둬들이면서 말했다.

"전 정말로 집에 돌아갈 면목이 없습니다. 모두들 목을 뽑고 절 기다리고 있단 말입니다."

그리고는 고개를 푹 숙이고 자리에서 일어나 몸을 꼿꼿이 세웠다. 내가 말했다.

"일단 물건부터 거두고 그 다음에 이야기합시다."

그가 자리에 앉았다. 내가 말했다.

"그쪽 자료는 제가 검토해 봤습니다. 시 위생국에 가서 두 가지 증명을 보충해서 내일 양 군에게 제출하십시오. 만약 자료에 거짓이 없다고 판명되면…, 비교적 건실한 것 같더군요."

그가 말했다.

"자료에 거짓이 조금이라도 있다면 지 처장님이 저를 때려죽이십시오."

말하면서 돈 봉투를 들어 머리를 힘껏 쳐 보이면서 말했다.

"이 물건은?"

하면서 봉투 두 개를 다시 들이밀었다. 내가 말했다.

"저더러 오류를 범하라고 하시는데, 제가 감히 그럴 수 있겠습니까?"

"누가 이게 오류랍니까? 돈을 들여 일을 해결하는 것은 당연한 이치 아닙니까? 고생한 사람에게 다리 품 판 삯이라도 주자는 건데요. 그런 뜻이 아니었다면 제가 여기서 제 아들의 이름을 걸고, 목숨을 걸고, 맹세를 하겠습니다."

내가 웃으면서 말했다.

"그런 식으로 하면 제가 당신 부자를 저주하는 셈이 되지 않습니까? 아니면 이렇게 합시다. 내가 당신네 사업에 주주로 참여하는 겁니다. 사업이 안 되면 그만두고, 사업이 잘 되면 그때 가서 다시 이야기 합시

다."

그는 그제야 알겠다는 표정으로 말했다.

"맞습니다, 맞습니다. 이게 지 처장님 자본금입니다. 영수증이라도 끊어드릴까요? 일을 하려면 진지하게 해야지요. 다른 사람 돈을 받고 고개만 한번 끄덕하면 되겠습니까?"

"그 돈은 제 돈이 아닙니다. 제가 따로 또 지불해야지요."

그는 잠시 생각하더니 말했다.

"그럼 백 위안만 주십시오."

내가 웃으면서 말했다.

"백 위안이면 밥 한 끼 먹기도 모자라는 돈인데, 일 년에 얼마나 배당을 받을 수 있겠습니까?"

그가 손가락 하나를 세워 보였다.

내가 말했다.

"백 위안요?"

"지 처장님 농담하지 마십시오."

그가 손가락을 굽혔다가 다시 꼿꼿이 세워 보였다. 내가 말했다.

"그럼 천 위안인가이요?"

"천 위안이면 지 처장님께서 귀찮아 손이나 뻗으시겠습니까?"

"그럼 만 위안이란 말입니까?"

"지 처장님 생각에 만 오천 위안이면 어떻겠습니까?"

"그때 가서 다시 이야기합시다."

그리고는 백 위안을 꺼내 그에게 주었다. 그가 돈을 집어넣으면서 말했다.

"지 처장님께서 저희를 크게 도와주시는 겁니다. 이 돈은 저희 일곱 명의 가족 친지들이 모은 돈입니다. 사실 아직 임대료며 의료기계 살 돈도 마련하지 못했습니다. 모두들 일단 간판부터 걸어야 한다고 생각했거든요. 간판이 걸리면 돈이야 어떻게든 마련할 수 있겠다 싶어서 말입니다."
"그쪽 형편도 쉽지 않겠지요."
그가 한숨을 쉬었다. 그리고 떠나며 말했다.
"내년에 새해인사 드리러 오겠습니다."

그가 떠나자 동류가 방에서 나오며 말했다.
"그냥 저렇게 보내는 거예요?"
"우리도 양심이 있어야지. 그 차 기름 두 주전자면 백 위안쯤 하지 않을까?"
나는 차 기름 주전자 하나를 안 선생님께 갖다 드리려고 집을 나왔다.

 **64. 물을 마실 때는 근원을 생각해야**

위생청에서 일년에 한 번 실시하는 인사평가가 시작되었다. 나는 중급 평가위원이 되었다. 마 청장님이 나를 보더니 말씀하셨다.
"지 군! 임명장 받았는가?"
나는 자리에 멈추어 서서 공손하게 말했다.
"받았습니다."
"평가위원이라는 게 경제적으로 떨어지는 것은 없지만, 그래도 명예라고 생각하게."
"조직에서 저를 이처럼 신임해주시니 최선을 다해 노력하겠습니다."
"평가를 할 때 업무수행 능력만 보아서는 안 되네. 정치적으로 문제가 있는 사람, 중요한 순간에 입장이 안정되지 못한 사람은 업무수행 능력이 아무리 뛰어나도 다시 한 번 생각해 보게. 개혁 개방이 되었다고 해도 정치는 아직 중요하니까."
나는 그가 작년에 서소화와 함께 했던 그 사람들을 가리키고 있다는 것을 알 수 있었다. 나는 대답했다.
"조직 관념이 없는 사람은 비록 업무수행 능력이 뛰어나더라도 그게 무슨 의미가 있습니까? 이것은 방향의 문제입니다. 그 사람들을 승진시키면 안정과 단결을 파괴하는 무리들을 격려하는 꼴이 되지 않겠습니까? 다른 사람은 몰라도 제 손에 놓인 이 한 표는 엄격하게 행사하겠습니다."

나는 또 다른 평가위원들이 협조적으로 나오지 않을까 걱정이 되어서 이렇게 말했다.

"저는 결코 조직의 신임을 저버리지 않을 겁니다. 그렇지만 평가위원은 열 한 명이고 제 손에는 표가 한 장밖에 없습니다."

"자네는 자네 일만 열심히 하면 되네. 토의할 때 누구 하나 일어나서 이야기하고 적극적인 분위기를 형성해줄 사람이 필요하거든."

"다른 평가위원들에 대해선 조직 차원에서 고려되었는지 모르겠습니다."

그는 아무 말도 하지 않았고, 나도 더 이상 말하지 않았다.

이번 임무가 주는 스트레스는 매우 컸다. 한편으로는 만약 임무를 완성하지 못해 조직에 미안한 일이 생길까 두려웠고, 다른 한편으로는 내가 악역을 맡아야 하는데 정말이지 그건 나 지대위의 특기가 아니었다. 이번 일은 무슨 일이 있어도 해야 한다. 아무리 못하겠어도 해야 한다. 이것은 절대 명령이고 의논의 여지가 없었다.

내가 맡아서 연기해야 할 배역을 생각하니 전신의 피가 거꾸로 흐르는 느낌이 들었다. 내 혈액이 한 겹 피부 아래에서 용솟음 치고 있었다. 일종의 불가사의한 원인이 기존의 흐름의 방향을 바꾸어 놓은 듯, 양자강의 물이 동해에서 불가사의한 방식으로 서쪽으로 흐르는 것 같았다. 하지만 지대위가 어떻게 오늘에 이르렀나 생각해 보면 이번 악역도 안 맡을 수가 없었다. 천 명 만 명이 기분나빠한들 무슨 상관인가, 그 인간들이 기분나빠하는 게 대수냐? 기분나쁘려면 기분나쁘라지. 그렇지만 천에 하나 만에 하나라도 윗사람의 비위를 건드려서는 안 된다. 그 어르신의 기분을 상하게 했다간 모든 것이 일순간에 끝나버리고 만다. 나는 토의석상에서 어떻게 방향을 장악할지, 또 어떻게 해야 노골적으로 악역 티를 덜 내면서 악역을 연기할지를 두고 며칠 밤을 고민했다. 아무리 검토하고 또 검토해도 완벽한 방안은 떠오르지 않았다. 사람 노릇 하기 정말 힘들군!

그날 저녁 막서근 여사가 사람을 한 명 데리고 집으로 찾아왔다. 막 여사가 말했다.

"지 처장! 이쪽은 내 사촌 동생 뢰자운賴子雲이야."

나는 그 사람을 알고 있었다. 서소화가 데리고 있던 석사생으로 작년에 편지에 서명을 한, 숙청 대상이었다. 중의연구원에서는 자기네가 악역을 맡기 싫었는지 그의 이름을 인사평가 대상에 포함시켜 위생청에 보고를 올렸다. 나는 뢰자운을 향해 고개를 끄덕이면서 말했다.

"연구원에 막 여사 사촌 동생이 있는 줄은 몰랐네. 이름도 들어본 적이 없는데…."

막 여사가 말했다.

"지 처장! 우리가 이렇게 오랜 세월 알고 지내면서 내가 지 처장한테 무슨 부탁이라도 한 번 한 적 있나? 이번만큼은 내가 신세 좀 져야겠어."

"막 여사, 우리가 남인가요? '지 처장' 이라고 부르게. 막 여사 일이 곧 내 일이지요."

"그럼 단도직입적으로 이야기하세. 오늘 이 친구 인사평가 문제 때문에 온 거야."

나는 뢰자운을 보면서 말했다.

"올해 인사이동을 신청했다고? 자료는 제출해서 올렸나?"

뢰자운이 말했다.

"원래 석사 출신은 이년 후에 중급 직위로 자동 승급되는데, 저는 올해 벌써 삼년 차입니다. 작년에도 영문도 모른 채 제 이름이 지워졌습니다."

"이 친구가 작년에 오류를 한 번 범했거든. 그 편지에 서명을 했어. 그도 어쩔 수 없었던 것이 서소화의 학생이니 서명을 안 할 수가 없었겠어? 사실 이 친구 다른 어떤 사람에 대해서도 아무런 편견 같은 거 갖고 있지 않은데 말이야."

뢰자운이 말했다.

"승급을 못하면 주치의가 될 수 없고, 그렇게 되면 아무리 의술이 뛰어나도 아무도 등록을 안 할 겁니다. 제 등록비가 1위안 5마오인데도 등록하는 환자가 없고, 교수는 등록비가 5위안이나 되어도 새벽부터 와서 줄을 서지요. 사람들이 보는 것은 제 등급이지 제 의술 수준이 아니기 때문입니다. 그렇다고 제가 등록창구에서 사람들에게 내가 어떤 사람인지 설명하고 있을 순 없는 노릇 아닙니까? 가끔은 하루 종일 자리만 지키고 앉아 있을 때도 있습니다. 생각해 보세요. 그게 어디 사람이 할 짓입니까? 업무량이 적으니 상여금도 없고…. 저도 밥은 먹고 살아야 할 것 아닙니까!"

막 여사가 말했다.

"정말이지 이번 평가위원들에게 양심을 지켜달라고 말하고 싶어. 지처장! 우리가 얼마나 오랫동안 알고 지낸 사이인가. 이 친구를 돕는 게 날 돕는 거라고 생각하고, 응?"

내가 말했다.

"내 손 안에는 한 표밖에 없어요. 나머지 열 표는 나도 어쩔 수가 없다고요."

막 여사가 말했다.

"우린 오늘 자네의 그 한 장 표를 부탁하러 온 거야. 다른 평가위원들도 하나하나 찾아다닐 생각이야. 대다수 사람들은 아무래도 양심대로 행동할 거라고 믿어."

나는 생각했다. 막 여사는 조직에 그렇게 오랜 세월 몸담고 있었으면서도 어떻게 조직의 생리를 이렇게도 모르고, 한 평생 중국에 살았으면서도 어떻게 이렇게도 중국을 모를까? 평가위원이 무슨 대단한 위인이라도 되는 줄 아나? 그 사람들 말이면 다되는 줄 아나보지? 그 사람들의 투표권은 어디서 나온 건데? 그 사람들이 그 권력의 출처에 대해 책임을 지지 않을 수 있겠어? 그 사람들한테 양심대로 해달라고 부탁하겠다니, 그 사람들한테 그런 자유가 어디 있어?"

내가 말했다.

"다른 평가위원들한테도 한 번 찾아가 봐요."

나는 이 부담을 다른 사람들한테 분산시키고 싶었다.

막 여사가 말했다.

"내 사촌 동생 고집이 바위 같아서, 내가 잡아끌어도 안 가려고 해. 오늘도 내가 뭐라도 좀 사들고 오려는데 이 친구가 글쎄 내 손을 잡더라고."

뢰자운이 말했다.

"물건을 사는 돈이 아까워서 그러는 게 아닙니다. 그저 뭐라도 사들게 되면 저 자신이 이 문지방을 넘을 용기가 생기지 않을 것 같았던 거죠."

내가 말했다.

"자네 사촌 누이랑 내가 어떤 사이인데 물건을 사 들고 와? 이번에 올라온 보고 자료들을 보니까 모두들 빵빵하던데. 주치의 신청한 사람들조차 몇 편씩이나 글을 썼더라고."

나는 스스로에게 조금이라도 여지를 남겨두고 싶었다. 뢰자운이 말했다.

"만약 다른 사람들의 학문적 성과가 저보다 많다면 제가 승급을 못해도 아무 말 않겠습니다."

막 여사가 말했다.

"작년에 그 편지에 서명만 안 했으면 얼마나 좋아…. 하늘 높은 줄 모르고 까불었지."

뢰자운이 목을 꼿꼿이 세우고 말했다.

"지도교수가 나더러 서명을 하라는데 제가 어떻게 안 합니까? 그리고 의견을 내놓는 것은 합법적인 행위로 사람들에겐 그럴 권리가 있습니다. 익명편지를 써서 실제상황을 반영하는 것도 법에 어긋나지 않는데, 하물며 익명편지도 아니고 말입니다. 많이 양보해서, 그래요 제가 틀렸다고 치죠, 상대방이 받아들이지 않는 것이야 그럴 수 있다고 해도, 의견을 제시할 권리는 제게 있는 것 아닙니까? 그것은 헌법에서 규정한 권리입니다."

막 여사가 말했다.

"이 바보 좀 봐! 책에 쓰여 있는 내용을 현실로 가지고 오면 그게 될 일이니? 이런 백면서생 같으니라고! 그래도 잘났다고 목을 꼿꼿이 세우고 지껄여대네. 현실에서 어디 책대로 되는 일 봤어? 지 처장이기에 망정이지 다른 사람 같았으면 누가 감히 너한테 표를 던지겠니?"

뢰자운은 여전히 목을 꼿꼿이 하면서 말했다.

"그래요, 의견을 제시한 게 잘못이었다고 칩시다. 그래도 그렇지, 그걸 갖고 보복까지 할 건 없잖아요. 보복도 일년에 끝나는 것도 아니고 도대체 몇 년을 두고 보복하겠다는 거예요?"

나는 속으로 우습다고 생각했다. 정말 백면서생이로군! 아직도 텔레비전, 신문, 책에 나온 그런 커다란 원칙들로 현실을 이해하려 들다니…. 만약 네 말대로라면 누구든지 나서서 누런 입, 하얀 이빨로 하고 싶은 말 다 떠들어도 되게? 그럼 무슨 수로 이 게임을 계속하나? 그게 누가 되었든 그럴 수밖에 없는데 마 청장을 탓하겠어? 부 성장도 편지 한 통에 잘리는 판에, 마 청장이 자네 승진 문제를 갖고 억누르는 것은 어떻게 보면 제일 인자한 방법이야. 만약 나 지대위였으면 그렇게 간단하게 끝나지 않았을 걸?

내가 말했다.

"뢰 군! 작업 환경을 바꿔보는 것이 제일 좋지 않겠어?"

뢰자운이 고개를 숙이면서 말했다.

"바꾸면 어디로 가란 말씀이십니까? 본 성 안에서야 뛰어봤자 부처님 손바닥이고, 다른 성으로 옮기자니 연세 드신 부모님 자식이라곤 달랑 저 하나뿐인데요."

막 여사가 끼어들었다.

"지 처장! 지 처장이 이 사람 불쌍한 처지를 몰라서 그래. 우리 이모님, 이모부님 모두 일은 그만두셨지, 몸도 안 좋으시지…. 얘 아버지는 뇌혈관 수축으로 이제 환갑 겨우 지났는데 걷지도 못해서 가족들이 아들 하나만 바라보고 있다고."

나는 고개를 끄덕이면서 말했다.

"아 예, 예."

막 여사가 말했다.

"예, 예, 할 것이 아니라 문제를 해결해야 한다니까. 그래서 오늘 자네한테 한 표 부탁하러 온 거야. 이 돌덩어리 같은 고집불통을 데리고 이 문지방을 넘으려고 내가 얼마나 오래 고생을 했는지. 하긴 이 친구도 앞으로 수많은 문지방을 넘어야 할 텐데, 그게 보통 사람이 견딜 수 있는 게 아니지. 만약 이렇게 했는데도 성사가 안 되면 이 사람 심정이 어떻겠어?"

막 여사는 말하면서 눈이 다 빨개졌다. 뢰자운은 고개를 푹 숙이고 아무 말도 하지 않았다. 나는 속으로 생각했다. 그런 사람이 어째서 서명할 때 마 청장의 심정은 생각도 해보지 않았어? 자기는 다른 사람 생각 안 하면서 다른 사람더러 자기를 생각해달라고 하는 게 가당키나 해? 그러나 나는 얼굴에 마치 마음이 동한 듯한 표정을 지으면서 말했다.

"막 여사! 막 여사 일이 곧 내 일이지요."

"나는 그래도 마음이 안 놓여. 대위, 내 솔직하게 말할게. 자네도 원래는 서민의식이 있는 사람이었지만 지난 이년간 너무 변한 것 같아. 자리에 올라가더니 사람이 바뀌었어."

어떤 산에 오르느냐에 따라 부르는 노래가 달라진다(到什麽山, 唱什麽歌). 그리고 계속 부르다 보면 그게 내 노래가 되는 법이다. 누구든 자리에 오르는 사람이 그에 상응하는 이익을 얻는다는 것, 이것이 게임의 규칙이다. 그 물질이 생기는 순간 나는 궤도에 진입, 국면에 참여하게 되고, 그러면 또 그 규칙에 따라 일을 처리해야 한다. 그 규칙을 어기면 나는 퇴장당하게 되고, 퇴장당하는 날엔 바로 지옥에 떨어지는 것이다. 생각해 봐! 난들 별 수 있겠어? 나더러 옛날처럼 생각하라고 하는데 그게 말이나 되는 일인가? 신분이 달라졌고 구조 속의 이해관계도 달라졌으니 생각하는 것도 자연스레 달라지는 거지. 이 자리에 오른 이상 누구라도 변해야 한다. 반석 같이 견고한 '입장'은 결코 양심과 논리로 무너뜨릴 수 있는 것이 아니다. 그러나 입으로는 이렇게 말했다.

"그래요? 난 모르겠는데요."

그녀가 말했다.

"어떻게 사람이 지위가 올랐다고 이렇게까지 바뀔 수 있는 건지···. 무슨 귀신이라도 뒤에서 조종하고 있는 것 같아. 나는 자네가 한 구십 도 정도로만 좌우를 살필 줄 알았으면 좋겠다고 생각했었지. 그런데 자네는 한 번 돌더니 그대로 일백팔십 도 변하더군. 아주 저 건너편으로 가버렸어."

내가 말했다.

"그래요? 난 모르겠는데···. 내가 정말 그렇게 많이 변했어요?"

나도 물론 내가 변했다는 것을 알고 있다. 안 변하고 배겨? 나는 그저 이미 정해진 궤도에 진입했을 뿐이다.

"반성해야겠네요."

나는 진지하게 고개를 끄덕였다. 막 여사가 말했다.

"이렇게까지 말을 했는데도 자넨 한 마디도 진심을 이야기하지 않는군. 오늘 자네 손의 한 표를 과연 얻었는지 모르겠네. 만약 안 된다면 그만 두게! 머리에 별다른 감투 안 쓴 그런 평가위원들은 말이 좀 통하겠지."

나는 코너에 몰려 어쩔 수 없이 이렇게 말했다.

"막 여사 일이 곧 내 일이라고 내가 말하지 않았어요? 다른 사람은 몰라도 내 손 안의 이 한 표는 내 뜻대로 할 수 있어요."

막 여사가 말했다.

"그럼 그 한 표는 확보한 걸로 알고 있을게. 이 친구와 같이 다른 사람들한테 부탁하러 또 가봐야겠어."

막 여사가 떠날 때 나는 혹시 누가 볼까봐 입구에서 좌우를 살폈다. 아무도 없는 것을 확인하고 나서야 나는 그녀에게 얼른 가라고 손짓했다. 집으로 돌아와 문을 닫자 동류가 방에서 나오면서 말했다.

"정말 저 사람 부탁을 들어줄 거예요?"

내가 말했다.

"양심대로 하자면 들어줘야겠지. 얼마나 어렵겠어."

동류가 말했다.

"그 뇌 군, 구구절절이 다 이치에 맞는 소리만 하던걸요. 다 진심에서 우러나오는 소리 같기도 하고, 정말 불쌍해요."

내가 말했다.

"이치에 맞는 소리인지 아닌지는 누구의 '이치'인지를 봐야지. 사람이 바뀌면 말하는 내용도 완전히 달라지잖아. 어떤 사람들은 또 저 친구를 총으로 쏴 죽여도 시원찮다고 생각할 거야."

"그럼 당신은 어떻게 할 거요? 보니까 당신도 난처하네."

"나중에 누가 누구한테 투표했는지, 아무리 무기명이라고 해도 조직에선 뻔히 다 알게 되어 있어. 그 정도 능력도 없으면 조직이 아니지. 어차피 어느 한 쪽을 서운하게 해야 한다면 어르신을 서운하게 해드릴 순 없잖아. 내게 모든 것을 줄 수 있는 사람과 아무 것도 내게 줄 수 없는 사람이 있는데 양심에 손을 얹고 후자의 편을 든다는 게 가당키나 해? 나 지대위더러 이렇게 음험하고 악랄한 방법으로 사람을 죽이라는데."

나는 오른손바닥을 올렸다가 아래로 내리지르면서 말했다.

"나라고 마음이 편하겠어? 나도 몸속의 피가 거꾸로 흐르는 것 같아. 피가 거꾸로 흐르는 기분이 어떨지 생각해 봐! 하지만 내가 임무를 수행하지 않고 나 하나 희생한다고 해서 뭐하나 바뀌는 것도 아니고, 의미가 없잖아? 게다가 다른 사람을 위해 자신을 희생하라고 하는 것도 인성人性에 어긋난 것 아닌가?"

동류가 말했다.

"처음에는 외과 의사들만 강심장인 줄 알았는데 나중에 보니 장사꾼들도 강심장이더라고요. 그런데 지금에야 비로소 당신네들이 최고로 강심장들이란 걸 알았어요."

내가 말했다.

"뢰 군 같은 사람들은 머리로 위를 들이박아 피멍이 몇 번 들어보지 않고는 지도자가 어떤 존재인지 몰라. 일이 생기고 나서야 지도자가 뭔지를 알게 돼."

나는 그 일을 생각하고 또 생각했다. 마지막에 가서는 결국 막 여사에게 실례를 하기로 했다. 지난 여러 해 동안 그녀는 나에게 매우 잘해 주었으나, 그러나 달리 방법이 없었다. 누군들 자신이 지나온 과정을 똑똑히 모르겠는가? 오늘의 내가 있게 된 것은 공정公正함이 길에서 기다리고 있었기 때문인가? 내가 이 자리에 앉아서 공정하게 일처리 하고 양심에 따라서 일을 한다면, 그것은 논리에 맞지 않는다. 물을 마시면서 그 근원을 생각한다면飮水思源, 내가 어떻게 일을 처리해야 하고 누구에게 책임을 져야 하겠는가? 달리 어쩔 수 없는 일이다. 결정하고 나서 다시 생각하니 이것은 근본적으로 생각해볼 필요조차 없는 일이었다. 생각하건 않건 간에 그렇게 할 수밖에 없는 일이다. 게임의 규칙을 위반하는 자는 퇴장당할 수밖에 없다. 퇴장당하고 난 후에 어찌하겠는가? 감히 더 이상 생각할 수조차 없는 일이다.

그 일은 내가 생각지도 못했던 방식으로 매듭지어졌다. 위생청에서는 평가위원들만 믿고 방심하지는 않았다. 인사처 단계에서 이미 그 사람들에 관한 재료는 다 빼버렸기 때문에 토론이고 뭐고 할 필요조차 없었다. 그래서 나는 큰 짐을 벗어버린 기분이었으나, 다시 생각하니, 인사처의 가賈처장이 이번 일로 큰 공을 세웠으므로 장래에 반드시 이 일을 가지고 나를 상대로 한번 써먹으려 할 것이다. 그러나 다행인 것은, 그가 업무상으로는 별로 성과를 올리지 못했다는 것이다. 나는 처음에는 그 평가 대상에서 빠져버린 사람들이 들고 일어나서 시끄럽게 떠들 줄 알았는데, 그러나 아무 소리도 없었다. 나는 한편으로는 그들이 고마웠지만, 다른 한편으로는 그들을 멸시했다. "지식인"이라 불리는 저들도 이런 식의 운명을 순순히 따르고만 있다니…. 만약 그들이 함께 들고 일어난다면 마 청장님도 견디기 쉽지 않을 텐데. 그러나 그들은 한 사람도 입을 열지 않고 조용히 있었다. 나는 원래는 마 청장님을 위해 대신 힘든 일 한번 해보겠다는 각오로 임했으나, 후에는 이 일이 결코 험한 일이 아니라는 것을 알았다. 마 청장님은 그들을 너무나 속속들이 잘 알고 계셨던 것이다.

65. 국가 프로젝트

 허소만이 북경에서 전화로 국가 프로젝트를 빨리 신청하라고 재촉했다. 원래는 작년에 신청하려고 했었는데 이미 신청자가 너무 많으니 일 년 뒤로 미루라고 해서 미루어 왔던 것이다.
 내가 말했다.
 "그렇다면 여전히 그 주제로 해도 되는 거야?"
 그녀는 주제의 선정은 좋다고 하면서, 그 과제를 논증할 때의 요점까지 알려주었다. 생각해 보니, 이미 내가 이루어 놓은 성과물이 십여 편의 논문으로 이루어져 있고 대체적인 틀은 이미 세워져 있으므로, 그것들을 다시 체계화하고 거기다가 박사학위 논문만 덧붙인다면 과제는 완성될 것이다. 나는 신청서 양식을 받아서 써넣을 준비를 했다. 그러나 책상에 한참 앉아 있었으나 뭔가 기분이 찜찜해서 펜을 들고 쓸 수가 없었다. 다시 곰곰이 생각해 보았으나, 논증은 역시 아주 치밀했다. 그래서 다시 펜을 들고 쓰려고 하는데 여전히 뭔가가 나를 가로막고 있는 것 같았다. 애써 서두序頭를 써 내려갔으나 글이 매끄럽지 못했다.
 나는 속이 타서 동류에게 차를 좀 갖다 달라고 했다. 아내는 군산모첨群山毛尖 차를 내왔다. 나는 뜨거운 찻잔을 두 손으로 받쳐 들고 한 입 마셨다. 조금 떫떠름하면서도 맑은 향기가 목구멍을 타고 죽 내려가니 한 줄기 따뜻한 기운이 전신에 퍼져서 신경 말초까지 전해지면서 팔다리까지 느슨해졌다. 다시 한 입 더 마시자 그 약간 떫은 감각이 나의 마음속의 어떤 잠재의식을 일깨우면서 정신이 번쩍 들었다.

나도 몰래 힘껏 책상을 내리치자 찻잔의 물이 흘러 넘쳤다. 내가 어쩌다 마 청장님을 깜빡 잊고 있었지? 마 청장님의 은혜에 어떻게 보답할까 하는 것은 내가 오랫동안 생각해 왔으나 그 기회를 찾지 못했던 숙제인데, 이야말로 그럴 좋은 기회가 아닌가? 은혜를 입고도 보답하지 않는다면 군자가 아니지(知恩不報非君子也). 박사지도 교수가 되는 게 마 청장님의 오랜 숙원인데, 국가 프로젝트를 완성한다면 마 청장님의 연구업적 평가에 큰 도움이 될 것이다. 마 청장님의 문제를 해결해 드리는 것은 바로 내 문제를 해결하는 길이 아니겠는가!

나는 앞부분을 채워 넣었던 신청서를 구겨서 갈기갈기 찢은 다음 그걸 변기통에 던져 넣고 물을 쏟아 흘려보냈다. 일종의 죄지은 흔적을 없애버리는 느낌이었다. 그러면서도 마음 한구석은 조금 서운했다. 내가 그처럼 오랫동안 연구해 왔던 일인데 나의 이름이 뒤쪽에 겨우 걸리다니…. 조금은 아깝기도 했으나 머뭇거린 것은 잠시, 곧바로 결심을 굳혔다.

결심은 굳혔으나 어떻게 얘기를 꺼내 성사시켜야 할지 한참 주저했다. 큰 인물들일수록 자존심이 매우 강하기 때문에, 한 마디 말만 잘못해도, 그 말 속에 약간의 암시만 들어 있어도, 그것이 큰 실책으로 되어서 일이 틀어져버리고 말기도 한다.

문득 저번에 수박 살 때 있었던 일이 생각났다. 종종 들리는 과일 노점상의 수박이 영 맘에 들지 않던 차에 옆 노점상에서 파는 '신농1호'新農1號라는 스티커가 붙어 있는 수박이 눈에 들어왔다. 하지만 그 수박을 사고 나니 이미 제법 익숙한 단골 과일장수에게 미안한 생각이 들었다. 그래서 나는 조금 걷다가 다시 뒤를 돌아보면서 과일장수 아주머니에게 이렇게 말했다.

"아주머니도 다음엔 꼭 이 '신농1호'를 갖다 놓으세요. 이 수박이 품질이 훨씬 좋아서 더 빨리 팔리겠어요."

막 말을 끝내자 그 아주머니의 남편이 차 뒤쪽에서 펄쩍 뛰어오르면서 말했다.

"말은 똑바로 해야지! 내 수박이 뭐가 모자라오? 내 수박이 어디가 남의 수박보다 못하다고 말이야. 왜 이래! 내가 오늘 벌써 수백 근 어치를 팔았어. 당신이 수박 볼 줄이나 알아?"

수레 뒤쪽에 주인아저씨가 앉아 있을 줄은 생각도 못하고 있었던 나는 깜짝 놀라서 어색하게 웃는 얼굴을 지으며 자리를 피했다. 평소에는 나한테 그렇게 친절하게 대해 주던 주인아저씨였는데, 어떻게 저렇게 순식간에 얼굴을 바꿀 수가 있는 것인지!

너는 호의였다고 하지만 꼭 그 호의에 상응하는 보답을 얻는다는 법은 없다. 수박 장수도 공연히 건드리면 안 되는데 하물며 저 어르신들이야! 물건만 좋으면 그냥 갖다 안기기만 하면 되는 줄 생각하지 말라. 선물을 보내는 데에도 다 기술이 필요하다. 어르신으로 하여금 마음 편하게 받아들일 수 있도록 해야 하는 것이다. 나는 생각하고 또 생각했다. 이 말을 어떻게 마 청장님께 꺼내야 하나? 말이야 바른 말이지, 아직까지 마누라 자식 문제로도 이렇게 세심하게 신경을 써본 적이 없었던 것 같다. 아랫사람은 자기 자신을 생각할 때보다도, 아니 그 윗사람이 자기 자신을 생각하는 것보다도, 더 세심하게 윗사람을 배려해야 한다.

나와 동류는 일파를 데리고 마 청장님 댁으로 갔다. 문을 들어서자마자 나는 일파더러 묘묘랑 놀라느니 하는 소리를 싹 빼고, 단도직입적으로 말했다.

"마 청장님, 제가 지금 어려운 문제에 봉착했습니다. 충고 좀 해주십시오."

"업무상의 문제인가, 개인적인 문제인가? 개인적인 문제라면 동류가 해결해주면 되지."

"업무상의 문제이기도 하고 개인적인 문제이기도 합니다."

나는 조심스럽게 마 청장님을 떠보듯 말을 시작했다.

"저희 성 중의학계에서 지난 삼사년간 국가 프로젝트를 신청했다가 모두 물먹지 않았습니까? 중의학원에 그 많은 교수님들도 해내지 못한 일이라 저는 꿈도 꿔본 적이 없습니다. 제가 뭐라고 그걸 꿈꾸겠습니까. 그런데 위생부 과학기술사에서 처장으로 있는 동창이 며칠 전에 전화를 걸어와서는 주제를 하나 골라서 프로젝트를 신청하라는 겁니다. 자기가 좀 도와줄 수 있다면서요. 제 생각엔 제가 해놓은 성과라고는 논문 몇 편에 저서도 한 권 없는데, 이걸 들고 전국에서 온 사람들과 경쟁을 하려니 게임이 되겠습니까? 한 번 시도해볼까 생각하다가도 가망성이 너무 미약한 것 같고, 또 그렇다고 시도도 안 하자니 그건 괜히 아깝고 말입니다. 만약 운이 좋아서 대박이라도 터지면…."

그가 말했다.

"자네 그 동창이라는 사람은 영향력이 어느 정도인가?"

"그 친구 말로는 자기가 노 교수분 몇 명 정도는 어떻게 해볼 수 있다고 하더군요. 허풍인지 어쩐지는 모르겠지만요."

"만약 신청한다면 어떤 주제로 신청할 건가?"

나는 머뭇거리면서 말했다.

"아직 그 생각을 못했습니다. 머리 속에 떠오른 주제들이 너무 약해서요."

"만약 그 프로젝트를 따낸다면 우리 위생청의 연구 분야도 더불어 그 급이 올라가게 되네. 중의학원의 그 늙은이들도 우리를 다시 볼 테고…. 침만 꿀꺽 꿀꺽 삼키겠지."

말을 돌리고 돌려도 도대체 화제가 핵심 포인트에 이르지 못하고 있었다. 그래도 내가 먼저 입을 열 수는 없었다. 그랬다간 너무 티가 날 테니까. 마 청장님이 먼저 입을 열도록 하기는 더욱 어려운 일이었다. 나는 또 주제 선정으로 화제를 돌렸다. 동류가 사전에 준비한 대로 사모님과 이야기하던 중간에 슬쩍 고개를 돌리더니 아무렇지도 않은 듯 끼어들었다.

"당신, 마 청장님께 주제 좀 골라 달라고 해요. 당신이 무슨 수로 그걸 혼자 골라?"

그리고는 고개를 돌려 다시 사모님과의 대화에 빠져들었다. 나는 마 청장님의 표정을 살폈지만 아무런 변화도 느껴지지 않았다. 마음 속에 돌덩어리가 하나 쿵, 하고 떨어지는 것 같았다.

"청장님, 청장님과 저야 연구방향도 비슷하고, 청장님께서 아무래도 경험이 있으시니까…."

우리는 다시 토론을 시작했다. 그의 아이디어가 내가 이미 정해놓은 방향에 가까워질 때면 나는 "좋습니다, 좋아요."를 연발했고, 그 결과 주제가 점점 더 명확해졌다. 내가 말했다.

"청장님, 청장님의 이 주제라면 정말 가망이 충분히 있겠는데요. 청장님도 하나 신청하시지요. 저야 신청하든 안 하든 상관없습니다. 어차피 저는 안 될 텐데요 뭐. 그저 우리 위생청 안에서 하나 따내서 중의학원의 그 노인네들 열이나 받게 하면 좋겠습니다. 중의학원의 방方 군과 이야기할 때마다 그 인간이 맨날 자기네 누구누구를 들먹이면서 저희를 깎아내리는데, 저는 화가 나서 도저히 못 참을 지경입니다."

"나도 사실은 하나 신청하고 싶긴 했지. 우리 위생청도 매년 신청은 하는데 지난 몇 년간은 다 물먹지 않았나! 나도 조급하기도 하고 화가 나기도 하고 말이야. 그렇지만 위생청엔 내가 해결해야 할 일들이 언제나 산더미 같이 쌓여 있어서 도무지 쉴 수가 없어."

동류가 때를 놓치지 않고 고개를 돌려 말했다.

"마 청장님께서 직접 신청하시면 희망이 있겠네요."

내가 말했다.

"그럼 저는 신청 않겠습니다. 역량을 분산시켜서야 안 되지요. 모택동 주석도 말했잖습니까. 손가락 열 개를 상하게 하는 것보다는 그 중에 하나를 부러뜨리는 편이 낫다고요. 이게 다 전략상의 문제 아닙니까."

동류가 말했다.

"여보, 당신도 이번 기회에 마 청장님을 스승으로 모시고 한 수 가르쳐달라고 부탁드려요."

마 청장이 말했다.

"새끼줄 꼬듯이 우리도 힘을 합쳐야 희망도 생기고 일도 빨리 해결되지 않겠나?"

나는 연달아 허벅지를 치면서 말했다.

"만약 마 청장님만 받아주신다면 저야 더 이상 좋을 수가 없지만요, 청장님께서 이 정도로 저를 높게 봐주시다니 정말이지 황송합니다. 그런데 프로젝트 하나를 두 사람이 함께 신청해도 되는 건지 그건 잘 모르겠습니다."

아무 문제 없다는 걸 뻔히 알면서 내가 합동으로 신청하는 문제를 미리 생각하지 않았다는 점을 암시하기 위해 한 말이었다. 마 청장님이 말했다.

"괜찮을 걸세."

나는 한숨을 쉬면서 말했다.

"그렇다면 안심입니다."

우리는 또 주제의 논증에 대해 자세히 토론하고 내가 논증 보고서의 초안을 작성한 후 다시 토론과 수정을 거치기로 결정했다. 내가 말했다.

"프로젝트만 따내면 수만 위안이 떨어지겠지요?"

"그깟 수만 위안이야 어딘들 없겠나! 벌레만한 돈이지. 그보다 값진 것은 바로 국가급 프로젝트라는 그 간판이지. 연구결과만 나온다면 좋은 출판사를 구하는 것도 아무 문제 없네."

"혹시 국가 프로젝트는 못 따더라도 반드시 결과물을 만들어서 성 과학기술출판사에 내달라고 부탁해 보지요."

"안 썼으면 안 썼지, 이왕 쓰는 거면 중국 과학기술출판사나 최소한 인민위생출판사 쯤에선 내야지 지방 출판사는 너무 약하지. 만약 정말 일만 성사되면 자네도 내년에 파격적이겠지만 정교수를 신청할 수 있을 거고, 그러면 나중에 박사양성 자격 얻을 때도 유리해질 거야. 만약 우리가 박사양성 자격을 얻게 되면 그땐 자네도 지도교수가 되는 거지. 이게 자네의 장래에 얼마나 중요한 일인 줄 아나? 요즘같이 간부들도 지식화를 강조하는 시대엔 업무지식에서 내공이 딸리면 어떤 자리에 앉아 있어도 힘이 안 실리거든. 영 불안하지. 그러니까 그렇게 많은 청급 간부들이 다들 박사학위를 따겠다고 나서는 것 아닌가?"

"제가 작년에 다른 사람보다 한 발자국 빨리 시작할 수 있었던 것도 다 마 청장님이 저를 배려해주신 덕분입니다."

사모님이 말했다.

"이 양반은 대위씨 일이라면 자기 일처럼 생각한다니까."

내가 말했다.

"저도 마음 속 깊이 느끼고 있습니다. 사람이 초목이 아닌 다음에야 어떻게 그걸 못 느끼고 못 알아차리겠습니까?"

동류도 말했다.

"이이도 맨날 집에서는 마 청장님, 마 청장님, 그러면서 여기만 오면 아무 소리도 안 하는 거 있지요. 하여튼 성격 하고는…."

집에 오는 길에 동류가 갑자기 생각났다는 듯이 말했다.

"오늘 마 청장님께서 알아차리시지 못했겠죠?"

"그분이 얼마나 예리하신데, 벌써 알아차리셨을 거야."

"그럼 어떻게 해요?"

내가 웃으면서 말했다.

"어떻게 하긴 뭘 어떻게 해. 다들 연극인 줄 뻔히 알고 하는 거지. 그리고 마음으론 서로 다 알고 있지만, 이런 연기도 다 필요한 거야. 이런 말을 있는 그대로 털어놓는다고 생각해봐, 그런 말을 어떻게 하겠어? 이게 다 그 어른을 위하는 게 된다면, 어떻게 연기를 하건 간에 그 어른도 별다른 의견 없을 거야. 사람들은 결과만 보거든."

신청 자료를 보내고 나는 작업에 착수했다. 마 청장님이 말씀하셨다.

"시간을 다퉈 일하세. 나중에 정말로 프로젝트가 떨어졌을 때 우리 쪽엔 이미 작업이 다 끝나 있을 정도로 말이야."

그러면서 마 청장님은 원진해에게 내가 다음날부터 출근하지 않아도 내버려 두고 연구소의 모든 기구 설비를 다 사용할 수 있도록 해주라고 분부했다. 위생청에서도 삼만 위안의 경비가 지급되었고 마 청장이 데리고 계신 학생 두 명도 나를 돕도록 했다. 그리고 당신도 상당히 몰입되어 저녁이면 모든 업무를 팽개치고 나와 실험실에 틀어 박혀 있고 주말엔 특히 하루 종일 연구에 몰두했다. 위생청 사람들은 마 청장님과 내가 중대한 프로젝트를 함께 하는 것을 보고는 나를 대하는 태도가 그렇게 친절할 수가 없었다. 정말이지 내 발 아래 땅이 세 자는 높아진 것 같았다.

국가 프로젝트로 승인이 떨어졌을 때엔 마 청장님조차 얼굴 가득 기쁜 표정을 감추시지 않고 나한테 일을 더 서두르라고, 무슨 일이 있어도 박사양성기관 지정 평가 전에 프로젝트를 완성해서 책까지 나와야 한다고 독촉했다. 나는 글을 쓰는 대로 위생청의 인쇄실로 가서 입력을 하고 교정 작업은 학생들에게 맡겼다.

마 청장님이 말씀하셨다.

"중국 과학기술출판사와 이미 연락해 두었네. 국가급 프로젝트여서 당연히 아무 문제 없어. 위생청에서 돈만 좀 대 주면 말이야."
　내가 말했다.
　"문제가 생기면 그때그때 마 청장님께 여쭙고 싶은데, 업무에 방해가 되진 않을는지요."
　"이게 바로 업무 아닌가? 위생청이 발전을 해야지. 발전이야말로 무엇보다도 확고한 원칙이며 또 우리 업무의 가장 중요한 부분 아니겠나? 이젠 성 안에서 다른 사람들과 비교할 게 아니라 전국을 무대로 경쟁을 해야지. 나는 오래 전부터 내 업무의 기준을 전국 무대에 두고 있었다네."

　몇 달 동안 나는 죽을 힘을 다해 일을 했고, 한 단락 한 단락 쓰는 대로 마 청장님께 검토, 수정을 받았다. 모든 작업을 마치던 그날 나는 이미 몸과 마음이 지칠 대로 지쳐 있었다. 손 안에 쥐고 있던 펜을 창 밖으로, 마치 어렸을 적에 종이비행기를 접어 날리듯 아주 우아한 폼으로 획 하고 던져버렸다. 컴퓨터로 편집한 원고는 금세 출력되었고, 두툼한 종이묶음을 손에 받아드는 순간 눈과 마음에 희열이 느껴졌다. 몇 번을 보고 또 보아도 그렇게 좋을 수가 없었다. 거기 쓰여 있는 한 글자 한 글자가 다 내 펜으로 쓴 것이라는 사실을 믿을 수가 없었다.
　마 청장님은 퇴휴직 반의 채蔡군에게 원고와 시디(CD:光盤)를 들고 북경에 다녀오도록 출장을 보냈다. 그런데 채 군이 돌아오더니 말했다. 출판사 편집부의 고高 주임이란 사람이 빨라야 반 년 뒤에나 나올 수 있다고 했다는 것이다. 내가 말했다.
　"반년이면 늦을 텐데요."
　마 청장님이 말씀하셨다.
　"그 인간이 우리한테 숙제를 내주는 거지."
　그리고는 재정처에 연락해서 북경의 출판사로 이만 위안의 초과수당을 부치도록 시켰고, 그 쪽에선 그제서야 두 달 안에 책을 출판해 주겠다고 응답했다.

위생청에서는 일찌감치 모든 계획이 다 짜여져 있었다. 중의연구원에서 앞장서서 전국의 지명도 높은 전문가들을 초대해서 격조 높은 학술토론회를 개최한다는 것이었다. 초대받은 전문가 중에는 박사 양성기관 지정 평가위원이 몇몇 섞여 있었는데 그 사람들은 워낙 청탁도 많이 받고 여기저기서 초대도 많이 들어오는지라, 그 사람들을 초대하기 위해선 비행기 표만 달랑 부치는 것으로는 어림없고 각 부문의 인간관계까지 다 동원해야만 했다. 심지어 그 중에는 비행기표 및 전체 비용, 게다가 부인 동반까지 약속해도 초대에 응하지 않는 사람들도 있었다. 마 청장님이 말씀하셨다.

"끝까지 비싸게 굴면 나중에 한 명 한 명 직접 찾아가서 천천히 작업하는 수밖에…."

재작년에 박사 양성기관 지정을 신청하기 위해서 위생청에서 마련해 놓은 육만 위안이라는 특별기금이 마 청장님이 직접 사람들을 이끌고 스무 날이 넘도록 전국 방방곡곡의 평가위원들을 한 명 한 명 찾아다니다 보니 절반으로 줄어버렸는데, 그래도 일이 성사되지 않자 올해엔 사십만 위안을 추가했다. 뜻이 있는 자에게 길이 있나니… 이번 회의를 위해서만 이십일만 위안의 예산이 별도로 책정되었는데, 주로 기금에서 지출되었다.

동류가 말했다.

"당신들 돈 쓰는 것 보니 나는 이야기만 들어도 뒤로 나자빠질 것 같아요. 우리는 주사 한 방 놓을 때마다 일 위안, 이 위안씩 받는데, 평생 주사만 놓아도 당신네들 사흘 동안 쓰는 돈을 못 당하겠네요."

내가 말했다.

"누구와 누구를 비교하는 거야? 당신들이 평생 일하는 것은 우리가 사흘간 회의를 열 수 있도록 하기 위해서야. 사람이라고 어디 다 같은 사람인 줄 알아?"

 말이 학술회의지 사실 학술적 교류보다 인간관계 정립이 더 큰 비중을 차지하기 마련이다. 이 정도 격조의 학술회의는 사실 큰 인물의 이해가 얽히지 않고서는 절대로 열릴 수가 없는 것이다.

 동류가 말했다.

 "정말이지 우리 같은 간호사들 생각하면 울화가 터지네. 간호사들이 돈을 어떻게 버는 줄 알아요? 그게 다 피땀 흘려가면서 바늘로 흙을 고르듯 해서 번 돈이라고요. 그런데 다른 사람들은 정말이지 물 쓰듯 돈을 쓰네요. 돈을 버는 방식과 돈을 쓰는 방식에 차이가 나도 너무 크게 나요."

 돈 생각을 하면, 정말이지 보는 사람이 가슴 떨릴 정도로 쓰고 있었다. 그렇지만 피라미드 저 꼭대기에 있는 사람과 저 밑바닥에 위치한 사람을 비교할 수는 없는 법! 바닥에 있는 사람 수십 수백 명이 모여도 저 꼭대기의 그 한 명을 당할 수는 없다.

 내가 말했다.

 "당신들의 근면한 작업태도가 혁명에 얼마나 많은 기여를 했는지 물론 인정해야지. 그럼, 누가 뭐래도 봉사와 헌신의 정신은 긍정하고 제창할 가치가 있으니까. 평범한 자리에서 비범한 성과를 거둬내는 그런 성과에 대해 조직 차원에서도 다 생각하는 게 있어."

 동류가 차갑게 웃으면서 말했다.

 "이런저런 밀짚모자나 씌워주면서 근면, 봉사, 헌신 같은 소리나 떠들고 실속은 자기네가 다 챙기고!"

 "세상은 다 그런 거야. 불만 있고 능력 있는 사람은 자기도 그 자리까지 올라가고, 불만과 성깔만 있는 사람은 하늘에다 대고 억울하다고 울부짖고, 불만은 있으나 능력도 없고 성깔도 없는 사람은 그저 멍하게 바라보고만 있는 거지 뭐. 제일 좋은 것은 아예 정신장애로 사리분별을 못하게 돼서 불만 자체가 없어지는 거야."

"사람들이 원칙은 지켜야 할 것 아니에요!"

"이봐, 동류! 내 말 좀 들어봐. 원칙은 사람들이 정하는 것이고, 원칙을 어떻게 정하느냐도 다 어르신들이 당신들 필요한 대로 정하는 거라고. 이런 게임의 규칙도 다 그 어르신들이 설계한 것이지. 하지만 만약 당신 같은 사람들더러 원칙을 정하라고 한다면 되는 일이 없을 걸? 그래서 당신들한테는 말할 기회조차 안 주어지는 거야. 속으로 생각하는 것까지야 괜찮지만 말을 해선 안 되는 거야. 말을 꺼내는 사람이 있으면 다 그 사람 잘못이 되는 거야. 그런 식의 잘못을 저지르는 사람이 어떻게 될지는 두고 보면 알지. 그래서 당신도 너무 냉혹하다고 불평하지 마. 이게 다 어쩔 수 없는 일이야. 누군들 이렇게 되기를 원했겠어?"

"누구는 금으로 된 모자를 이고 다니면서…."

"그까짓 금. 금 일 그램에 얼마나 되는데? 돈 주고 금으로 된 모자를 산들 그걸 어떻게 머리 위에 쓰나? 당신은 아직 생각하는 게 시골 할아버지들 수준이야. 황제가 땅을 판다고 생각해봐. 아마 그때도 금으로 된 삽을 사용할 걸?"

동류의 말은 나의 평민의식을 일깨웠다. 자원을 쥐고 있는 사람은 무릇 손 안의 그것이 어떻게 생긴 것인지 생각해봐야 하는 법인데…. 이게 다 주사 한 대 한 대 놓아서 번 돈 아닌가! 부조리한 세계, 아마 앞으로도 계속 부조리한 채로 가겠지. 그렇지만 부조리가 현실적으로 존재한다고 해서 부조리를 합리적이라고 할 수 있을까?

북경에서 출판되는 책을 이번 회의에 맞추기 위해 마 청장님은 회의 일정을 열흘 후로 변경했고, 이렇게 일정이 늦춰지자 많은 사람들은 며칠 더 바빠지게 되었다. 회의 시작이 일주일밖에 안 남았는데 책이 아직 북경 교외의 인쇄소에 묶여 있자 마 청장님은 매우 조급해지셨다.

내가 말했다.

"시간에 못 대면 할 수 없지요. 나중에 부쳐드리더라도 마찬가지 아닙니까? 게다가 그분들이 꼭 본다는 보장도 없지 않습니까."

그가 말했다.

"회의석상에서 꺼내 보이는 편이 그래도 효과가 낫지. 프로젝트도 사실 다 그분들 보여드리려고 한 것 아닌가? 다른 사람들이야 보든 말든 그건 부차적인 문제지."

나는 채蔡 군을 시켜 일만 위안의 특근수당을 들고 인쇄소로 가서 기다리도록 하면서, 무슨 일이 있어도 회의가 열리기 전에 책 서른 권을 갖고 돌아오라고 했다. 회의 바로 전 날 채 군으로부터 책을 손에 넣었다고 전화가 왔다.

내가 말했다.

"비행기 타고 돌아오도록 해. 빠를수록 좋아."

그는 내게 인쇄소에서 공항까지 택시비가 일백 위안도 넘게 나오는데, 그 돈을 부담해줄지 물었다.

내가 말했다.

"내가 빠를수록 좋다고 했지? 중국말 못 알아들어?"

회의는 아예 수원호텔 한 층을 전세 내어 치렀고, 공항과 기차역까지 가서 손님들을 마중하도록 차도 두 대 준비했다. 그 몇 명 평가위원들의 숙식비를 안 받기로 했기 때문에, 아예 다른 대표들의 숙식비도 다 우리 측에서 부담하기로 했다. 이 소식을 듣고 사람들은 기뻐서 환호성을 질렀다. 몇몇 지위 높은 어르신들은 어디를 가든 사람들에게 둘러싸여서는, 사진기를 든 젊은 참가자들과 왼쪽에서 한 장 오른쪽에서 한 장 기념사진들을 찍기에 바빴다. 이런 사진들은 다 나중에 남들과 관계를 트는 데 실마리로 쓰일 것이다. 회의를 주관하는 업무만 안 맡았다면 사실 나는 여기에 아예 끼어들지도 못했을 것이다. 나는 마 청장님의 사려 깊은 배려에 감사하는 마음이 들었다. 마 청장님의 배려가 아니었다면 내가 어딜 감히 올라가서 연설할 기회가 주어지겠는가? 남한테 무슨 인상이라도 남길 기회가 주어지겠는가?

사흘째에는 이분들을 모시고 사주沙州로 놀러갔다. 한 어르신이 동심의 세계로 돌아간 듯 신발을 벗고 물로 들어가셨다. 그런데 이를 본 광서廣西에서 온 한 참가자가 얼른 따라 들어가서는 어르신을 위해 길잡이에 나섰다. 허리를 굽혀서 두 손으로 물을 퍼 대면서 "이쪽, 이쪽이 평평합니다. 이쪽, 이쪽, 이쪽도 평평합니다."고 했다. 그런데 호텔로 돌아와서 주머니를 살피다가 지갑을 물에 빠뜨린 것을 발견했다. 그 안에 있던 비행기표, 신분증까지 다 잃어버리고는 식탁에서 두 손으로 온 몸을 마구 더듬는 모습을 보며 모두들 배가 아플 정도로 웃어댔다.

회의는 삼일 간 계속됐다. 나흘째 되는 날에는 참가자들을 모아서 감산鑒山으로 놀러갔다. 네 시간 정도 되는 거리를 마 청장님도 함께 가셨다.

가는 길에 한 어르신이 말했다.

"마 청장! 보아하니 자네 그거 내년에는 희망이 있겠어."

마 청장님이 말씀하셨다.

"그저 어르신만 믿겠습니다."

더 이상 아무 말도 않았다. 너무 사정을 빤하게 뒤집어 보이는 것도 좋을 게 뭐 있겠는가. 사흘 후 감산에서 돌아와서는 회의를 마감했다. 몇몇 평가위원들은 이틀 정도 더 남아서 중의학원과 연구원에서 강의를 하셨다. 매 번 강의를 마칠 때마다 나는 어김없이 편지봉투를 드렸다. 한두 명은 편지봉투를 만지작거리더니 말했다.

"이렇게 많이 받아도 되나?"

내가 말했다.

"요즘 같은 지식경제의 시대에는 지식의 가치를 제대로 평가해주어야 합니다. 지식의 가치를 어디 금전으로 환산할 수나 있겠습니까?"

나중에는 너무 많아서 받기 곤란하다는 말을 하는 사람도 없었다. 모두들 마음속으로 이해하고 더는 아무 말도 하지 않았다.

    손님들을 배웅하고 나서야 한 숨 쉴 수 있었다. 결산을 해보니 아직도 수 천 위안이 남아 있었다. 회의 여는 데 대략 반 정도 썼고, 강연료로 반 정도 쓴 것 같았다. 마 청장님의 계획은 그 핵심인물들로 하여금 우리에게 더 많은 신세를 지게 하려는 것이었다. 신세를 많이 질수록, 너무 많이 져서 어찌할 수가 없고 가책마저 느낄 정도가 되어야 그분들을 잡아둘 수가 있고, 나중에 다 돌아오게 되어 있다는 것이었다. 세심한 절차를 통해 마 청장의 계획은 충분히 실현되었다. 회의는 매우 성공적으로 끝났다.

    자세히 볼수록 세상에는 두 종류의 인간이 있음을 알았다. 한 종류는 무엇이든 원하는 것은 다 얻는 인간들이다. 이런 인간들은 털 하나 까딱 않고도 크고 작은 온갖 보살핌을 다 받는다. 또 한 종류는 원하는 것을 하나도 못 얻는 인간들이다. 그런 인간들은 마땅히 손발 둘 곳도 없기 마련이다. 세계는 사실 설계자가 자기 자신을 위해 설계한 것이다. 열 받고 승복 못하겠다면 하늘을 향해 돌이라도 던져보라지!

(이상 제 2권)